La collection Kledermann

Juliette Benzoni

La collection Kledermann

ÉDITIONS FRANCE LOISIRS

Édition du Club France Loisirs,
avec l'autorisation des Éditions Plon.

Éditions France Loisirs,
123, boulevard de Grenelle, Paris.
www.franceloisirs.com

Le Code de la propriété intellectuelle n'autorisant, aux termes des paragraphes 2 et 3 de l'article L. 122-5, d'une part, que les « copies ou reproductions strictement réservées à l'usage privé du copiste et non destinées à une utilisation collective » et, d'autre part, sous réserve du nom de l'auteur et de la source, que les « analyses et les courtes citations justifiées par le caractère critique, polémique, pédagogique, scientifique ou d'information », toute représentation ou reproduction intégrale ou partielle, faite sans le consentement de l'auteur ou de ses ayants droit ou ayants cause, est illicite (article L. 122-4). Cette représentation ou reproduction, par quelque procédé que ce soit, constituerait donc une contrefaçon sanctionnée par les articles L. 335-2 et suivants du Code de la propriété intellectuelle.

© Plon, 2012
ISBN : 978-2-298-06248-9

PREMIÈRE PARTIE

L'ORAGE MENACE...

1

Les rescapés de la Croix-Haute

Précédé de deux motards de la gendarmerie, pleins phares allumés et sirène hurlante, le chauffeur de l'ambulance fonçait sur Tours, pied au plancher, sachant bien que chaque minute comptait pour le blessé qu'il emportait à travers la campagne plongée dans l'obscurité. Les reflets de l'incendie qui ravageait le château de la Croix-Haute avaient disparu depuis un moment.

À l'intérieur Adalbert Vidal-Pellicorne, assis auprès de la civière, se rongeait les poings, l'œil rivé au visage du blessé dont deux infirmiers ne cessaient de leur mieux de contrôler l'état. Aucun d'eux ne parlait, conscients de ce qu'il était gravissime. La balle avait atteint Aldo Morosini à la tête et la mort pouvait survenir à chaque instant…

Par chance, la route refaite à neuf depuis peu était lisse comme un billard et on savait qu'à l'hôpital, le meilleur de la région, tout était prêt pour une intervention immédiate. Le problème était d'y amener le blessé vivant, mais tiendrait-il le coup jusque-là ? Une cinquantaine de kilomètres ce n'était pas rien… Toutes les forces d'Adalbert étaient tendues vers son ami, pour tenter de lui insuffler sa propre volonté à le voir surmonter la rude épreuve :

— Tiens bon ! suppliait-il mentalement. Tu ne peux pas me faire ça !... Nous faire ça à nous qui t'aimons. Il faut que tu vives ! Il le faut à tout prix ! Ça ne peut pas s'arrêter là !...

Se mêlaient à son imploration des fragments de prières dont Adalbert ne démêlait pas bien si elles s'adressaient au Dieu de son baptême ou à ce panthéon fantastique de l'ancienne Égypte dont il faisait depuis des années ses compagnons de tous les jours. Surtout, il ne voulait pas penser à ce que serait la douleur de Mme de Sommières – Tante Amélie ! – et de son corollaire Marie-Angéline du Plan-Crépin si elles devaient apprendre de sa bouche la fin de celui qu'elles aimaient tant ! À cette seule idée tout en lui se hérissait d'horreur.

— Surtout pas ça ! se répétait-il. Surtout pas ça !

Et pourtant ? En cas de malheur, ce serait à lui et à lui seul qu'incomberait le cruel devoir de leur infliger cette blessure...

— On arrive à Tours ! annonça l'un des hommes. C'est l'affaire de quelques minutes maintenant !

Peu après, en effet, on s'arrêtait devant l'entrée brillamment éclairée de l'hôpital. Une équipe attendait là avec un chariot sur lequel le blessé fut transporté et convoyé à vive allure vers le bloc opératoire où un chirurgien et ses assistants achevaient de se préparer.

Adalbert, bien sûr, avait accompagné mais se vit soudain barrer le passage par une femme d'une cinquantaine d'années, grande et vigoureuse, qui était l'infirmière en chef :

— On ne va pas plus loin, monsieur ! Vous êtes de la famille ?

— Disons que je la représente à moi tout seul ! Je suis son « plus que frère » ! Adalbert Vidal-Pellicorne, égyptologue, pour vous servir !

— À quoi ? je me le demande, fit-elle avec l'ombre d'un sourire. On use de bandelettes ici mais pas pour transformer nos patients en momies ! Et vous allez devoir attendre... peut-être longtemps, ajouta-t-elle en ouvrant devant lui la porte vitrée d'une salle contiguë à son bureau. Une intervention intracrânienne est toujours délicate, mais par chance nous avons dans le service l'homme de la situation. Bien que jeune, le docteur Lhermitte a déjà pratiqué avec succès. Reste à savoir l'étendue des dégâts, mais que le blessé soit encore en vie après cinquante kilomètres est déjà un bon point ! Il va vous falloir retourner aux admissions pour donner ses coordonnées puis vous pourrez revenir si vous désirez attendre !

— N'en doutez pas ! Je ne bougerai pas d'ici tant que...

Elle scruta un instant ce visage – visiblement celui d'un bon vivant – devenu presque aussi pâle que celui du blessé et dont l'angoisse creusait les traits et habitait le regard :

— Bien sûr, dit-elle doucement. Quand vous reviendrez je vous ferai apporter un café !

— Merci, madame.

Quand il y revint, le hall d'entrée bien que gardé par un cordon de police n'était plus vide : le directeur de l'hôpital discutait avec trois personnes qu'il s'efforçait visiblement de calmer, l'une surtout,

Pauline Belmont, dont le visage était noyé de larmes, les deux autres étant le professeur Hubert de Combeau-Roquelaure que le directeur semblait connaître et Cornelius B. Wishbone, le client texan de Morosini. Adalbert s'y joignit :

— Avec votre permission, monsieur le directeur, je vais m'en occuper !

— Qui êtes-vous vous-même ?

— Le plus proche ami du blessé. Je l'accompagnais dans l'ambulance. Mrs. Belmont et Mr. Wishbone sont aussi des amis intimes mais américains et ils étaient prisonniers à la Croix-Haute. Quant au professeur...

— Nous nous connaissons ! Bon ! Emmenez-les dans la salle d'attente mais jusqu'à plus ample informé, je ne veux personne d'autre... et surtout pas de journalistes ! Cette affaire semble faire le tour du pays à la vitesse d'un courant d'air !

— Un château en flammes, des truands en fuite et une cantatrice célèbre convaincue d'un crime, vous trouvez qu'il n'y a pas de quoi ? s'indigna le professeur.

— Si, mais ici c'est un hôpital et, par définition, ceux que l'on y reçoit ont avant tout besoin de tranquillité ! Emmenez cette dame, elle a besoin de réconfort !

Pauline, en effet, sanglotait sans retenue dans les bras d'Adalbert qui l'entraîna avec sollicitude vers le bureau de l'infirmière en chef, qui aussitôt s'en occupa, la fit asseoir, entreprit de lui rafraîchir le visage et chercha un cordial :

— Ne vous tourmentez pas trop, madame, votre blessé est entre de bonnes mains ! C'est sa femme, je suppose ? ajouta-t-elle plus bas à l'intention d'Adalbert qui faillit bien être pris de court.

— Non c'est... sa cousine !

Il se voyait mal annoncer à cette brave femme que Pauline était la maîtresse de son patient.

— Il n'est tout de même pas célibataire ? Sur pied, il doit être plutôt séduisant ?

— Rassurez-vous, il est marié, grogna le professeur. Il a aussi des enfants mais tout ce monde-là est à Venise !

— Je vois ! Cette dame aurait surtout besoin d'un lit et d'un somnifère ! Mais je ne peux pas vous proposer de la garder : nous manquons de place !

— Elle a surtout besoin d'une bonne nouvelle ! intervint Adalbert. Tout comme nous autres, et elle refusera de bouger tant qu'on ne saura pas...

Il n'acheva pas sa phrase. Ce fut le professeur qui s'en chargea :

— Pour la suite je m'en occupe ainsi que de Mr. Wishbone. Ce sont mes amis, que diable !

— Jusque-là, reprit Adalbert, vous avez bien voulu, madame, évoquer l'idée d'un café ? Je crois qu'aucun de nous ne refuserait !

— Bien sûr, voyons ! Je vais vous chercher ça !

L'attente commença. Peu à peu Pauline s'était calmée, suffisamment tout au moins pour réaliser son changement de situation dans l'entourage du blessé. Simplement, elle s'était rapprochée d'Adalbert et avait glissé son bras sous le sien. Il le ressentit comme une sorte d'appel au secours et y appuya sa main compréhensive :

— Vos doigts sont glacés ! murmura-t-il. Vous n'êtes pas bien...

— N'y faites pas attention ! Ce sont mes nerfs !

— Vous, toujours si solide ? fit-il en s'emparant des deux mains pour les réchauffer.

— C'est que je m'en veux tellement, Adalbert ! Tout ce drame par ma faute !

— Allons donc ! Qu'avez-vous à vous reprocher d'autre qu'un mouvement d'amour plus fort que vous et auquel on a répondu... avec un certain enthousiasme, il me semble ? Pour tout le reste de ce désastre, vous n'y êtes vraiment pour rien. Ce n'est pas vous qui avez coulé le *Titanic*, assassiné la marquise d'Anguisola, votre tante, ni dirigé la joyeuse collection de crapules qui nous est tombée dessus... À ce train-là, j'ai quelques reproches à me faire moi aussi !

— C'est tout de même moi qui, en venant en France, ai fait la connaissance de ce Fanchetti... Je ne sais plus très bien comment l'appeler maintenant. Catannei, Borgia ou le diable sait quoi !

— Là est votre erreur. Je suis persuadé qu'il s'est donné un mal de chien pour entrer dans le cercle de vos amis...

— Mais c'est peut-être lui qui a tiré sur Aldo. J'en jurerais presque.

— Et vous auriez tort ! La bande était déjà loin sans doute à ce moment-là.

— Qui alors ?

— Je ne sais pas... mais il faudra bien que je l'apprenne un jour...

— Une chose est certaine, en tout cas : j'ai brisé son couple. Irrémédiablement !

— Qu'en savez-vous ?

— Si vous aviez vu sa femme quand elle a apporté la rançon... notre rançon à tous les deux et que j'ai refusé qu'elle paie pour moi, elle a eu pour Aldo et moi un regard lourd de mépris et elle m'a dit : « Vous m'avez déjà volé mon mari, alors quelques dollars de plus ou de moins… » J'ai cru mourir de honte !

Les larmes coulaient de nouveau sur son visage mais elle avait parlé bas de façon à n'être entendue que du seul Adalbert. Les deux autres d'ailleurs somnolaient plus ou moins.

— Cessez de vous torturer, Pauline ! Cela ne sert à rien et vos torts sont sûrement moins grands que vous ne le redoutez. Lisa est une femme assez imprévisible même pour moi qui croyais pourtant bien la connaître…

— Vous pensez qu'elle aurait dû être ici à ma place ?

— D'abord, oui ! Mais, dès que nous avons été hors du château, elle est partie droit devant elle ! Pour ce que j'ai pu en apercevoir quelqu'un l'attendait… avec une voiture…

— Mais c'est impossible, voyons ! Elle a été amenée au château comme nous-mêmes sans savoir où elle allait et dûment encadrée ! Ce qui laisserait supposer que ce quelqu'un a réussi à la suivre en dépit des menaces ?

— Je vous dis ce que j'ai vu et j'imagine que son père, le banquier Kledermann, était parvenu à prendre quelques précautions pour qu'elle soit surveillée…

— Donc elle ignore qu'on lui a tiré dessus ?

— On peut le croire…

On pouvait, en effet, mais au fond rien n'était moins sûr étant donné ce qu'Adalbert avait vu et qu'il était bien décidé à garder pour lui jusqu'à nouvel ordre. Lisa était partie en courant vers la lisière du bois où attendait une voiture. Aldo l'avait suivie et lui-même suivait son ami. L'un comme l'autre à une certaine distance. Cela ne l'avait pas empêché de voir Lisa se précipiter au cou de l'homme à la voiture qui avait démarré aussitôt. Il avait alors entendu Aldo crier « Lisa ! » et le coup de feu avait suivi, à peu près de l'endroit où stationnait la voiture un instant plus tôt... Puis plus rien ! Adalbert aurait voulu courir à la poursuite de l'assassin mais il y avait Aldo gisant dans son sang et il avait appelé à l'aide...

Il se retint de confier cela à Pauline parce qu'il n'était certain de rien sinon d'avoir vu Lisa rejoindre cet inconnu et disparaître avec lui. La présence du meurtrier à ce même endroit pouvait être un simple effet du hasard et il ignorait tout des résultats des investigations de la gendarmerie : la priorité absolue c'était Aldo peut-être en train de mourir... Grâce à Dieu et au commissaire Desjardins, de Chinon, ils étaient intervenus à une vitesse record. Aussi Adalbert avait-il remis à plus tard d'éclaircir un mystère qu'il ne pouvait s'empêcher de juger monstrueux. Tout en lui se révoltait à la pensée que Lisa pût avoir un amant, même s'il lui était arrivé de se dire qu'Aldo ne l'aurait pas volé, mais que cet homme eût décidé de tuer son rival et qu'elle en soit complice, non, cent fois non, mille fois non ! Elle avait l'âme trop haute pour cela en dehors du fait que le couple avait trois bambins qu'elle adorait. Au point d'agacer parfois son mari lui reprochant d'être mère plus qu'épouse ! Une telle femme ne pratiquait pas les aventures extra-conjugales ! Alors ?... Alors il fallait mettre de côté tout ce fatras ! Il y avait une priorité autrement plus exigeante...

Et Adalbert finit par fermer les yeux...

Trois heures s'écoulèrent avant que la porte ne s'ouvrît devant le chirurgien revêtu de sa blouse blanche dont il avait retroussé les manches au-dessus des coudes, son bonnet toujours sur la tête. C'était un homme de taille moyenne qui semblait incroyablement jeune, dont les traits réguliers eussent pu paraître sévères sans le pli un rien moqueur relevant un coin de sa bouche. Mais le regard d'Adalbert s'était porté en premier sur ses mains qu'il achevait de sécher : des mains fines et nerveuses aux doigts courts mais fuselés qui devaient être d'une grande habileté.

Tous s'étaient levés à son entrée mais les gorges étaient trop serrées pour libérer une question. Alors il leur sourit :

— Je pense que vous pouvez reprendre espoir. Sauf complications, il devrait s'en tirer mais il a eu une chance incroyable due sans doute à un mouvement involontaire de la tête.

— Il courait quand il a été atteint, expliqua Adalbert.

— C'est peut-être ce qui lui a sauvé la vie. La balle que nous avons extraite n'a pas touché le cerveau mais il s'en est fallu d'un cheveu, à un demi-centimètre près il était tué net ! Vous allez pouvoir prendre quelque repos... et moi aussi... Eh là ! Doucement ! Il vaudrait mieux vous occuper de cette belle dame !

Un même élan avait jeté les trois hommes vers lui. Pauline quant à elle avait choisi de s'évanouir.

— Je m'en occupe, calma l'infirmière en chef qui suivait M. Lhermitte.

— Et il n'aura pas de séquelles ? s'enquit Adalbert.

— Vous voulez savoir si son intelligence est intacte ou une quelconque de ses facultés ? N'oubliez pas que j'ai dit : sauf complications. J'espère sincèrement que non mais on ne peut jurer de rien.

— Il est réveillé ? demanda le professeur.

— Pas encore et, si vous le permettez, je vais voir ce qu'il en est. Revenez cet après-midi ! Ou plutôt téléphonez. Je ne pense pas que je pourrai vous autoriser à le voir ! Cette dame est sa femme peut-être ? ajouta-t-il en désignant Pauline que l'infirmière venait de ranimer.

— Non. Sa cousine. Elle était comme lui captive au château.

— Elle a besoin de repos elle aussi !

— Nous allons nous installer à l'hôtel pour attendre les nouvelles, dit Adalbert. Le professeur de Combeau-Roquelaure nous offrait l'hospitalité mais Chinon dans les circonstances présentes est un peu loin. En outre, il nous faut prévenir sa famille…

— Dans ce cas, Mme Vernon va vous faire sortir par-derrière pour vous éviter la foule.

— Et surtout les journalistes, fit l'infirmière en chef. Il paraît que tous ceux de la ville sont déjà là. Et il va en venir d'autres…

— On leur communiquera une annonce tout à l'heure ! À bientôt, messieurs, et vous aussi madame ! Et soyez tranquilles, nous ferons en sorte de protéger le repos de notre patient ! ajouta le chirurgien. La police y veillera de près !

Quelques instants plus tard, ils rejoignaient la voiture d'Adalbert que le professeur avait récupérée et effectuaient à l'hôtel – d'ailleurs prévenu ! – une entrée discrète par le garage. Trois chambres étaient prêtes et Pauline, visiblement à bout de nerfs et de forces, trouva le lit dont elle avait tant besoin et les soins d'une gentille femme de chambre.

Beaucoup plus frais qu'elle parce que n'ayant pas eu à subir le cauchemar de la dernière nuit à la Croix-Haute après des semaines de captivité, Adalbert, Wishbone et le professeur se firent servir un petit déjeuner copieux dans une petite salle tranquille de l'hôtel mais, avant de passer à table, Adalbert voulut téléphoner à Paris chez Mme de Sommières :

— Elle et Plan-Crépin n'ont pas dû dormir beaucoup depuis notre départ, crut-il bon d'expliquer.

En fait, personne n'avait fermé l'œil rue Alfred-de-Vigny car, dès la première sonnerie, Marie-Angéline décrocha et poussa un énorme soupir de soulagement en reconnaissant sa voix.

— Enfin ! exhala-t-elle. On n'en pouvait plus !

— Ce n'est pas possible, vous campez chez le concierge ?

— Non. Au pied de l'escalier : la ligne est prolongée. Alors où en êtes-vous ?

— Ce serait un peu long à vous raconter mais, en gros, les prisonniers ont été délivrés, la Croix-Haute a flambé toute la nuit mais...

Il hésita, ne sachant pas trop comment annoncer le drame et tout de suite elle s'énerva :

— Mais quoi ? Parlez, sacrebleu ! Il est arrivé quelque chose à Aldo ?

— Oui, un coup de feu à la tête, mais il a été transporté à l'hôpital de Tours où on vient de l'opérer. Et le chirurgien s'est montré assez rassurant. Aussi...

— Ça suffit. On arrive ! Vous êtes où ?

— Hôtel de l'Univers à Tours !

— Retenez deux chambres ! On file à la gare et on prend le premier train !

— Il vous faut tout de même le temps de faire des valises.

— Elles sont prêtes depuis votre départ. Arrangez-vous pour venir nous chercher !

Ce fut son dernier mot : elle avait raccroché et il ne resta plus à Adalbert qu'à rejoindre les autres.

— Vous n'avez pas été long ! remarqua le Texan.

— Si elles ne sont pas déjà dans le train, elles ne vont pas tarder à y être, ricana le professeur. Je parie pour celui de dix-huit heures dix !

— On y sera !

En fait, Adalbert était seul sur le quai de la gare... Lui et les deux autres finissaient tout juste de déjeuner quand l'inspecteur Savarin – fleuron épineux de la police de Chinon – leur tombait dessus avec toute la grâce dont il était capable : il venait chercher Cornelius B. Wishbone et le professeur de Combeau-Roquelaure pour les emmener chez le commissaire Desjardins, son patron, aux fins d'interrogatoire, sans cacher que, si le second allait devoir raconter comment lui et Vidal-Pellicorne avaient réussi à pénétrer dans le château au moment du drame, le premier risquait une inculpation de complicité puisqu'il faisait partie de l'entourage immédiat de Lucrezia Torelli, l'avait aidée à quitter l'Angleterre discrètement et jouissait, au château, du statut d'invité. Ce qui avait fait bondir Adalbert lancé aussitôt au secours de son ancien rival :

— Uniquement attaché à la Torelli à laquelle il vouait un amour aussi patient qu'aveugle, il n'a rien à voir, même de loin, avec les agissements criminels de la bande. La preuve en est qu'il a bien failli périr avec le prince Morosini et Mrs. Belmont, eux-mêmes prisonniers, de la mort ignoble à laquelle ils avaient été condamnés !

— Et j'en suis témoin ! rugit le professeur.

— Eh bien, vous le direz au patron ! Quant à vous, ajouta-t-il pour Adalbert, on vous entendra plus tard quand on sera fixé sur le sort de votre ami ! De même, je devrai normalement emmener aussi la dame Belmont, également ex-prisonnière...

— Pour l'amour de Dieu, fichez-lui la paix ! Après ce qu'elle a enduré elle a besoin de dormir, surtout si vous y ajoutez la matinée passée à l'hôpital !

— Je veux bien vous l'accorder... mais il faudra forcément qu'à un moment ou à un autre, elle vienne déposer ! Comme vous ! C'est la loi !

— Est-ce que vous ne feriez pas mieux de courir après la bande de truands qui s'était emparée de la Croix-Haute ? Je parierais que vous n'en tenez pas un seul ?

— Je ne suis pas là pour vous faire des confidences ! Et vous avez tout intérêt à vous tenir tranquille !...

Impatienté, le professeur s'en mêla :

— Ne vous faites pas de bile, mon garçon ! Je connais Desjardins et je lui dirai ce qu'il doit entendre. Veillez seulement sur Morosini et sur cette charmante Américaine !

On en resta là. Savarin emmena ceux qu'il appelait gracieusement son « gibier » sans toutefois aller jusqu'à la potence. Adalbert s'assura que Pauline serait surveillée durant son absence, récupéra sa voiture, passa par l'hôpital où Aldo était toujours en salle de réveil. Il avait ouvert les yeux mais les avait aussitôt refermés. Sa température était un peu supérieure à la normale, rien d'inquiétant cependant, selon l'infirmière Vernon :

— Il faut laisser passer la nuit pour savoir si tout est vraiment en ordre, mais ne vous tourmentez pas trop ! C'est une chance pour lui d'être tombé entre les mains de M. Lhermitte. Même à Paris on ne trouve pas son pareil ! Ni à Lyon, ni à Montpellier, ni à Bordeaux...

— On n'a pas essayé de vous le prendre ?

— Évidemment si ! Mais il aime notre Touraine... et aussi sa femme !

— Et alors ?

— Pour rien au monde elle n'accepterait de vivre ailleurs. Ils ont une maison ravissante et trois enfants superbes !

Adalbert faillit répondre à cette aimable dame que c'était le cas d'Aldo : lui aussi avait une belle maison et trois enfants magnifiques mais il aurait fallu évoquer aussi son épouse et là le sujet devenait dangereux. Et puis l'heure du train approchait et il avait juste le temps de gagner la gare.

Il arriva au moment même où la locomotive faisait son entrée sous la verrière en lâchant un jet de vapeur, et s'avança jusqu'au premier des deux wagons Pullman à peu près sûr d'y trouver celles qu'il cherchait. Et de fait elles étaient là. Agitée comme une puce, Marie-Angéline lui tomba presque dans les bras :

— Comment va-t-il ? demanda-t-elle aussitôt.

— Et si vous vous calmiez un peu ? ronchonna Mme de Sommières que Marie-Angéline avait effleurée pour passer devant elle.

— Vous avez fait bon voyage ? demanda Adalbert en aidant la vieille dame à descendre à son tour.

— Détestable ! Non seulement je me faisais un sang d'encre mais il fallait en outre supporter les invocations éplorées de cette folle ! J'aurais dû me munir d'une matraque... Puis baissant le ton jusqu'au murmure : Il vit toujours au moins ?...

Vidal-Pellicorne garda la main qu'il tenait, la glissa sous son bras et la recouvrit d'une paume chaleureuse :

— Il vit toujours et j'espère fermement qu'il va continuer...

— On va à l'hôpital tout de suite ! décréta Plan-Crépin.

— Non. Demain. Il est encore en salle de réveil. Il a ouvert les yeux une fois mais les a refermés et on ne saura que demain si...

— ... s'il aura des séquelles ? compléta la marquise. Voyez-vous, Adalbert, je crois que je les redoute pour lui plus que la mort. Elle nous crucifierait mais je préférerais cette issue plutôt que de le voir devenu l'ombre de lui-même, un corps sans âme, une sorte de...

— ... de plante verte ! ragea la vieille fille qui reprit aussitôt : Sait-on au moins qui a tiré sur lui ?

— Non. Il semblerait que toute la clique ait réussi à s'échapper. Je ne vois pas comment d'ailleurs...

— Un de ces bons vieux souterrains, voyons ! Tous ces châteaux en sont truffés !

— Un : le vieux château n'existe plus, et deux : le professeur et moi avions erré pendant toute la soirée. En outre, renseignée par lui, la gendarmerie gardait les issues...

— Faut croire qu'il en manquait une et...

— La paix, Plan-Crépin ! intima la marquise. On parlera de tout cela à l'hôtel. Je vous avoue, Adalbert, que j'ai une furieuse envie d'un...

— ... verre de champagne ?

— Pas ce soir ! Plutôt un bon café – à condition qu'il soit vraiment bon ! – et d'un petit quelque chose dedans ! Comme de toute façon je ne dormirai pas de la nuit...

Une demi-heure plus tard, elle était exaucée et pouvait se détendre dans le cadre paisible d'une des « suites » de l'Univers qu'Adalbert avait retenues pour elles... et celui-ci commençait son récit.

Elles l'écoutèrent sans l'interrompre, ce qui représentait une sorte d'exploit quand Marie-Angéline faisait partie de l'auditoire. Ce fut seulement au moment où il en vint à l'état actuel du drame qu'elle explosa :

— Vous dites que Pauline Belmont est ici ?

— Seigneur ! gémit Mme de Sommières, la voilà repartie !

— Naturellement, répondit l'orateur sans se laisser démonter. Après ce qu'elle a subi nous estimions qu'elle aurait peut-être besoin de soins hospitaliers mais elle les a refusés. Ils ne s'imposaient pas et en outre la police doit l'entendre.

— Oh ! Elle est de bon bois ! Ça on ne le sait que trop ! En revanche, vous feriez mieux de nous dire où est Lisa.

Adalbert n'en avait parlé qu'au moment où ils s'étaient retrouvés dehors. Intentionnellement d'ailleurs, dans l'espoir que le sort dramatique d'Aldo lui permettrait de passer sous silence l'étrange conduite de la jeune femme. Son regard implorant alla chercher celui de la vieille dame mais, cette fois, elle avait changé de camp :

— Désolée, Adalbert ! Moi aussi j'ai besoin de savoir. Je sens que quelque chose vous tourmente et j'aimerais bien le partager. La logique aurait voulu qu'après le coup de feu elle soit restée auprès de son époux même si son attitude quand elle avait remis la rançon ne laissait guère de doutes sur la colère qu'elle ressentait. Alors je demande à mon tour : où est-elle ?

— Je ne sais pas !

— C'est difficile à croire ! Vous ne savez rien ou vous ne voulez rien dire ?

— Je vous jure que je l'ignore. Quant à ce qui s'est passé exactement, je n'arrive pas à trouver une réponse... satisfaisante !

— Pour qui ?

— Pour moi... et plus encore pour vous je le crains ! Je vais donc boucher le trou... mais, pour l'amour du ciel, Angelina, évitez de me sauter à la figure ! Ce sera vite fait d'ailleurs. Lorsque nous nous sommes échappés du château en nous bousculant plus ou moins, Lisa est sortie la première et elle a couru vers l'orée du bois où, sur le chemin, attendait une voiture... et un homme dans les bras duquel elle s'est jetée, après quoi ils ont démarré. Aldo courait derrière elle et moi à une vingtaine de mètres derrière lui. Je l'ai entendu appeler « Lisa ! » mais presque simultanément on a tiré et il s'est écroulé.

— D'où a-t-on tiré ? demanda la marquise dont le visage se figeait.

— De la lisière du bois... un peu à gauche de l'endroit où la voiture se trouvait...

— Mais enfin, il faisait nuit. Comment avez-vous pu voir ?

— Presque comme en plein jour ! Les autorités qui avaient entrepris d'assiéger le château n'opéraient pas dans le noir, tant s'en faut, et n'oubliez pas les flammes de l'incendie !

— Alors vous avez vu celui qui attendait Lisa ?

— Vu oui mais quant à savoir de qui il s'agissait... Il était grand, portait un long pardessus noir ou marine, une casquette de même teinte qui ne m'a pas permis de distinguer la couleur de ses cheveux. C'est peu...

— Il y quand même un détail qui me chiffonne, coupa Plan-Crépin. Pour être arrivé jusqu'à la Croix-Haute, il a fallu que l'inconnu sache où l'on conduisait Lisa...

— À moins de faire partie de la bande et c'est totalement impossible, protesta Adalbert...

— Laissez-moi finir !... Ou qu'il ait réussi à la suivre, ce qui me paraît sacrément risqué étant donné les exigences habituelles des ravisseurs... Cela mettait sa vie en danger sans compter celle des prisonniers...

— Elle risquait de ne pas en sortir vivante ! ajouta la marquise horrifiée.

— De toute façon, personne n'aurait dû en sortir vivant, assura Adalbert. Pas même le brave Wishbone qui avait donné un sérieux coup de main à la Torelli pour quitter l'Angleterre et rentrer au château. Si vous les aviez découverts comme nous l'avons fait le professeur et moi, vous n'auriez aucun doute : ficelés tels des saucissons au milieu d'une salle empestant l'essence !

Songeuse, Mme de Sommières murmura :

— ... Et pourtant elle devait savoir qu'il serait là ! Quand elle est sortie du château vous a-t-elle paru hésiter sur ce qu'elle allait faire ?

— Du tout ! Elle a filé droit vers l'inconnu... mais, j'y pense à présent, la voiture nous faisait face et elle a émis deux appels de phares... Donc elle savait qu'il serait à cet endroit ! C'était un signal convenu ! conclut Adalbert soudain très sombre. Reste à savoir de qui il s'agissait.

— Pourquoi pas le fameux cousin Gaspard, amoureux d'elle depuis l'enfance et qui déteste Aldo en proportion ? Il gère, si je me souviens, la succursale parisienne de la banque Kledermann ? Cela expliquerait au moins qu'elle se soit dirigée vers lui en échappant à cet enfer ? proposa Plan-Crépin. Un geste d'affection spontané !

— Leur baiser n'était pas vraiment fraternel bien que rapide !

— Cela ne signifie pas qu'il est son amant ! s'indigna-t-elle. Si elle savait Aldo derrière elle, Lisa s'est seulement offert le plaisir de lui rendre la monnaie de sa pièce. Il ne l'avait pas volée ! Croyez-vous qu'elle ait pu apprécier de les retrouver ensemble devant elle ? À sa place je leur aurais arraché les yeux à tous les deux !

— La bonne chrétienne que voilà ! s'écria la marquise. Quand vous retrouverez votre confesseur dans notre cher Saint-Augustin, vous devriez avoir des choses intéressantes à lui glisser dans le tuyau de l'oreille. Quoi qu'il en soit revenons au château ! Adalbert, vous avez entendu Aldo appeler sa femme ? Et elle n'a pas ralenti sa course ?

— C'est bien ça et le baiser n'a pas duré six mois ! Ils ont démarré dans les secondes suivantes...

— Et le coup de feu, a-t-elle pu l'entendre ?

— En vérité je n'en sais rien. Il y avait déjà le bruit du moteur qui tournait quand elle a rejoint l'inconnu. Au moment de la déflagration, la voiture s'éloignait mais elle était encore visible... Oh, et puis je ne sais plus ! Par pitié, Marie-Angéline, abandonnons la question, pour l'instant ! Je comprends que vous défendrez toujours Lisa bec et ongles mais si vous le voulez bien, on en reparlera lorsque l'on sera sûrs qu'Aldo vivra... et ne restera pas infirme ! C'est tout ce qui compte pour moi ! Alors les histoires de bonnes femmes ! continua-t-il, soudain rageur. Je me reproche assez ma conduite envers lui ! S'il vous plaît, n'en rajoutez pas !

Il jaillit de son fauteuil et se dirigea vers la porte.

— Où allez-vous encore ?

— Voir si Pauline est réveillée et où elle en est ! Parce qu'elle aussi en a bavé, même si vous décrétez que c'est bien fait pour elle !

Le battant claqua derrière lui, laissant les deux femmes muettes à l'exception du « Oh ! »

indigné de la vieille fille. Un silence suivit puis Mme de Sommières émit une petite toux discrète :

— Quelle que soit votre opinion, j'aurais plutôt tendance à lui donner raison, Plan-Crépin ! Et au lieu de vous répandre en imprécations vous seriez mieux inspirée de prier pour qu'Aldo nous soit rendu non seulement vivant mais gardant ses facultés intactes ! Quant à l'assassin, vous pouvez être sûre qu'Adalbert remuera ciel et terre pour le retrouver !

— Et je l'y aiderai, morbleu !

Mme de Sommières exhala un soupir fataliste et ferma les yeux. Elle se sentait incroyablement vieille tout à coup...

— Un à la fois ! Pas plus de trois minutes et pas un mot ! ordonna l'infirmière Vernon barrant l'entrée de la chambre du blessé. Qui passe en premier ?

— Moi ! fit Mme de Sommières avec décision.

Et elle entra.

La tête enturbannée de pansements, les paupières closes, le teint cireux, les lèvres décolorées, Aldo présentait une triste mine et la vieille dame ravala courageusement ses larmes mais jugea plus prudent de s'asseoir puis, se penchant, elle toucha doucement l'une des longues mains abandonnées de chaque côté du corps, s'imposant un rude effort pour ne pas la prendre dans les siennes afin de la réchauffer : elle était en effet à peine tiède... mais le blessé dut sentir sa présence et, soudain, il ouvrit les yeux :

— Tante... Amélie ! souffla-t-il avec l'ombre d'un sourire.

— Chut !... Tu ne dois pas parler !

Elle aurait chanté de joie et, cette fois, prit sa main et y mit un baiser avant de la reposer. Le temps imparti était déjà écoulé et elle se leva, franchit la porte sans se rendre compte de ce que les larmes inondaient son visage.

— Nous pleurons ? gémit Marie-Angéline. C'est si désespéré ?

— Oh non ! C'est la joie sans doute : il m'a reconnue !

Déjà Adalbert l'avait remplacée. Deux minutes plus tard il revenait, offrant la mine rayonnante d'un élu qui a vu s'entrouvrir le ciel :

— Il m'a appelé « Vieille Branche ! », soupira-t-il extatique. Il est guéri !

— Pas encore ! rectifia le docteur Lhermitte qui venait d'arriver. Néanmoins je pense sincèrement que l'on peut augurer une remise en ordre totale. À condition toutefois de ne pas courir la poste ! Il lui faut du repos... mais pas dans une chaise longue à papoter de l'aube au crépuscule et davantage ! Alors pour commencer je le garde quinze jours ici. Ensuite il pourra rentrer à Paris en ambulance. Il habite Venise, ajouta-t-il rapidement en voyant Adalbert ouvrir la bouche, mais le voyage est trop long. En outre, à Paris, je souhaiterais un endroit aéré...

— Si le parc Monceau vous convient j'y habite un hôtel particulier ! dit Mme de Sommières. Il y est chez lui autant que moi. Mais pour en revenir à Venise, quand envisagez-vous...

— De le rapatrier ? Pas avant trois bons mois !... Je sais à quoi vous pensez, dit-il en voyant Adalbert se gratter le crâne : la police va vouloir l'interroger ?

— C'est vrai, j'y pensais !

— Je m'en suis expliqué avec le commissaire Desjardins, de Chinon. Comme il était prisonnier et ignorait où il se trouvait, sa déposition peut attendre quelques jours et soyez certain que je ne l'abandonnerai pas ! Enfin, aucun journaliste ne franchira le seuil de sa chambre. Elle va être gardée jour et nuit !

Ayant dit cela, il salua courtoisement les deux femmes, serra la main d'Adalbert et suivit l'interne qui venait réclamer sa présence.

— Eh bien, nous allons donc nous installer ici pour une quinzaine. Nous aurions pu tomber plus mal ! constata la marquise avec une certaine satisfaction. J'ai toujours aimé la Touraine !...

— Ce jardin des rois ! émit Marie-Angéline en écho.

— Allons, tant mieux ! repartit Adalbert. Pour l'instant je vous emmène à Chinon visiter...

— Les ruines du vieux château ? J'adore !... Et peut-être aussi ce qu'il reste de la Croix-Haute ?

— Pour l'instant on va surtout explorer le commissariat de police ! J'ai promis d'y passer aujourd'hui ! Des questions auxquelles il faudra répondre...

— Puisque vous étiez avec lui, ce vieux fou d'Hubert a dû se dépêcher de retracer votre aventure ? marmotta la marquise.

— Sans doute, mais Desjardins se doit de m'entendre aussi. Et puis je vous avoue que je ne serais pas fâché d'apprendre que l'on a réussi à récupérer les joyaux descendant de Borgia, vrais ou faux ! Il est impossible qu'ils aient disparu sans laisser de traces...

Le temps s'était soudain mis au beau et considérablement radouci. Adalbert rabattit la capote de la voiture afin que ses passagères pussent profiter pleinement d'une région où l'approche du printemps se faisait toujours sentir plus précocement qu'ailleurs... La promenade fut charmante mais l'état de grâce prit fin dès que l'on atteignit les locaux de la police où retentissaient les éclats de voix du professeur :

— Quand je vous certifie que ce coteau est troué comme un gruyère vous me répondez que je vois des souterrains partout ! D'abord j'en connais déjà pas mal mais je suis persuadé qu'il y en a d'autres. Sinon, expliquez-moi comment les vipères qui logeaient à la Croix-Haute ont-elles pu disparaître si facilement ?

L'arrivée des nouveaux venus parut soulager Desjardins : il les accueillit avec un empressement révélateur. D'ailleurs son bourreau fut soudain tout sucre et tout miel :

— Je ne désespère pas de vous prouver que j'ai raison ! ne put-il s'empêcher d'assener, pensant ainsi avoir le dernier mot mais, occupé à souhaiter la bienvenue à ses visiteurs, surtout aux deux dames, Desjardins ne l'écoutait plus.

Il se montra soulagé des nouvelles encourageantes qu'on lui apportait :

— Une victime de moins, c'est appréciable, vous savez ? En particulier avec cette sorte de gens ! Songez que l'on a retrouvé dans les gravats le corps du vieux Catannei presque intact... à ceci près qu'on lui avait tiré une balle dans la tête !

— Curieux ! remarqua Adalbert. Selon Mr. Wishbone on avait annoncé sa mort la veille de l'incendie !

— Le légiste, lui, pense différemment. Guère soucieux de s'encombrer d'un malade, ses enfants, ou je ne sais trop ce qu'ils étaient pour lui, l'ont abattu avant de s'enfuir, comptant sans doute sur le feu et les charges d'explosifs disposées ici ou là pour le faire disparaître définitivement. Or, en s'écroulant, le plafond de sa chambre est tombé de telle façon que deux poutres protégaient le corps...

— C'est une chance – si l'on peut dire ! – qu'il ait été si vite repéré ! Que reste-t-il du château ?

— Un énorme tas de décombres que les gens de la ville, maire en tête, fouillent farouchement. Il ne faut pas oublier qu'ils en étaient propriétaires. Et qu'ils y tenaient !

— L'assurance les consolera ! fit Adalbert.

— Je ne suis pas certain qu'il en existe une. Depuis la mort de M. Van Tilden ils ne s'en sont pas souciés, faisant confiance à des locataires particulièrement généreux ! Monsieur Vidal-Pellicorne, puis-je vous poser quelques questions ?... Ne fût-ce que pour confirmer la déposition du professeur !

— Est-ce que, par hasard, vous mettriez ma parole en doute ? rugit celui-ci.

— Du tout... si ce n'est votre talent de conteur ! Vous aimez tellement les histoires que, sans vous en rendre compte, vous leur donnez facilement un tour poétique dont s'accommodent mal les dures réalités d'une déposition.

— Dans ce cas, je m'en vais ! Adalbert, mon garçon, racontez-lui notre odyssée ! Pour rien au monde je ne voudrais que ma présence vous amène à fabuler aussi ! Venez donc prendre une tasse de thé chez moi, Amélie ! Et vous aussi, jeune fille !

La rancune que cette dernière gardait envers l'ex-beau-frère de la marquise ne résista pas à ces deux mots !

— Avec plaisir ! fit-elle en sautant sur ses pieds.

Naturellement, le récit de l'égyptologue fut en tous points semblable – le talent y compris ! – à celui de son ancien professeur au lycée Janson-de-Sailly mais vint ensuite la question qu'il redoutait et à laquelle Hubert de Combeau-Roquelaure n'avait apporté qu'une vague réponse : qu'était devenue l'épouse d'Aldo ?

— Si j'ai bien compris le professeur la voyait pour la première fois ?

— Absolument. Morosini lui-même ignorait ce cousin-là jusqu'à ce qu'il le rencontre dans ce bureau et vous le savez pertinemment !

— Certes. Il m'a seulement dit que c'était une fort belle femme et qu'elle semblait détester son mari ?

— Exact. Elle est ravissante. Quant à sa colère on peut la comprendre. Votre Borgia de pacotille l'avait sommée d'apporter un million de dollars si elle voulait revoir vivants non seulement son mari mais aussi la maîtresse dudit mari… Mais vous avez déjà dû entendre Mrs. Belmont ?

— Une très belle femme elle aussi ! Votre Morosini a de la chance !

— Si l'on veut ! Je vous rappelle qu'il a pris une balle dans le crâne ! Il est vrai qu'il devrait s'en sortir. Que vous a appris Pauline Belmont, si je peux me permettre ? C'est pour moi une amie chère !

— Elle m'a paru extrêmement malheureuse en dépit d'un comportement d'une grande… dignité ! Elle a volontiers admis qu'elle s'était sentie profondément humiliée, mais en dehors du fait qu'elles ont quitté le château en même temps ou presque, elle n'a pu me dire ce que la princesse était devenue. M'en direz-vous autant ?

— Un peu plus peut-être. Dès qu'elle a été hors du château, je l'ai vue partir en courant vers la lisière des bois.

— Vous n'avez pas essayé de la rattraper ?

— D'abord oui mais, peu après, le coup de feu qui a abattu Morosini a éclaté et je me suis précipité à son secours.

— D'où a-t-on tiré ?

— Difficile à préciser ! Le terrain est en pente et il a roulé sur lui-même. Naturellement je ne me suis pas soucié plus longtemps de Lisa… sa femme. Mais comme elle se dirigeait vers la ville, quelqu'un a bien dû la remarquer ? ajouta-t-il l'œil chargé d'innocence.

— La ville ? Elle était tout entière sur les lieux de l'incendie, à l'exception des impotents ! Ça les intéressait au premier chef comme vous pensez !

— Elle avait peut-être dans l'idée de faire de l'auto-stop ?

— Mais c'est idiot ! Il y avait un monde fou là-haut ! Elle pouvait demander de l'aide à n'importe qui ? À commencer par vous ?

— Vous avez entièrement raison… vu d'ici ! Mais je vous rappelle qu'elle vivait un cauchemar depuis plusieurs jours et qu'elle n'était plus elle-même. Dans son état on pouvait redouter le pire !

— À quoi pensez-vous ?... Un plongeon dans la Vienne ?

— Tout de même pas. Elle a trois enfants qu'elle adore au point de rendre parfois son mari jaloux. Non, avec une femme comme elle le suicide est exclu dans tous les cas ! Elle est suissesse, souvenez-vous, fille de banquier, elle a toujours eu les pieds sur terre et quand elle a épousé Aldo, elle n'ignorait rien de sa vie sentimentale passée. Elle le savait sujet à des poussées... de chaleur, dirais-je !

— Cette fois, cependant, il s'agissait d'un peu plus qu'une « poussée de chaleur », pour employer votre expression, mais bel et bien d'une maîtresse affirmée !

— Eh bien non, si étrange que cela puisse paraître ! Aldo ne nie pas que Pauline exerce sur lui un attrait puissant mais presque uniquement charnel.

— Difficile à admettre ! Elle est diablement séduisante !

— Oh, je vous l'accorde et d'ailleurs il lui voue une sorte de tendresse mais c'est sa femme qu'il aime !

— Pas très clair, tout de même !

— Ça le devient si j'ajoute que Pauline, elle, l'aime passionnément ! C'est elle qui a pris l'initiative de le rejoindre dans le Simplon-Orient- Express alors qu'il rentrait chez lui justement pour la fuir ! Tout le mal est venu de ce voyage en ce qui le concerne ! Là-dessus évidemment se sont greffées l'aide que Mr. Wishbone lui a demandée pour retrouver la Chimère des Borgia afin de l'offrir à la Torelli qui s'en prétend descendante... et la haine solide que celle-ci lui voue pour avoir refusé – et par deux fois –, alors qu'il est sans doute le plus grand expert européen en joyaux anciens, de s'intéresser à elle. Enfin, pour en finir avec la princesse Morosini, je pense qu'à l'heure présente elle a dû regagner Venise... d'où elle reviendra, j'espère, quand elle saura son mari gravement blessé ! Voilà, monsieur le commissaire, tout ce que je peux vous dire... Si vous avez encore besoin de moi vous n'aurez qu'à m'appeler ou, en avertir mon vieux maître ! Je ne quitterai pas la Touraine tant que Morosini y sera....

— Aucun doute ! Vous avez menti effrontément à ce brave homme, décréta Mme de Sommières tandis que l'on revenait vers Tours. Et je pense que dans ce cas particulier vous avez bien fait de protéger Lisa mais vous avez couvert du même coup l'homme qui l'attendait et...

— Nous n'allons pas le lui reprocher ? coupa Marie-Angéline. Le seul à qui l'on peut dire la vérité dans cette histoire, c'est Langlois ! Et encore...

— Comment ça « Et encore » ? Il ne vous vient pas à l'idée, Plan-Crépin, que le tireur pourrait être cet homme ?...

— Lui, non ! émit l'égyptologue. Je suis formel. La voiture s'éloignait quand le coup a éclaté et je vois difficilement Lisa regardant sans broncher son « ami » tirer son mari comme un vulgaire lapin. Mais pour en revenir à Langlois et à la réflexion, je préfère éviter de lui en parler...

— Oh, je crois que je devine pourquoi ! fit Plan-Crépin avec un petit rire. Vous avez l'intention de régler ça tout seul, non ? Eh là ! Attention...

Adalbert, en effet, venait de donner un tour de volant imprévu afin d'éviter une poule qui sortait majestueusement d'une cour de ferme tentée par l'idée d'aller rejoindre son coq de l'autre côté de la route. Grâce à l'habileté du conducteur, la volaille put mener son projet à bonne fin avec un dédain absolu de la bordée d'injures un peu excessive peut-être mais qui fit un bien énorme à Adalbert en lui permettant de se défouler...

— Ça soulage, hein? reprit Plan-Crépin en remettant son chapeau à sa place. À présent vous répondrez peut-être à ma question? Vous vous réservez l'affaire Lisa et compagnie?

— Naturellement! Je considère ça comme un cas familial!

— Alors part à deux!... ou je mange le morceau!

— Plan-Crépin! s'indigna la marquise. Voilà que vous pratiquez le chantage maintenant? Et en quels termes! Il est vrai qu'avec vous il faut s'attendre à tout!

— Nous devrions savoir que je suis capable de tout quand il s'agit de ceux que j'aime! Et d'ailleurs est-ce que vous-même...

— Ne soyez pas insolente! Depuis le temps vous devriez savoir que je déteste que l'on me dise mes vérités! Conclusion, Adalbert?

— On garde ça pour nous jusqu'à nouvel ordre! Et il faut d'abord savoir où est passée Lisa!

2

Une nouvelle guerre des Deux-Roses ?

Décider de ce que l'on dirait ou qu'on ne dirait pas en roulant – même trop vite ! – sur une route de campagne et s'en tenir là quand la personne en question s'inscrit dans le paysage n'est pas du tout la même chose ! Adalbert allait en faire l'expérience dès le lendemain matin, en rencontrant ledit Langlois dans le hall de l'hôpital. Il s'y attendait si peu qu'il se sentit rougir comme s'il était coupable.

Pourtant, en le voyant venir, le visage cependant soucieux du policier s'éclaira :

— Content de vous voir, Vidal-Pellicorne ! Vous ne le savez peut-être pas, mais vous avez quelque chose de réconfortant ! Surtout pour moi qui ai toujours eu les hôpitaux en horreur.

— Vous avez dû pourtant en rencontrer quelques-uns… et ce n'est pas fini !… Mais c'est gentil d'être venu voir Morosini ! Il a dû être content ?

— Pas vraiment : il ne m'a pas reconnu !

— Quoi ? Pas reconnu ? Mais…

— Il paraît que ça va plus mal qu'hier. J'ai vu le chirurgien et il est un peu inquiet…

Adalbert ne l'écoutait déjà plus et fonçait vers la chambre d'Aldo dont Mme Vernon lui barra le passage :
— Où allez-vous ainsi ?
— On vient de me dire qu'il va mal, qu'il n'a pas reconnu...
— Ne dramatisez pas ! Il nous fait une montée de température et il est moins bien qu'hier mais ce sont des accidents qui se produisent. Cela ne signifie pas qu'il soit en train de mourir et nous sommes là pour le surveiller !
— Je peux le voir ?
— Pas pour le moment ! Voulez-vous une tasse de café ?
— Merci, non. Je dois rejoindre le commissaire principal !
— Et prévenir les dames ! Plus de visites aujourd'hui mais vous pouvez m'appeler ce soir. Je passe la nuit ici. Et ne vous tourmentez pas trop. Il est solide !
— Sauf des bronches ! Il a déjà eu des problèmes...
— Elles ne sont pas en cause !
Il retrouva Langlois qui faisait les cent pas dans le hall et vint vers lui aussitôt :
— Vous l'avez vu ?
— Non ! Plus de visites aujourd'hui mais je peux appeler ce soir. Venons-en à vous...
— Vous allez me demander ce que je fais là ? fit Langlois avec l'esquisse d'un sourire. D'habitude c'est plutôt moi qui pose les questions, non ?... Vous devez bien penser que l'affaire déborde largement la région de Touraine ? Je suis venu m'entretenir

avec le préfet et le sous-préfet de Chinon pour leur donner les informations qui nous sont parvenues. On sait maintenant comment les coupables ont pu fuir.

— Vous savez où ils sont ?

— Là nous n'en sommes qu'aux suppositions, en Italie sans doute. Quant aux moyens de quitter la Croix-Haute, ils devaient être prévus depuis longtemps, ce genre d'organisation ne laissant rien au hasard ! Ils sont partis en bateau mais au lieu de se laisser glisser jusqu'à la Loire, ils ont remonté la Vienne jusqu'à un petit aérodrome plus ou moins abandonné près de L'Île-Bouchard où ils ont laissé le bateau...

— Comment avez-vous pu le savoir ?

— Un coup de chance, je vous l'accorde : le père d'un de mes inspecteurs, ancien policier lui-même et pêcheur impénitent, habite sur la rive gauche de la Vienne et tout près dudit terrain d'envol. Il s'était levé très tôt pour poser des appâts. Il a vu arriver l'embarcation qui est repartie après avoir déposé ses passagers. L'avion est venu atterrir un quart d'heure plus tard, et n'est resté que quelques minutes avant de décoller. Direction plein sud ! Là-dessus notre pêcheur a appelé son fils qui m'a prévenu... Et me voilà !... Vous êtes à l'hôtel de l'Univers je suppose ?

— Vous supposez bien. C'est là que vous descendez ?

— Non. J'ai les honneurs de la préfecture... et cela me fait penser que je dois envoyer des fleurs à la préfète. En revanche, vous trouverez à votre hôtel Mr. John-Augustus Belmont qui est venu s'occuper de sa sœur qu'il souhaite ramener en Amérique au plus vite ainsi que sa femme de chambre Helen Adler qui va beaucoup mieux.

— Vous n'avez plus besoin de leurs témoignages ?

— Mrs. Belmont et miss Adler ont dit, je crois, tout ce qu'on pouvait en attendre et il n'y a aucune raison de les retenir davantage. L'une comme l'autre ont le plus urgent besoin de se retrouver dans leur cadre familial.

— Je m'en doute mais si vous arriviez à capturer toute la bande cela donnerait lieu à un procès, vous les convoqueriez ?

— Pour ne pas leur faire courir de risque, elles pourraient être entendues, à l'ambassade de France, par deux magistrats commis à cet effet, assistés de Phil Anderson, patron de la police métropolitaine de New York. En outre, je vous rappelle que – du moins en ce qui concerne Mrs. Belmont ! – une traversée de l'Atlantique supplémentaire ne représenterait pas un obstacle. Elle prend plus facilement le paquebot que le métro new-yorkais. De toute façon, le procès ne s'inscrit pas dans l'horizon immédiat. Je suis persuadé que nous avons en face de nous une branche de la Mafia...

— Autrement dit, le procès est du domaine du rêve ?

— Ne me faites pas dire ce que je n'ai pas dit ! J'espère fermement avoir leur peau un jour ou l'autre et Gordon Warren, à Scotland Yard, n'est pas près de lâcher prise. Nous allons obtenir de la Cour de La Haye un mandat d'arrêt international contre Lucrezia Torelli et Ottavio Fanchetti...

— S'ils s'appellent vraiment comme ça ! En outre, je ne suis pas certain que l'Italie de Mussolini soit disposée à vous aider !

Brusquement, l'élégant commissaire principal Langlois, que l'on pourrait appeler le dandy du Quai des Orfèvres, vira au rouge vif :

— Dites-moi, Vidal-Pellicorne, vous en avez encore pour longtemps à vous faire l'avocat du diable ? Vous commencez à m'agacer singulièrement !

— Ce n'est pas mon propos et je vous offre mes excuses ! Au vrai c'est que je me tourmente...

— Pour Morosini ? Vous croyez que je l'ignore ? Il est même le tout premier de mes soucis !

— Moi c'est son ménage qui arrive en première ligne ! Cette histoire délirante l'a mis en morceaux !

— Ce n'est pas une nouveauté ! Dois-je vous rappeler l'affaire de la « Régente » où, se croyant trompée, Dame Morosini lui a imposé une pénitence de plusieurs mois alors qu'il était aussi innocent que vous et moi, sans compter un état physique déplorable ? De toute façon, j'ai l'intention de l'interroger. Où qu'elle soit ! Si une convocation officielle ne lui suffit pas, j'irai jusqu'à Venise !

— Mais... pourquoi ?

— Pour qu'elle me parle de l'homme qui, ayant réussi l'exploit de suivre la voiture de ses ravisseurs, l'attendait à l'entrée du bois de la Croix-Haute... et en compagnie de qui elle est partie après l'avoir embrassé. Comme par hasard, le coup de feu qui a abattu Morosini est venu de ce coin-là... Approximativement, certes, mais suffisamment pour m'intéresser !

Si Langlois avait rougi, Adalbert, lui, devint blême :

— Comment le savez-vous ?

— Pas grâce à vous, en tout cas !... Alors que vous étiez parfaitement au courant ! Vous noterez que je ne vous demande pas pourquoi vous m'avez caché ce... détail parce que je le sais...

— Ah oui ? réussit à prononcer Adalbert qui se sentait flotter.

Il semblait même tellement désemparé que Langlois ne put s'empêcher de rire :

— C'est l'évidence même pour qui vous connaît un tant soit peu, vous... et la descendante des Croisés : affaire de famille donc chasse gardée ! Eh bien, j'ai l'intention de m'en mêler aussi... avec précaution, évidemment ! En attendant, ne faites pas cette tête-là et rentrez sagement à votre hôtel où vous retrouverez les Belmont ! Nous avons peut-être perdu une bataille mais la guerre ne fait que commencer !

Soulagé malgré tout, Adalbert avait, cependant, une dernière question à poser et rattrapa par la manche le policier qui s'apprêtait à rejoindre la voiture officielle stationnée devant la porte de l'hôpital :

— Excusez-moi... mais encore un mot ! Wishbone, qu'est-ce que le commissaire Desjardins en a fait ? Il n'est tout de même pas en prison ?

— Mais non, voyons ! Dans l'affaire, lui aussi est une victime même si c'est seulement de l'argent qu'il a perdu ! Au reste, il n'a pas la moindre envie de retraverser l'Atlantique.

— Je croyais que Pauline Belmont lui avait fait forte impression ?

— C'est très possible mais ce qui est certain c'est qu'il se reproche d'avoir entraîné Morosini aux portes de la mort... et qu'il compte fermement se joindre à votre joyeuse bande... si vous y consentez !

— Je ne vois pas pourquoi on n'y consentirait pas : même quand nous étions rivaux il trouvait le moyen de m'être sympathique ! Morosini, on n'en parle pas : c'est lui qui nous l'a amené. Enfin, nos dames l'apprécient et le trouvent amusant...

— Si vous voulez mon avis, je crois que c'est le point important pour lui : il est le dévot inconditionnel de la marquise ! Elle le fascine !

— Vous n'allez pas prétendre qu'il en est amoureux ?

— On a déjà vu pire !... Et j'ai dit : dévot ! Je ne devrais pas avoir à vous expliquer la différence. Vous êtes de l'Institut oui ou non ?

— Je le suis, mais quand il s'agit de gens que j'aime j'aurais assez tendance à dérailler !

— Tout à fait normal. Cela dit, vous ne verrez pas d'inconvénient, j'espère, à ce que je convoque la princesse Morosini par télégramme, elle a pas mal de choses à m'apprendre !

— Mettez-y les formes tout de même ! Elle doit être loin de nager dans le bonheur...

— Un, je ne suis pas une brute, et deux, il serait temps que quelqu'un lui apprenne... officiellement l'état de son mari !... En admettant qu'elle ne soit pas déjà au courant !

— Vous ne le pensez pas vraiment ?

— Dans une affaire de meurtre, j'ai l'habitude de faire mon devoir jusqu'au bout et si désagréable qu'il soit ! Et je pense qu'il est grand temps qu'on la voie au chevet de Morosini !

En rentrant à l'hôtel, Adalbert voulut monter chez Mme de Sommières mais trouva Marie-Angéline qui, bras croisés, arpentait le palier de long en large dans une agitation croissante.

— Qu'est-ce que vous faites-là ? On vous a mise en pénitence ?

— Quasiment ! Notre marquise reçoit Pauline Belmont qui a demandé à lui parler seule à seule !

— Ce n'est pas une raison pour faire l'ourse en cage dans celle de l'escalier. Je suppose qu'elles sont dans le petit salon qui sépare vos deux chambres ? Vous devriez être dans la vôtre !

— « On » me connaît trop bien ! « On » sait que j'adore écouter aux portes alors « on » m'a envoyée chez le pharmacien acheter des pastilles Vichy !

— Et vous y êtes allée ?

— Vous vous payez ma tête ? Je m'y précipiterai quand cette femme sortira ! D'ailleurs « on » n'a aucun besoin de ces pastilles : « on » a un foie en ciment armé.

— Savez-vous que c'est de la rébellion ouverte ? Allez acheter ce qu'on vous a demandé ! Je monterai la garde à votre place ! Et puis ça vous calmera !

Après une ultime hésitation, elle se décida et, sans appeler l'ascenseur, dégringola les marches. Adalbert alla s'asseoir dans l'un des deux fauteuils qui, près d'une table égayée par un vase d'anémones, meublait le large escalier. Il n'attendit pas longtemps. Pas plus de cinq minutes en tout cas avant que la porte ne s'ouvre devant la visiteuse que Mme de Sommières raccompagnait. Toutes deux semblaient très émues et Adalbert s'aplatit dans son fauteuil.

— Partez tranquille, ma chère ! Vous avez bien fait de venir me parler avec tant de franchise et vous pouvez emporter la certitude que je ferai tout mon possible pour que les traces de ce drame s'effacent... peut-être à la longue mais définitivement.
— Vous me donnerez des nouvelles ?
— Je vous le promets. Comptez-vous rester quelques jours à Paris ?
— J'aurais désiré attendre... qu'il entre en convalescence, mais mon frère estime qu'il est préférable de rentrer le plus rapidement possible...
— Il sait ce qui s'est passé entre vous ?
— Bien sûr. Nous sommes de vieux complices et, en conseillant un prompt retour chez nous, c'est à moi qu'il pense. Et il a raison : je n'ai été exposée que trop longtemps à la curiosité publique. Aussi ne ferons-nous que toucher terre à Paris pour reprendre les bagages restés au Ritz. Dans trois jours nous serons en mer... Ensuite ce sera New York... et surtout ma maison de Washington Square et mon atelier !
— Vous ne craignez pas d'y être assiégée par la presse ?
— Mes serviteurs en font un véritable havre de paix ! En outre, si le besoin s'en faisait sentir, je pourrais toujours chercher refuge dans l'une des nombreuses propriétés familiales... et vous pouvez faire confiance à John-Augustus pour veiller à ma tranquillité ! Il me reste à vous dire adieu...
— Ce n'est pas un mot que j'aime ! Surtout à mon âge ! Je lui préfère de beaucoup « au revoir » mais il en sera ce que le destin voudra ! Laissez-moi vous embrasser !

Les deux femmes s'étreignirent. Pauline disparut dans le couloir menant à sa chambre mais Mme de Sommières resta au seuil de la sienne jusqu'à ce qu'elle eût entendu la porte se refermer puis elle s'avança de deux pas :

— Sortez de votre poste d'écoute, Adalbert !
— Vous saviez que j'étais là ?
— Ce siège est vaste mais vous êtes trop grand pour qu'il n'y ait pas un morceau de votre carcasse qui ne dépasse ! Vous n'avez pas vu Plan-Crépin ?
— Si ! Elle m'a dit que vous receviez Pauline après quoi elle est partie chez le pharmacien !
— Étrange ! J'aurais cru que rien ne pourrait l'éloigner de cette porte ! Il est vrai qu'elle a dû compter sur vous pour lui faire un rapport et je suppose que vous avez entendu ? Mais entrez donc !
— J'ai seulement entendu ce que vous vous êtes dit sur le palier ! Elle est venue vous faire ses adieux ?
— Oui ! Pauvre femme ! Elle est ravagée d'angoisse par l'état d'Aldo et donnerait n'importe quoi pour avoir le droit de rester auprès de lui à attendre qu'il ouvre les yeux et lui sourie. Pourtant elle va interposer entre eux un océan !
— Elle ne peut guère agir autrement ! Imaginez ce que cela donnerait si elle et Lisa se retrouvaient face à face ?
— Elle le sait et se reproche cruellement d'avoir rejoint Aldo dans son train. C'est, je pense, ce qu'elle explique dans la lettre que voici, dit Mme de Sommières en prenant sur un petit secrétaire une longue enveloppe bleue. Elle m'a demandé de la remettre à Lisa !

— Qui la déchirera sans la lire !

— Non, parce que je serai là ! C'est pourquoi elle me l'a remise à moi au lieu de la poster. Je sais ce qu'elle contient et je peux vous jurer que Lisa en prendra connaissance, dussé-je la lui lire ! Oh, pendant que j'y pense…

Elle alla chercher son écritoire de voyage en maroquin bleu, glissa l'enveloppe dans l'un des compartiments, referma la patte de cuir à l'aide de la minuscule clef qu'elle mit dans une poche de sa robe.

— Voilà ! fit-elle enfin avec satisfaction. La meilleure façon d'éviter les tentations est encore de ne pas les susciter !

— Vous craignez Marie-Angéline à ce point ? sourit Adalbert amusé.

— Je crains surtout son habileté manuelle : elle est très capable d'en prendre connaissance sans laisser la moindre trace. Et elle déteste trop Pauline pour réagir autrement qu'en s'en moquant ! Or, cette lettre – particulièrement émouvante ! – ne mérite pas un tel sort !

— Si elle réussissait à la lire, elle n'aurait sûrement pas l'idée de vous en faire la critique !…

— N'en soyez pas si persuadé ! Quand elle prend feu, aucun raisonnement ne peut contenir l'éruption ! Mieux vaut ne pas prendre de risques !

Un instant, Adalbert observa la vieille dame en silence. Elle réagit aussitôt :

— Pourquoi me regardez-vous ainsi ? À quoi pensez-vous ?

— À Pauline Belmont ! J'ai dans l'idée que vous l'aimez bien en dépit des dégâts qu'elle a occasionnés ?

— C'est exact ! Elle est une femme selon mon cœur et ce n'est pas sa faute si elle est profondément amoureuse d'Aldo ! Cela ne veut pas dire que je n'aime plus Lisa. Je sais parfaitement ce que son mari lui a fait endurer. Simplement je voudrais qu'elle soit moins tranchante dans ses jugements, qu'elle essaie d'admettre parfois le point de vue de l'autre et qu'elle nous fasse un peu confiance à Plan-Crépin et à moi quand nous plaidons pour son mari !

— Oh, je suis logé à la même enseigne ! Dieu sait pourtant que je n'ai jamais mâché mes paroles quand j'ai quelque chose à lui reprocher !... Il m'arrive même de dépasser les bornes !

— Bah ! Entre vous deux cela fait partie du jeu ! Et l'existence s'en trouve pimentée. En tout cas je peux jurer sur ce qu'elle voudra : la tête de son époux, l'Évangile ou le salut de mon âme que lors de l'affaire du train, Aldo l'a pris justement pour fuir Pauline. Si elle n'avait pas eu la malencontreuse idée de le rejoindre, tout ce gâchis aurait été évité !... Malheureusement elle est très belle et Aldo a le sang chaud !

— En toute honnêteté, je me demande si, à sa place, j'aurais pu conserver le mien au frais ! N'importe comment, il va tout de même falloir que Lisa donne quelques explications sur son départ de la Croix-Haute...

— Et pour cela la faire revenir ? Il est temps, je crois, de lui apprendre qu'elle a failli devenir veuve... et que le risque perdure !

Quand, après avoir erré interminablement dans des abîmes ténébreux, douloureux aussi par instants, peuplés des formes obscures des cauchemars, traversés par la lumière des visages familiers, Aldo émergea enfin à la clarté d'une vie normale, il sentit que quelqu'un lui tenait le poignet et vit, penché sur lui, le regard attentif d'un homme en blanc coiffé d'un bonnet :

— Docteur ! souffla-t-il sans rien trouver d'autre à dire, mais ce mot banal amena un sourire :

— Ah ! Vous avez enfin décidé de nous revenir ?... J'espère que cette fois c'est la bonne ! Comment vous sentez-vous ?

— Fatigué... mais c'est à peu près tout !

— Pas de douleurs ?

— Nnn... on ! J'ai eu très mal à la tête mais plus maintenant. Cependant j'ai l'impression d'être passé sous un rouleau compresseur !

— On va vous regonfler. Pour l'instant je vais vous examiner ! Relevez-le, Vernon !

Ces derniers mots s'adressaient à l'infirmière d'une quarantaine d'années, grande et forte, entre les mains de laquelle Aldo eut l'impression de ne rien peser. Il se laissa faire sans mot dire, puis quand tout fut terminé, il demanda :

— Où est-ce que je suis ?

Le chirurgien eut un rire malicieux :

— Ce n'est pas la formule adéquate. On dit : « Où suis-je ? », dans les bons romans, sans oublier un air languissant... qui ne vous irait vraiment pas ! Mais pour vous répondre : vous êtes à l'hôpital de Tours et c'est moi, docteur Lhermitte, qui ai eu le privilège de vous raccommoder. Quel souvenir gardez-vous de votre... accident ?

— Le château de la Croix-Haute... Des flammes...

beaucoup de bruit. Des éclairs lumineux... puis l'air libre... une détonation... et plus rien !

— C'est déjà pas mal !

— Ma famille... est-ce qu'elle est là ? Il me semblait avoir reconnu ma grand-tante... ma cousine... mon ami Adalbert ?...

— Vous les avez vus effectivement mais ensuite vous avez eu... un caprice !

— Je suis là depuis combien de temps ?

— Quatre jours.

— Et... ma femme ?

À peine eut-il posé la question qu'il se la reprocha mais elle était partie toute seule. Cette fois ce fut l'infirmière qui répondit, rassurante :

— Elle n'est pas encore arrivée mais cela peut se comprendre si elle vient de Venise ! Sans doute ne tardera-t-elle pas ? acheva-t-elle avec un bon sourire auquel Aldo s'efforça de répondre.

Le chemin était long en effet... surtout il avait fallu déjà le parcourir en sens inverse et dans quelles circonstances ! Et à condition que Lisa soit rentrée, mais elle avait pu aussi bien se rendre à Zurich, chez son père, ou à Vienne chez sa grand-mère où elle avait dû conduire les enfants ! Et plus encore quand on représente une page de vie que l'on a décidé de tourner ! Et pour qui ?

Bien qu'il essayât de la repousser, l'affreuse image s'imposait de nouveau à lui, la dernière que son regard eût enregistrée avant qu'il ne s'écroule : Lisa courant dans les bras d'un autre homme qui l'attendait là, aussi naturellement que si elle n'était qu'une visiteuse au château.

Ils s'étaient embrassés avant qu'elle ne monte dans la voiture dont l'homme avait repris le volant pour reculer dans le bois. Qui était-il cet homme vers qui elle avait couru comme vers un refuge ?

Son instinct répondait : Gaspard Grindel. Le cousin qui aimait Lisa depuis l'enfance et qui le détestait, lui Aldo. N'allait-il pas jusqu'à faire suivre le mari exécré quand il se trouvait à Paris ? Il y dirigeait la succursale de la puissante banque Kledermann et il n'était pas difficile de deviner d'où provenait le sac de dollars que Lisa avait jeté aux pieds du ravisseur de son époux. Avec quel mépris puisque cet argent était censé racheter aussi Pauline Belmont, sa « maîtresse ». Lui, elle l'avait à peine regardé, sinon pour lui signifier qu'elle ne voulait plus le voir avant de se précipiter dans les bras de son rival !

À l'amère jalousie qu'il ressentait se mêlait la colère. Pour s'être trouvé à point nommé aux alentours de la Croix-Haute, il fallait que l'homme eût pris le risque de suivre la voiture de ceux qui avaient dû cueillir Lisa à sa descente de train en gare de Lyon, mettant ainsi en péril non seulement les otages, ce qui était de bonne guerre, mais aussi Lisa elle-même, ce qui l'était moins ! Et avait bien failli réussir puisque la folie meurtrière de Lucrezia Torelli avait condamné tout de monde à mourir dans l'enfer du château ravagé par l'incendie ! Drôle d'amour en vérité ! Comment Lisa, si fine cependant, ne l'avait-elle pas compris ?... Et si... Mais non, ce serait trop insupportable !

Il comprit qu'il pleurait en sentant une main légère essuyer ses larmes et rouvrit les yeux pensant voir l'infirmière auprès de lui, mais il s'agissait d'Adalbert et il grogna :

— Drôle de spectacle que je t'offre.

— Bah ! Ce n'est pas si affligeant ! Tu es rasé, propre comme un sou neuf !

— Et je pleure comme un gamin...

— Ne te gêne pas pour moi ! C'est plutôt rassurant !

— Ah, tu trouves ?

— Bien sûr ! Ça prouve seulement que tout fonctionne normalement là-dedans, fit Adalbert en posant un doigt léger sur le pansement qui enveloppait la tête de son ami. Ce n'était pas évident au départ ! D'après ton chirurgien – qui entre parenthèses est un maître ! –, ta chance a l'air de tenir bon.

— Ma chance ? Avec ma vie en miettes, une femme qui me méprise autant qu'elle me déteste... et qui peut-être m'a déjà remplacé ? Et par un homme qui vient d'essayer de me tuer ?

Comprenant que le temps des plaisanteries réconfortantes n'était plus au programme, Adalbert attira une chaise pour être plus près du lit et s'assit :

— Je ne pensais pas en venir aux explications si vite mais je devrais te connaître mieux. Qu'as-tu vu en sortant du château ?

— Un homme a appelé ma femme et elle a couru à sa rencontre. Ils sont partis après s'être embrassés et moi je n'ai plus rien vu du tout...

— J'étais derrière toi et j'en ai vu à peu près autant...

— Sais-tu d'où est parti le coup de feu ?

— Pas de la voiture, bien sûr, mais ça en était proche.

— D'où tu conclus ?

— Rien encore mais je me suis donné à tâche de retrouver le tireur. J'aimerais d'ailleurs savoir comment l'homme à la voiture…

— Je crois qu'on peut, sans risque de se tromper, l'appeler Gaspard Grindel !

— L'amoureux obstiné qui gère la banque de ton beau-père à Paris ? Ce serait assez logique si l'on part du principe que c'est lui qui a dû être chargé de réunir l'argent et peut-être de l'apporter mais, ce qui me paraît plus difficile, c'est de se lancer sur la trace des ravisseurs de Lisa… plus dangereux aussi ! Et pourquoi pas en embarquant le tireur avec lui ? Et le tout sans se faire repérer ? Il faudrait être non seulement rusé mais aussi un as du volant possédant des yeux de chat…

— Pour ce qui est du volant, il l'est ! C'est sa passion : il court les Vingt-Quatre Heures du Mans chaque année. Il a même gagné une fois !

— Et Lisa t'a préféré ce héros ?…

L'entrée de l'infirmière en chef interrompit le dialogue :

— Je vous avais accordé dix minutes ! Et à condition de ne pas le fatiguer ! rappela-t-elle sévèrement.

— Ça ne doit pas faire beaucoup plus… et je m'en vais ! Quant à l'avoir fatigué, je crois lui avoir surtout changé les idées…

— En tout cas, priez les dames de la famille de bien vouloir attendre à demain…

— Oh non ! gémit Aldo.

— Oh si ! Déjà je n'aurais pas dû permettre à votre ami d'entrer mais comme il campe pratiquement dans la salle d'attente, il m'a fait pitié !

— Inspirer la pitié, lui ? C'est bien la première fois que ça lui arrive !

— Il y a un commencement à tout ! lança l'intéressé du seuil de la chambre. Mais soyons raisonnables ! À demain... et merci encore, madame !

En rentrant à l'hôtel, Adalbert se hâta de délivrer sa bonne nouvelle : Aldo avait refait surface et, cette fois, c'était pour de bon : le docteur Lhermitte en répondait.

— Dès demain vous pourrez le voir tout à votre aise !... Mais où est Marie-Angéline ?

— Où voulez-vous qu'elle soit ? À la cathédrale bien évidemment. Sa splendeur lui est apparue comme seule digne de recevoir ses prières. En outre, elle désire faire la connaissance de saint Gatien qui en est le protecteur. Au cas où il aurait une spécialité intéressante !

Adalbert ne put s'empêcher de rire :

— Elle ne laisse rien passer ! Aucune nouvelle de Venise ? Lisa n'est toujours pas rentrée ?

Le visage de Mme de Sommières se rembrunit :

— Non. En revanche on sait où elle est !

— À Vienne sans doute ? Auprès des enfants ?

— Non, à Zurich ! Guy Buteau m'a dit au téléphone qu'elle y était arrivée avant-hier juste à temps pour se faire hospitaliser...

— Mon Dieu ! Elle a eu un accident ?

— Oui... et inattendu : elle était enceinte de plus de cinq mois ! Elle est tombée et elle a perdu l'enfant. Et je ne vous cache pas – surtout si Aldo n'est plus en danger – que j'ai l'intention de m'y rendre. Je ne m'attarderai pas puisque Aldo doit passer sa convalescence chez moi mais cela me permettra peut-être de remettre les pendules à l'heure.

— Il est certain que, dans sa clinique, elle aura du mal à vous échapper !

— Adalbert ! s'indigna la marquise. Comment pouvez-vous être à ce point dépourvu de compassion ? Perdre un enfant, même à l'état d'ébauche, est un véritable drame pour une femme ! Particulièrement pour elle, car de plus maternelle je n'en connais pas ! J'espère seulement ramener un peu de paix dans ce couple qui est en train de se déchirer. En souhaitant qu'il ne soit pas trop tard ! Nous rentrons à Paris tout à l'heure avec Plan-Crépin et demain nous prendrons la direction de Zurich.

— Savez-vous où elle est hospitalisée ?

— Non, mais on trouvera !

— Et qu'est-ce que je vais raconter à Aldo, moi ? Il regrettait déjà de ne pas vous voir aujourd'hui ! Alors s'il ne vous voit pas demain !...

— Que j'ai pris froid, que je tousse, que j'éternue, toutes activités prohibées là où il est. De toute façon, nous ne serons pas absentes bien longtemps, juste l'aller et retour... Ah, vous voilà ! ajouta-t-elle à l'adresse de Marie-Angéline qui rentrait. Descendez donc demander l'heure d'un train pour Paris après déjeuner puis revenez faire les valises.

— Nous rentrons ? gémit-elle, déçue. Mais pourquoi ? Aldo...

— Est tiré d'affaire, *dixit* le docteur Lhermitte. Adalbert a eu l'autorisation de le voir par faveur spéciale et nous n'aurions pu lui rendre visite que demain. Or, nous avons une mission à remplir.

— Nous allons à Venise ?

— Non. À Zurich où Lisa vient de faire une fausse couche. Alors il faut que demain soir nous soyons là-bas !

— Je vois ! Dois-je prévenir qu'on nous garde les chambres ? Car nous reviendrons, n'est-ce pas ?

— Naturellement… et avec des nouvelles réconfortantes !… Du moins je l'espère.

— Voulez-vous que je vous accompagne ? proposa Adalbert.

— Jamais de la vie ! Qui tiendrait compagnie à Aldo… puisque Pauline vient de repartir ? Quant à ce vieux fou d'Hubert, il est en train de filer le parfait amour avec Wishbone auquel il fait visiter le pays tout en essayant sournoisement de le convertir au druidisme. Ils s'entendent comme larrons en foire ! Mais, au fait, pourquoi voulez-vous nous accompagner ?

— Parce que cela fait beaucoup de voyages à la suite de beaucoup d'émotions… et que je ne vous trouve pas une mine florissante, voilà ! lâcha-t-il.

— Ah, ne recommencez pas avec mon âge ou je vous jette dehors ! J'admets que nous en avons tous « pris un coup » mais, croyez-moi, je tiens debout. Et puisqu'on nous répond de la santé d'Aldo, c'est un gros poids de moins. En outre, je ne redoute pas les voyages et vous le savez parfaitement ! Enfin, comme Lisa est coincée dans un lit elle aussi, il faut en profiter. Et rien n'est plus stimulant pour moi que l'espoir de réconcilier ces deux-là ! Vous en prime, nous ferions un peu trop délégation. Vous comprenez ?

— Je pense que oui ! Et vous avez en Marie-Angéline une force de frappe non négligeable ! Je me contenterai donc de vous conduire à la gare... et de prier saint Christophe !... C'est bien lui qui s'occupe des voyageurs ?

— C'est bien lui ! Plan-Crépin lui voue un attachement tout particulier...

Le lendemain soir, les deux femmes débarquaient en gare de Zurich et se faisaient conduire à l'hôtel Baur-au-Lac qui avait toujours eu les préférences de la famille. À cause de son confort mais aussi de son élégant décor xviiie siècle et surtout de ses magnifiques jardins auxquels une mince couche de neige tombée en fin de journée ajoutait au charme romantique... mais, ce soir, ni l'une ni l'autre n'y fut sensible. Le voyage avait été plus long que prévu en raison d'une station inattendue sur une voie de garage afin de laisser passer un train officiel. Résultat, elles étaient éreintées. Aussi dînèrent-elles dans leur appartement puis se couchèrent sans que Mme de Sommières éprouvât le besoin de se faire lire quelques pages. À peine la tête sur l'oreiller elles s'endormirent l'une comme l'autre sans avoir échangé plus d'une douzaine de paroles.

Ce fut au petit déjeuner que l'on décida de ce qu'il fallait faire pour rencontrer Lisa sans témoins, autant que possible. L'appel téléphonique qui avait prévenu Venise s'était borné à signaler l'accident à Guy Buteau mais sans mentionner l'établissement où elle avait été transportée. On avait d'ailleurs raccroché aussitôt et, selon Guy, la voix – inconnue ! – était celle d'un homme mais pas celle de Moritz Kledermann, le père de Lisa.

— Autrement dit, cela pourrait être n'importe qui, fit la marquise en reposant sa tasse de café vide.

— Le maître d'hôtel peut-être ?

— Vous rêvez, Plan-Crépin ? Les domestiques sont ce qu'il y a de mieux donc incapables d'agir aussi grossièrement ! Je pencherais plutôt... pour le cousin Gaspard ! Si nous tombons sur lui, il est très capable de nous envoyer promener sans plus de façons !

— Nous pensons qu'il campe devant la porte de Lisa ?

— C'est à peu près ça ! Téléphonez donc à la réception et dites-leur d'appeler le secrétaire de Kledermann, à sa banque, pour lui demander un rendez-vous avec son patron. Nous n'avons, que je sache, aucune raison de nous cacher. Surtout de lui ! C'est un homme froid mais courtois et qui jusqu'à présent – du moins – aimait bien Aldo. Il me paraît on ne peut plus logique de causer un peu avec lui en vertu de ce principe qu'il est préférable de s'adresser à Dieu plutôt qu'à ses saints !... Mais vous le savez mieux que moi ! Filez !

Dix minutes plus tard, Plan-Crépin était de retour : le banquier venait de partir pour Londres et ne rentrerait pas avant plusieurs jours.

— Décidément les configurations astrales ne nous sont pas favorables, pour parler comme ma défunte tante Alfreda qui fréquentait le Zodiaque et dépassait Mme de Thèbes[1] de cent coudées au tirage des cartes !

— Que j'aurais aimé la rencontrer ! déplora Marie-Angéline.

— Ah, ça je n'en doute pas un seul instant ! Je vous rappelle cependant que l'Église réprouve ce

---

1. Voyante célèbre à l'époque.

genre d'activité ! N'empêche que j'espère de tout mon cœur que Dieu, qui a l'esprit plus large que ses serviteurs, l'aura reçue à bras ouverts car c'était bien la plus gentille et la plus généreuse des créatures...

— Si nous en revenions à notre problème ? Il me semble que nous nous en éloignons !

— Très juste ! Prenez un taxi, filez à la résidence Kledermann et passez-moi au crible Heinrich, le maître d'hôtel ! Il nous connaît toutes les deux et il n'osera pas vous refuser l'adresse !

Quelques minutes plus tard, Marie-Angéline roulait dans un taxi en direction de la Goldenküste, la Rive dorée, dont la résidence Kledermann était l'un des fleurons, bien décidée à ne pas revenir bredouille, et, apparemment, la chance était de son côté. À cause de la neige sa voiture roulait prudemment et lui laissa tout le temps de remarquer, sortant d'un magasin de fleurs et chargé d'un imposant bouquet de roses pourpres, un personnage en qui elle n'eut aucune peine à reconnaître Gaspard Grindel. Elle fit aussitôt stopper son taxi, suivit des yeux le bouquet, et le vit disparaître dans une rutilante voiture de sport qu'elle désigna derechef à son chauffeur :

— Vous voyez cette chose rouge ?

— Une Bugatti ? Faudrait être aveugle !

— Et vous vous sentez capable de la suivre sans vous faire remarquer ?

— C'est l'enfance de l'art à condition qu'elle n'aille pas trop vite. Et avec cette neige... elle ne va sûrement pas courir la poste.

Après un vrombissement impressionnant on partit en effet à une allure modérée mais quand on atteignit la Goldenküste, Marie-Angéline fronça le sourcil : si Lisa était rentrée chez son père – et malheureusement cela y ressemblait beaucoup ! – les choses allaient se compliquer... bien que ce fût un peu fort que l'on ose opposer à la marquise de Sommières une fin de non-recevoir !

Mais ce ne fut qu'un moment d'inquiétude : la Bugatti dépassa la somptueuse demeure, parcourut encore un demi-kilomètre avant de pénétrer dans les jardins tirés au cordeau de ce qui s'annonçait comme la clinique Morgenthal.

— Parfait ! déclara Plan-Crépin à l'intention de son chauffeur. Vous pouvez me ramener maintenant à l'hôtel !

Au contraire d'un confrère parisien qui se serait sans doute livré à quelque commentaire, l'homme des Cantons opéra, cent mètres plus loin, un impeccable demi-tour et ramena sa cliente à bon port. Ce dont elle le remercia par un généreux pourboire.

— Voilà ! clama-t-elle en rejoignant Mme de Sommières. Je sais où elle est et je n'ai rien eu à demander à qui que ce soit : le cousin Gaspard m'a conduite tout droit à la clinique.

— Il est encore là ?

— Pourquoi voulons-nous qu'il abandonne si tôt son rôle de preux chevalier ? Il apportait même une brassée de roses. Rouges comme il se doit ! Couleur de la passion !

— Lisa préfère les roses blanches ! On dirait qu'il ne la connaît pas si bien ! Le fleuriste est loin ?

— À trois pas !

— Alors filez commander des roses blanches...

— Allons-nous ajouter un épisode à la guerre des Deux-Roses[1] en territoire helvétique ? C'est la blanche – celle d'York – qui a gagné. Ce serait de bon augure ! Outre qu'Aldo et Adalbert ont récupéré jadis le diamant qui la symbolisait !

— L'ennui, c'est que, par la suite, la rouge a repris du poil de la bête et s'est installée définitivement.

— Mais après un sérieux laps de temps ! Allez en commander !

Dans l'après-midi on récupéra les fleurs que Marie-Angéline avait fait livrer à la réception et un taxi – qui se trouva être le même que celui du matin ! – emmena les deux femmes à la maison de santé, mais cette fois franchit la grille et les déposa devant l'entrée où veillait un portier galonné comme dans un palace... Non sans satisfaction, Marie-Angéline avait noté qu'aucune Bugatti rouge n'était rangée dans l'espace réservé au stationnement.

Tante Amélie marcha d'un pas décidé à la réception :

— Je désire voir la princesse Morosini, dit-elle. Quelle chambre occupe-t-elle ?

La préposée à l'accueil des visiteurs était en train de remplir une fiche et sans bouger répondit :

— La princesse ne reçoit pas. Les visites sont interdites !

— Elle est si mal en point ? Pourtant, ce matin elle a reçu M. Gaspard Grindel, son cousin ! Et moi je suis sa tante, la marquise de Sommières, et je vous prie de me conduire à elle !

---

1. Allusion à la guerre fratricide qui opposa au XVe siècle en Angleterre la maison d'York à la maison de Lancastre (blanche et rouge).

La femme consentit enfin à lever les yeux, considéra cette dame de si grande allure dans un manteau et une toque de zibeline, rougit et se précipita :

— Veuillez me pardonner, madame la marquise ! Je vous conduis. Si vous voulez bien me suivre ! ajouta-t-elle en débarrassant Marie-Angéline des fleurs qu'elle remit à une autre infirmière.

Elle les mena dans un large couloir garni de quelques sièges. Plan-Crépin s'installa sur l'un d'eux pour attendre.

Dans une chambre aussi blanche qu'un igloo sur lequel les roses pourpres de Gaspard avaient l'air de taches de sang, Lisa reposait les paupières closes, les bras abandonnés le long du corps, si semblable à un gisant de cathédrale que Mme de Sommières fronça le sourcil : elle était l'image même de la sévérité.

— Lisa ! appela-t-elle.

La jeune femme tressaillit, tourna la tête, la regarda mais ne sourit pas :

— Tante Amélie ? J'avais pourtant spécifié que je ne voulais voir personne...

— Sauf votre cousin Gaspard ? rétorqua celle-ci en désignant les fleurs d'un mouvement de tête. Je vous ai connue plus courtoise, ma chère. Une femme de mon âge qui vient d'effectuer un voyage fatigant mérite au moins qu'on lui dise bonjour, non ?

— Si. Pardonnez-moi !... Et bonjour Tante Amélie... mais je préfère vous avertir tout de suite que vous perdez votre temps et que vous auriez pu vous épargner ce « voyage fatigant ». Il n'est pas difficile de deviner quelle cause vous venez tenter de plaider. Aldo est mort pour moi !

— Pas tout à fait heureusement, sinon je ne serais pas là, mais cela peut se produire à chaque instant. On ne réchappe pas aisément d'une balle dans la tête !

— Une balle dans... Et vous êtes ici?

Lisa s'était redressée et, appuyée sur un coude, fixait sur sa visiteuse de grands yeux effarés.

Impavide, la vieille dame reprit :

— Je préférerais de beaucoup être à l'hôpital de Tours auprès de lui. Sa seule chance de vivre sans devenir idiot est dans les mains quasi miraculeuses du docteur Lhermitte, le chirurgien qui l'a opéré. Alors j'ai pensé que même si vous le détestiez, il serait préférable que je vienne vous l'apprendre moi-même. D'autant que vous venez de subir une nouvelle épreuve...

La porte s'ouvrit, livrant passage à l'infirmière apportant un vase plein de roses immaculées qu'elle vint déposer auprès des autres...

— Vous m'avez apporté des fleurs?

— C'est normal, je crois, quand quelqu'un est hospitalisé? Et je sais que vous les aimez blanches... tout au moins jusqu'à présent !

— Merci ! Qu'avez-vous fait de Marie-Angéline? Vous auriez pu l'envoyer au lieu...

— ... d'imposer cette fatigue à ma vieille carcasse? Cela tient à sa façon un rien trop brutale de porter les nouvelles. Mais rassurez-vous elle n'est pas loin : tout juste à côté dans le couloir où elle doit être en train de se ronger les ongles.

— J'avoue que j'ai peine à vous croire...

— Voilà qui est franc au moins ! Vous avez peine à croire que nous soyons ici toutes les deux, laissant dans la solitude votre époux en danger de mort ? Il n'est pas seul : Adalbert ne le quitte pas... et le commissaire principal Langlois non plus. À ce propos, s'il ne vous a pas priée de revenir répondre à ses questions, c'est en raison de votre état. Il se peut d'ailleurs qu'il vienne ici !

— M'interroger ? Pourquoi ? Parce que je n'ai pas jugé utile de rester plus longtemps dans cet affreux château où j'ai failli mourir ?

— Certes il aurait souhaité vous entendre mais il ne s'agit pas de cela !

— De quoi alors ?

— Mais... de la voiture qui vous attendait et de celui qui la conduisait. Comment avait-il pu arriver jusque-là alors que, par définition, les livreurs de rançon mettent en péril la vie des otages s'ils se font suivre par un tiers ?

— J'ignorais que mon cousin Gaspard avait réussi à suivre mes ravisseurs après qu'un de ses employés se fut rendu à la gare pour convoyer l'argent. Mais si sa présence a été pour moi la plus heureuse des surprises, je n'en ai pas été autrement étonnée. Non seulement Gaspard est le plus habile conducteur que je connaisse mais sa vue exceptionnelle lui permet de rouler la nuit sans allumer ses phares. Si c'est de cela que le commissaire Langlois souhaite m'entretenir, il est inutile qu'il se dérange : vous pourrez lui répéter ce que je viens de vous dire !

— Je ne pense pas que cela lui suffise. Certes, l'espèce de miracle qui l'a dirigé vers la Croix-Haute l'intéressera, mais celui qu'il veut avoir c'est le tireur.

— Le tireur ? Celui qui a blessé...

— Mortellement peut-être votre époux !

Devenue soudain rouge brique, la jeune femme se laissa retomber dans ses oreillers :

— Vous n'allez tout de même pas l'accuser de meurtre... un meurtre commis sous mes yeux ?

— Non. Même si vous en êtes venue à exécrer votre époux, je ne crois pas que vous l'auriez laissé agir. Ou alors je me suis trompée sur vous du tout au tout... Non, le sentiment de Langlois est que l'homme arrivé avec M. Grindel soit plus ou moins à sa solde...

— Mais c'est insensé ! Je...

— Laissez-moi continuer ! Il se trouve que la balle est partie d'un endroit trop proche de la voiture pour que vous n'ayez pas remarqué le tireur.

— Dès que j'ai rejoint Gaspard nous avons démarré et sans doute le bruit du moteur nous a empêchés d'entendre !

Mme de Sommières eut un petit rire sans gaieté :

— Pour couvrir la détonation d'un coup de feu, il aurait fallu que le moteur soit celui d'un camion de cinq tonnes... et encore ! Enfin vous voilà prévenue.

— C'est pour me dire cela que vous avez parcouru tout ce chemin ?

— Pas seulement ! Je vous apporte aussi une lettre.

— La plaidoirie d'Aldo ? Vous avez pris une peine inutile. Je ne la lirai pas !

— Réfléchissez un peu, que diable ! Aldo ne peut même pas ouvrir les yeux. Alors écrire...

Puis, tirant la longue enveloppe bleue de son manchon elle la garda entre ses doigts :

— Non. C'est Pauline Belmont qui, avant de retourner dans son pays, m'a priée de vous la remettre... en main propre !

— Posez-la sur la table, s'il vous plaît. Je devine de quoi il est question : elle tient à payer sa part de la rançon !

— Non, c'est son frère qui s'en charge. Et je vous demande instamment de la lire maintenant ! J'ai pris connaissance de ce qu'elle contient et elle ne peut vous faire que du bien !

— Vous croyez? En ce qui me concerne, j'en doute. Elle a tout détruit !

— Non. Elle n'a rien détruit et c'est ce qu'elle tente de vous expliquer. Elle y confesse l'amour profond qu'elle porte à votre mari mais reconnaît honnêtement sa défaite. Allons, Lisa ! Lisez cette lettre... à moins que vous ne préfériez que je m'en charge?

— Non. Vous la liriez trop bien ! Vous seriez capable de me faire pleurer d'attendrissement !... Donnez-la-moi !

Mme de Sommières la lui tendit après avoir fendu l'enveloppe puis se mit à l'observer. Mais elle ne put rien saisir sur le visage exsangue de la jeune femme, si mobile d'habitude. Enfin, sa lecture achevée, Lisa replia la lettre, la remit dans son enveloppe... et la glissa sous son oreiller. Ce qui ne laissa pas de surprendre Tante Amélie mais elle se garda de tout commentaire. Ce fut Lisa qui reprit :

— Voilà ! Vous avez rempli votre mission...

Le mot déplut à la vieille dame :

— Je ne suis pas l'envoyée de Mrs. Belmont. Disons que j'ai accepté de porter ce message.

De toute façon, je serais venue prendre de vos nouvelles. Et plus je vous regarde, plus je m'inquiète. Perdre un enfant avant terme est toujours une rude épreuve. J'en ai fait l'expérience jadis mais je me suis remise assez vite et...

— ... et vous êtes surprise que je sois encore à la clinique ?

— Je n'aurais pas osé l'exprimer ainsi.

— Cela tient à ce que je ne pourrai plus avoir d'enfants.

— Croyez que j'en suis désolée mais vous en avez déjà trois : c'est une jolie famille ?

— J'aurais voulu en avoir une ribambelle ! J'adore les enfants...

Son visage s'était soudain illuminé à cette idée jusqu'à en être extatique. La marquise fit une grimace :

— Si leur père est à l'article de la mort, ne croyez-vous pas que trois orphelins est un nombre suffisant ? À moins que vous ne songiez à vous remarier à peine le cercueil refermé ? assena-t-elle impitoyable.

Le résultat fut un peu ce qu'elle en attendait : Lisa éclata en sanglots et se retourna dans ses oreillers. Sa visiteuse la laissa pleurer tout son soûl en espérant que ces larmes emporteraient une part de cette rancœur qui empoisonnait la jeune femme. Quand enfin elle s'apaisa, Mme de Sommières se pencha sur elle pour glisser un bras autour de ses épaules :

— Ne croyez pas, surtout, que je sois devenue votre ennemie. Je vous comprends et je vous garde la même affection. Avant de repartir je voudrais que vous répondiez à une seule question : aimez-vous encore Aldo ?

Après un silence qui parut durer une éternité, elle entendit une sorte de soupir :

— Je ne sais pas… Je ne sais plus !… Mais c'est à lui qu'il faudrait poser la question.

— S'il survit je n'y manquerai pas… mais je connais la réponse ! D'ailleurs elle vous a été donnée par la lettre de Mrs. Belmont. Pour qu'une telle femme s'humilie ainsi devant vous c'est qu'elle sait parfaitement que vous êtes la plus forte et le serez toujours. Entre enflammer les sens d'un homme et conquérir son cœur il existe une longue distance que Mrs. Belmont ne franchira jamais !

— Qu'en savez-vous ? Qu'en sait-elle elle-même ? Vous oubliez que j'ai connu Aldo avant qu'il ne tisse avec vous des relations privilégiées. Avant qu'il ne s'éprenne de moi, j'ai été le témoin muet de ses passions et autres coups de cœur pour des femmes qui ne valaient pas cette Américaine. Celle-là est plus redoutable que toutes les autres réunies…

— Vous ne répondez pas à ma question : l'aimez-vous toujours ?

Il était écrit qu'elle n'en saurait rien. La porte de la chambre s'ouvrit sous la main d'un homme grand, roux – encore que légèrement grisonnant ! – et solidement bâti, suisse de toute évidence qui entra sans avoir pris la peine de frapper : le cousin Gaspard, sans aucun doute !

Son regard bleu, visiblement irrité, croisa celui de la marquise mais il ne prononça pas le moindre mot. Il s'empara du vase aux roses blanches, l'emporta et disparut avant qu'aucune des deux femmes n'ait pu intervenir.

La porte se rouvrit alors mais cette fois ce fut sous la main de Plan-Crépin.

Tout aussi déterminée elle s'empara des roses rouges qu'elle prit à pleins bras :

— Désolée, Lisa ! fit-elle avec une grimace qui pouvait passer pour un sourire, mais on ne se débarrasse pas de nous comme ça ! Je vais les déposer de votre part dans la première chapelle que nous rencontrerons ! Car il est évident que notre visite a assez duré ! Il va revenir !

D'abord médusée, Mme de Sommières se leva :

— Elle a raison. Je crois vous avoir dit tout ce que je souhaitais vous faire entendre et l'avenir vous appartient. Un mot encore cependant : si votre époux survit, il passera sa convalescence chez moi... où vous serez accueillie comme l'enfant de la maison que vous n'avez jamais cessé d'être...

Une voix indignée lui coupa la parole : celle du cousin qui, en rentrant, se retrouvait nez à nez avec Plan-Crépin :

— Ce sont « mes » roses ! Qui vous permet ?...

— Vous avez bien pris les nôtres ? Alors ne venez pas vous plaindre ! C'est de bonne guerre ! Il me semble !

— J'en apporterai de nouvelles !

— C'est votre affaire ! Pour l'instant laissez-moi passer !

Le ton était si autoritaire qu'il s'exécuta machinalement, ouvrant même la porte devant elle. Cependant, Mme de Sommières se penchait pour embrasser Lisa mais celle-ci détourna la tête :

— Non !... Je vous en prie. J'aurais trop l'impression que ce baiser vient d'un autre !...

Un éclat de colère traversa les prunelles vertes de la marquise :

— C'est là votre réaction alors qu'à l'heure qu'il est il a peut-être cessé de vivre ? Je vous plains…

Sans se retourner, elle se dirigea vers la porte que Grindel ouvrit devant elle avec un large sourire :

— Cela devait arriver un jour, jubila-t-il. À force de tirer sur la corde elle se casse et ce bellâtre lui en a trop fait voir !

— Ne chantez pas victoire si vite ! Il est difficile à oublier, le « bellâtre » ! Je n'en dirai pas autant de vous !

Derrière elle Lisa, dans son lit, avait repris sa pose immobile, les bras le long du corps et le regard fixé au plafond.

3

Les surprises du voyage à Zurich

Dans le taxi qui les ramenait à leur hôtel, les deux femmes commencèrent par garder le silence. Prudent en ce qui concernait Marie-Angéline qui, son action d'éclat passée, se demandait si elle n'allait pas lui occasionner une verte mercuriale mais Mme de Sommières en était à cent lieues. Elle songeait à cette Lisa inconnue qu'elle venait de découvrir. Une Lisa que la nouvelle d'Aldo à deux doigts de la mort et peut-être déjà mort n'avait pas semblé émouvoir le moins du monde. Seule comptait la trahison...

— Ce n'est pas possible, conclut-elle enfin comme si elle se parlait à elle-même. On nous l'a changée. Que son époux soit mourant ne l'intéresse pas. En noircissant le tableau j'espérais susciter un mouvement spontané, un cri peut-être... mais non ! Elle avait plutôt l'air de considérer sa fin prochaine comme un châtiment mérité.

— Elle a lu la lettre de Mrs. Belmont ?
— Oui. J'ai au moins obtenu cela.
— Et qu'en a-t-elle dit ?
— Pas grand-chose ! Sinon qu'elle n'est absolument pas convaincue.
— Elle a pleuré pourtant ? J'ai entendu à travers la porte !

— Oui, mais il s'agissait de sa fausse couche… et surtout parce que cet accident l'a privée de tout espoir de fabriquer d'autres enfants…

— Trois ce n'est déjà pas si mal !

— C'est ce que je lui ai dit. Et puis le cousin Gaspard est arrivé… et vous savez la suite !

— Euh… oui ! J'espère seulement que mon geste… vengeur ne nous a pas trop contrariée ?

— Pas du tout ! Je dirai même au contraire que j'approuve puisque c'est lui qui a commencé…

— Il y a une chose à laquelle nous n'avons pas pris garde. J'ai trouvé bizarre cette clinique où l'on n'entend aucun bruit, surtout si elle est gynécologique. Pas de vagissements, pas de cris de bébés, pas de chariots qui roulent, pas d'allées et venues ! Dans la chambre de Lisa, en dehors de sa blancheur absolue, aucun signe médical ! Même pas de feuille de température ! Curieux, non ?

— En effet ! J'avoue ne pas y avoir prêté attention !

— Moi si puisque je n'avais rien d'autre à faire dans mon couloir…

On arrivait à l'hôtel dont le voiturier ouvrait déjà la porte du taxi pour aider la marquise à descendre tandis que Marie-Angéline payait. Mme de Sommières, elle, se dirigea droit sur la réception. Un bref dialogue avec le portier et elle rejoignit Plan-Crépin près des ascenseurs. Elle couvait visiblement une colère qu'elle ne jugea pas utile de faire partager au liftier. Ce ne fut que quand la porte de leur appartement se fut refermée qu'elle lâcha les vannes :

— Voulez-vous m'expliquer ce que Lisa fait dans une clinique psychiatrique ?

— Hein ?

— Vous avez bien entendu. Le docteur Morgenthal qui la dirige est un neurologue distingué. Il n'y reçoit que le dessus du panier. Et comme il se doit ses soins sont hors de prix !

— Une maison pour piqués de luxe, je vois ! Je commence à comprendre pourquoi, à Venise, Guy Buteau n'a pas pu obtenir le nom de l'établissement où Lisa a perdu son enfant ! Évidemment, après le voyage assez terrifiant qu'elle a accompli pour porter la rançon et les sévices qu'elle a subis quand elle a failli brûler avec Aldo, Pauline et Wishbone, la perte de l'enfant a pu agir violemment sur ses nerfs déjà malmenés par l'aventure de son époux.

— Oui... Pauvre Lisa ! Je me reproche à présent de lui avoir parlé comme je l'ai fait... Elle méritait plus de ménagements !

— Je n'en suis pas certaine. Souvenons-nous de sa quasi-indifférence quand nous avons évoqué la mort possible d'Aldo. De même pour les enfants : ils sont à Vienne donc tout est pour le mieux ! Nous sommes loin de cette Lisa qui aimait Venise au point de ne plus envisager de vivre ailleurs. Je me demande ce qu'elle répondra quand ils lui demanderont des nouvelles de leur père.

— Vous n'allez pas un peu loin ?

— Peut-être, pourtant je ne peux m'ôter de l'esprit une idée qui, j'en suis persuadée, n'a rien de saugrenu : la femme que nous venons de voir n'est plus cette Lisa que nous aimions tant. Et je me demande à présent si ce changement n'a pas un rapport avec cette clinique... neurologique ?

— Vous pensez qu'elle est en train de devenir folle ?

— Pas vraiment, mais Dieu seul sait quel genre de soins on lui donne et ce qu'on peut lui faire avaler sous le prétexte commode de soigner un choc nerveux – réel, je n'en doute pas ! – subi à la Croix-Haute !

— Vous pensez à quoi ? À une drogue ?

— Pourquoi pas ? Je n'ai jamais eu une confiance illimitée en ce genre d'établissement. N'aurait-il pas été préférable pour Lisa, après sa fausse couche, d'être conduite près de la grand-mère qu'elle adore ? A fortiori si les petits sont chez elle. Au lieu de cela on l'installe dans un univers aussi déprimant que possible ! Grand confort mais grand silence avec le seul cousin Gaspard comme chef d'orchestre ! Celui-là je le trouve plus qu'envahissant.

— Vous n'êtes pas la seule et je m'étonne que son père la laisse entièrement sous sa coupe. Il est à Londres, soit ! Mais pour combien de temps encore ? Les voyages d'un banquier de sa trempe dépassent rarement deux ou trois jours ! Rappelez donc la banque et demandez-leur quand Moritz Kledermann doit revenir.

Quelques minutes plus tard le secrétaire du banquier répondait, fort aimablement d'ailleurs,... qu'il l'ignorait.

— Dites, s'il vous plaît, à Mme la marquise de Sommières qu'à mon immense regret je ne peux lui répondre. M. Kledermann peut rentrer demain, la semaine prochaine ou dans quinze jours. Les affaires dont il s'occupe sont très importantes et, en ce qui me concerne, je ne l'attends guère avant une semaine. Cependant, comme il s'agit de sa famille, vous pouvez le joindre : il descend toujours au

Savoy… mais pour le week-end il se rend volontiers à Hever Castle chez son ami lord Astor.

— Voilà ! conclut Plan-Crépin. Je ne sais pas ce que nous en pensons mais je nous vois mal discuter de tout cela au téléphone…

— Il ne peut pas en être question ! C'est beaucoup trop grave et je vous avoue, Plan-Crépin, que je me sens assez désorientée. Attendre un ou deux jours passerait encore, mais nous ne pouvons pas rester ici plus longtemps ! À quoi faire d'ailleurs ? À nous morfondre, car je suis à peu près persuadée que si nous retournons à cette fichue clinique on ne nous permettra pas de voir Lisa ! Ce n'est pas un cousin qu'elle a c'est un chien de garde qui m'a tout l'air d'être un brin trop sûr de lui ! N'oubliez pas qu'il est amoureux d'elle depuis l'adolescence, qu'il exècre Aldo et je le crois prêt à tout pour lui arracher sa femme… En outre, j'ai hâte de voir où en est notre blessé !

— Conclusion : nous rentrons à Tours ?

— Oui, nous rentrons ! Je voudrais parler de tout cela à Adalbert ! Cependant, et puisqu'il n'est pas possible de nous entretenir avec Kledermann, je vais lui laisser un mot.

— Pour lui raconter ce que nous avons vu à la clinique ?

— Non. Pour lui dire que je souhaite vivement avoir une conversation avec lui, donner des nouvelles d'Aldo et signaler qu'il va prochainement – du moins je l'espère ! – s'installer chez nous pour y passer sa convalescence. Pas davantage. Il y a des choses dont on ne peut s'entretenir que face à face. Vous irez vous-même porter cette lettre à son secrétaire, monsieur… ?

— Walter Leinsdorf, se hâta de compléter Marie-Angéline qui savait l'agacement que causaient à la marquise ses soudaines – et rares ! – pertes de mémoire.

— Merci. Avons-nous un train pour ce soir ?

— Il doit y en avoir un qui part en ce moment et un autre à vingt-deux heures trente. Mais si je peux me permettre ?

— Bien sûr que vous pouvez ! Comme si vous ne le saviez pas !

— Ne vaudrait-il pas mieux, après une aventure aussi éprouvante, essayer de nous détendre, passer une bonne nuit dans cet hôtel qu'Aldo apprécie particulièrement au lieu d'en vivre une mauvaise dans un sleeping où nous aurons toutes les peines du monde à dormir pour arriver à Paris rompue, filer à la gare d'Austerlitz, sauter dans un autre train et pour finir...

— Arrêtez avant de prédire que je m'écroulerai en larmes dans les bras d'Adalbert ! Ce n'est pas du tout mon genre mais vous pourriez avoir raison ! J'ai grand besoin de retrouver mon calme. Appelez pour que l'on serve mon champagne habituel après quoi j'écrirai cette lettre que vous irez remettre à M. Leinsdorf. Je vais la cacheter afin d'être sûre que personne ne l'ouvrira avant Moritz. Par la même occasion vous nous retiendrez des places dans le train... Après quoi vous nous ferez monter la carte pour que nous puissions dîner tranquillement ici. Je n'ai aucune envie de me montrer en public...

Une heure plus tard, Plan-Crépin revenait de la banque où elle avait accompli sa mission. En temps normal elle y serait allée à pied mais la nuit était tombée, ramenant la neige, et elle avait pris un taxi qui l'avait attendue pendant qu'elle remettait la lettre… Sa voiture se dirigeait vers l'entrée de l'hôtel quand une grosse Bugatti lui coupa le passage. Le chauffeur du taxi avait dû freiner pour l'éviter et dévida une collection d'injures qui n'eurent pas l'air d'affecter le pilote du bolide. Il les accueillit avec un haussement d'épaules, sortit de son véhicule, en donna les clefs au voiturier pour qu'il le lui gare et pénétra dans le hall en homme pressé. Le taxi de Marie-Angéline, loin d'être calmé, stoppa à son tour et prit sa cliente à témoin !

— Vous avez vu, madame ? Mais qu'est-ce qui m'a fichu un malappris pareil !

— Vous le connaissez ?

— Non, mais ce n'est pas difficile de deviner qui il est : l'un de ces crâneurs qui se croient tout permis parce qu'ils conduisent une voiture de luxe qu'ils ont dû payer les yeux de la tête ! Encore heureux que je ne l'aie pas touché ! Je vous parie que les torts auraient été pour moi.

— Sans aucun doute, mais, grâce à Dieu, vous maîtrisez magnifiquement votre automobile. Oubliez ce vilain bonhomme !

Pour l'y aider, elle le gratifia d'un généreux pourboire et entra à son tour dans l'hôtel suivie par de chaleureux remerciements qu'elle n'entendit pas. Son instinct lui soufflait qu'il lui fallait découvrir à tout prix ce que Gaspard Grindel venait faire.

En franchissant la porte, elle le vit se diriger vers le bar qui, à cette heure, était très animé. Elle hésita un instant à le suivre, craignant un peu de se faire remarquer parce qu'il devait y avoir surtout des hommes, mais la façon dont elle était habillée n'avait rien pour susciter les regards... pour une fois ! Son manteau d'épais lainage brun réchauffé de castor et le chapeau de même couleur au bord retroussé sur la nuque, l'ensemble du bon faiseur n'étaient pas de ceux qui attirent l'attention. Les mains au fond de ses poches – elle n'avait pas pris de sac –, elle risqua d'abord un œil prudent, avança d'un pas puis d'un autre. Il y avait en effet beaucoup de monde mais les conversations allaient bon train et personne ne la regardait. Alors elle fit un pas de plus, se hissa sur la pointe des pieds, tourna la tête à droite puis à gauche et enfin aperçut le dos de celui qu'elle cherchait. Il était assis à une table du fond parlant avec animation avec un homme dont le visage qu'elle put voir de face lui fit mettre précipitamment sa main devant sa bouche pour retenir un cri de stupeur. Un moment elle resta là, figée, puis, lentement, elle recula et alla s'asseoir dans un des fauteuils du hall afin d'y reprendre ses esprits. Elle n'était pas facile à surprendre, encore moins sujette aux pâmoisons, pourtant ses jambes tremblaient assez pour lui faire craindre de s'étaler au vu de tous ces gens...

Il fallait réagir et surtout se calmer. Elle prit quelques aspirations profondes le temps de permettre à son cœur de retrouver un rythme normal mais elle devait avoir une mine affreuse car un serveur s'approcha d'elle :

— Vous ne vous sentez pas bien, madame ?

Elle leva sur lui des yeux de noyée :

— Oh, ce n'est rien !... Un léger malaise qui va passer !

— Voulez-vous que je vous apporte quelque chose ? Un café peut-être ?

— Plutôt un whisky !... Un double !

S'il fut surpris il n'en montra rien comme il convenait dans une maison de cette classe et, trois minutes plus tard, Marie-Angéline signait la note en indiquant le numéro de la « suite », ajoutait un pourboire qui épanouit le visage du garçon et, sous ses yeux effarés, avala son verre d'un trait et retrouva le sourire :

— Merci ! dit-elle. Ça va infiniment mieux !

Elle allait quitter son fauteuil et le palmier qui l'abritait quand deux hommes passèrent auprès d'elle sans lui prêter attention : l'un était le cousin Gaspard et l'autre celui qui l'avait tant tourneboulée. Ils se dirigèrent vers la réception où « l'autre » laissa sa clef au portier et quittèrent l'hôtel.

Sans respirer, Plan-Crépin fonça sur ses pieds et bondit à la réception :

— Excusez ma curiosité, dit-elle à l'homme aux clefs d'or, mais il me semble avoir reconnu la personne qui vient de sortir en laissant sa clef. C'est bien le marquis della Valle ?

Elle arborait un grand sourire et en reçut un autre en échange :

— Oh non, c'est le comte de Gandia-Catannei...

— Vous êtes sûr ?

— Tout à fait, madame. C'est l'un de nos bons clients. Il ne peut y avoir d'erreur !

Elle brûlait d'envie de demander son adresse mais aucune excuse ne le justifierait. Il fallut bien en rester là.

— Tant pis ! soupira-t-elle. Je suis victime d'une ressemblance !

— Ce sont des choses qui arrivent, madame ! fit-il compatissant.

Négligeant les ascenseurs, bondés, Marie-Angéline se rua dans l'escalier. Elle n'y avait pas grand mérite car elles logeaient au premier étage. La marquise l'accueillit d'un :

— Vous en avez mis du temps !... Et vous avez l'air toute retournée ? Voulez-vous un peu de champagne ?

— Non merci ! J'ai bu un whisky en bas !

— Un whisky ? Vous ?... Qu'est-ce qui vous a pris ?

— Oh, j'en avais un besoin énorme comme nous allons bientôt le comprendre. En revenant de la banque, mon taxi a failli entrer en collision avec la Bugatti du cousin Gaspard. Il en est sorti en courant et s'est précipité au bar de l'hôtel où je l'ai naturellement suivi... et là je l'ai vu rejoindre... oh, c'est tellement inouï que je me demande encore si je n'ai pas fait un cauchemar...

— Accouchez, bon sang ! Qui a-t-il rencontré ?

— César Borgia... Je veux dire Ottavio Fanchetti !... qui se fait appeler maintenant le comte de Gandia-Catannei !

— Répétez-moi ça !

Le silence qui suit les cataclysmes s'installa quand Marie-Angéline eut bissé son coup de théâtre mais Mme de Sommières ne jugea pas utile de s'asseoir ni même de recourir à son élixir préféré. Les bras croisés sur la poitrine, elle se mit seulement à arpenter le salon, réfléchissant si visiblement que Plan-Crépin n'osa pas poser de question.

Tout de même, au bout d'un moment et la promenade s'éternisant, elle hasarda :

— Qu'allons-nous faire ?

— Rien pour l'instant sinon réintégrer d'abord Paris comme nous l'avions décidé…

— Mais enfin, on ne peut pas prévenir la police ? C'est un assassin en fuite…

— … et la Suisse – vous devriez le savoir vous qui savez tout – est un refuge pour les terroristes ou autres malfaiteurs pourvu qu'ils aient les moyens d'y subsister. N'oubliez pas que ce pays a le statut de neutralité. Ce que vous avez découvert n'en est pas moins important puisque nous savons maintenant que le cousin Gaspard a partie liée avec ce misérable, ce qui explique la facilité avec laquelle ce soi-disant champion de la route a pu suivre les ravisseurs de Lisa. Vous êtes sûre qu'ils ne vous ont pas vue ?

— Là je suis formelle !

— C'est le principal. Demain donc nous rentrons mais au lieu de nous précipiter à Tours, nous prendrons le temps d'aller raconter notre histoire à Langlois. Ensuite Tours pour voir où en est Aldo que j'aimerais bien pouvoir ramener à Paris, et surtout retrouver Adalbert ! Que vous le vouliez ou non, Plan-Crépin, nous avons besoin de l'aide des hommes parce que l'affaire est trop grave ! Qui sait si Lisa et même son père ne sont pas en danger ?

— C'est ce que je redoute ! Puis jetant un coup d'œil à sa montre : J'ai encore le temps de télégraphier à Langlois pour le prévenir de notre arrivée et lui mettre la puce à l'oreille. Il ne manquerait plus qu'il soit absent !

— Ce n'est pas une mauvaise idée !

Non seulement le commissaire principal n'était pas absent mais il arpentait le quai de la gare de l'Est le lendemain en fin d'après-midi à l'arrivée du train de Zurich... Le wagon Pullman s'arrêta juste à sa hauteur et ce fut sa main qui se tendit pour aider celles qu'il venait chercher.

— Oh, vous vous êtes dérangé ? C'est vraiment trop gentil ! s'exclama la marquise tandis qu'il recoiffait son chapeau à bord roulé après l'avoir saluée.

— Vous voulez dire que je ne tenais plus en place depuis que m'est arrivé le télégramme de Mlle du Plan-Crépin. Aussi ai-je prié votre chauffeur de ne pas se déranger : je vous ramène chez vous !

— Alors vous dînez avec nous ?

— Une autre fois si vous le permettez, madame ! Pour ce soir je sens que je vais avoir du travail !

Une limousine noire et deux agents sur le siège avant – voiture de fonction sans doute ! – les attendaient dans la cour de la gare. Les dames prirent place sur la banquette arrière, le policier sur un strapontin adossé à la glace de séparation qu'il referma.

— Voilà ! fit-il en se retournant vers elles. Vous m'annoncez que vous avez fait une importante découverte. Aussi suis-je tout ouïe !

— Allez-y, Plan-Crépin ! Moi, je me sens trop nerveuse pour ne pas me perdre dans les détails ! Racontez-lui notre journée d'hier.

À mesure que se déroulait le récit – net et précis d'ailleurs ! – le visage de Langlois d'abord souriant s'assombrissait :

— Vous avez eu raison de m'appeler sur-le-champ, dit-il quand elle eut fini. Ce que vous m'apprenez est des plus grave ! Jamais je n'aurais imaginé une quelconque collusion entre les meurtriers de la Croix-Haute et la famille de la princesse Lisa ! C'est... c'est insensé !

— Cela me paraît plutôt regrettablement humain, mon cher ami. Gaspard Grindel est amoureux de Lisa depuis toujours, je crois, et il n'a jamais cessé de détester son époux... À propos, avez-vous de ses nouvelles ?

— J'en ai eu ce matin par Vidal-Pellicorne. L'amélioration se confirme et il commence à mener la vie dure à ses infirmières tant il a hâte de quitter l'hôpital ! Le silence de sa femme l'angoisse !

— Qu'est-ce que ce serait s'il connaissait la vérité ! On va lui parler de sa fausse couche, du fait qu'elle ne pourra plus avoir d'enfants, ce qu'elle n'arrive pas à admettre et il devrait se calmer au moins pour un temps : celui de sa convalescence chez nous par exemple ?

— Deux mois si mes renseignements sont exacts. C'est long ! Vous allez avoir du mal à le faire tenir tranquille !

— On s'y attend ! soupira Tante Amélie, mais cela nous laisse tout de même un peu de répit pour agir. Il est vrai que vous aurez certainement du fil à retordre si la tribu Borgia est réfugiée en Suisse. Vos pouvoirs prennent fin aux frontières de ce magnifique repaire.

— Les nôtres peut-être mais pas ceux d'Interpol !

— Qu'est-ce que c'est que ça ?

— Un organisme européen fondé en 1923 et dont le siège est dans la région parisienne, à Saint-Cloud, ce qui facilite les recherches en pays étrangers, même en Suisse, quoique plus difficilement si, comme je l'ai toujours pensé, nous avions plus ou moins maille à partir avec la Mafia. De toute façon, je vais informer Warren à Scotland Yard avec qui nous partageons le problème Torelli...

Quand on arriva rue Alfred-de-Vigny, Langlois sortit de la voiture juste le temps d'aider ses compagnes à descendre et les remettre à Cyprien, le vieux majordome.

— Je suppose, dit-il encore, que vous retournez à Tours ?

— Par le premier train que nous pourrons attraper ! répondit Mme de Sommières. Nous avons hâte de retrouver Aldo... et aussi Adalbert !

— Voyez aussi son toubib ! Plus tôt Aldo sera ici et plus je serai tranquille car, bien entendu, cette maison sera gardée jour et nuit en tâchant d'éviter qu'il s'en aperçoive...

— Et de lui-même, comment pensez-vous le garder ? Il aura vite compris que quelque chose ne va pas ? émit Plan-Crépin.

— Ça, ma chère demoiselle, c'est à vous que ce redoutable honneur va revenir. À vous, à cette maison et à Vidal-Pellicorne ! Naturellement, je vous tiendrai au courant !

Même nanties de ces assurances, les deux femmes n'étaient pas sans inquiétude en rejoignant Tours. Adalbert, que Langlois s'était chargé de prévenir, les attendait, si visiblement fébrile qu'il manqua s'étaler sur un chariot de bagages en courant à leur rencontre :

— Enfin vous voilà ! exhala-t-il en les embrassant à tour de rôle... Il était temps que vous reveniez : je ne sais plus quoi faire d'Aldo qui n'a pas cru longtemps – en admettant qu'il y ait cru un instant ! – à cette épidémie soudaine de coryza qui vous aurait fauchées toutes les deux à la fois !

— Comment va-t-il ?

— Ça s'arrange petit à petit mais je me demande ce que ça va donner quand il vous verra ! Langlois m'a appris que les nouvelles ne sont pas fameuses à Zurich, sans vouloir rien préciser.

— Commençons par regagner notre hôtel ! soupira Mme de Sommières... Ce genre d'événement n'est pas fait pour les courants d'air d'une gare... même de province !

— C'est si dramatique que ça ?

— Pire encore ! Rentrons vite ! Avec une tasse de café nous aurons l'esprit plus clair, conseilla Marie-Angéline.

— Je n'attendrai jamais jusque-là ! Dans ma voiture il n'y a pas d'oreilles qui traînent... et le café viendra après !

— Racontez-lui, Plan-Crépin ! Il est tellement agité qu'il est capable de nous envoyer dans le décor ! Ce n'est pas si long d'ailleurs !

À peine assise, en effet, celle-ci réitéra le récit de ce qu'avaient été ces deux jours passés à Zurich. À mesure qu'elle parlait, Adalbert semblait retrouver son calme mais quand elle en vint à ce qu'elle avait vu au bar de l'hôtel, il donna un brusque coup de volant, afin de se garer, et arrêta son moteur pour considérer la vieille fille avec stupeur :

— C'est incroyable ! lâcha-t-il. Ce Borgia de Carnaval aurait partie liée avec le cousin ?

— Pas aurait : il a ! J'ai de bons yeux tout de

même ! Et ils avaient l'air de très bien s'entendre ! Une vraie paire d'amis !

— Mais comment est-ce possible ? Comment se sont-ils rencontrés ?

— Que voulez-vous que l'on vous réponde ? fit Mme de Sommières. Grindel habite à Paris et nous ignorons tout de sa façon de vivre !

— C'est juste !... et maintenant qu'il s'est posé en défenseur de la femme trompée on va avoir toutes les peines du monde à s'en débarrasser !... Sauf si on peut lui mettre sur le dos la tentative d'assassinat d'Aldo !

— Je crois qu'on peut faire confiance à Langlois pour suivre cette piste-là et, à présent, il en sait autant que nous. Laissons-le travailler en paix et occupons-nous d'Aldo ! On va faire un tour à l'hôtel pour se débarrasser des escarbilles de la SNCF...

— ... et boire un café ou deux ! insista Marie-Angéline qui tenait à son idée première.

— Trois si vous voulez ! Ensuite vous nous emmenez à l'hôpital, Adalbert. Il est grand temps d'apporter un peu d'apaisement à notre blessé !

— Vous avez l'intention de tout lui dire ?

— Où serait l'apaisement ? Je vais seulement lui parler de l'accident de Lisa, de notre visite, en élaguant le maximum de ce qui pourrait augmenter sa peine : Gaspard, la clinique « neurologique », la guerre des roses, mais en insistant sur l'état de santé de Lisa sans l'affoler inutilement. Je lui parlerai de la lettre de Pauline sans lui cacher qu'elle n'a pas obtenu le succès escompté contre la rancune de Lisa ! Cela dit, redémarrez donc, Adalbert ! Nous n'allons pas finir la journée le long de ce trottoir !

— Avant que vous ne le voyiez, reprit-il en obtempérant, il y a un point que j'aimerais éclaircir : c'est l'absence de Moritz Kledermann. Qu'est-ce qu'il peut bien fabriquer en Angleterre alors que sa fille unique vient d'avoir un accident assez sérieux ? Je n'y connais pas grand-chose mais une fausse couche à plus de cinq mois ça s'appelle un accouchement prématuré et ça peut occasionner des séquelles ?

— Il est parti la veille de notre arrivée et sans doute pleinement rassuré sur l'état de sa fille, expliqua Mme de Sommières. Donc aucune raison de reporter à plus tard des affaires sûrement importantes. Et de toute façon, on sait qu'il descend au Savoy ou chez son ami lord Astor pour le week-end. Satisfait ?

— Pour le moment, oui !

Quand elle se retrouva assise au chevet d'Aldo avec Plan-Crépin en vis-à-vis, Tante Amélie put constater qu'il allait beaucoup mieux – ce qui était une bonne chose ! – et aussi qu'il récupérait ses facultés mentales à une allure record ! C'était sans doute très réconfortant mais ne lui facilitait pas la tâche. Même s'il avait accueilli les deux femmes avec un sourire radieux !

— Donnez-moi vite les nouvelles que vous apportez... car, bien entendu, je n'ai pas cru un mot de ce rhume affreux qui vous retenait au lit. Et d'abord d'où venez-vous ? Tout de même pas de Venise ?

— Non. De Zurich ! Un coup de téléphone de Guy Buteau nous avait appris qu'en arrivant là-bas, Lisa avait eu un accident... Pas gravissime, rassure-toi ! se dépêcha-t-elle d'ajouter en le voyant pâlir.

Elle était enceinte d'un peu plus de cinq mois, elle a fait une chute et elle a perdu l'enfant !

— Mon Dieu, une chute ! Après ce qu'elle avait vécu dans ce château de malheur ? Comment va-t-elle ?

— Aussi bien que possible ! Elle est encore à la clinique mais nous pensons qu'elle ne tardera plus à en sortir.

Il y eut un petit silence, après quoi Aldo demanda :

— Vous lui avez parlé de moi ?

— Naturellement, et je ne te cacherai pas qu'elle n'envisage pas dans l'immédiat de te pardonner ! Cependant, elle a accepté de lire, devant moi, la lettre que je lui apportais. Pauline me l'avait remise avant de partir. Une très belle lettre où elle prenait à sa charge votre rencontre dans le train, avouait l'amour qu'elle te porte mais précisait qu'elle n'était pas payée de retour et qu'en réalité tu n'aimais qu'une seule femme : la tienne !

— Qu'a-t-elle répondu ?

— Rien. Elle a soigneusement replié la lettre et l'a mise sous son oreiller. Ce qui permet d'espérer qu'elle la relira...

— ... ou l'aura déchirée après votre départ... murmura-t-il.

— Vous devriez essayer l'optimisme ! C'est meilleur pour la guérison ! assura Marie-Angéline.

— Pardonnez-moi ! Je vous paie bien mal de vous être imposé ce voyage dont vous n'aviez nul besoin. Avez-vous vu mon beau-père ?

— Non ! Il est parti pour Londres dès qu'il a été tranquillisé sur l'état de santé de sa fille. Son secrétaire nous a fait savoir qu'il comptait y rester quelques jours et nous ne pouvions pas nous permettre de nous attarder très longtemps.

— Ainsi elle est seule à Zurich ? Pourquoi n'est-elle pas allée à Vienne rejoindre les enfants et leur grand-mère ?

— C'est sans doute ce qu'elle fera quand elle sera moins fatiguée. C'est une véritable épreuve qu'elle vient de subir, tu sais ? Et te savoir si atteint n'a pas arrangé les choses !

— Je ne suis pas sûre que ce soit à ce propos, renchérit effrontément Marie-Angéline, mais je l'ai entendue pleurer... En effet, vous pensez bien que je n'ai pas pénétré dans la chambre et que j'ai attendu dans le couloir. Je suis persuadée, Aldo, qu'il vous faut prendre votre mal en patience ! Vous sortirez bientôt d'ici pour votre convalescence à Paris. Cela vous donnera à l'un comme à l'autre le temps de cicatriser...

— Je n'en suis pas certain. Vous oubliez que Langlois a l'intention de l'interroger ?

— Il ne va pas lui sauter dessus toutes affaires cessantes... Son état de santé demande des ménagements d'autant. – Tante Amélie prit un ultime temps de réflexion avant de lâcher – Il vaut tout de même mieux te le dire afin que tu accordes à ta femme quelques circonstances atténuantes...

— Tous les torts sont pour moi ! Pas pour elle ! J'ai la certitude qu'elle n'est pas impliquée dans ce qui m'est arrivé. Alors ?

— Elle ne pourra plus avoir d'enfants ! Tu me diras qu'avec trois réussis elle devrait en souffrir moins qu'une autre...

— Non ! Elle doit ressentir cela comme une blessure… se sentir amoindrie… Ma pauvre Lisa !

— On va se mettre à la recherche du docteur Lhermitte afin de savoir quand on peut te ramener !

— Le plus vite possible ! Sans vouloir me montrer ingrat, j'en ai par-dessus la tête de l'hôpital !

Elles allaient atteindre la porte quand il ajouta, subrepticement :

— Pendant que j'y pense, vous n'auriez pas, par hasard, aperçu le cousin Gaspard lors de votre visite ?

Elles n'échangèrent même pas un regard :

— Mon Dieu non ! répondit l'une.

— Absolument pas, confirma l'autre. Vous venez Plan-Crépin ?

Un dernier sourire, un petit geste de la main et elles étaient dehors.

— Vous mentez infiniment mieux que moi ! apprécia Mme de Sommières. Vous n'avez même pas rougi.

— Mais nous non plus sauf le respect que je nous dois ! Preuve que nous avons au moins de bonnes dispositions ! Cela dit si nous avions avoué l'épisode des roses et la suite, il serait déjà dans la rue en train de héler un taxi pour se faire conduire à la gare !

Elles auraient été fort déçues si elles avaient pu savoir que leur belle unanimité n'avait pas convaincu Aldo. Il les connaissait trop bien toutes les deux ! Mais il ne quitta pas son lit pour autant. Tout au contraire, il plongea dans une profonde réflexion d'où il n'émergea qu'à la venue de son dîner qu'apportait – par faveur spéciale ! – Mme Vernon :

— Oh, je vous ai dérangé, s'excusa-t-elle. Vous dormiez…

— Non ! Je réfléchissais !

— À quoi, si je ne suis pas indiscrète ?

— En aucune façon ! Je voudrais savoir quand je vais pouvoir rentrer à Paris ?

— Vous vous ennuyez tant que ça avec nous ?

— Ce serait de l'ingratitude mais je me languis de retrouver une vie plus normale !

— C'est bien naturel… pourtant vous devez être conscient qu'il vous faut encore pas mal de repos ?

— Je m'y soumettrai mais à Paris je serai chez moi presque autant qu'à Venise et je pourrai m'occuper de mes affaires négligées par force depuis un bon moment !

— Allons ! Je vois qu'il faut vous rassurer, concéda-t-elle en arrangeant ses oreillers derrière son dos afin qu'il puisse manger plus confortablement. J'ai entendu M. Lhermitte dire qu'il pensait vous libérer samedi prochain. Je crois même que l'ambulance est prévenue…

— Quatre jours à attendre !

— Ce que vous pouvez être insupportable ! Aussi je précise : si toutefois la fièvre ne revient pas ! Alors vous savez ce qu'il vous reste à faire ? Garder un calme olympien. Sinon…

Le message était clair. Aldo attaqua son potage avec un soupir résigné. Dieu, qu'ils allaient être longs ces quatre jours !

Le lendemain, Hubert de Combeau-Roquelaure et Cornelius B. Wishbone vinrent déjeuner à l'hôtel de l'Univers sur l'invitation d'Adalbert. Venus d'horizons tellement différents et en dépit d'une nette différence d'âge et de culture, les deux hommes n'en avaient pas moins noué une amitié inattendue mais solide. Au point que le professeur avait offert l'hospitalité au Texan et que celui-ci s'était établi quasi naturellement dans la belle vieille maison du Grand Carroi, authentiquement médiévale puisque ses murs avaient vu passer Jeanne d'Arc mais que son propriétaire avait réussi à doter d'un confort aussi ingénieux que raffiné sur lequel veillait Boleslas, un Polonais ancien musicien au nom imprononçable, chevelu à l'instar de Chopin, son dieu dont il connaissait la totalité de l'œuvre que, faute de piano, il chantait à pleins poumons ou psalmodiait lugubrement selon l'humeur du jour. C'était un réfugié politique haïssant les Soviets et échappé de leurs geôles que le professeur avait trouvé le plus romantiquement du monde à moitié gelé un soir d'hiver devant le Collège de France où il venait de délivrer un cours magistral ! L'immense dignité dont faisait preuve cet échalas en demandant l'aumône sur l'air du *Nocturne n° 5* avait frappé Hubert, peu émotif cependant, qui l'avait ramené à son logis parisien du boulevard Saint-Michel où il l'avait confié à sa concierge, Mme Lebleu, qui s'occupait de son appartement afin qu'elle prépare pour lui la chambre de bonne et qu'elle le remette en état de marche avant de le ramener avec lui à Chinon. Là il l'avait remis à l'examen de Sidonie sa gouvernante et femme à tout faire qui avait découvert en lui de réels talents d'homme d'intérieur. Ce qui lui permettait de se consacrer exclusivement à la cuisine.

Au moment où Aldo et Adalbert étaient apparus dans son environnement, Boleslas était absent : le professeur l'avait prêté à l'un de ses vieux amis d'Angers qui, après avoir perdu son valet de chambre, venait de se casser la jambe, en attendant de dénicher un autre serviteur... Son retour s'était effectué au lendemain de l'effondrement de la Croix-Haute qu'il regrettait amèrement de ne pas avoir vécu aux côtés de son maître. L'entrée en scène du Texan lui causa un plaisir extrême grâce au parfum d'aventure qu'il transportait et parce qu'il le trouvait follement sympathique. Dès lors la maison du Grand Carroi vécut le plus souvent sur un rythme de valses – celle du « Petit Chien » de préférence ! – que sur celui des *Nocturnes*. Et le Polonais atteignit presque à l'extase quand les deux hommes entreprirent d'un commun accord de s'intéresser aux vestiges du château incendié en passant par les souterrains dans l'espoir de découvrir d'abord le chemin emprunté par la bande criminelle pour rejoindre la rivière et peut-être des restes pouvant donner d'autres indications.

— Vous avez trouvé quelque chose ? demanda Adalbert quand tout le monde fut réuni autour de la table.

— Nous avons réussi en ce qui concerne le chemin encore que de façon incomplète, dit le professeur. Un éboulis l'encombre plus qu'à moitié mais au-delà nous avons vu la lumière du jour. Il est donc inutile de le déblayer. En revanche, Cornelius – on en était là ! –, qui garde en mémoire l'intérieur du château, pense qu'avant le tas de pierres il devait être possible, en creusant quelque peu, de rejoindre la crypte de la chapelle dont une bonne partie est encore debout.

— Je ne doute pas que cet exercice d'archéologie ne soit d'une grande utilité, répondit Mme de Sommières avec un rien de sécheresse, mais je crains que nous n'ayons à résoudre un problème beaucoup plus grave. Un coup de chance a permis à Marie-Angéline de rencontrer sans en être remarquée le pseudo-César Borgia. Racontez, Adalbert ! Vous êtes plus doué que moi.

— Ça va si mal que ça, Amélie ? s'inquiéta le professeur. C'est vrai que vous avez une mine de déterrée !

C'était la dernière chose à dire : les yeux toujours si verts flamboyèrent :

— Si vous me sortez ça chaque fois que nous nous voyons, Hubert, on ne se verra plus du tout ! Je me demande même si…

— Allons, allons ! Ne vous fâchez pas ! J'ai simplement peur que vous ne dépassiez les limites de vos forces ! Et maintenant je me tais. Allez-y, mon garçon ! lança-t-il à son ancien élève.

— Merci, professeur ! Mais quand vous saurez ce qu'a été le voyage de nos deux vaillantes associées, vous comprendrez qu'à une lassitude réelle se joint une véritable angoisse touchant l'avenir de Morosini et de son épouse…

Il relata alors la suite de mauvaises surprises que Zurich avait réservées aux deux voyageuses depuis l'accueil décourageant de Lisa, l'incident des roses pour en venir à l'incroyable rencontre de Gaspard Grindel avec celui dont on ne savait plus très bien comment il s'appelait.

— Afin que vous n'ignoriez rien du point où nous en sommes, j'ajouterai qu'en passant par Paris, ces dames ont rencontré le commissaire Langlois, qu'il en sait autant que nous à cette heure et qu'il a sans doute pris déjà des dispositions. Dont l'une, primordiale, est de faire surveiller l'hôtel de Mme de Sommières dès qu'Aldo y sera rentré. Et ce sera samedi prochain !

— Vous l'avez vu ce matin, Amélie ? Vous lui avez raconté tout ça ?

— Bien sûr que non, explosa Marie-Angéline qui n'aimait pas garder le silence trop longtemps. Il a eu droit à une version expurgée mais il m'étonnerait que l'on en reste là longtemps. Dès qu'il se sentira d'aplomb, Aldo, tel qu'on le connaît, va vouloir s'en mêler et ça ne va pas être une mince affaire que de l'obliger à se tenir tranquille. Évidemment nous ferons de notre mieux...

— ... mais vous aurez tout de même besoin d'aide, fit Adalbert, et ce rôle me revient... Encore que j'aie grande envie d'aller moi aussi me balader en Suisse...

— Si c'est pour tenter de convaincre Lisa, vous perdrez votre temps, mon garçon ! Je suis persuadée qu'elle se méfiera de vous plus encore que de moi ! soupira Mme de Sommières.

— Ce n'est pas elle que je voudrais voir, c'est l'auteur de ses jours ! C'est invraisemblable qu'il ait jugé bon de filer à Londres juste après que sa fille fut rentrée au bercail. Cela ne lui ressemble pas ! Et moi j'aimerais savoir ce qu'il pense de cette histoire ! Sans vouloir dénigrer le travail auquel vont se livrer les policiers, il me répondra à moi plus facilement qu'à eux...

— Surtout qu'en Suisse, les argousins vont avoir besoin d'un tas d'autorisations, déclara Hubert. C'est, je crois, l'un des rares pays d'Europe qui n'adhère pas vraiment à Interpol ! Mais pour ce qui est de surveiller Morosini, je vous offre bien volontiers mon aide...

Wishbone vida son verre de vouvray – qui était en train de devenir sa boisson préférée – et leva la main comme s'il s'agissait de voter :

— Moi aussi ! dit-il enthousiaste. Et je donne tous les dollars pour acheter complices, espions, maisons pour surveiller...

— Des tueurs aussi ? ironisa Marie-Angéline.

Mais il ne plaisantait pas.

— Si nécessaire on avait, oui aussi ! C'est moi la cause de tout le malheur je veux réparer !

— Vous n'avez pas envie de revoir votre cher Texas ? insinua doucement Mme de Sommières en trouvant un sourire pour ce charmant bonhomme que tous avaient adopté.

— Si, mais pas maintenant ! Quand tout sera dans l'ordre, j'achète un yacht et j'emmène tout le monde visiter. En ce moment c'est moi qui visite Touraine ! Magnifique pays ! Peut-être acheter un château et forêt de chênes pour le... gui ? C'est bien ça, Hubert ? acheva-t-il avec un large sourire à l'adresse de son hôte qui, lui, s'empourpra brusquement sous l'œil incrédule de Mme de Sommières et de Plan-Crépin qui ne put retenir un :

— Je rêve ! Professeur, vous avez entamé les approches pour l'embrigader dans... Ouille !

Elle n'alla pas plus loin. Adalbert lui avait à moitié écrasé un pied sous la table. Et se hâtait de reprendre :

— Nous nous éloignons de notre sujet ! Dans l'instant présent il s'agit d'assurer à Morosini une convalescence aussi paisible que possible et, pendant ce temps, tenter de recoller de notre mieux les morceaux de son ménage. Pour ce qui est de l'immédiat on le ramène à Paris et on laisse faire Langlois et ses hommes. C'est lui qui m'avertira quand je pourrai me rendre à Zurich pour causer avec Moritz Kledermann. On pourrait faire plus de mal que de bien.

— À présent qu'Aldo va vers sa guérison, je ne vous cache pas que mon souci principal est Lisa. En la voyant, dans cette clinique où, selon moi, elle n'avait pas à être j'ai eu l'impression d'avoir devant moi une autre femme. Le sort de son mari lui est indifférent. Son seul point sensible c'est le fait qu'elle ne pourra plus avoir d'enfants. Elle se sent humiliée, blessée...

— Étant donné qu'elle en a déjà trois à son actif et qu'elle rejette son époux, elle ne devrait pas en être affectée, remarqua le professeur... ou serait-ce qu'elle souhaite en avoir un d'un autre... époux ?

— Hubert ! s'indigna la marquise. Vous ne la connaissez même pas et vous émettez une idée... insultante à son encontre ! Et je viens de vous dire que je n'avais pas reconnu la femme à qui je vouais jusqu'à présent une affection quasi maternelle...

— Et vous attribuez ce changement à la clinique ? reprit Adalbert. Il est naturel que vous ayez eu un choc en apprenant qu'elle avait atterri chez... Je ne dirai pas les fous mais ça y ressemble fichtrement. Ce qu'il faudrait savoir c'est si on l'a mise là parce qu'elle en avait besoin après ce qu'elle a vécu... ou si c'est dans une intention malveillante, pour qu'elle y perde au fur et à mesure la raison... et cela me paraît tout de même un peu gros à quelques centaines de mètres du domicile paternel ! C'est pourquoi il faut à tout prix que j'obtienne un entretien avec Kledermann !

— Vous avez sans doute raison mais avouez que découvrir une collusion entre le cousin Gaspard et l'assassin de la Croix-Haute donne à réfléchir.

Plan-Crépin toussota pour s'éclaircir la voix puis avança :

— Et si, au lieu de tourner en rond, on allait voir un peu du côté de Vienne ? Personne jusqu'ici n'a seulement fait allusion à Mme von Adlerstein, la grand-mère de Lisa chez qui les enfants se trouvent ! Si elle a réellement besoin d'un soutien solide c'est chez elle et auprès de ses mioches qu'elle devrait être !

— C'est très juste ! admit Adalbert. C'est même curieux que la vieille dame ne se soit pas encore manifestée. Les journaux français ne sont pas interdits de séjour à Vienne ! Il faut reconnaître qu'ils ont été relativement discrets grâce à Langlois, j'imagine. Aucun n'a fait ses gros titres du « drame de la Croix-Haute ». On a seulement signalé que les pseudo-Borgia avaient fait sauter le château avant de prendre la fuite mais qu'on avait pu libérer leurs prisonniers. Il est très possible que la comtesse ne sache rien... surtout si elle n'est pas dans son palais viennois mais à Rudolfskrone, son château d'Ischl.

— Pour l'instant, coupa Mme de Sommières, je crois qu'il ne faut pas la déranger. Elle n'ignore pas, lorsqu'on lui confie les enfants, qu'il s'agit surtout de les mettre sous la protection de ses résidences qui sont de véritables forteresses intérieures. Il est probable que son gendre se soit chargé de la tenir au courant puisque c'est lui qui a payé la rançon, et se rendre auprès d'elle maintenant équivaudrait peut-être à la désigner comme prochaine cible. On avisera plus tard, en accord avec Langlois, et c'est moi qui m'en chargerai.

Il n'y avait rien à ajouter et on se sépara là-dessus.

— Tout compte fait, recommanda Adalbert aux deux nouveaux amis, tandis que les dames s'éloignaient, continuez donc à fouiller vos ruines. Je sais d'expérience que cela peut donner des résultats surprenants... On vous tiendra au courant !

Le samedi matin, comme prévu, Aldo fit ses adieux à l'hôpital et à ceux qui l'avaient si admirablement soigné... Adalbert s'était chargé de lui acheter des vêtements – il refusait l'idée de partir en robe de chambre ! – à sa taille et aussi proches que possible de ses goûts mais comme ses objets personnels – montre, portefeuille, briquet et porte-cigarettes en or à ses armes comme la sardoine gravée que, depuis le XVIe siècle, se transmettaient les princes Morosini – avaient disparu, le rescapé éprouvait le désagréable sentiment d'être quasiment nu. Pire encore : son anneau de mariage dont son annulaire ne gardait plus qu'une trace légère :

— Je n'arrive pas à m'ôter de l'esprit qu'il y a là un symbole inquiétant ! confia-t-il à Adalbert qui, secondé par Mme Vernon, l'avait aidé à s'habiller... et qui lui rit au nez :

— Tu ne vas pas devenir superstitieux ? Avoir perdu ta chevalière ne t'enlève ni ton nom ni ton titre pas plus que ton alliance ne fait pas de toi un célibataire ! À ce train-là, tu vas passer ta convalescence à te faire tirer les cartes par Plan-Crépin ! Secoue-toi, que diable !

En réalité, la joviale indignation du « plus que frère » était quelque peu forcée. Comme tout bon égyptologue qui se respecte, il était plus sensible aux symboles qu'il n'accepterait jamais de l'avouer. Même s'il ne fit aucun commentaire, Aldo ne s'y trompa pas.

— Me secouer, je voudrais bien, mais j'ai la tête qui me tourne un peu !

— Vous voyez bien que l'ambulance n'est pas du luxe ! Si l'on vous avait écouté on vous aurait laissé partir dans la voiture de M. Vidal-Pellicorne, triompha l'infirmière.

— ... et il aurait fallu une civière pour vous en extirper... sans oublier que vous auriez fini le voyage sur la banquette arrière ! conclut le docteur Lhermitte qui entrait une lettre à la main. Alors pour l'amour de Dieu, ne m'abîmez pas mon ouvrage ! Vous aurez encore des vertiges et des migraines pendant quelque temps. Il faut vous y résigner ! D'ailleurs cette lettre est pour le professeur Dieulafoy dont Mme de Sommières m'a dit qu'il était de ses bons amis et qu'il vous avait déjà soigné. Il me relaiera. Et maintenant, bonne route... Et encore meilleur rétablissement ! Le succès dépend de vous...

— Merci, docteur ! Merci du fond du cœur ! Je sais que j'ai eu une chance inouïe d'être arrivé entre vos mains !...

Quelques minutes plus tard, l'ambulance franchissait le seuil des urgences emportant Aldo, un jeune externe pour les soins éventuels... et un policier armé. Suivait la voiture d'Adalbert véhiculant Mme de Sommières et Marie-Angéline. Lui aussi était armé, ce qui avait fait tiquer cette dernière :

— Ce déploiement d'artillerie est-il vraiment nécessaire ?

— Le commissaire Desjardins estime qu'il vaut mieux prendre trop de précautions que pas assez. On ne vous l'a pas dit mais des bouts de papier inquiétants ont atterri sur son bureau. Il ne faut pas se bercer d'illusions : Aldo a au moins un ennemi tenace qui ne renonce pas !

— Tout de même...

Mme de Sommières intervint :

— Ne jouez pas les hypocrites, Plan-Crépin ! Vous êtes tout bonnement furieuse parce que personne n'a songé à vous offrir une pétoire quelconque !

— Si ce n'est que ça, fit Adalbert imperturbable, il y a un pistolet chargé jusqu'à la gueule dans la boîte à gants ! Je n'ai pas oublié vos talents de société !

Elle s'en empara avec l'assurance d'un vieux troupier, vérifia qu'il était bien en ordre de marche, le posa sur la banquette et se sentit plus sereine, mais toutes ces précautions se révélèrent inutiles et ce fut en toute tranquillité que l'on réintégra la rue Alfred-de-Vigny et les beaux arbres du parc Monceau...

DEUXIÈME PARTIE

LA TEMPÊTE

4

Une convalescence mouvementée

Retrouver chez Tante Amélie la chambre jaune qui était la sienne quand il venait à Paris apporta presque autant de réconfort à Aldo que s'il rentrait chez lui. Il en aimait le décor sobre, élégant et nettement masculin, les deux fenêtres ouvrant directement sur le parc Monceau et, surtout en cette saison, la cheminée flamboyante d'où s'élevait la sylvestre odeur du feu de bois : toutes délices inconnues dans les blancheurs polaires d'un hôpital. En outre, ce n'était pas la première convalescence qu'il y vivait.

Après la captivité inhumaine que lui avait fait subir un demi-fou féroce et où il avait vu la mort de près, c'était là qu'il avait retrouvé le goût de vivre, la santé et l'envie de se battre pour Lisa[1]. Celle-ci, en effet, arguant d'un mot prononcé sous l'empire de la fièvre, était partie en claquant la porte et en jurant de ne jamais revenir ! Somme toute l'histoire recommençait à cette différence que la première fois il n'était pas coupable et que la seconde il l'était indubitablement ! Le pire étant que, non seulement il n'en voulait pas à Pauline du langoureux piège

1. Voir *La Perle de l'Empereur*.

qu'elle lui avait tendu, mais que dans le silence de ses nuits solitaires il trouvait un réconfort dans l'évocation des instants les plus brûlants passés dans ses bras… Arriverait-il jamais à les oublier ? Difficile à prévoir ! Plus difficile encore à croire.

Cependant la vie quotidienne dans l'hôtel de Sommières subissait quelques modifications dues à la présence nocturne de deux vigoureux policiers commis par le commissaire Langlois à la protection de la maison et de ses occupants… Ainsi en avait-il décidé jusqu'à ce que Morosini soit tout à fait remis. De jour, c'était Adalbert et Plan-Crépin qui montaient plus ou moins la garde intérieure mais le crépuscule voyait arriver régulièrement les hommes du Quai des Orfèvres. L'un campait sur un canapé dans le jardin d'hiver afin de surveiller l'arrière de la maison qu'une simple barrière séparait du grand parc, l'autre dans la galerie du premier étage avait l'œil sur les chambres, celle d'Aldo de préférence. On s'aperçut bientôt qu'ils étaient six se relayant toutes les vingt-quatre heures, tous faisant preuve d'une égale bonne humeur car c'était toujours avec un sourire radieux qu'on les voyait débarquer. Ils semblaient incroyablement heureux d'assumer ce travail quelque peu monotone. Même ceux qui étaient mariés.

Cette joie de vivre inattendue intrigua Mme de Sommières qui, un jour où Langlois était venu voir si tout allait bien, lui demanda :

— Les deux premières nuits nous avons eu Dupin et Dubois mais ensuite ils ne sont plus venus que tous les trois soirs. Pourquoi ?

Il éclata de rire :

— Ah, vous avez remarqué ? Initialement j'avais prévu de confier cette garde à eux seuls mais ce qu'ils ont raconté au bureau m'a valu une espèce de révolution de palais.

— Mais… pourquoi ?

— Parce qu'ils sont trop bien traités ! Si je n'y avais mis le holà la brigade entière défilait ici afin de goûter au moins une fois à la cuisine de votre Eulalie accompagnée des vins de votre cave, sans compter les cafés, grogs ou autres vins chauds tenus à leur disposition ! C'est le palais de Dame Tartine chez vous, marquise, et on va avoir du mal à les en extirper quand Morosini sera entièrement remis à neuf… ou quand nous tiendrons enfin la bande Torelli-Borgia !

— Rien de nouveau de ce côté-là ?

— Pas grand-chose ! Je rencontre les plus grandes difficultés à obtenir des autorités fédérales le droit d'enquêter en Suisse. Ils sont relativement coulants tant qu'il s'agit d'étrangers mais en ce qui concerne les citoyens helvétiques, c'est toute une affaire.

— Qui est Suisse là-dedans, hormis Lisa et son père ? Tout de même pas… machin… Fanchetti ! Je n'arrive pas à mémoriser son dernier avatar !

— Le comte de Gandia-Catannei ? Eh bien, justement, il s'est acquis la nationalité idoine. Sans doute a-t-il suffisamment d'argent pour ça ! Surtout si comme nous le pensons depuis le début il est affilié à la Mafia. Ça s'insinue partout ces petites bêtes-là !

— Et votre fameux Interpol ?

— J'ai fini par y renoncer. C'est incroyable le respect qu'inspire la forteresse alpestre assise entre son tas d'argent et sa neutralité ! s'écria-t-il soudain, laissant une colère latente montrer le bout de l'oreille ! Et Warren qui court après la Torelli rencontre les mêmes difficultés que moi !

— Après avoir été italo-américaine, la voilà suissesse à présent ?

— Oh, sans aucun doute ! Elle et son frère-amant ne se sont certainement pas séparés. Mais je n'aurais jamais dû vous faire part de mes interrogations, marquise ! Je suis en train de vous tourmenter !

— J'ai déjà connu pire. Avez-vous au moins des nouvelles de Lisa... et de son père ?

— Là nous avons un peu avancé. Si Kledermann est toujours en Angleterre – *dixit* Warren ! –, la princesse Morosini a quitté sa clinique pour Vienne. Elle y est arrivée accompagnée d'une sorte d'infirmière chargée de veiller à son traitement et qui, je pense, ne restera pas longtemps. La présence de ses enfants paraît le meilleur remède...

— Gaspard Grindel est là-bas lui aussi ?

— Non. Étant donné qu'il dirige la banque Kledermann de Paris, il doit s'y montrer plus souvent qu'une fois par mois. On l'y attend ces jours-ci... et je vais pouvoir m'occuper de lui...

— Il me semble que ce rôle devrait me revenir. Ne croyez-vous pas qu'il serait temps... grand temps de me réintégrer dans la vie normale et de partager avec moi vos petits secrets ?

Encore un peu pâle mais habillé de pied en cap, tiré même à quatre épingles dans un costume bleu marine, chemise blanche et cravate rayée rouge et bleu, Aldo, appuyé sur une canne, s'encadrait dans la porte de la petite bibliothèque qu'il avait ouverte sans qu'on l'entendît. Le turban de bandes qui protégeait sa blessure avait disparu, laissant voir la repousse de ses cheveux restés aussi foncés sauf aux tempes où le blanc avait gagné un peu de terrain, mais son sourire avait retrouvé sa nonchalance. Derrière lui le nez de Marie-Angéline pointait, arborant cet air innocent qu'elle prenait quand elle s'attendait à quelque reproche.

— Il n'a même pas voulu prendre l'ascenseur ! se hâta-t-elle d'annoncer.

Mais les deux autres avaient trop d'empire sur eux-mêmes pour se laisser aller à ces exclamations de joie teintée d'inquiétude et vaguement bêtifiantes de rigueur pour saluer l'entrée en scène d'un revenant.

— On dirait que tu vas mieux ? constata Tante Amélie.

— N'y allez pas trop fort tout de même ! recommanda Pierre Langlois en se levant pour partir.

— Vous voilà bien pressé tout à coup !

— Je suis toujours pressé, mon ami ! Quant à nos petits secrets, comme vous dites, vous avez auprès de vous de parfaites conteuses ! Allez-y franchement, mesdames ! Je vois à la lueur verte de son œil qu'il brûle d'envie de piquer une rogne ! Cela ne lui fera pas de mal, au contraire !

— Je me demande si vous ne commencez pas à me connaître un peu trop !...

Aldo alla s'asseoir dans le fauteuil abandonné par le policier. Il y avait à peine pris place que Cyprien venait le nantir d'une tasse de café qu'il n'avait pas demandée. Il dirigea alors sur Tante Amélie son regard dont la petite flamme ironique s'était rallumée :

— C'est aussi grave que ça ?

— Tu jugeras ! Plan-Crépin, donnez-moi une tasse de ce breuvage dont j'ai besoin autant que lui !

Dix minutes plus tard, le silence régnait dans la bibliothèque et Aldo ne s'était encore livré à aucun commentaire.

— Tu ne dis rien ? s'inquiéta Mme de Sommières presque timidement.

— J'essaie de remettre le puzzle en place. Pour Lisa, si elle a rejoint sa grand-mère et les enfants, je pense que l'on peut cesser de s'en occuper, encore que je n'aie pas beaucoup aimé le séjour en clinique psychiatrique sous la protection du cousin Gaspard. Une parenthèse pour vous, Angelina : vous avez parfaitement réagi dans l'affaire des roses. J'en aurais fait... presque autant !

— Presque ?

— Oui, je les aurais flanquées par la fenêtre et j'aurais boxé le donateur. Cela dit, il ne perd rien pour attendre !... De plus, c'est grâce à vous si nous savons à présent que ce salopard a partie liée avec le Borgia de pacotille. Bravo !

— De pacotille ! se récria Mme de Sommières. Comme tu y vas ! Il occasionne presque autant de dégâts que son modèle...

— Sauf que s'il ne s'est pas encore livré au sac d'une ville, nous ignorons le nombre de ses victimes à ce jour !

— Disons qu'il fait ce qu'il peut avec ce qu'il a... je veux dire avec son époque ! émit Marie-Angéline.

— Il doit se terrer quelque part en Suisse, reprit Aldo. Peut-être dans une maison appartenant à son associé. Neveu d'un richissime banquier, collectionneur, banquier lui-même, celui-ci devrait être propriétaire de deux ou trois cabanes helvétiques ?

— Sans nul doute, mais Gaspard Grindel est dans le collimateur de ce cher Langlois qui guette son retour et doit avoir mis le siège devant sa banque et son domicile parisien !

— Au fait, je ne sais même pas où il habite, constata Aldo. C'est idiot mais il m'intéressait si peu...

— Il faut toujours connaître les repaires de l'ennemi ! clama, doctoral, Adalbert qui entrait un doigt en l'air. Moi, tu vois, je le sais ! La banque est sise boulevard Haussmann et l'appartement avenue de Messine. Autrement dit pas bien loin d'ici !

— Comment l'as-tu appris ?

— J'y suis allé à l'époque où tu sortais le soir avec une belle comtesse russe et qu'il te faisait suivre par un détective privé chargé de lui rendre un rapport destiné surtout à ta femme ! À ce moment-là il a si parfaitement joué son rôle de « grand frère » au cœur innocent que je l'avais trouvé sympathique !

— Pourquoi pas touchant ?

— Pourquoi pas en effet ! Pour l'heure présente je peux t'affirmer qu'il n'est pas rentré ! En attendant, on va faire un tour dans le parc avant le déjeuner ? Le temps est superbe et...

— Tu m'as assez promené comme ça. Ce dont je te remercie infiniment. D'abord j'attends Guy Buteau qui arrive de Venise pour me mettre au courant des affaires en cours. Ensuite dès qu'il sera reparti tu pourras m'emmener « faire un tour » à Zurich !

Un triple tollé qu'il écouta avec un sourire moqueur salua cette annonce inattendue :

— C'est hors de question ! fit Adalbert.

— Vous devenez fou ? s'indigna Plan-Crépin.

— Sois un peu raisonnable ! plaida Mme de Sommières. Tu n'es qu'à un tiers de ta convalescence !

— Ce qui me paraît tout à fait suffisant, Tante Amélie ! Je me sens dans une forme voisine de la perfection et si je ne me remue pas je vais faire du lard comme les indispensables anges gardiens de Langlois. Quant à toi, mon vieux, je ne t'oblige pas à m'accompagner ! De toute façon, je ne serai pas absent une éternité : juste l'aller et retour, histoire de me remettre en jambes !

— Et qu'est-ce que tu veux aller fabriquer à Zurich ?

— Bavarder avec le portier du Baur-au-Lac ! Je le connais depuis longtemps et je peux t'assurer qu'il ne me fera pas grandes difficultés pour me donner l'adresse de l'illustre comte de Gandia-Catannei ! Et si mon beau-père est de retour j'irai mettre les choses au point avec lui !

— Tu as l'intention de lui parler de son neveu ?

— C'est même par là que je vais entamer la conversation.

— Je ne sais pas si tu as raison… Va le voir si tu veux mais ne commence pas par taper sur Gaspard, conseilla Tante Amélie. Certes, Moritz t'a toujours montré de l'estime et même de l'affection mais lui c'est son neveu auquel il a confié sa plus importante succursale. En outre, il faut admettre qu'à ses yeux tu ne dois pas avoir le beau rôle, surtout s'il a gardé dans un coin de sa mémoire le souvenir de tes relations avec sa seconde épouse...

— C'était avant la guerre, j'avais vingt ans et elle était comtesse Vendramin, donc Kledermann était bien loin de s'inscrire dans son paysage ! Nous n'allons pas remonter aux calendes grecques et, n'importe comment, nous nous sommes expliqués là-dessus une fois pour toutes quand elle est morte !

— Du calme ! Je désirais seulement te faire comprendre qu'il n'est peut-être plus en aussi bonnes dispositions envers toi... Alors va le voir si tu y tiens mais vas-y doucement !

— Tante Amélie, ayez tout de même un peu confiance en moi, non ?

— Bien sûr que oui ! assura-t-elle, lénifiante. D'ailleurs je serais fort étonnée que tu t'y rendes seul. Adalbert te servira de régulateur !

— Ça, vous pouvez être tranquille, je ne le lâcherai pas d'une semelle !

Un coup de sonnette et l'ouverture du portail les précipitèrent tous dans le vestibule pour accueillir Guy Buteau, fondé de pouvoir de la firme Morosini après avoir été le précepteur d'Aldo. C'est lui qui avait communiqué à son élève la passion de l'Histoire et surtout celle des pierres précieuses qui en jalonnaient toutes les époques... sans compter l'art de choisir et de déguster un bon vin. La guerre les avait séparés mais quelques années plus tard, Aldo l'avait retrouvé à l'hôtel Drouot lors d'une vente de prestige à laquelle il venait assister en tant que spectateur car il se trouvait alors dans une gêne proche de la misère. Fou de bonheur de cette rencontre, Morosini l'avait pris sous son aile, rhabillé, ramené à Venise où Guy s'était épanoui comme une fleur sous l'arrosoir, mis au travail avec enthousiasme et était devenu rapidement le second patron de la maison.

C'était à présent un vieux monsieur élégant, encore très vert sous ses beaux cheveux blancs, dont les yeux bleus brillaient de joie en saluant Mme de Sommières et Marie-Angéline qui l'embrassèrent en lui souhaitant la bienvenue.

— Moi aussi je suis heureux d'être ici... et de constater que vous êtes redevenu vous-même, Aldo ! Toute votre maison s'est fait un sang d'encre à votre sujet...

— Vous voyez ! On dirait que ma chance tient bon. Bien que...

— On parlera de tout ça à table, coupa Mme de Sommières. Laisse Guy aller prendre possession de sa chambre et se rafraîchir ! Accompagnez-le, Plan-Crépin !

— Mais j'y vais, voyons ! protesta Aldo.

— Non. Toi tu restes où tu es ! Il faut que je te dise quelque chose. Vous m'excusez n'est-ce pas, Guy ?

Ce fut Adalbert qui se chargea de la réponse en déclarant qu'il y allait aussi. Resté face à sa grand-tante, Aldo la regarda presque sous le nez :

— C'est plutôt soudain, ce grand besoin de solitude à deux ? Qu'est-ce que vous mijotez, Tante Amélie ?

— Je ne mijote rien ! Ce serait davantage notre invité.

— Lui ? Qu'est-ce qui vous le fait dire ? Il est heureux comme tout d'être ici...

— Et de constater que tu vas beaucoup mieux. Il en éprouve même un soulagement !

— Vous parlez par énigmes maintenant ?

— Depuis le temps je le connais, peut-être mieux que toi ! Question d'âge... et d'expérience ! Évidemment il est heureux d'être ici et de nous revoir tous, toi en particulier, mais derrière tout ça, il y a un problème...

— Quel problème ?

— Je n'en sais rien mais ce dont je suis certaine c'est qu'il a quelque chose sur le cœur et que cela gâche une partie de sa joie !

Aldo ne répondit pas. D'un geste machinal, il prit une cigarette, l'alluma et alla vers une fenêtre ouvrant sur le parc Monceau.

— Il se pourrait que vous ayez raison, concéda-t-il. Il y a en effet comme un voile de tristesse dans ses yeux... J'aurais dû m'en rendre compte dès son arrivée... comme je l'aurais fait avant cet... accident ! lâcha-t-il mécontent.

— On donne dans les extrêmes maintenant ! Non, tu n'es pas en train de devenir gâteux, là !

— Vous avez de ces mots !

Il la regarda, eut un rire bref :

— Ils ont au moins l'avantage de vous remettre les idées en place. Quant à Guy on va lui faire lâcher sa mauvaise nouvelle, et sans tarder, sinon il ne digérera pas son déjeuner et Eulalie se mettra en grève !

Effectivement, à peine avait-on pris place autour de la table ronde que, laissant tout juste le temps à son vieil ami de déplier sa serviette, Aldo entamait le dialogue :

— Et si vous nous racontiez à présent ce qui vous tourmente tellement, mon cher Guy ? Je crois que vous vous sentirez mieux après !

L'interpellé se figea tandis que son regard surpris faisait le tour de la table – où deux autres l'étaient autant que lui ! – et revenait à Aldo :

— Comment avez-vous deviné ?

— Pas moi, mais Tante Amélie ! Rien ne lui échappe... et elle m'a prévenu pensant que cela ne pouvait concerner que moi ! Alors, allez-y ! Ensuite on pourra tous faire honneur aux petits chefs-d'œuvre d'Eulalie.

— Je voulais justement vous accorder encore cet agréable instant de rémission...

— C'est si grave que ça ?

— Oui... mais, après tout, il ne sert à rien d'atermoyer. Alors voilà : la princesse Lisa demande le divorce !

Un silence accueillit ces paroles, seulement troublé par le juron échappé à Cyprien qui apportait un plat et avait failli le laisser tomber. Pour sa part, Mme de Sommières se contenta de poser sa main sur celle d'Aldo devenu soudain livide et la sentit se crisper.

— Elle n'a pas le droit. Le divorce n'existe pas en Italie.

— Mais il existe en Suisse et elle bénéficie de la double nationalité, dit Guy en sortant de sa poche une enveloppe. La requête est formulée devant le tribunal de Zurich !... et pourrait peut-être trouver un accommodement avec la justice italienne à condition qu'elle ne se remarie pas... et moyennant finances. Quand on en possède les moyens on peut venir à bout de n'importe quelle loi... surtout dans l'Italie fasciste !

— Vous n'oubliez qu'une chose, rugit la vieille fille : elle est née catholique, mariée devant Dieu, et là il n'y a pas d'accommodement, sauf si elle demandait l'annulation en Cour de Rome. Nantie de trois enfants elle devrait avoir du mal. Sans compter qu'elle se couvrirait de ridicule !

— Oh, elle a trouvé la parade... Elle pourrait se convertir au protestantisme.

Un silence consterné s'ensuivit, mélangé de stupeur et d'incrédulité.

— J'ai peine à croire que sa famille accepte ça ! Passe encore pour son père dont j'ignore la profondeur des convictions. En revanche, jamais sa grand-mère ne le supporterait. Valérie von Adlerstein est profondément croyante. Elle adore sa petite-fille mais pas au point d'accepter une abjuration...

— Ils ne sont sans doute pas au courant, hasarda Adalbert. Si vous voulez mon opinion...

La voix froide d'Aldo lui coupa la parole :

— Si elle veut le divorce, elle l'aura. Je ne m'opposerai pas à sa volonté. Pour qu'elle aille jusque-là, il faut qu'elle me haïsse ! Si vous voulez bien m'excuser...

Il jeta sa serviette, se leva et quitta la salle à manger suivi par tous les regards. Guy voulut le suivre mais son hôtesse le retint :

— Non. Il est préférable de le laisser supporter seul ce coup dur. Vous aussi, Adalbert ! Vous pouvez servir, Cyprien !

Le repas débuta dans la consternation... On chipota jusqu'à ce qu'Eulalie, visiblement mécontente, surgisse pour demander ce que l'on avait à reprocher à son pâté en croûte à la façon de Houdan.

— Rien du tout, ma bonne Eulalie, répondit la marquise, mais nous venons d'apprendre une mauvaise nouvelle et…

— Justement, il faut manger ! Avec tout le respect que je dois à madame la marquise, quand une tuile vous tombe dessus, il faut être solide sur ses jambes pour se ramasser et on n'est pas solide si on laisse son estomac descendre dans ses talons !

— Elle a raison ! approuva Adalbert en s'y attaquant sérieusement. D'autant que c'est délicieux !… Eulalie, quand nous aurons fini auriez-vous l'obligeance de me préparer un plateau que je monterai à M. Aldo ?

— Je vais y aller tout de suite ! proposa Cyprien.

— Merci, mais il est préférable que ce soit moi ! Allons, vous autres ! J'irai dans un moment !

— Je suis désolé, murmura Guy un peu désorienté par ce petit drame ménager. J'aurais dû attendre le café…

— Non ! Après tout ce n'est pas plus mal, reprit Mme de Sommières. Nous allons pouvoir échanger nos points de vue et je vais commencer la première : j'ai peine à croire que Lisa ait pris cette décision seule et en plein libre arbitre… La femme que nous avons vue à Zurich, Plan-Crépin et moi, ne ressemblait guère à celle que nous connaissons et aimons.

— C'est vrai, renchérit celle-ci. Elle faisait penser à un zombie ! Et même en tenant compte de ce qu'elle venait d'endurer et endurait encore, notre Lisa à nous est à l'opposé de la cliente du docteur Morgenthal.

— Sans doute, mais elle n'est plus là-bas et je trouve incroyable qu'elle ait pu prendre cette effarante décision dans la demeure de sa grand-mère et auprès de ses enfants ! C'est... c'est monstrueux !

— Il y a peut-être une explication, fit Adalbert soudain songeur. En nous annonçant que Lisa était rentrée à Vienne, Guy a mentionné une infirmière de ladite clinique venue avec elle et chargée de veiller au suivi du traitement qu'on lui a prescrit. Cela me paraît excessif ! Elle ne rentrait pas seule dans une maison vide mais dans un palais peuplé de serviteurs qui l'ont vue grandir, auprès d'une grand-mère aimante et attentive avec tous les médecins de Vienne à portée de la main, sans oublier l'escouade qui s'occupe des gamins ! Et elle aurait besoin d'une étrangère pour « veiller à son traitement » ? Allons donc !... Et j'aurais assez tendance à ajouter : « Foutaises ! »

— À quoi pensez-vous ? murmura M. Buteau. Cette femme serait chargée de lui administrer une drogue ?

— Et pourquoi pas dès l'instant où nous avons affaire à une résurgence des Borgia ? Si le cousin Gaspard est copain avec « César », pourquoi les deux ne le seraient-ils pas avec ce docteur Morgenthal, neurologue pour ne pas dire psychiatre de son état ? Il me semble que ça se tient, non ? Donnez-moi cet objet, poursuivit-il à l'adresse de Cyprien qui revenait portant un plateau chargé. Je vais essayer de remettre les idées d'Aldo dans le bon sens !

Mme de Sommières tira son mouchoir et fit semblant de se moucher peut-être afin d'essuyer une larme indiscrète :

— Tâchez au moins d'obtenir qu'il reste tranquille encore quelque temps ! Songez que sa convalescence est loin d'être achevée !

— Ça c'est une autre histoire ! Vous le connaissez : si le sol commence à lui brûler les chaussures, personne n'y pourra rien. Tout ce que je peux vous promettre c'est de ne pas le lâcher d'une semelle…

Assis dans un fauteuil au coin de la fenêtre, les coudes aux genoux et une cigarette qui se fumait toute seule au bout de ses doigts, Aldo regardait le parc sans le voir. Il n'entendit pas davantage les deux coups brefs frappés par Adalbert qui, de son côté, entra sans plus attendre. Des larmes silencieuses glissaient le long de ses joues…

— Il faut manger sinon tu ne tiendras pas le coup ! dit Adalbert en posant le plateau sur une petite table.

— Qu'est-ce que ça peut bien faire maintenant? Ma vie est foutue !

Sans s'émouvoir, l'arrivant versa du vin dans un verre :

— Ça, ça ne te ressemble vraiment pas ! Ce n'est pas le moment de baisser les bras, tiens, bois ! Tu verras plus clair après ! Et on ne discute pas !

Aldo haussa les épaules mais prit le verre, le vida d'un trait et le rendit.

— Voilà ! Tu es content ?

— Pas tout à fait. C'est mauvais de boire l'estomac vide. Goûte à ce pâté de Houdan ! Eulalie a failli rendre son tablier à cause de toi… Alors un peu de bonne volonté ! ajouta-t-il en remplissant le verre à moitié après avoir coupé quelques morceaux dans une assiette qu'il lui tendait.

— Qu'est-ce que tu peux être casse-pieds quand tu t'y mets !

— Quand tu t'y mets tu es beaucoup plus performant que moi ! Allez ! Encore un petit effort ! Après on causera.

— De quoi ?

— Tu verras bien ! Avale… sinon j'appelle Plan-Crépin et on te gave comme un canard !

— J'aimerais voir ça…

Mais il s'exécuta sous l'œil soulagé d'Adalbert qui le servait assis au bord du lit sans oublier de se réconforter lui-même au moyen d'un ou deux verres de volnay. Finalement, Aldo repoussa la table, alluma une cigarette et se renfonça dans son fauteuil :

— Voilà ! Causons puisque tu y tiens !

— Évidemment que j'y tiens ! Si tu étais resté un peu plus longtemps en notre compagnie, tu aurais entendu ce qu'ont dit Tante Amélie… et Plan-Crépin au sujet de la visite qu'elles ont faite à Lisa chez le docteur Morgenthal. Elles assurent – et je me range entièrement à leurs côtés – que la femme qu'elles ont vue et entendue n'était absolument plus celle que nous connaissons tous. Marie-Angéline est allée jusqu'à prononcer le mot de « zombie »…

— Elle n'en est pas à une exagération près !

— Peut-être, mais trouves-tu normal que ta femme rejoignant à Vienne sa grand-mère et ses enfants ait besoin d'être escortée par une espèce d'infirmière chargée de veiller au suivi de son traitement? Comme s'il n'y avait pas assez de monde au palais Adlerstein ou à Rudolfskrone?

Avec satisfaction, il observa qu'une lueur d'intérêt venait de s'allumer dans l'œil assombri de son ami. Qui émit, soucieux :

— En parlant de ce traitement tu penses à quoi? Une drogue?

— Nous y pensons tous! Que ta femme se mette à te haïr au point de vouloir divorcer, arguer pour cela de sa double nationalité et annoncer même son intention de devenir huguenote alors que nous savons tous qu'elle est à présent sous la coupe de son cousin Gaspard, lequel Gaspard est acoquiné avec une résurgence des Borgia particulièrement teigneuse, relève du délire le plus absolu! Et cela sous l'œil bienveillant de papa Kledermann et de la vieille comtesse Valérie? Dans quel but? Ne plus porter le même nom que ses enfants et risquer de se les faire enlever?... Parce que je ne vois pas un juge, suisse ou pas, confier des petits à une mère à ce point déjantée! Voilà! À présent tu as la parole! conclut-il en s'adjugeant un troisième verre de volnay.

Aldo ne répondit pas tout de suite. Il réfléchissait au point d'en oublier le mince rouleau de tabac dont le mégot incandescent lui brûla les doigts et le ramena à la réalité :

— Tu pourrais avoir raison.

— Bien sûr que j'ai raison! C'est l'évidence! Alors maintenant qu'est-ce qu'on fait?

— À ton avis?

— La première chose est d'interroger Kledermann, mais encore faut-il arriver à mettre la main dessus ! Son secrétaire ne cesse de répondre qu'il prolonge son séjour en Angleterre...

— Ça ne lui ressemble pas beaucoup. Il faudrait demander à Warren de le faire surveiller et peut-être de le faire suivre discrètement quand il se décidera à rentrer. Ce séjour qui n'en finit pas m'inquiète. Une aussi longue absence jointe à la grande hâte de Lisa de se débarrasser de moi par voie légale après que l'on m'eut raté...

— Ah, tu commences à comprendre ? Grindel a entrepris de laver le cerveau de Lisa afin qu'elle se sépare de toi légalement puisque la balle dont on t'a gratifié a manqué son but – ce qui ne signifie pas que l'on ne remettra pas ça. Dès lors il tombera un gros pépin sur ton beau-père dont la fortune reviendra à sa fille que Grindel convaincra de l'épouser. Naturellement César-Ottavio aura sa part du gâteau...

— ... qui pourrait fort être un morceau de la collection Kledermann. Il a l'air d'adorer les bijoux ce salopard ! Et pourquoi pas la totalité ? Quelle aubaine ce serait ! Seulement là, les deux associés...

— Pourquoi pas les trois ? La divine Lucrezia ne devrait pas rester inactive si je m'en réfère à mes souvenirs.

— Les trois si tu y tiens ! Quoi qu'il en soit, il y a un détail qu'ils ignorent sûrement, c'est le contenu du testament de Moritz !

— Tu le connais, toi ?

— Oui. Il m'en a parlé à l'époque de l'affaire Marie-Antoinette. La collection est destinée à Lisa bien sûr mais à condition qu'elle me soit confiée. Au cas où elle refuserait, ce seraient mes enfants qui en hériteraient. Ce qui revient au même.

— Sauf si on a réussi à t'éliminer d'une façon ou d'une autre... Conclusion...

— ... je suis dans une effroyable mélasse et pour l'instant je ne vois pas du tout comment en sortir ! soupira Aldo en appuyant sa tête au dossier de son fauteuil.

— D'abord tu pourrais dire : nous ! Et pour l'amour de Dieu, tâche de ne pas te laisser envahir par une déprime qui vient du fait que tu dois avoir encore besoin de repos...

On frappa à la porte mais contrairement à ce qu'attendait Adalbert, c'est-à-dire Cyprien venu chercher le plateau, ce fut Marie-Angéline qui fit son apparition. Elle considéra le tableau, poussa un soupir et finalement suggéra :

— Notre marquise aimerait bien que l'un de vous – au moins ! – descende pour l'aider à consoler ce pauvre Guy qui est plongé dans un vrai désespoir !

— Allons bon ! Lui aussi ? s'alarma Adalbert en se levant. Tu as entendu Aldo ? Il est temps de te secouer !

— Il faut savoir ce que tu veux ! Il y a deux minutes tu disais que j'avais besoin de repos ! On vous suit, Angelina ! Et pardonnez-moi ! J'ai honte de me comporter comme je le fais !

— Les nouvelles de Vienne ne vous ont pas donné beaucoup de raisons de danser de joie mais au lieu de faire bande à part, il vaudrait peut-être mieux rassembler nos idées et en débattre tous ensemble, non ? Pour ma part j'en ai quelques-unes...

Les yeux rougis de son vieil ami furent la première chose qu'Aldo vit en regagnant le rez-de-chaussée. Sans un mot il alla le prendre dans ses bras puis :

— Pardonnez-moi, mon cher Guy ! J'ai honte de moi : je vous laisse la maison sur le dos avec, en plus, le crève-cœur d'avoir à délivrer le message le plus cruel qu'on vous ait jamais confié. Je vous avoue que j'ai été pris au dépourvu et que j'ai mal réagi mais nous allons examiner en famille la situation qu'on nous impose.

— C'est surtout par un avocat international qu'il va falloir la faire examiner ! dit Pierre Langlois arrivé depuis cinq minutes et qui sirotait tranquillement un café près d'un oranger en pot. C'est le document le plus aberrant qu'il m'ait été donné de lire.

Aldo le regarda avec une sorte de soulagement et parvint à sourire :

— Je ne sais pas quelle magie vous a fait surgir mais en vous voyant je me sens l'âme d'Aladin en face du génie de la lampe !

— Doucement ! Je ne suis pas là pour exécuter vos ordres ! Quant à la magie, c'est un simple coup de téléphone de Mme de Sommières. Cela posé, comment vous sentez-vous ?

— Plus solide que je ne l'aurais cru. C'est moralement que ça pèche ! Mais puisque le ciel vous envoie...

— Pas le ciel, rectifia Marie-Angéline qui tenait à la vérité : notre marquise !

— De toute façon, je serais venu... Mais pour l'amour de Dieu cessez de me regarder de cet œil d'espoir ! Je ne suis là que pour vous annoncer un problème de plus...

— Si vous le disiez d'abord à moi? proposa Adalbert après avoir jeté un vif regard en direction de son ami.

— Pas question ! coupa celui-ci qui alluma une cigarette en réussissant à ne pas trembler. Allez-y, commissaire !

— Une communication de Warren : Kledermann a disparu !

Il n'y eut pas d'exclamations. Rien qu'un silence atterré que brisa Adalbert :

— On évoquait cette hypothèse il n'y a pas un quart d'heure. Avez-vous des précisions?

— Plutôt courtes ! Il a quitté avant-hier le Savoy pour passer le week-end à Hever, dans le Kent, chez l'un de ses rares amis, lord Astor of Hever... et il n'y est jamais arrivé...

— Comment est-ce possible?

— De la façon la plus bête du monde : lord Astor a envoyé la voiture chercher son ami au Savoy, une magnifique Rolls armoriée et tout, Kledermann est monté dedans et hop il a disparu ! On a retrouvé plus tard le véhicule dans un champ et, dans un bois, le chauffeur et le valet de pied ficelés à des arbres, les yeux bandés, en petite tenue et à moitié morts de froid. C'est un chasseur et son chien qui les ont découverts. Le chasseur les a déliés et a entrepris de les réchauffer tandis que l'épagneul retournait au logis avec dans son collier un appel à l'aide. Bien entendu les secours sont intervenus et les deux hommes ont pu raconter leurs malheurs. Oh, rien de très original : le coup classique de l'embuscade. Comme vous le savez le Kent est une région ravissante, pittoresque, idéale pour tendre un piège avec ses chemins creux, ses vieux arbres, ses rochers.

— L'examen de la voiture n'a rien appris à la police ? s'enquit Aldo.

— Absolument rien ! soupira Langlois. Ces gens-là sont au fait des dernières techniques de laboratoire et travaillent avec des gants, des masques et tout l'attirail. Lord Astor a récupéré une Rolls aussi anonyme – si je peux me permettre cette banalité à propos d'une aussi auguste mécanique ! – que si elle sortait de chez le constructeur. Je crois qu'il n'y avait même pas un grain de poussière ! Naturellement Warren a mis l'Angleterre tout entière sous surveillance.

— L'embêtant avec ce pays, observa Adalbert, c'est que la côte n'est jamais loin et que ce pauvre Kledermann peut à cette heure être n'importe où : en Belgique, en Hollande, au Danemark, etc.

— Curieux comme on connaît mal les gens ! déplora Guy Buteau ! Pour moi, Moritz Kledermann m'est toujours apparu comme une manière de statue à peu près inamovible dominant Zurich et même la Suisse du haut de ses montagnes, assis sur une énorme fortune, un ou deux palais et l'une des plus fabuleuses collections de joyaux qui soit au monde et je ne l'imaginais pas courant les chemins aventureux et, en l'occurrence, les routes buissonnières du Kent pour aller visiter un ami. Il me semblait qu'à cette altitude-là et en dehors de son pays il ne pouvait avoir que des relations. Au fait, ce château de Hever me rappelle quelque chose, mais quoi ?

— Pas quoi ! Qui ? corrigea prudemment Plan-Crépin. C'était la maison familiale d'Anne Boleyn.

C'est de cette maison qu'elle est partie pour ce parcours fulgurant et insensé qui l'a menée au trône puis à l'échafaud de la Tour de Londres après avoir tout chamboulé en Angleterre, y compris la religion, en laissant je ne sais combien de morts... et une petite Élisabeth qui sera sa plus grande souveraine.

— Quant à l'amitié avec Astor, elle s'explique sans doute par leur commune passion des joyaux, compléta Aldo. Ce sont les Astor anglais qui possèdent le Sancy...

— Quoi qu'il en soit, conclut Langlois en se levant, vous voilà prévenus ! J'ose espérer que Kledermann est toujours vivant. Et en ce qui vous concerne, Morosini, et comme suite à ce que j'ai appris ici, il importe plus que jamais de vous protéger ! Selon moi, ce document insensé que je viens de lire signe seulement une volonté de se débarrasser de vous au plus vite puisque le moins fatigant, consistant à vous expédier rejoindre vos ancêtres dans leur joli cimetière San Michele à Venise, a échoué. Cependant vous n'avez pas encore retrouvé la pleine forme alors acceptez de rester à couvert et laissez-nous travailler, Warren et moi ! Surtout ne nous mettez pas des bâtons dans les roues ! [Puis, avec un brusque éclat de colère :] Parce que nous nous sommes juré, l'un comme l'autre, d'avoir la peau de cette ordure ! Alors on se tient tranquilles ! Compris ?

Il salua les deux femmes et se dirigeait à pas pressés vers la porte quand Adalbert s'enquit, curieusement suave :

— Auriez-vous... par hasard... des nouvelles du cousin Gaspard ?

— Il a regagné sa banque et son domicile de l'avenue de Messine... J'ajoute afin d'éviter de perdre encore un peu de temps qu'il s'est rendu d'assez bonne grâce à ma convocation et n'a vu aucun inconvénient à répondre à mes questions. Je vous résume ses réponses : Moritz Kledermann l'a en effet chargé de réunir le million de dollars et de le faire porter à l'endroit qu'on lui indiquerait au dernier moment en spécifiant que donner la moindre information à la police serait signe d'arrêt de mort de sa cousine. Grindel a confié le sac à celui de ses employés en qui il avait le plus confiance mais l'a suivi dans la plus discrète de ses voitures. Suivre les bandits ne lui posait – paraît-il ! – pas de problèmes, sa vue exceptionnelle lui permettant d'y voir la nuit aussi bien que le jour. Il a donc assisté de loin à l'arrivée de la princesse en gare de Lyon et à son embarquement dans une limousine noire qu'il a pu suivre à distance suffisante pour ne pas se faire repérer, puis il a attendu sa cousine devant le château. Très inquiet, il a assisté à l'assaut entamé par les autorités du coin et allait se joindre à eux quand les prisonniers sont sortis. Il a vu celle qu'il attendait, l'a appelée et s'est hâté de l'emmener loin de ce cauchemar. Il voulait faire halte à Paris pour qu'elle puisse se reposer parce que son état le tracassait mais elle l'a supplié de la conduire à Zurich auprès de son père. C'est en arrivant qu'elle a commencé à souffrir des douleurs de l'enfantement...

— Et il l'a conduite tout droit chez ce bon docteur Morgenthal ? coupa Aldo avec une ironie amère...

— Non. La perte de l'enfant a eu lieu en arrivant chez son père. C'était fini quand elle a été transportée là-bas au moment où ses nerfs ont lâché afin qu'elle reçoive les soins nécessaires et surtout un repos qu'elle n'aurait pas trouvé ailleurs...

— Ça, pour du repos, c'était du repos ! ricana Plan-Crépin. Le silence absolu ! Presque celui du tombeau !... Il vous a parlé de notre visite ?

— Oui ! Pour la regretter. Selon lui elle a été des plus néfastes...

— Ben voyons !... commenta Plan-Crépin.

La canne de Mme de Sommières frappa le sol avec énergie :

— Il suffit ! Le commissaire est déjà bien assez bon de nous raconter tout cela ! Rien ne l'y oblige !

— Si, chère madame ! La plus élémentaire prudence ! Si je ne leur répète pas les propos de Grindel, ces deux lascars sont capables d'aller le mettre à la question et de lui appliquer un traitement de leur façon !... Où en étais-je ?

— ... elle a été des plus néfastes, souffla Adalbert.

— Merci ! C'est donc de ce séjour que l'on a décidé que la présence des enfants serait le meilleur remède et que la princesse est partie pour Vienne.

— Qui ça « on » ? demanda Aldo. Gaspard bien sûr ?

— Pas uniquement. Il aurait téléphoné à son oncle pour lui demander son avis et c'est en plein accord avec lui que le départ a été décidé. Tout est donc rentré dans l'ordre, momentanément tout au moins, et l'on verra ce qu'il convient de faire dès que M. Kledermann sera de retour. Notre entretien s'est terminé là-dessus et, afin de vous épargner une question supplémentaire, mademoiselle du Plan-Crépin, j'ajouterai que je n'ai pas soufflé mot de ce que vous avez vu au bar de l'hôtel. Plus notre homme se sentira à l'aise et plus nous aurons de chances de l'amener à la faute... et cette fois je m'en vais !

— Un dernier mot ! pria Aldo. La disparition de mon beau-père a-t-elle été rendue publique ?

— En Angleterre, pas que je sache ! Warren, d'accord avec lord Astor, veut garder les coudées franches sans être envahi par une meute de journalistes et il n'a pas besoin de me prier d'attendre son feu vert !

Puis, craignant sans doute « une dernière question », il se hâta de saluer et de disparaître dans l'enfilade des salons. Aldo vint s'asseoir auprès de Guy Buteau qui semblait accablé :

— Quelle histoire ! murmurait ce dernier. Mon Dieu, quelle affreuse affaire. Qu'avons-nous fait au ciel qu'il nous tombe un coup pareil ?

— Il faut vous adresser à Plan-Crépin, dit Mme de Sommières. Le ciel c'est sa spécialité...

Mais l'intéressée n'entend pas. Sourcils froncés, elle réfléchissait si profondément qu'Adalbert lui demanda à quoi.

— Je pensais au 10, avenue de Messine ! répondit-elle. J'ai l'impression que j'y connais quelqu'un.

— Moi aussi, renchérit Mme de Sommières avec un petit rire : lady Liassoura, une riche Cinghalaise dont le défunt mari a été anobli par Édouard VII. Cela m'étonnerait beaucoup que son personnel fréquente la messe de six heures à Saint-Augustin !

— Zut !... Et nous ne la fréquentons pas ? J'aimerais tellement pouvoir aller exercer mes talents d'investigatrice dans cette maison !

— C'est pourtant simple ! Reprenez du service dans l'Armée du Salut ! Vous aviez fait merveille parée de l'uniforme et cela vous permettrait d'entrer partout[1] !

Marie-Angéline parut soudain touchée par la grâce :

— Mais c'est que nous avons là une merveilleuse idée !

— N'oubliez pas qu'il y a tout de même un léger obstacle ! Ils sont protestants… pas vous !

— Aucune importance ! Il n'est pas question que je m'enrôle pour chanter dans les carrefours en agitant la cloche ! Le principal c'est d'avoir l'uniforme ! L'œuvre n'y perdra rien puisque je lui ferai parvenir la totalité de ce que je récolterai ! Je vais m'en occuper sur-le-champ !

Et transportée par la pensée d'endosser un nouveau personnage elle s'envola littéralement vers les hauteurs de la maison en fredonnant « Amazing Grace », un cantique anglican….

— Elle s'y voit déjà ! commenta Mme de Sommières amusée. Qu'en pensez-vous, Adalbert ?

— Que c'est une sacrée bonne idée ! D'autant qu'elle a déjà fait ses preuves sous le « cabriolet de paille noire ». Et, en plus, c'est autant dire international ! Je me demande même si je ne devrais pas essayer, moi aussi, de me procurer un uniforme !

Guy toussota puis demanda timidement la permission de se retirer. Le voyage avec sur le cœur la nouvelle catastrophique l'avait vraiment fatigué.

— Mon pauvre ami ! compatit Aldo en lui prenant le bras pour l'accompagner jusqu'à l'escalier. Vous devriez savoir depuis le temps que cette famille a toujours cultivé un grain de folie ! Avouez cependant que c'est assez réconfortant ?

---

1. Voir *Le Collier sacré de Montezuma*.

— Oh, certes, et j'en suis heureux, mais je redoute de vous voir vous lancer dans une aventure dangereuse alors que votre convalescence est loin d'être achevée !

— Allons ! Cessez de vous tourmenter pour moi ! Je suis solide ! Mon chirurgien lui-même en est convenu. De toute façon, je n'accepterai jamais le rôle de spectateur tandis que tous se démènent autour de moi ! Et vous le savez !

— Hum...

— Si ça peut vous rassurer, je vous promets de faire attention ! Accordez-vous une bonne sieste ! Ensuite nous parlerons affaires ! De ce côté-là tout marche ?

— On peut le dire, oui ! Le jeune Pisani est réellement une excellente recrue. Donnons-lui deux ou trois ans et il pourra, je crois, me remplacer !

Aldo plissa le nez. Pas un seul instant il n'imaginerait le palais aux merveilles sans la présence de Guy :

— Non, dit-il fermement. Personne ne pourrait vous remplacer !... Et je n'aborderai plus le sujet ! Alors mettez ça une bonne fois dans votre crâne de Bourguignon... et reposez-vous ! Vous l'avez mérité !

Le paquet arriva vers la fin de l'après-midi, apporté en express par un facteur. Adressé au « Prince Morosini », il avait les dimensions d'une boîte à chaussures. L'expéditeur en était un certain Auguste Dubois, domicilié au 2, rue de l'Arbre-Sec et il avait été déposé à la grande poste centrale de la rue du Louvre...

Quand Cyprien l'apporta, Aldo disputait une partie d'échecs avec Adalbert et ce fut celui-ci qui s'en empara.

— Eh là ! protesta le destinataire. Tu fais main basse sur mon courrier maintenant ?

— Oh oui ! Surtout s'il est aussi suspect que ce truc ! Je parie qu'il n'y a jamais eu de Dubois à l'adresse indiquée...

— Qu'est-ce que tu crains ? Une bombe ?

— Pourquoi pas ? Et tais-toi un peu, s'il te plaît ! Il me semble entendre une sorte de tic-tac... et il vaut mieux être prudent, ajouta-t-il en allant ouvrir une fenêtre donnant sur le jardin où il propulsa l'envoi suspect !

— Bouche-toi les oreilles ! intima-t-il en obturant les siennes.

Mais rien ne vint... sinon Marie-Angéline qui rentrait de Saint-Augustin :

— Qu'est-ce qui vous prend de faire des courants d'air ? On se croirait en hiver ce soir et je n'aurais jamais imaginé que le jeu paisible des échecs pût donner aussi chaud !

— Pour l'instant on joue à pigeon vole nouvelle version, fit Aldo. Adalbert s'amuse à jeter mon courrier par la fenêtre ! Il prétend qu'il y a une machine infernale dedans...

— Veillez donc sur les gens ! Je me tue à te dire qu'il contient un mouvement d'horlogerie !

— En tout cas ça n'a pas éclaté !

— Reste tranquille, je vais voir de près !

Passant carrément par la fenêtre, Adalbert sauta dans le jardin où il s'approcha prudemment de son objectif.

— On aurait dû le munir d'un couvercle de lessiveuse en guise de bouclier ! observa Plan-Crépin.

— ... et chercher un appareil photo pour immortaliser la scène ? proposa Aldo, ce qui lui valut un coup d'œil stupéfait :

— On dirait que ça va mieux ! Si vous pouvez plaisanter...

— Nous autre Morosini avons l'habitude de plaisanter jusque sur l'échafaud ! Mais c'est vrai que je me sens moins abattu ! C'est bien la preuve que l'inaction m'est préjudiciable. Si je dois continuer à faire de la chaise longue je deviendrai fou...

Adalbert, cependant, revenait avec son trophée qu'il déposa sur une table. Marie-Angéline lui présenta une paire de ciseaux pour couper les ficelles. Ce qu'il fit avec un luxe infini de précautions. De même pour écarter le papier d'emballage car il avait raison sur un point : on entendait effectivement un inquiétant tic-tac.

— Tout le monde à l'abri, je vais faire sauter la soupape...

Il avait pris la canne d'Aldo et s'était emparé d'un fauteuil pour s'en faire un rempart. Celui-ci haussa les épaules et, repoussant son ami, ouvrit la boîte qui révéla son contenu : un gros réveil Jaz qu'il tendit à Adalbert :

— Tu avais raison pour le mouvement d'horlogerie !

— Voyons le reste !

Le reste, c'était un paquet enveloppé de papier blanc qu'il déballa vivement : il y avait là son passeport, son portefeuille tel qu'il était quand on l'en avait dépouillé, y compris l'argent et les photos de Lisa et de ses enfants, son carnet de chèques, son porte-cigarettes armorié en or, sa montre, son briquet, sa bague ancestrale à la sardoine gravée, enfin la petite mais forte loupe de joaillier qui ne le quittait jamais.

— Une plaisanterie de potache ! sourit-il, que je pardonne volontiers : je n'aurais jamais cru retrouver un jour tout cela !

— Il y a aussi un billet ! dit Plan-Crépin en le lui tendant.

Peu de mots mais qui suffirent à souffler la timide flamme de joie qui lui était venue :

« On ne vous restitue que ce qui vous appartient à l'exception de votre anneau de mariage. Vous n'en avez plus besoin… »

La douleur fut si vive qu'il ferma les yeux afin de retenir ses larmes. Il sentit alors la main d'Adalbert se poser sur son épaule :

— On te le rendra un jour, crois-moi ! C'est ce qu'il faut te dire et surtout ne donne pas à ces salauds la satisfaction de te voir souffrir !

— Tu en as de bonnes ! Il me semble que j'entends quelqu'un ricaner derrière mon dos.

Dans un mouvement de colère, il allait balayer de la surface de la table les emballages quand Marie-Angéline s'y opposa :

— Vous les avez assez tripotés tous les deux alors maintenant n'y touchez plus : je reviens !

Elle disparut un instant, revint équipée de gants de caoutchouc neufs empruntés à la cuisine et d'un sac en papier où elle fourra l'ensemble, y compris le malfaisant billet :

— On va confier ces machins à nos gardiens de nuit quand ils arriveront afin que l'un d'entre eux retourne au Quai des Orfèvres. Le laboratoire de la police repérera peut-être des empreintes digitales instructives !

— Quelle présence d'esprit ! admira Aldo. À ce propos, ne croyez-vous pas qu'il serait temps de leur rendre leur liberté ? Je me sens pleinement capable de me défendre. D'ailleurs on m'a accordé la grâce de me rendre mon passeport, ce qui me posait un sérieux problème et j'ai de plus en plus envie d'aller faire un tour en Suisse…

— Vous n'êtes pas un peu fou ? protesta Plan-Crépin.

— … juste un aller-retour à Zurich ! Une seule nuit au Baur-au-Lac pour échanger quelques mots avec Ulrich, le portier ! Je veux l'adresse des Borgia et, à moi, il la donnera !

Adalbert approuva :

— D'accord, mais je t'y conduis en voiture et on opère dans la discrétion. En outre, ce n'est pas le moment de nous séparer de tes anges gardiens, on va même s'entendre pour qu'ils nous donnent un coup de main et agissent comme si de rien n'était.

— Ne rêvez pas, Adalbert ! Ils n'accepteront jamais à moins qu'ils n'aient l'aval de leur patron, affirma Mme de Sommières. Une quelconque complicité avec vous pourrait leur coûter leur carrière.

— On ne peut être plus exact ! Dans ces conditions je n'entrevois qu'une solution, décida Plan-Crépin : le feu vert du grand chef ! J'y fonce !

— Mais ma pauvre petite, il va vous rire au nez !

— Je ne crois pas. Aldo, confiez-moi votre portefeuille, votre étui à cigarettes, votre briquet et votre carnet de chèques pour les ajouter aux emballages et je vais les lui porter moi-même ! Il va être si content que j'obtiendrai sa permission !

— Vous ne voulez pas aussi mon passeport ?

— Non. Il pourrait lui prendre envie de le garder ! Il ne faut rien négliger mais je pense que la perspective d'apprendre où niche son gibier devrait le séduire !

— À moins qu'il ne le sache déjà ! ronchonna Adalbert. Auquel cas il va nous planter un flic dans chaque pièce ! Qu'en dites-vous, Tante Amélie ? C'est de la folie, non ?

Elle regagna son fauteuil et se mit à jouer avec ses sautoirs puis sourit à son « fidèle bedeau » :

— À la réflexion, je me demande si cette idée est aussi délirante qu'elle le paraît. De tout façon, vous ne risquez rien d'essayer, Plan-Crépin. Il ne va pas vous jeter sur la paille humide des cachots ! Dites à Lucien de sortir la voiture.

— Pourquoi ne pas appeler un taxi ? proposa Adalbert. Ce serait moins... spectaculaire.

— Figurez-vous, mon garçon, que, depuis les derniers événements, je n'ai plus guère confiance dans la corporation. À l'exception, bien sûr, du colonel Karloff et de ses copains russes mais on ne sait jamais où les trouver. D'ailleurs notre Cosaque n'exerce plus !

Quelques minutes plus tard, la vénérable Panhard franchissait majestueusement le portail, emmenant Marie-Angéline et l'un des deux policiers qui avait fermement refusé de la laisser sortir seule alors que la nuit commençait à tomber... Deux précautions valant mieux qu'une, ce dernier avait aussi exigé que l'on appelle le « Quai » afin de s'assurer que le commissaire principal était à son bureau.

Deux heures après, elle était de retour, triomphante. Langlois l'avait félicitée de sa « brillante initiative » et, après les palabres obligatoires, avait accordé l'autorisation souhaitée. Il exigeait seulement que le départ s'effectue avec la discrétion nécessaire afin de ne pas donner l'éveil à d'éventuels veilleurs et la maison, bien entendu, conserverait ses gardiens comme d'habitude.

— Il a ajouté : « Dites seulement à Morosini que je suis d'accord pour la simple raison qu'à moins de l'enfermer il ira là-bas que cela me plaise ou non. Alors autant le laisser faire. Lui et son acolyte sont aussi têtus que des ânes rouges... »

5

Une voix dans la nuit…

En roulant en direction de la Suisse, le lendemain matin, Aldo se sentait revivre plus encore que lorsqu'il avait quitté l'hôpital. Il s'en fallait de près d'un mois que le temps imparti à sa convalescence fût terminé mais si elle l'avait d'abord catastrophé, la dramatique nouvelle apportée par Guy avait réveillé en lui le goût du combat… C'était tellement plus vivifiant que de regarder les heures du jour changer les couleurs du jardin d'hiver ou de bouquiner au coin du feu en ruminant trop d'idées noires pour accrocher vraiment au texte, si grand que soit le talent de l'auteur.

Le départ s'était opéré dans la discrétion avec la complicité des policiers de service – Sommier et Lafont – auxquels Langlois avait donné de nouvelles consignes… Tandis qu'Adalbert, dans la confortable voiture – qui l'avait mené en Touraine et qu'il avait fini par acheter « au cas où… » –, accompagnait Guy Buteau au train du retour vers Venise et que Lafont sous les vêtements d'Aldo effectuait une promenade vespérale dans le parc en compagnie de Plan-Crépin, Aldo sous l'imperméable et le chapeau du policier enfourchait sa moto, comme si ledit policier avait oublié quelque chose, faisait un tour pour atterrir finalement chez Adalbert où il avait passé la nuit avant le départ prévu au petit matin. La précaution apparemment n'était pas inutile car les promeneurs du parc avaient essuyé un coup de feu auquel l'un et l'autre avaient répondu avec célérité en se rabattant sur la maison côté jardin. Le premier surpris avait d'ailleurs été Lafont qui félicita chaudement la descendante des valeureux Croisés pour son sang-froid et son habileté.

— On dirait que l'ennemi ne désarme pas, avait confié l'égyptologue à son invité quand il l'avait rejoint après avoir dîné comme d'habitude chez Mme de Sommières.

— J'ajouterai même qu'il m'a tout l'air de s'impatienter. C'est la première fois qu'il tente de m'abattre au cours d'une promenade.

— Peut-être parce que tu as fait les autres au grand jour. Difficile de tirer sur quelqu'un au milieu des gamins qui jouent, des nurses, des promeneurs, gardiens et jardiniers à moins d'avoir le goût du massacre ! Quoi qu'il en soit, ils ont commis là une faute. Le quartier va être passé au peigne fin...

— Tu crois ? Langlois sait bien que si Grindel habite avenue de Messine, il ne doit pas être assez idiot pour y loger un ou plusieurs truands. Ils habitent peut-être Montmartre, Ménilmontant ou le boulevard Saint-Germain...

Il pensait à cela tandis que la puissante voiture s'attaquait aux quelque six cents kilomètres qui, par Provins, Troyes, Chaumont, Langres, Vesoul, Belfort et Bâle, leur feraient rejoindre Zurich aux approches de la nuit. Incontestablement, par ce joli printemps, encore un peu humide mais ensoleillé, le voyage était agréable et la campagne magnifique avec sa verdure toute neuve et ses arbres en fleurs. Comme lui-même, Adalbert n'aimait pas trop bavarder quand il conduisait. Son passager en profita pour étudier l'idée qui lui venait et qui se développait à mesure que le ruban de bitume glissait sous les roues.

Il était même à ce point silencieux, laissant la cigarette qu'il avait allumée s'éteindre toute seule, qu'Adalbert finit par s'en rendre compte :

— Tu dors ?

— Non, pourquoi ?

— Parce que je te trouve bien silencieux ! Tu es en train de te couvrir de cendres. Quelque chose qui ne va pas ?

— Non. Je réfléchissais seulement au côté mouvementé de notre départ... et je me demandais s'il ne vaudrait pas mieux que tu rentres sans moi afin que disparaisse la menace qui pèse sur la rue Alfred-de-Vigny. Une fois que l'ennemi me saura dans la nature il n'aura plus besoin de s'y intéresser.

— Erreur ! Il faut qu'il t'y croie encore, donc que la police poursuive et même renforce sa surveillance ! Sinon alors ce seraient les vies de Tante Amélie et de Plan-Crépin qui pourraient être en danger. Je pense qu'ils sont capables de tout !

— Moi aussi ! Ce serait tentant, une fois que nous saurons où loge l'ex-Fanchetti, d'aller y voir d'un peu plus près alors que rentrer au bercail n'a rien de très excitant. Et pour y faire quoi ? Attendre une attaque en règle ou l'arrivée de documents aussi déplaisants que celui dont mon pauvre Guy était chargé ? À ce propos, je lui ai rendu ce qu'il avait apporté avec pour consigne de le laisser sur mon bureau et d'y ajouter les éventuels courriers qui pourraient lui parvenir mais sans les ouvrir, comme s'il ignorait où me joindre mais attendait mon retour. Ce qui pourrait se passer quand je saurai où trouver César !

— Tu veux rentrer chez toi ?

— Pourquoi non ? Ce sera encore la meilleure façon de détourner le danger de nos Parisiennes dont tu pourrais, toi, t'occuper !

Adalbert donna un coup de volant à droite, ralentit, s'arrêta sur le bas-côté de la route et se tourna vers son passager qu'il considéra d'un œil sévère :

— Toi, mon vieux, tu cogites trop et ça risque de te jouer des tours ! On a tous les deux la même préoccupation : la sécurité de nos chères dames, mais on ne la voit pas de la même façon. Donc, afin d'éviter d'ergoter pendant des heures je vais te donner mon point de vue définitif. Un : si on découvre la retraite du Borgia on y va ensemble ! Deux : on prévient Langlois de ce qu'on a découvert et on attend sa réponse pour savoir ce qu'il veut faire mais en lui recommandant le quartier Monceau, y compris l'avenue de Messine...

— Si on lui écrit ça on va le mettre en fureur. Il connaît son métier, que diable !...

— Là, tu as sûrement raison ! Et trois : on rentre à Paris ou on va à Venise mais « ensemble » ! Tu m'as bien compris ? Pas question de te laisser tout seul courir les aventures ! J'ai juré de ne pas te quitter d'une semelle et j'ai la mauvaise habitude de tenir parole ! Vu !

— Vu. Tu peux redémarrer !

L'incident était clos et quand on s'arrêta au Lion d'Or de Vesoul pour déjeuner on s'accorda tacitement pour s'intéresser uniquement à un excellent repas à base de morilles et de vin d'Arbois. Il faisait exceptionnellement beau, la salle de restaurant était charmante et plus encore la patronne qui tint à servir elle-même ces voyageurs si évidemment distingués.

— Pour un peu on se croirait en vacances ! exhala Adalbert en aspirant sa première bouffée de cigare. Au fond, je crois que si l'on veut étaler un peu les mauvais coups de l'existence, il faut savoir lui voler ici ou là les petits moments de douceur qui se présentent !

Aldo ne put s'empêcher de sourire. Ce qui était surtout réconfortant pour lui, c'était l'inépuisable bonne humeur d'Adalbert, soutenue le plus souvent par un épicurisme impénitent ! D'autant qu'il avait pleinement raison !

Revoir le Baur-au-Lac procura à Aldo un plaisir inattendu. Il y était venu souvent et dans des circonstances plus ou moins heureuses, mais c'est son personnage normal qu'il avait l'impression de réintégrer pleinement en franchissant le seuil élégant où l'accueillit le large sourire du voiturier :

— Heureux de vous revoir, Excellence ! fit-il en le saluant.

— Moi également, Josef !...

Ce fut mieux encore à la réception où Ulrich Wiesen reçut les deux voyageurs. Il connaissait aussi Vidal-Pellicorne bien qu'il l'eût vu moins souvent.

Il leur annonça qu'il avait choisi pour eux deux des plus belles chambres donnant sur le lac et s'enquit respectueusement de la famille. Ce fut d'un ton tout à fait naturel qu'Aldo répondit que son épouse séjournait à Vienne avec les enfants et que son beau-père était en Angleterre, sa venue à lui s'expliquant par un rendez-vous avec un client éventuel trop âgé pour se rendre à Venise. Puis Adalbert demanda qu'on leur retienne une table pour le dîner et l'on s'en tint là !

La journée se passa comme il convenait. On prit un bain puis un court repos avant d'enfiler les smokings pour descendre dans l'élégante salle à manger où d'ailleurs au-dessus de l'eau il n'y avait guère de monde et surtout personne de connaissance, ce qui les enchanta. L'un comme l'autre étaient peu tentés par un épisode supplémentaire de la comédie mondaine. En revanche, ils goûtèrent pleinement leur rituelle promenade nocturne agrémentée d'un cigare dans les jardins en bordure du lac. Des jardins, il s'en trouvait beaucoup à Zurich, mais Aldo aimait particulièrement ceux-là.

— Quel est le programme ? demanda Adalbert.
— Oh, c'est simple : demain matin, puisque je suis censé aller voir mon client, on ira flâner à pied dans la vieille ville et sur les bords de la Limmat. Je ne sais pas si tu as déjà visité mais c'est magnifique comme toutes ces villes suisses assises depuis des siècles sur la puissance de l'argent et le goût de ceux qui les ont bâties. Je poserai « la » question en rentrant. Après on pourra repartir. Je ne te cache pas qu'en dépit du charme de Zurich je ne m'y sens pas très à l'aise…

— C'est normal ! Trop de souvenirs !

On quitta le Baur vers dix heures et demie et on laissa la voiture près de l'hôtel de ville pour baguenauder au long des rues qu'Aldo connaissait bien. Pour user le temps, on s'arrêta au café Odéon, haut lieu de la culture internationale dont le livre d'or portait les signatures de Richard Strauss, de James Joyce, de Somerset Maugham, de Klaus Mann et d'Arturo Toscanini et dont l'étage avait vu danser Mata Hari. Le café y était excellent et pendant un moment les deux hommes oublièrent qu'ils n'étaient pas des touristes. Enfin on reprit la voiture pour rentrer à l'hôtel...

En pénétrant dans le hall, Aldo arborait un air si mécontent qu'en lui donnant sa clef le portier osa demander :

— Vous semblez contrarié, Excellence. Rien de grave j'espère ?

— Non, rassurez-vous, mon cher Ulrich ! Du temps perdu avec quelqu'un qui ne sait pas ce qu'il veut. Si toutefois on peut appeler temps perdu celui que l'on passe chez vous...

Il prit sa clef, se dirigea vers l'ascenseur et revint :

— Pendant que j'y pense, y a-t-il longtemps que vous avez vu le comte de Gandia-Catannei ?

— Pas très longtemps, non ! Il était ici voilà... une quinzaine de jours si ma mémoire est bonne...

Aldo tâta ses poches comme s'il cherchait quelque chose. En vain évidemment et reprit :

— J'ai oublié mon carnet. Vous n'auriez pas son numéro de téléphone par hasard ?

— Non, Excellence, je regrette. C'est toujours lui ou son secrétaire qui appellent pour l'annoncer...

— Tant pis !...

Il s'écarta de quelques pas puis revint :

— Vous devez avoir l'annuaire des Cantons ?

— Naturellement !...

Ulrich Wiesen sortit de sous son comptoir le gros album. Aldo lui offrit un sourire suave :

— Ayez, s'il vous plaît, l'amabilité de chercher pour moi. Les lettres sont toujours minuscules et il m'arrive d'avoir quelque peine à les lire...

— Mais avec plaisir, Excellence !

Il se mit à feuilleter l'épais volume tandis que Morosini s'accoudait familièrement. Non seulement il disposait d'une vue impeccable mais en outre il savait parfaitement lire à l'envers. Aussi vit-il nettement qu'Ulrich consultait les pages concernant Lugano dans le Tessin, les parcourait attentivement pour finir par refermer le livre avec un soupir désolé :

— Je regrette infiniment, mais le comte n'est pas inscrit à l'annuaire. Ce qui ne m'étonne guère d'ailleurs parce que je ne suis pas certain qu'il soit installé là-bas depuis longtemps... Mais Votre Excellence doit le savoir.

— En effet. De toute façon, ne vous tourmentez pas, Ulrich, ce que j'avais à lui dire peut attendre. C'est même préférable car cela me permettra de me calmer. C'est à lui que je dois cette matinée perdue. Alors ne lui parlez pas de moi quand vous le verrez... Vous me couperiez mes effets ! ajouta-t-il sur le ton de la plaisanterie.

— Je n'aurais garde ! sourit le portier avec un léger salut.

Aldo alla rejoindre Adalbert qui était allé l'attendre au bar en parcourant vaguement un journal :

— Alors ?

Aldo se hissa sur le tabouret voisin et commanda une fine à l'eau, attendit d'être servi et enfin lâcha :

— Lugano !

— C'est tout ?

— C'est mieux que rien, il me semble ! J'espérais qu'il avait le téléphone et...

— Ne te fatigue pas ! J'ai entendu le début de ta conversation. C'était pas mal ton idée ! Tu aurais pu copier l'adresse en même temps que le numéro ! Je croyais que tu pouvais tout obtenir du portier ! Qu'il te mangeait pratiquement dans la main !

— Ce n'est déjà pas mal, non ? L'adresse directe c'était tout de même un peu délicat. Ulrich a dit à Plan-Crépin que c'était un « bon client » ! Cela oblige à une certaine retenue. Mais tu peux t'y coller toi si tu te sens plus malin !

Et Aldo avala son verre d'un trait... pour en commander un second. Quand il sentait ses nerfs prendre le dessus, il devenait facilement irritable et éprouvait le besoin de se réconforter. Adalbert posa sa main sur son bras :

— Excuse-moi ! J'ai parlé sans réfléchir... mais Lugano n'est pas un tout petit patelin...

— Pas loin de trente mille habitants, d'après le dernier recensement. Seulement comme ce n'est pas au bout du monde – c'est à un peu plus de deux cents kilomètres –, on déjeune et on file ! On y sera ce soir. Au Splendide Royal Hotel on nous connaît et je te rappelle qu'en outre nous avons un ami là-bas. Ce qui nous donne deux chances de plus !

— Parle pour toi ! Ton ami Manfredi sera sûrement ravi de te revoir car il te doit une fière chandelle, mais je ne suis pas certain qu'il en sera de même pour sa femme vis-à-vis de moi ! Ça s'est arrangé par la suite mais elle m'avait sacrément pris en grippe quand on a voyagé ensemble jusqu'à Lucerne et retour ! N'importe comment, on ne risque rien d'essayer ! se hâta-t-il d'ajouter.

Deux heures plus tard, on quittait Zurich après une courte visite à la chocolaterie Sprüngli afin de rapporter à Tante Amélie et à Marie-Angéline une copieuse provision de ce qui était les meilleurs chocolats du monde et que, de toute façon, elles adoraient.

Le temps restait vraiment magnifique et le voyage à travers quelques-uns des plus beaux paysages de la Suisse – par Zug, le lac des Quatre-Cantons, Andermatt, le tunnel du Saint-Gothard et la descente sur Airolo pour arriver finalement à Lugano accompagné d'un superbe coucher de soleil – fut un vrai plaisir qui s'acheva en apothéose en découvrant par une température nettement plus douce qu'à Zurich le charme de la vieille ville, ses maisons à arcades, sa cathédrale San Lorenzo, ses nombreux jardins déjà fleuris qui semblaient couler des montagnes aux sommets encore enneigés, le tout servant d'écrin à l'immense saphir bleu de l'un des plus beaux lacs.

En arrêtant sa voiture devant l'ancienne villa Merlina érigée face au lac dans un parc d'une grande beauté, Adalbert soupira :

— Je sais bien qu'il est un peu tard pour y penser mais, au cas où on se trouverait nez à nez avec « Borgia », qu'est-ce qu'on fait ? On dit « bonjour », on part en courant ou on lui tape dessus ?

— Pourquoi le rencontrerait-on ? Je te rappelle que c'est un hôtel ici !

— Justement. Pourquoi n'y vivrait-il pas, après tout ?

— Avec toute sa bande ? Et alors que ce beau monde est recherché par Scotland Yard et la Sûreté française ? Tu rêves !

— Tu ne m'as pas compris. Je ne pense pas qu'il habite là mais vu la réputation – culinaire entre autres ! – du Splendide, il peut parfaitement y venir déjeuner ou dîner. À Zurich il ne se gêne pas pour se montrer dans le meilleur hôtel. Alors, je répète : que fait-on ?

— On improvisera ! Maintenant redémarre ! J'ai besoin d'une douche !

— ... et moi d'un verre !

Moins d'une demi-heure plus tard, dans une suite ouvrant sur le lac où les reflets du soleil achevaient de mourir, ils étaient satisfaits l'un et l'autre. L'hôtel n'était pas plein mais l'eût-il été que l'on aurait fait l'impossible pour les garder. Ils y avaient déjà séjourné et avec l'infaillible mémoire des réceptionnistes on savait qu'ils étaient des clients de choix.

Aux approches de vingt heures, rafraîchis de toutes les façons et impeccables dans l'obligatoire smoking noir, ils effectuaient leur entrée sous les plafonds peints à fresque de la salle à manger, sur les talons d'un maître d'hôtel qui les guida vers une table voisine d'une des hautes fenêtres donnant sur le parc éclairé plutôt que sur le lac, contentant ainsi Aldo qui avait demandé un « coin tranquille ».

Après avoir consulté la carte et choisi leurs plats, ils commençaient à grignoter les amuse-gueule quand, soudain, l'œil d'Adalbert qui faisait face à la plus grande partie de la salle à manger devint fixe. Il reposa son verre, secoua la tête en fermant les yeux, les rouvrit...

— Qu'est-ce que tu as ? demanda Aldo.
— Ce n'est pas possible, je rêve !
— Mais de quoi, bon sang ?
— Retourne-toi ! J'ai besoin de savoir si je ne suis pas devenu fou !

Aldo obéit et ses yeux s'arrondirent :
— Si tu l'es, moi aussi. Mais qu'est-ce que ces deux olibrius fabriquent ici... et ensemble ?

Il fallut bien, pourtant, se rendre à l'évidence. Les deux hommes en tenue de soirée qui venaient de faire leur entrée et se dirigeaient escortés par un maître d'hôtel n'étaient autres en effet que le professeur Hubert de Combeau-Roquelaure et son Texan Cornelius B. Wishbone, ce dernier très reconnaissable bien qu'il n'arborât pas son chapeau de feutre noir en auréole et qu'il eût sérieusement raccourci sa barbe et ses moustaches. Tous deux paraissaient d'excellente humeur et s'entendaient visiblement à merveille.

— Ce n'est pas possible ! exhala Adalbert. Ils sont en voyage de noces ou quoi ?
— Tu as toujours l'esprit mal placé, fit Aldo qui ne put s'empêcher de rire. Mais il est vrai qu'il y a là un mystère.

Il tira d'une poche un petit calepin de galuchat noir à coins d'or, griffonna dessus quelques mots, déchira la page, la plia puis fit signe à un garçon de s'approcher et le lui donna avec un billet de banque en désignant discrètement la table des nouveaux venus.

— Qu'est-ce que tu as écrit ?

— Notre numéro d'appartement, mon nom et onze heures. Observe la réception, moi je ne me retourne pas !

Ce fut au professeur que le garçon remit le papier. Il le lut, montrant une stupeur non feinte, ses sourcils blancs et touffus remontés jusqu'au milieu du front. À travers la salle, son regard et celui d'Adalbert se croisèrent. Il eut alors un large sourire, agita la tête en signe d'assentiment puis tendit le billet à Wishbone en lui demandant sans doute de ne pas bouger car il ne regarda pas de leur côté.

Bien que la route eût creusé leur appétit, aucun des deux hommes ne prêta beaucoup d'attention à ce qu'ils mangeaient. Pas plus à ce qu'ils buvaient tant ils grillaient de curiosité. Comment l'habitant de Chinon et le milliardaire texan en étaient-ils arrivés jusqu'à Lugano ?

— Ils doivent avoir déniché quelque chose, hasarda Adalbert. Tu as dû remarquer que le professeur est fouineur comme pas deux ?

— Et ils n'ont pas dû arriver ici par hasard ! Ce que je me demande, c'est s'ils ont prévenu Langlois.

— On ne lui a pas annoncé davantage notre changement de programme. On s'est contenté d'envoyer un télégramme rue Alfred-de-Vigny... Reste à attendre qu'ils nous rejoignent... Mais bon sang de bois, pourquoi as-tu écrit onze heures ? Tu aurais pu indiquer...

— Ne rouspète pas ! C'est très bien ainsi. Ce n'est pas parce qu'on expédie un délicieux dîner qu'il faut les obliger à en faire autant ! Un peu de charité chrétienne, comme dirait Plan-Crépin !

— C'est bien la première fois que je t'entends l'invoquer ! grogna Adalbert en attaquant son risotto aux bolets comme s'il lui en voulait.

Aldo le considéra avec un léger dégoût :

— Prends tout de même le temps de déguster ! À notre dernier passage, tu avais adoré cette spécialité tessinoise et… on n'est pas pressés à ce point !

— Justement ! J'ai fermement l'intention d'en commander un second !

Battu, Aldo se consacra à sa propre assiette. La présence du « druide » de Chinon et de celui qu'il considérait comme son « Américain » lui causait une joie d'autant plus savoureuse qu'elle était inattendue. Ils ne pouvaient pas être venus à Lugano par hasard ! Il « fallait » qu'ils eussent saisi une piste. Et maintenant il avait hâte de savoir et commençait à regretter de ne pas avoir fixé le rendez-vous un peu plus tôt. Mais il ne l'eût avoué pour rien au monde !

Ce repas un brin chaotique enfin achevé sur un admirable café, on gagna la sortie par le fond de la salle à manger afin d'éviter de passer près des deux dîneurs… Dans le hall, Adalbert sortit de son gousset une montre plate[1] qu'il consulta :

— Dix heures un quart ! marmotta-t-il. On va fumer un cigare dehors !

Sans attendre la réponse, il se dirigea vers l'entrée où le groom chargé d'ouvrir ou de fermer la porte l'arrêta :

— Si je peux me permettre, monsieur, il pleut !
— Il pleut ? Ici ?

---

1. On ne portait jamais de bracelet-montre avec le smoking.

— Cela arrive quelquefois, fit le jeune homme avec un bon sourire. Sans cela nos jardins ne seraient pas si beaux !

— Évidemment !

Résigné, il rejoignit Aldo qui l'attendait au pied du grand escalier.

— J'ai demandé qu'on nous monte une bouteille de champagne.

— Avec quatre verres ? Comme ça le personnel saura qu'on tient une réunion !

— Non, deux ! Nous on se servira de ceux qui sont dans le petit bar du salon !

— Et on fera la vaisselle après !

En fait le temps passa plus vite qu'Adalbert ne le redoutait pour l'excellente raison que les « visiteurs » sans doute aussi pressés qu'eux-mêmes apparurent avec un quart d'heure d'avance ! Ce fut d'ailleurs le professeur qui attaqua :

— Mais qu'est-ce que vous faites là tous les deux ? On vous croyait encore en convalescence, cousin !

— La convalescence, c'est surtout un état d'esprit et ça ne vaut rien de traîner dans une chaise longue quand on se sent suffisamment en forme pour se remettre au travail. Donc nous voilà après un passage à Zurich où nous avons appris que le comte de Gandia-Catannei « habitait » Lugano…

— … villa Malaspina, sur les pentes du mont Brè… Un fort bel endroit qui présente l'avantage d'être très proche de la frontière italienne.

Assez content de son effet, le professeur alla s'asseoir dans un fauteuil proche de la table où le plateau était posé :

— Vous voyez, Cornelius, que vous avez eu raison de ne pas prendre de champagne ce soir ! J'étais sûr qu'on nous en offrirait ! On sait recevoir dans la famille !

— Comme si j'en doutais ! Vous êtes agaçant, Hubert, à toujours vouloir avoir raison… grommela Wishbone après avoir serré chaleureusement les mains de ses hôtes.

— Ce qu'il ne sait pas encore, c'est qu'il n'aura droit à un verre que quand il nous aura dit comment vous en êtes arrivés là ! En tout cas, félicitations, mon cher Wishbone ! Vous avez fait d'énormes progrès en français ! Allez, cousin, nous sommes tout ouïe.

— Oh, c'est simple : en fouillant dans ce qui restait de la chambre du vieux Catannei, au rez-de-chaussée de la Croix-Haute, nous avons découvert quelques papiers froissés et salis mais qui ne pouvaient provenir que d'un bloc de correspondance et nous avons réussi à reconstituer l'en-tête gravé : villa Malaspina et Lugano. On a décidé d'un commun accord d'y aller voir…

— Vous auriez pu commencer par prévenir le commissaire Langlois au lieu de venir jouer tout seuls aux petits détectives ! remarqua Aldo.

Aussitôt Hubert de Combeau-Roquelaure se rebiffa :

— Pourquoi ? Ses sbires ne sont pas plus intelligents que nous ! Et ils ne disposent pas des mêmes moyens ! On a pris le train, on s'est installés dans cet hôtel dont on nous a dit qu'il était le meilleur, on a loué une voiture et on a entamé nos investigations. On aurait pu s'adresser au réceptionniste mais c'est un Suisse de Lausanne et on n'avait guère envie de dévoiler le but de notre voyage. C'est alors que Cornelius a eu l'idée de génie de nous adresser à une agence immobilière...

— En général, coupa l'auteur de l'idée de génie, ces gens-là connaissent leur coin rue par rue et maison par maison. J'ai dit que je voulais acheter une maison et que le prix n'avait pas d'importance !

— Comme d'habitude ! ricana Adalbert. Cet homme-là a dû vous baiser les pieds !

Le Texan dédia à son ancien rival un coup d'œil sévère :

— Quand on veut être bien servi, on fait ce qu'il faut !

— Et il le fait à la perfection ! reprit le professeur qui détestait qu'on s'insinue dans son discours. Pendant deux jours on a parcouru Lugano. La riva Paradiso d'abord où notre homme avait deux bicoques à vendre qui, comme vous devez le penser, ne nous convenaient pas. Alors j'ai parlé d'une « certaine villa Malaspina » dont on nous aurait vanté le site, la beauté, etc. Et il nous a regardé avec une espèce d'horreur disant qu'elle n'avait jamais été à vendre, qu'elle appartenait à la même famille depuis des lustres et que, de toute façon, et au cas où elle viendrait sur le marché, il refuserait de s'en charger pour la bonne raison qu'elle était hantée ! On lui a demandé d'où il sortait ça et il a répondu que cette réputation ne datait pas d'hier !...

— C'est un truc qui remonte à des siècles, destiné surtout à éloigner les curieux, fit Aldo en remplissant la coupe qu'il lui tendait. Le plus incroyable, c'est que ça marche à tous les coups... ou presque ! Il arrive même que la frousse se change en piment pour esthètes à la recherche de sensations et il se peut alors que le téméraire quitte son acquisition en pleine nuit et en courant. Parfois en pyjama et en poussant des cris inarticulés !

— Vous croyez aux fantômes, vous, Morosini ? demanda Wishbone surpris.

— Au risque de vous décevoir, oui !

— Vous en avez déjà rencontré ?

— Oh, que oui ! Il ne faut pas plaisanter avec ça !

— Et il a raison ! appuya le professeur. Moi qui vous parle...

Adalbert jugea utile d'intervenir :

— S'il vous plaît, professeur ! Remettez la conférence à plus tard et revenons à la villa Malaspina. Vous l'avez vue ?

— C'est, bien sûr, la première chose que l'on a demandée en faisant comme si l'idée nous excitait follement même si elle n'était pas à vendre ! C'est au flanc du mont Brè, une belle demeure ancienne, agrémentée d'un jardin en terrasse admirablement entretenu, le tout appartenant... à un descendant des Malaspine, le comte de Gandia qui y réside une partie de l'année mais dont on ne voit que les serviteurs. Eux sont là en permanence et on ne sait jamais quand leur patron y est présent ou pas ! J'ajoute que la situation est parfaite. La frontière italienne est quasiment à la limite et les indiscrets sont drainés au bord du lac par la villa Favorita...

— Achetée l'an passé par le baron Heinrich Thyssen-Bornemisza pour y installer sa célèbre collection, compléta Morosini. Cela permet évidemment de jouer les touristes dans le coin, mais il vaudrait mieux trouver aux alentours un quelconque poste d'observation ? Non ?

— Si, approuva Wishbone. Il y a un peu plus haut que la maison Gandia, une autre vieille bicoque inhabitée depuis longtemps. On y aurait tué quelqu'un mais elle possède une petite tour intéressante… Elle permet d'observer ce qui se passe à la Malaspina et ça ne marche pas en sens contraire !

— Il serait possible d'y aller de temps en temps faire un tour la nuit par exemple ?

— Et le jour aussi !

— Qu'est-ce qui vous donne cette assurance ?

Bombant le torse et avec une grande dignité, Wishbone mit fin aux palabres :

— J'ai acheté ! fit-il. Demain on emménage.

Aldo ne put s'empêcher de rire en pensant que la fréquentation assidue d'un milliardaire avait vraiment de bons côtés ! Cependant il objecta :

— Vous allez habiter dans une ruine ?

— Qui a dit que c'était une ruine ? C'est seulement une antique construction qui nécessitait un coup de pinceau ou deux. Boleslas, mon valet qui est très bricoleur, y est depuis une semaine avec deux ouvriers qu'il a dénichés dans le coin. On sera très bien. Venez visiter demain après-midi !

— Volontiers, mais il ne vous est pas venu à l'esprit que Gandia pourrait chercher à savoir qui est son nouveau voisin ? S'il apprend que c'est vous ?

— Pas de danger, répondit Wishbone. J'ai acheté au nom de mon notaire et ami maître Santini, un nom italien, comme vous voyez !

— N'est-ce pas un peu dangereux ? ironisa Adalbert. S'il lui prenait l'envie de venir jouer les propriétaires ?

— Quand on en n'aura plus besoin, je lui en ferai cadeau. Il sera content d'avoir une maison ici !

— Ben voyons ! soupira Adalbert battu à plate couture tandis qu'Aldo se remettait à rire. Comment ai-je pu penser autre chose même un instant !

Le lendemain, après s'être accordé une matinée de farniente, Aldo et Adalbert, munis d'un plan dessiné par le professeur, s'en allèrent visiter la villa Hadriana, la nouvelle acquisition de Wishbone, et purent constater, en effet, que c'était un poste d'observation d'autant plus pratique que, si les parcs entourés d'arbres étaient voisins, ce n'était pas la même petite route qui les desservait. Accueillis par Boleslas – qu'ils ne connaissaient d'ailleurs pas – mué en majordome compassé, ils furent introduits dans un salon agréable d'où l'on découvrait le lac... et par la surprise de leur vie : dans une bergère, une copie fort approximative de Tante Amélie les observait à travers un face-à-main. Sans doute quelque peu caricaturale pour qui connaissait l'original, mais qui pouvait faire illusion grâce à une perruque blanche surmontant une figure poudrée, à une robe « princesse » et à des sautoirs de pierreries et de perles. Des gants de dentelle cachaient les mains abondamment baguées... Un éclat de rire salua leur stupeur :

— Alors ? Comment me trouvez-vous ? demanda le professeur qui pour la circonstance avait rasé sa moustache et épilé ses sourcils.

— C'est au moins inattendu ! exhala Aldo. Peut-on savoir à qui nous avons l'honneur ?

— Je suis Mrs. Albina Santini, la tante du notaire.

Pas trop sûr de goûter la plaisanterie, Aldo demanda :

— Vous ne pouviez pas prendre pour modèle quelqu'un d'autre que Tante Amélie ? Toujours votre vieille rancune ? Elle ne serait pas contente si elle vous voyait !

— Ça, mon garçon, ce n'est pas sûr du tout ! Je suis convaincu qu'elle s'en amuserait plutôt ! Mais j'explique. À cause de mes mains et de mes pieds, il m'était impossible de porter les modes actuelles. En outre, mon rôle consiste à me promener dans le jardin avec une canne, à m'y installer pour lire, coiffé d'immenses chapeaux sous des voilettes épaisses. En bref jouer de la figuration intelligente car vous pensez bien que nos... voisins vont essayer de voir à quoi on ressemble. Il s'agit bêtement de leur donner tous apaisements possibles !... Boleslas, ajouta-t-il à l'intention du Polonais qu'il venait de sonner, apportez-nous du café !... Ou autre liquide si vous préférez ?

— Ça ira très bien ! Et l'ami Wishbone, qu'est-ce qu'il figure dans votre comédie ? Si c'est Plan-Crépin, ça va se compliquer.

— Mais non, voyons ! Le jardinier ! Cela lui permet d'être dehors tout le temps et de regarder partout. Il n'a fait que raser sa barbe et remplacer son auréole de feutre par un chapeau de paille... En outre il s'y connaît. Tenez ! Le voilà !

Drapé dans un vaste tablier de toile bleue, le ventre orné d'une grande poche d'où émergeait un sécateur, le héros effectuait une entrée théâtrale, l'œil tout pétillant de malice et visiblement ravi de leur petit complot.

— Alors qu'en dites-vous ?

— Que vous êtes sans doute complètement fous tous les deux mais que ce sont parfois les idées les plus insensées qui marchent le mieux ! Mais un jardinier et un majordome, c'est maigriot pour servir une dame du monde...

— On a une femme de ménage tous les matins pour aider Boleslas. Quant à « Madame » elle ne se lève pas avant midi et sa chambre est fermée à clef afin qu'on ne la dérange pas. En réalité « elle » est dans la tour où elle assume la surveillance de Malaspina... On va vous y conduire.

— Cette tour renferme l'escalier, je suppose ? questionna Adalbert.

— Non ! On y accède directement au rez-de-chaussée et au premier. C'est du second étage que débute le colimaçon débouchant sur le couronnement. Venez voir ! Vous constaterez que, si cette maison n'est pas d'une beauté éblouissante, elle est en revanche très commode.

C'était en effet une villa sans âge et sans style surmontée d'un toit presque plat accolé à la tour en question qui le dépassait d'un bon étage et lui donnait un peu l'air d'un encrier flanqué de son porte-plume. Née sans doute de l'imagination d'un architecte sans génie, elle était ronde, crénelée mais – Dieu sait pourquoi – couverte d'un toit en tuiles romaines d'un assez joli ton rose mourant. Cette protection contre les intempéries avait permis de la meubler d'un fauteuil, d'une table supportant un réchaud à pétrole, d'un moulin à café accompagné de tout le nécessaire, d'une bouteille de rhum et naturellement d'une paire de puissantes jumelles dont Morosini se saisit aussitôt en s'approchant d'une des ouvertures.

— Incroyable ! s'exclama-t-il. On s'y croirait !

La configuration lui permettait d'observer la villa Malaspina sur un côté et presque sur la totalité de la façade. C'était une splendide demeure, qui eût été un peu sévère sans le charme d'un jardin en terrasse, mal entretenu peut-être, ce qu'expliquaient ses dimensions mais que cette négligence même teintait de romantisme. Que la villa fût habitée ne laissait aucun doute. Deux des fenêtres du rez-de-chaussée étaient ouvertes, laissant s'enfuir dans l'air azuré de cette fin d'après-midi les notes mélancoliques d'un piano jouant la *Sonate au clair de lune* de Beethoven.

— Savez-vous qui est là-dedans ? demanda Morosini en tendant les jumelles à Adalbert qui piaffait d'impatience.

— Non, répondit Wishbone. On s'installe tout juste comme vous le voyez. Pour l'instant ce qu'on sait c'est qu'il y a du monde...

— Êtes-vous sûr au moins que ce sont ceux que nous cherchons ? Votre papier à lettres pourrait n'être qu'un souvenir à la suite de quoi ces gens ont vendu et ont émigré à la Croix-Haute ? Vos voisins n'ont peut-être rien à voir avec la bande qui nous occupe ?

— On s'est renseignés auprès du notaire qui a rédigé l'acte de vente de la maison où nous sommes. Il n'y a aucun inconvénient à s'enquérir des noms de l'entourage immédiat. Il s'agit réellement du comte de Gandia-Catannei...

— Et l'ancien propriétaire d'ici ?

— Les héritiers de la baronne Cecilia Fabiani que l'on a retrouvée la nuque brisée au bas de son escalier. Comme elle était d'un âge respectable on en a conclu à un accident. Ce qui est surprenant c'est qu'elle était née Gandria !

— Vous voulez dire Gandia ?

— Pas du tout ! À deux kilomètres, il y a le village de Gandria qui jouxte la frontière italienne... Cela posé, le notaire était chargé de vendre depuis des années et les héritiers n'y ont jamais résidé après les funérailles. Comme la situation était idéale pour nous, on n'a pas cherché plus loin étant donné qu'on n'est pas là pour admirer le paysage ! Vous restez encore quelques jours ?

— Peut-être. Nous avons un excellent ami à Lugano, le comte Manfredi, qui habite de l'autre côté de la ville au bout de la riva Paradiso, la villa Clementina. J'ai l'intention de lui demander s'il sait quelque chose sur vos voisins.

— On pourrait s'adresser à lui si on avait besoin d'aide ?

— J'aimerais mieux pas ! Lui et sa jeune femme vivent une très très longue lune de miel... et il a été durement secoué il n'y a pas si longtemps ! De toute façon, vous devriez avoir de l'aide avant peu. Soyez persuadé que dès notre retour le commissaire Langlois sera mis au courant !

— Parfait ! Ça marche ! Pardonnez-nous de ne pas vous retenir à dîner mais Boleslas n'a pas encore eu la possibilité de faire le marché et d'organiser la cuisine, vous serez mieux au Splendide !

— On s'y attendait, figurez-vous ! Et on vous souhaite bonne installation ! conclut Adalbert en regagnant l'escalier suivi du professeur, qui, mal habitué à son nouveau costume, retroussait sa jupe d'une main quelque peu maladroite...

En le voyant faire, Aldo se demanda ce que pourrait penser « le vieux chameau », autrement dit Tante Amélie qu'Hubert avait pendant tant d'années décorée de cette appellation ! Elle en rirait peut-être mais Plan-Crépin, elle, cracherait feu et flammes.

Adalbert devait penser à l'unisson car, tandis qu'ils redescendaient vers le bord du lac, il l'entendit s'interroger :

— Je me demande si cette mascarade est une si fulgurante idée !

— J'y pensais aussi mais, à la réflexion, je crois que ce n'est pas si mal imaginé... D'abord la ressemblance n'est pas frappante. En outre, nos Borgia n'ont fait qu'entrevoir Tante Amélie à l'Opéra, le fameux soir de *La Traviata* où elle avait vraiment l'air d'une reine. Quand ils habitaient la Croix-Haute, ils ont certainement vu ou seulement aperçu à plusieurs reprises le cousin Hubert dont le physique de vieille tortue montée en graine est plutôt frappant. Cet accoutrement permet de le dissimuler parfaitement. Enfin, s'ils apprennent qui sont leurs nouveaux voisins – et ils s'en inquiéteront certainement ! –, ils n'auront aucune raison de redouter une vieille Américaine un peu folle venue réchauffer ses rhumatismes au soleil de Lugano flanquée de son majordome et de son jardinier. Et comme ce ne sont pas les seuls étrangers, bizarres ou pas, à se laisser séduire par ce magnifique paysage, on en restera là. Je crois d'ailleurs que Langlois, quand on lui aura expliqué, devrait être d'accord !

— À moins qu'il ne pique une rogne ! Avec lui, il est difficile de prévoir ses réactions... Je suis conscient que c'est un policier remarquable mais il est à peu près aussi facile à décrypter que son collègue de Scotland Yard.

Aldo en convint. Et plus encore lorsque arrivé à l'hôtel le portier lui remit un télégramme aussi bref que comminatoire :

« Rentrez aussi vite que possible – Langlois. »

Suffoqués, ils se regardèrent un instant sans rien dire. Finalement, Adalbert soupira :

— Ce qui est particulièrement agaçant chez lui, c'est cette façon qu'il a de nous traiter comme n'importe lequel de ses sous-fifres !

— Je ne suis même pas sûr que ce ne soit pas moins gracieux ! Cela dit, qu'est-ce qu'on fait ? On part tout de suite ?

— Pas question ! Ce cher ami oublie que tu es encore convalescent ! En principe, il s'entend. Alors on dîne, on dort et demain matin à l'aurore on reprend la route ! Le plus court chemin pour rentrer à Paris ? demanda-t-il en s'adressant au portier.

— Lucerne et Bâle, monsieur. Cela donne, je crois, deux cent... soixante-cinq kilomètres...

— Parfait ! Vous voudrez bien faire préparer la note pour sept heures demain ?...

— Ce sera fait, monsieur !

Adalbert revint prendre le bras de son ami, visiblement très soucieux :

— Allons boire un verre au bar ! Mon petit doigt me dit que tu en as un urgent besoin.

— Pas toi ? Je me demande ce qui nous attend demain !

— Environ huit cents bornes ! Et ne te mets pas martel en tête à l'avance ! S'il était arrivé quelque chose rue Alfred-de-Vigny, Langlois y mettrait sans doute un peu plus de formes ! Il est assez abrupt mais ce n'est pas un sauvage !

Ce soir-là, aux alentours de onze heures, Wishbone et le professeur – débarrassé de ses atours ! – grimpèrent à leur observatoire, l'un avec sa pipe, l'autre avec son cigare, afin d'observer le paysage nocturne faiblement éclairé par la lune en son dernier quartier mais qui ne perdait rien de sa magie. Un mince ruban d'argent glissait à la surface du lac serti comme une pierre précieuse, par les lumières de Lugano et de leur éparpillement sur les deux rives.

— C'est bien beau, cet endroit ! soupira l'Américain. Votre pays de Loire l'est aussi, se hâta-t-il d'ajouter en prévision d'une quelconque réaction. Mais quand on est très malade et que l'on possède une belle maison, se faire porter dans une chambre sans vue au château de la Croix-Haute, cela paraît un rien bizarre…

— Vous faites allusion au vieux Catannei ? Il est probable que l'on ne lui ait pas demandé son avis. Cet homme arrivé en ambulance et que l'on gardait pratiquement au secret était grandement pratique pour éloigner les curieux ! Cela dit, je suis d'accord avec vous, c'est sûrement plus agréable de trépasser – en admettant que l'on puisse trouver quelque agrément à la chose ! – en face d'un tel décor ! D'autant que cette demeure est plus aimable qu'un logis féodal, si admirable soit-il !… Tiens ! On dirait que ça bouge chez nos voisins ?

En effet, deux des portes-fenêtres donnant sur la terrasse venaient de s'éclairer. Une main invisible ouvrit l'une d'elles, sans doute pour laisser entrer la douceur de la nuit où s'attardait un parfum de lilas. Quelques instants plus tard, le piano de tout à l'heure préludait. Et une voix de femme se fit entendre…

La main de Cornelius se crispa sur le fourneau de sa pipe. Cette voix, il croyait bien la reconnaître pour celle qui l'avait tenu captif pendant tant de jours… Cependant ce ne fut qu'une impression fugitive. Seulement quelques notes et elle parut trébucher, repartit plus voilée, plus rauque aussi. Hubert tourna un regard inquiet vers son ami :

— Vous pensez que c'est… la Torelli ?
— Je l'ai cru un instant mais à présent…
— Ce serait assez normal qu'elle soit ici.
— Sans doute, mais on a plutôt l'impression que c'est quelqu'un qui essaie de lui ressembler. Et je ne connais ni cette musique ni la langue dans laquelle on chante..
— C'est la « Chanson de Solveig », de Grieg ! Du norvégien ! Une chanson d'amour nostalgique, certes, mais non désespérée ! Écoutez ça. La voix devient rauque comme si elle allait se briser…

Elle se brisa d'ailleurs presque aussitôt sur une toux suivie d'un cri de rage qui s'acheva en sanglots puis ce fut le silence. Peu après la lumière s'éteignit mais la fenêtre resta ouverte encore quelques minutes. Jusqu'à ce que l'on vienne la refermer…

Les deux hommes demeurèrent un moment sans parler, regardant la grande demeure où ils ne voyaient plus rien d'éclairé, mais comme ils ne la surveillaient pas de face mais en biais, il était possible qu'il y eût de la lumière aux fenêtres les plus éloignées sans qu'ils puissent s'en rendre compte si les rideaux étaient tirés.

Cornelius ôta sa pipe de sa bouche :

— J'aimerais savoir ce qui se passe dans cette baraque ! fit-il entre ses dents.

— Nous venons seulement d'arriver ! Mais comme nous sommes là pour ça, il faut prendre patience, mon ami ! Dans l'immédiat, c'est Boleslas que je vais expédier à la chasse aux renseignements. Il y a un marché demain, en bas. Il ira faire connaissance et il m'étonnerait fort qu'il ne nous rapporte pas un commérage !

— Vous croyez? Pardonnez-moi mais il a l'air légèrement... empaillé !

— Il n'en a que l'air. En fait, il est très futé...

— Futé ?

— Habile... astucieux ! En plus la langue ne lui pose aucun problème. Comme tous les Slaves il doit en pratiquer cinq ou six... facilement ! Enfin il joue les imbéciles comme personne ! Sur ce, venez boire un verre et allons nous coucher. Un : je ne pense pas qu'une veille s'impose cette nuit. Et deux : on l'a bien mérité !

Le professeur feignait la décontraction pour dissimuler la vague inquiétude qui lui venait. Il n'ignorait rien de ce qu'avaient été les relations entre son nouvel ami et la cantatrice meurtrière. Se pourrait-il qu'il subsistât dans le cœur ingénu une ultime braise mal éteinte et capable de renaître?... Il allait falloir veiller au grain ! Et peut-être prévenir son cousin et son ancien élève tant qu'ils étaient encore dans le pays !

Mais le lendemain matin, un messager du Splendide Royal Hotel, apporta une lettre adressée à « Mrs. Albina Santini », annonçant que l'on était rappelés à Paris d'urgence... En attendant que Langlois envoie un ou deux sbires, Hubert se promit de surveiller discrètement son associé !

Il était près de neuf heures du soir, ce même jour, quand la voiture d'Adalbert franchit le portail de l'hôtel de Sommières... À l'exception d'un arrêt assez bref pour déjeuner et trois autres encore plus courts pour prendre de l'essence et remettre de l'eau dans le radiateur, ils arrivaient tout droit de Lugano sans qu'Adalbert eût accepté la proposition d'Aldo de le relayer au volant.

— Tu seras déjà assez fatigué comme ça ! Convalescence oblige !

— Encore !

Aldo se rebiffait. On n'allait tout de même pas le traiter de vieux croûton jusqu'à la fin de ses jours ?

— Là n'est pas la question ! Si nous étions partis dans ma brave Amilcar tu ne me l'aurais pas proposé !

— Parce que dans cet engin diabolique je passe mon temps roulé en boule pour éviter d'être trop secoué et à recommander mon âme à Dieu !

L'arrivée en trombe de Plan-Crépin les interrompit. Visiblement, leur retour l'enchantait.

— Comment vous êtes-vous débrouillés pour revenir si rapidement ?

— Tout le mérite en revient à Monsieur ! grogna Aldo. Il a conduit sans désemparer depuis Lugano et n'a pas consenti à me céder sa place même dix minutes ! En tout cas, vous m'avez l'air de bien belle humeur ? D'après le télégramme – fort succinct ! –

de Langlois, on s'attendait à une nouvelle désastreuse, ajouta-t-il en s'extirpant de son siège.

Elle se précipita pour l'aider mais il lui tapa sur les mains :

— Vous n'allez pas vous y mettre, vous aussi ? Sachez tous les deux que j'ai retiré un grand bénéfice de l'air de la montagne ! Alors cessez de me traiter comme si j'étais un « biscuit » de Sèvres et permettez que j'aille embrasser Tante Amélie !

— Tu n'auras pas loin à aller ! fit celle-ci en lui tendant les bras. Heureuse de voir que tu sembles aller beaucoup mieux en effet, constata-t-elle en l'embrassant.

— Vous savez pourquoi Langlois nous a rappelés sans même prendre le temps d'une quelconque formule de politesse ?

— Malheureusement oui... et c'est une catastrophe : on vient de retrouver le corps de ton beau-père !

6

Funérailles…

Le commissaire Langlois regarda l'un après l'autre les quatre regards tournés vers lui :
— Ce n'est pas beau à voir. Le visage a été écrasé comme s'il était passé sous un rouleau compresseur, les mains aux ongles arrachés n'ont plus guère de chair et portent des traces de brûlures mais on ne lui a rien volé bien que sa montre en or, à elle seule, vaille une petite fortune.
— Vous pensez qu'il a été torturé ? émit Aldo d'une voix blanche.
— C'est probable, pour l'obliger à avouer je ne sais trop quoi. En outre, la mer n'a rien arrangé…
— Où l'a-t-on trouvé ?
— Au pied de la falaise de Biville, près de Dieppe…
— C'est assez loin de l'Angleterre, non ? s'étonna Plan-Crépin.
— Vous auriez préféré Calais ? Et pourquoi pas par le ferry ? D'après notre légiste il n'a pas séjourné très longtemps dans l'eau et on a dû l'amener près de la côte avant de le larguer afin d'être sûr qu'il échouera bien là où on l'avait décidé. Et maintenant Morosini, j'ai une question pénible à vous

poser et c'est la raison pour laquelle je vous ai rappelés tous les deux : acceptez-vous de venir identifier le corps ? Dans l'état où il est on ne peut pas infliger cette épreuve à sa fille...

— La question ne se pose même pas. J'irai !

— Nous irons, rectifia doucement Adalbert. Dans cette affaire comme dans... quelques autres, vous savez que nous sommes associés !

— Alors demain matin, onze heures à la morgue ! Et maintenant racontez-moi un peu vos aventures et comment vous vous êtes retrouvés à Lugano alors que vous ne deviez faire qu'un aller et retour à Zurich ?

— Ne prenez pas ce ton menaçant ! soupira Aldo. Ce qu'on vous rapporte devrait vous faire plutôt plaisir. Vas-y, Adalbert.

Celui-ci s'exécuta et à mesure que se déroulait le récit, le visage soucieux du policier se détendait pour en arriver jusqu'à rire franchement, accompagné par Mme de Sommières. Seule Marie-Angéline protesta :

— Ne me dites pas que ce vieux fou ose singer notre marquise ? Ce n'est pas tolérable !

— Disons plutôt, calma Aldo lénifiant, qu'il s'est inspiré de sa manière de s'habiller afin de dissimuler ses pieds et ses mains – qui sont belles d'ailleurs ! – tandis que les chapeaux à voilette épaisse estompent un visage qu'il a soigneusement rasé et qu'il maquille légèrement... Avec une perruque blanche, il a une certaine allure !

— Il aura toujours l'air d'une vieille tortue et...

— Ça suffit, Plan-Crépin ! Si le commissaire est d'accord, je ne vois pas pourquoi je ne le serais pas !

Il passe pour une antique Américaine un rien piquée ?

— C'est tout à fait ça !

— Alors applaudissons ! J'ajoute que je donnerais cher pour voir Hubert dans ses falbalas !

Pierre Langlois se leva, s'inclina pour baiser la main de son hôtesse :

— Moi aussi, et si la situation n'était pas aussi dramatique, je serais vraiment content. Il vous reste, messieurs, à me donner un plan situant les deux villas et quelques précisions autour. Vous m'apporterez ça demain ! Je compte envoyer sur les lieux deux de mes hommes qui parlent italien : Sauvageol fera un domestique fort convenable et Durtal, plus bourgeois d'aspect, s'installera dans l'hôtel le plus proche, jouera les touristes et assurera la liaison avec moi. Au besoin, je ferai un saut là-bas...

— Avez-vous découvert quelque chose sur Gaspard Grindel ? demanda Morosini.

— Rien pour le moment. Il a repris ses fonctions à la banque et vit normalement en apparence. Inutile de rappeler qu'on le surveille ! À demain, messieurs !

Situé place Mazas, l'institut médico-légal élevait[1] en bordure de la Seine une bâtisse de briques dont un mur quasi aveugle plongeait sur la berge du fleuve puis remontait jusqu'au niveau de la chaussée, laissant un assez large espace planté d'arbres au débouché du pont d'Austerlitz. Aldo n'y était jamais venu et quand Adalbert y rangea sa voiture, il ne put se défendre d'un frisson désagréable

1. Élève toujours.

à la pensée de l'épreuve au-devant de laquelle il allait et que Langlois avait décrite sans nuances. Ce qui valait mieux d'ailleurs en vertu de l'axiome assurant qu'un homme averti en vaut deux.

— Pas très folichon ce qui nous attend ! émit Adalbert d'une voix enrouée qu'il corrigea aussitôt en se raclant la gorge.

Ce qui réconforta quelque peu Aldo.

— Toi aussi tu appréhendes ? Pourtant avec…

— Ne recommençons pas avec mon métier ! Entre une momie bien sèche et bien propre et le cadavre tout frais d'un ami, il y a la largeur d'un océan ! On va d'abord laisser partir ceux-là !

En effet, un corbillard entouré de quelques personnes en deuil attendait devant la grande porte à double battant ouverte pour livrer passage aux employés des pompes funèbres portant un cercueil. Ils se découvrirent tandis que la voiture de Langlois venait se ranger à côté de la leur. Lui non plus ne bougea pas avant que le cortège se fût mis en marche.

— Venez à présent ! invita-t-il après avoir jaugé d'un coup d'œil la mine de Morosini qui eut un bref ricanement :

— N'ayez pas peur, je ne vais pas m'évanouir !

Il en était moins sûr quand, un moment après, un employé ouvrit devant eux la porte d'une salle sentant fortement le formol où le médecin légiste attendait auprès d'une table couverte d'un drap blanc sous lequel un corps se profilait. Le docteur Louis était un homme de taille moyenne au visage mince et intelligent allongé d'une courte barbe grisonnante, au regard attentif, qui s'attarda un instant sur la figure de Morosini :

— J'espère que vous les avez prévenus, commissaire ?

— Naturellement. Allez-y !

Le légiste et son assistant prirent chacun un coin du drap pour le rabattre jusqu'aux genoux sans déranger le linge pudique posé sur le ventre.

Repoussant farouchement la tentation de fermer les yeux, Aldo enfonça ses ongles dans les paumes de ses mains et s'obligea à fixer ce que la haine de certains avait fait de l'un des hommes les plus remarquables qu'il ait connus. Derrière lui, il entendait la respiration un peu saccadée d'Adalbert mais il ne se retourna pas, ne bougea pas, ne cilla pas. Au contraire, il scruta ce corps, méticuleusement nettoyé comme il convenait, saisi d'une bizarre impression...

— Le reconnaissez-vous ? demanda le docteur Louis.

— Je ne sais pas... Il y a quelque chose qui m'échappe...

— Cela peut se concevoir, intervint Langlois. Il est salement amoché...

— Sans doute !... Quelque chose me souffle pourtant que ce n'est pas lui... que ce ne peut pas être lui ! Ne me demandez pas pourquoi !

Et il se détourna pour avaler d'un seul coup le petit verre de rhum que lui offrait le médecin.

— J'éprouve la même sensation, murmura Adalbert. Ce sont peut-être ses mains. On s'est acharné sur elles au point qu'elles n'ont plus de peau. Difficile dans ces conditions de relever les empreintes !

— Quand on torture quelqu'un on n'y regarde pas de si près ! lança un personnage que l'on n'avait pas vu entrer. Laissez-moi voir! Je le connaissais mieux que vous puisqu'il était mon oncle!

— Que faites-vous ici, monsieur Grindel? Je ne vous ai pas convoqué!

— Les journaux de ce matin s'en sont chargés à votre place, commissaire. Je suis venu en hâte. Bonjour, messieurs!... Vous n'avez pas l'air dans votre assiette, cousin?

Une poussée de rage rendit ses couleurs à Aldo. Un pli de mépris au coin des lèvres, il riposta :

— Cela ne devrait pas vous surprendre, vous avez fait le nécessaire pour que je n'aie plus aucune mine!

— Ce qui signifie?

— Avez-vous vraiment besoin d'explications? gronda Aldo dont les poings se crispaient, prêts à frapper.

Langlois le sentit et s'interposa fermement :

— Du calme! Tout se réglera en temps voulu mais ce n'est pas l'endroit! Et vous, contentez-vous de regarder ce corps et – puisque vous vous êtes imposé pour ce faire! – de nous dire s'il s'agit réellement de votre oncle?

— Au contraire de ce que pensent ces messieurs? Je reconnais qu'à première vue ce n'est pas évident. Il fallait vraiment le haïr pour l'avoir arrangé de la sorte, ajouta-t-il en penchant, sans répugnance apparente, son grand corps à deux centimètres de l'effrayant cadavre.

Il ressemblait tellement à un savant examinant une pièce rare qu'Adalbert exaspéré lâcha avec une ironie féroce :

— Vous ne voudriez pas y goûter par hasard?

L'autre se redressa comme s'il l'avait frappé :

— C'est d'un goût ! Mais que peut-on attendre d'un nécrophile qui passe sa vie à déterrer et à dépiauter des momies ?...

— C'en est assez maintenant ! trancha le commissaire. Cette scène tourne à l'indécence ! Contentez-vous de répondre monsieur Grindel : vous le reconnaissez ou pas ?

— J'avoue qu'au premier abord ce n'est pas facile... mais il y a un moyen de le savoir. Sur le moment, je n'y ai pas pensé mais mon oncle porte sur l'omoplate gauche un signe de naissance, une sorte de fraise...

Il recula tandis que le docteur Louis faisait signe à son aide. Ils enfilèrent des gants de caoutchouc et soulevèrent le corps avec précaution afin de le tourner de façon à découvrir l'endroit indiqué. Et, en effet, chacun put voir une excroissance d'un rouge brunâtre.

— Comment pouvez-vous le savoir ? attaqua Adalbert. Votre oncle ne devait pas avoir coutume de se déshabiller devant vous !

Grindel haussa les épaules :

— Jusqu'à la mort de Dianora, sa seconde épouse, mon oncle entretenait sa forme en nageant régulièrement dans le lac. C'était d'ailleurs un excellent nageur ! Il m'est arrivé de me baigner avec lui et Lisa quand nous étions enfants. Satisfait ? Je peux partir maintenant

— Oui et non ! répondit Langlois. Vous voudrez bien me suivre jusqu'à mon bureau du Quai des Orfèvres ! J'ai quelques questions à vous poser !

— Pourquoi pas ici ? J'ai des rendez-vous, moi !

— Eh bien, vous les remettrez ! Appelez votre secrétaire : nous avons le téléphone ! On va vous montrer !

Force fut de suivre l'agent qui indiquait le chemin. Cependant Langlois demandait au docteur Louis ce qu'il pensait. Celui-ci replaça le drap sur le corps et retira ses gants :

— N'ayant pas eu l'honneur de connaître M. Kledermann, je ne sais trop que vous répondre, cher ami. Il semblerait que la preuve soit faite...

— Semblerait ? C'est dubitatif, et vous n'avez pas l'habitude d'employer des mots approximatifs. Pourquoi ?

— En toute honnêteté, je ne sais pas !... Ce qui me gêne, voyez-vous, c'est qu'avant de jeter ce malheureux à la mer on se soit acharné à détruire ainsi son visage et ses mains. Pure cruauté ou...

— Ou camouflage ? avança Aldo.

— Encore faudrait-il, pour cela, avoir sous la main un corps possédant toutes les caractéristiques du modèle...

— Et ce ne doit pas être facile à trouver, reprit Adalbert. Même taille, même corpulence, même couleur de cheveux. Je reconnais que rien n'y manque. On ne peut évidemment pas juger de l'allure...

— ... et elle était inimitable, murmura Aldo. Et pourtant, je ne parviens pas à me débarrasser de ce doute qui m'est venu sans que je sache comment !

— Moi non plus ! appuya Adalbert. Il y aurait bien un moyen d'éclaircir la chose...

— Sa fille ! hasarda Langlois, mais déjà Aldo protestait :

— La mettre en face de cette abomination ? Je m'y oppose formellement ! Ce serait la condamner à des cauchemars sans fin... peut-être à la destruction de sa raison qui vient de subir plus d'un choc...

Il avait la certitude de garder imprimée à jamais au fond de sa mémoire l'image hideuse à présent cachée par le drap. À aucun prix il ne voulait la partager avec sa femme !

— Calme-toi ! apaisa Adalbert. Je n'ai pas imaginé ça un instant mais on pourrait peut-être lui demander si elle peut confirmer... ou infirmer la présence de la marque ?

— Tu as raison. Moritz disait qu'elle nageait comme une truite et ils ont dû se baigner ensemble assez souvent quand elle était enfant ! Qu'en pensez-vous, commissaire ?

— Qu'il connaît son oncle mieux que vous ou alors que ce cadavre n'est pas le bon et que c'est lui le meurtrier. Ce qui est impossible.

— Pourquoi ?

— Parce qu'il était à Paris quand ce malheureux est mort et qu'il n'en a pas bougé depuis.

— Qu'il n'ait pas tué lui-même je le conçois, mais vous oubliez son associé ? répliqua Aldo amèrement.

— Je n'oublie rien, rassurez-vous ! Et j'ai encore des questions à lui poser. Après quoi je téléphonerai à votre femme, Morosini. Je suppose qu'elle est toujours à Vienne ?

— Je le suppose aussi. Voulez-vous le numéro ?

Le policier ébaucha un sourire :

— Je l'ai depuis longtemps ! Comme tout ce qui peut vous concerner l'un et l'autre... Si elle confirme, il faudra se résoudre à laisser Grindel escorter la dépouille de son oncle à Zurich pour les funérailles.

Quelques heures plus tard, il obtenait par téléphone la confirmation, de la voix même de Lisa. Une voix brisée, lourde de larmes qu'il n'eut cependant aucune peine à identifier malgré la distance : c'était elle en personne et la marque sur l'omoplate existait bel et bien. Il vint lui-même rue Alfred-de-Vigny en informer « la famille » :

— Je n'ai aucun moyen d'empêcher Grindel de ramener les restes de son oncle chez lui et de l'enterrer. Je suppose que vous y serez présent Morosini ?

— Plutôt deux fois qu'une ! Je songeais même à me rendre à Vienne pour une explication face à face... avec ma femme.

— Que vous n'auriez peut-être pas obtenue ! glissa Plan-Crépin. On aurait allégué sa santé...

— Jusqu'à preuve du contraire, je suis son mari ! En outre, sa grand-mère n'est pas femme à encourager les faux-fuyants et j'aurais réclamé sa présence. Elle est droite comme un i et n'a pas dû apprécier le désir de Lisa de se convertir au protestantisme. Je suppose d'ailleurs qu'elle assistera aux obsèques. Elle au moins m'écoutera !

— Je crains que vous n'ayez à vivre des heures pénibles, soupira Langlois. Et je ne suis pas certain de votre résistance physique !

— Moi non plus, fit Adalbert. Mais vous pensez bien que je serai là pour le soutenir !

— Et nous aussi ! affirma la vieille fille. Notre marquise s'entend parfaitement avec Mme von Adlerstein. On vous racontera tout ça à notre retour, commissaire !

— Oh, mais j'ai l'intention d'y aller, moi aussi ! J'en ai déjà averti la police fédérale et celle du canton de Zurich. Je ne serais pas surpris d'y voir par la même occasion Warren. Enlevé en Angleterre, retrouvé en France, Kledermann est devenu un cas international. Ne vous imaginez pas, ajouta-t-il en faisant peser sur eux son regard gris, qu'en laissant Grindel rentrer chez lui derrière le cercueil de son oncle je me désintéresse de lui. Il est toujours dans mon collimateur…

Construite au XIIIe siècle, l'Augustinerkirche (église Saint-Augustin) avait connu nombre de vicissitudes. Sécularisée en 1524 par la montée des thèses protestantes d'Ulrich Zwingli – Zurich sera d'ailleurs la première ville helvétique à se convertir –, elle abrita même pendant longtemps la Monnaie du canton jusqu'à ce que, en 1844, elle soit finalement rendue au culte catholique. C'est dans sa crypte qu'à son arrivée dans sa ville le corps du banquier fut descendu pour y attendre la cérémonie. Ainsi en avaient décidé sa fille et son neveu – ou plus exactement son neveu et sa fille ! – afin d'éviter que la réunion de « la famille » ne se déroule dans la fastueuse demeure des Kledermann sur la Goldenküste. On se rendit donc directement à l'église. À la grande satisfaction de Marie-Angéline qui voyait un « signe » dans le fait que le sanctuaire soit dédié au même saint que sa chère église de Paris où elle se rendait chaque matin entendre la messe la plus matinale… et faire sa récolte de potins du parc Monceau.

La cérémonie était prévue pour onze heures mais Aldo choisit d'arriver quelques minutes avant dans le but d'occuper la place qui lui revenait et de remettre ainsi à la fin des funérailles la rencontre qu'il souhaitait et redoutait à la fois.

Il y avait déjà foule quand on y parvint venant du Baur-au-Lac. Des curieux d'abord sur la place où se remarquait une jolie fontaine de la « Tempérance », mais aussi un nombre impressionnant de personnes venues d'horizons différents. À l'entrée de l'église, sobre, austère même avec l'ogive pure de son portail sous la flèche pointue du clocher, ses murs nus, sa nef longue et étroite sans la moindre fioriture de pierre mais de très beaux vitraux, un maître de cérémonie en grande cape noire sur un habit à culotte courte de soie noire et souliers à boucle vérifiait les cartons d'invitation – assisté de deux aides ! – afin de répartir au mieux les notabilités et, comme la place, l'église était déjà aux trois quarts pleine quand la voiture déposa le clan parisien en grand deuil.

— Sacrebleu ! émit Adalbert entre ses dents. On a droit à la presse de l'Europe entière ! Heureusement que la police l'a prévu et fait bonne garde !

— Il fallait s'y attendre. Ce déploiement de curiosité plus ou moins malsaine me déplaît ! J'aurais cent fois préféré une cérémonie plus intime... Moritz aussi d'ailleurs ! Surtout si l'on tient compte des circonstances tragiques de cette mort !

— Justement ! Ce machin digne d'un chef d'État accrédite l'identité du défunt ! Il faut que tout le monde soit persuadé que l'on va enterrer ton beau-père ! Même si toi et moi on n'en est pas absolument sûrs !... Toute cette mise en scène afin de pouvoir ouvrir le testament !...

Le maître de cérémonie accueillit les arrivants avec le respect qui leur était dû. Un imposant catafalque se dressait à l'entrée du chœur drapé de noir, galonné d'argent et surmonté d'un grand coussin de somptueuses orchidées pâles. Des cierges allumés l'entouraient à l'exception de la face regardant l'autel. Les places destinées à la famille et aux proches attendaient de chaque côté : celles des hommes à droite, les femmes à gauche.

Précédés de l'homme à la cape Aldo et Adalbert furent dirigés vers la travée des hommes tandis que son assistant guidait les dames vers l'autre mais en arrivant au premier rang de chaises, ce fut la deuxième place que le cérémoniaire indiqua à Aldo d'un geste empreint d'une certaine gêne. Ce dernier le toisa :

— Qui va s'asseoir là ?
— M. Gaspard Grindel, monsieur, le neveu de...
— Je suis le prince Morosini, son gendre et le père de ses petits-enfants ! Il passera donc après moi !

Et laissant l'homme confus retourner à ses devoirs, il s'agenouilla sur le prie-dieu et traça sur sa poitrine un ample signe de croix tandis qu'Adalbert s'installait derrière lui. Leur cicérone n'eut d'ailleurs que le temps de rejoindre le porche pour accueillir le reste de la famille. Aldo se releva et se retourna craignant tout à coup que l'on eût amené ses trois enfants, au moins son petit Antonio que l'on considérait un peu comme l'aîné bien qu'il fût le jumeau de sa sœur Amelia. Ce qui donnait lieu à des discussions sans fin entre eux... Mais non, refusant de la main le bras que lui offrait son cousin,

Lisa marcha seule en tête accompagnée de sa grand-mère, toutes deux très reconnaissables par leur allure en dépit des voiles de crêpe noir couvrant leurs visages. Appuyées l'une sur l'autre elles remontèrent la nef suivies de plusieurs personnes cependant qu'Aldo quittait sa place pour les attendre devant le catafalque.

Lisa le reconnut la première et voulut s'arrêter mais la vieille comtesse l'entraîna. Alors, il s'inclina :

— Bonjour, grand-mère ! Bonjour, Lisa...

Il s'attendait à ce qu'elles veuillent passer leur chemin et allait s'écarter quand Mme von Adlerstein releva son voile et vint l'embrasser :

— Bonjour, Aldo ! murmura-t-elle. Heureuse de voir que vous allez mieux ! Allons, Lisa !...

Celle-ci tendit la joue mais sans ôter le crêpe de son visage et ne dit rien. Après quoi chacun regagna sa place suivi de tous ceux qui arrivaient derrière. Grindel vint se planter devant Aldo :

— Ceci est ma place. Poussez-vous !

— Certainement pas !... Et je vous conseille de ne pas insister à moins que vous ne préfériez créer un scandale !

Adalbert observait la scène et s'apprêtait à s'en mêler quand quelqu'un, Frédéric von Apfelgrüne, se matérialisa entre les deux hommes :

— Vous croyez vraiment que c'est le moment ? Prenez la troisième chaise, Grindel ! Je vais me mettre entre vous deux ! Bonjour, Morosini !

Et d'autorité, il s'empara du deuxième prie-dieu et s'y agenouilla. Force fut à Gaspard d'en passer par là à moins de créer un esclandre.

Aldo sentait la tension nerveuse qui le tenait depuis le réveil s'atténuer. L'accueil inespéré du clan autrichien mettait un baume sur sa blessure. Il aurait pu pleurer quand les lèvres de la vieille dame avaient touché sa joue et la cordialité du cousin « Fritz » – ex-amoureux de Lisa néanmoins – lui allait droit au cœur.

Celui-ci s'asseyait et se penchait déjà vers lui pour entamer une de ces conversations volubiles dont il avait le secret quand le bruit d'une hallebarde retombant sur le dallage lui referma la bouche. En même temps, les grandes orgues laissaient éclater une tempête de sons majestueux – un choral de Bach ! – qui firent couler un frisson le long du dos de Morosini tandis que retentissait le pas lourd, rythmé, mesuré des hommes qui, remontant de la crypte, portaient le cercueil : un pesant coffre d'acajou à ferrures d'argent qu'ils firent glisser sous les draperies du catafalque avant de l'entourer de « coussins » et de gerbes de fleurs. Le clergé en ornements de deuil, un évêque en tête, avait accueilli le défunt quand il était apparu et maintenant les orgues faisaient silence afin de laisser la parole aux hommes de Dieu.

À mesure que se déroulait l'imposant service funèbre soutenu par les orgues et une chorale remarquable, Aldo tournait souvent les yeux en direction du catafalque, parvenant de moins en moins à chasser de son esprit que sous ces fleurs et ces tentures reposait un inconnu et non l'homme auquel le liait une profonde amitié. Avec une précision terrifiante, il revoyait le corps broyé de la morgue parisienne. C'était cette chose affreuse qui reposait là, à deux pas de lui, et l'idée s'ancrait peu à peu que ce n'était pas Moritz Kledermann, que tout cela n'était qu'un épisode d'une tragi-comédie comme la vie et le crime se plaisaient parfois à en concocter. L'impression se fit même si intense qu'au moment de l'absoute il aurait pu crier. Une main vint alors lui serrer l'épaule, cependant qu'Adalbert qui se tenait derrière lui soufflait dans son oreille :

— J'en pense autant que toi mais tiens-toi tranquille !

La tension nerveuse retomba grâce peut-être à l'*Ave verum* de Mozart qu'il aimait particulièrement, interprété par la voix de velours d'une femme dont le sublime contralto faisait songer à un violoncelle. Alors, s'agenouillant il se mit à prier avec une ferveur nouvelle. Si les hommes trichaient, si toute cette beauté entourait un mort qui n'était pas le bon, le Créateur, lui, le savait. Et lui ne trichait jamais...

La cérémonie s'achevait à présent. Après la dernière bénédiction, l'évêque s'approcha de Lisa que la douleur pliait en deux sur son prie-dieu et que sa grand-mère et une femme en noir aidaient à se remettre debout. Le prélat lui prit les mains, lui parla un moment avec une évidente compassion avant de tracer sur sa tête le signe de la bénédiction puis passa aux autres femmes de la famille pour leur adresser quelques mots de consolation. Ensuite il vint vers Aldo qui s'inclina pour baiser son anneau.

C'était un homme déjà âgé dont le regard gris était empreint d'une infinie douceur.

— Ne désespérez pas, mon fils ! murmura-t-il. Moritz était mon ami et je sais ce que vous souffrez !

Puis, après avoir dit quelques mots à Fritz et à Grindel, il reprit, avec son clergé, le chemin de la sacristie pendant que le maître de cérémonie, quasiment au garde-à-vous devant le catafalque, annonçait que seules les personnes officielles seraient admises à présenter leurs condoléances, les autres devant se borner à signer les registres préparés au fond de l'église. L'inhumation, elle, aurait lieu dans l'intimité familiale. Ensuite il invita Aldo à le suivre jusqu'à la salle opposée à la sacristie où les membres de « la famille » s'alignèrent. À la demande d'Aldo, une chaise fut apportée pour Lisa dont il était flagrant qu'elle était au bord de l'évanouissement... Puis il entraîna sa belle-grand-mère à part :

— Ne devrions-nous pas éviter à Lisa le supplice de l'inhumation ? J'ai peur qu'elle ne puisse le supporter !

Le voile noir relevé révélait en effet un visage blême si visiblement ravagé par la douleur qu'il dut lutter contre l'envie de prendre sa femme dans ses bras et de l'emporter loin de ce qu'il considérait à présent comme une sinistre mascarade.

— Vous avez raison. Je vais la faire reconduire à la maison...

Gaspard penché sur sa cousine lança alors :

— On n'a pas besoin de vos conseils, Morosini ! J'ai l'intention de m'en charger !

— Un peu de tenue, Grindel ! intervint Valérie von Adlerstein impérieuse. Jusqu'à preuve du contraire – et ce n'est ni le lieu ni l'endroit de discuter des insanités que vous lui inspirez – Aldo est son mari ! Et c'est moi qui vais la reconduire à la maison.

La femme en noir qu'Aldo avait remarquée pendant la cérémonie aux côtés de Lisa s'approchait, cherchant dans son sac quelque chose qui se révéla être une seringue. La comtesse Valérie intervint :

— Pas de piqûre ! Elles ne font que l'abrutir ! Je pense d'ailleurs que vous allez pouvoir regagner votre clinique ! Cela suffit !

Grindel voulut s'interposer. Mal lui en prit : « Grand-mère » se retourna contre lui :

— J'ai dit que cela suffisait, monsieur Grindel ! Les formalités terminées, je ramène Lisa à Vienne ! Le docteur Freud qui vient de rentrer des États-Unis s'occupera d'elle !

— Mais Frau Wegener...

— Elle est zurichoise et va pouvoir reprendre son service à la clinique. Vous veillerez à la payer ! Puis, tournant la tête à la recherche d'un visage : Madame de Sommières, voulez-vous bien me prêter Mlle du Plan-Crépin ?

L'intéressée n'attendit pas la permission : rouge d'une joie qu'elle essayait de contenir, elle se précipita aussitôt, suivie d'Adalbert :

— Vous ne serez pas assez forte, je vais vous aider ! proposa-t-il. Et jusqu'à présent Lisa me considérait comme un frère !

Il souleva sans effort la jeune femme qui se laissa faire comme un pantin cassé. Marie-Angéline prit l'autre bras mais son aide était plus décorative qu'efficace. L'infirmière leur emboîta le pas, la mine sombre et la bouche pincée. Avant de sortir, Adalbert conseilla, les yeux sur Grindel :

— Vous devriez rester, comtesse ! Vous avez une présence merveilleusement apaisante ! Et il faudrait en finir avec cette cérémonie !

Une heure après tout était terminé. L'état de Lisa avait frappé la foule qui se massait hors de l'église et l'on comprit très bien qu'à la sortie du cercueil le bourgmestre fît une allocution assez courte en donnant la priorité à l'émotion. Même chose pour le cimetière où ce fut au tour de l'évêque de prononcer quelques paroles d'espérance devant l'imposant mausolée où depuis près d'un siècle reposaient les Kledermann. C'était une sorte de temple grec à la fois lourd et pompeux qui n'incitait guère au recueillement et Aldo se surprit à se demander comment l'éblouissante Dianora, qui avait été sa maîtresse quand il avait vingt ans avant de devenir la seconde épouse de Moritz Kledermann, s'accommodait d'une dernière demeure aussi peu flatteuse même si elle disparaissait au fur et à mesure sous les monceaux de fleurs que deux chars avaient apportés. Et surtout la cohabitation avec cet inconnu qu'on lui amenait comme compagnon d'éternité. L'idée d'une substitution s'ancrait, en effet, plus fermement que jamais dans son esprit et, tandis que se déroulait l'ultime rituel, il se surprit à s'adresser mentalement à elle :

« Si tu en as la possibilité, aide-moi à découvrir la vérité ! L'homme que l'on vient de déposer auprès de toi a été assassiné, comme toi, mais il ne peut pas être l'époux qui t'aimait tant ! Il mérite sans doute des prières mais pas l'amour qui vous unissait tous les deux ! Et tu ne le supporteras pas !... »

Lui-même avait peine à endurer le chagrin de sa belle-grand-mère qui venait d'éclater en sanglots et que Hilda von Apfelgrüne, sa nièce depuis le mariage avec Frédéric, essayait d'apaiser. Il y avait là quelque chose de vraiment tragique. Le défunt ne méritait pas les larmes de cette noble dame, si forte d'habitude, car Aldo ne l'avait jamais vue pleurer ! Mais peut-être l'état navrant de Lisa entrait-il pour une bonne part dans sa douleur ?

Comme l'assistance se dispersait pour regagner les voitures, il se rapprocha des deux femmes et, adressant un sourire d'excuse à Hilda, il prit le bras de la vieille dame et le glissa sous le sien, heureux de sentir qu'elle s'y appuyait instinctivement.

— Je vais vous raccompagner, dit-il doucement. Je connais votre courage mais cela est trop pour vous !

Elle approuva silencieusement, sortit son mouchoir afin d'essuyer ses yeux, se moucha et se redressant soudain planta son regard dans celui d'Aldo :

— Je ne sais plus qui a dit que Dieu n'envoyait jamais à l'homme plus qu'il ne pouvait supporter mais il n'a pas dû songer à la femme ! J'avoue que je me croyais plus forte mais cette mort épouvantable survenant au milieu de la crise que traverse Lisa, j'ai du mal à l'accepter. Ma petite-fille ne se ressemble plus. Parfois elle monologue, elle monologue sur toutes sortes de sujets ou alors elle reste muette pendant des heures sans qu'on puisse lui arracher une parole. Je sais que son accouchement prématuré l'a beaucoup secouée à un moment où…

— Où je l'ai gravement offensée. Je ne refuse pas mes responsabilités, grand-mère, et je conçois que vous m'en vouliez.

— Moi ? Oh non… Quel mari n'a pas, une fois dans sa vie, été infidèle au serment du mariage ? Vous avez commis une faute, sans doute, mais on s'est acharné à envenimer ce qui aurait pu n'être qu'une égratignure. Lisa a été votre secrétaire pendant deux ans et n'a rien ignoré de votre vie privée. Le principal coupable, c'est ce Grindel qui s'est attribué les ailes du sauveur, l'a enfermée dans cette affreuse clinique d'où elle nous a ramené cette Wegener dont je suis persuadée qu'elle lui a été néfaste...

— Pourquoi ne l'avez-vous pas fait mettre à la porte par le cher Joachim, votre chien de garde ? Je suis sûr qu'il aurait adoré !

L'évocation de son irascible majordome lui arracha un léger sourire :

— On dirait que la hache de guerre n'est pas encore enterrée entre vous deux ? Mais c'est vrai qu'il la déteste.

— Alors pourquoi ?

— Lisa ! Lisa elle-même qui poussait les hauts cris et jurait qu'elle partirait avec elle. Que ses soins lui étaient indispensables...

Le visage d'Aldo se durcit, le ton de sa voix aussi :

— Pardonnez-moi mais... les enfants dans cette histoire ? Mes enfants, appuya-t-il.

— Rassurez-vous ! Ils sont à Rudolfskrone dans leur « maison » et avec mon personnel qui les adore. Je les ai envoyés dès le retour de Lisa. Je ne voulais pas qu'ils voient leur mère dans l'état où on l'a mise. On leur a seulement dit qu'elle était malade et avait besoin d'un long repos... ce qui est plus vrai que jamais ! Et maintenant la mort de son père ! J'en redoute les conséquences !

— Peut-être seront-elles moins dramatiques si Frau Wegener est écartée définitivement... et je pense que c'est chose acquise ! Parlons à présent de

Moritz. Évitez, je vous en supplie, toute réaction visible à ce que je vais vous confier !...

— Quoi donc ?

— Je ne suis pas certain que ce soit lui que l'on vient de porter en terre. Vidal-Pellicorne non plus...

Elle leva vers lui un regard effaré :

— Vous êtes sérieux ?

— On ne peut plus ! Peut-être avez-vous aperçu – ou peut-être pas car ils savent se faire discrets et il y avait beaucoup de monde – deux personnages assez remarquables d'ailleurs, deux hommes de haute taille en costume de voyage. Ils n'ont pas signé les registres et ne parlaient à personne... se contentant d'observer.

— Non. Qui étaient-ce ?

— Le Chief Superintendant Gordon Warren, de Scotland Yard, et le grand patron de la Sûreté française Pierre Langlois avec lesquels nous avons lié amitié, Adalbert et moi. Vous pensez bien que des hommes de cette envergure ne se déplacent pas aisément même pour une personnalité comme Kledermann.

— Et vous, comment en êtes-vous venu à ... ce que vous venez de dire ?

Aldo raconta alors sa visite à l'institut médico-légal, l'impression ressentie en face de l'affreux cadavre, l'intervention de Grindel et comment il avait emporté la décision sur une « preuve irréfutable » que Lisa avait d'ailleurs confirmée par téléphone à Langlois...

— Bizarre en effet tout cela ! Et que comptez-vous faire à présent ?

— Essayer de retrouver mon beau-père et de confondre les assassins avec l'aide d'Adalbert... et de quelques autres ! Aussi ne désespérez pas, chère grand-mère !... et parlez-moi des petits ! Ils me manquent, vous savez ?

— Et vous leur manquez aussi ! Surtout aux jumeaux bien sûr ! Avec l'imagination qui commence à leur venir, ils voient en vous une sorte d'aventurier génial, un chasseur de trésors doublé d'un chevalier voué – Dieu sait pourquoi ! – à la protection de la veuve et de l'orphelin ! Antonio estime même que vous avez, cachée dans un endroit secret, une armure que vous revêtez avant de vous lancer à la chasse aux brigands. Ce qui exaspère sa mère en bonne Suissesse qui se respecte !

— Ne les détrompez pas ! Laissez-les rêver ! Et embrassez-les pour moi ! J'espère que vous allez ramener leur mère auprès d'eux ?

— Je le voudrais mais je ne sais pas quand ! Cela va dépendre un peu du testament ! Mon Dieu ! Je l'avais oublié celui-là ! Et après ce que vous venez de me dire cela paraît tellement absurde ! Enfin nous verrons bien !

— L'ouverture a lieu quand ?

— Demain après-midi, à la Résidence ! Vous avez dû recevoir une convocation ?

— Non, mais il est possible qu'elle m'attende à Paris ou à Venise si elle a été envoyée ces jours derniers... À quelle heure ?

— Trois heures ! Soyez exact ! Maître Hirchberg, le notaire, est très pointilleux là-dessus. Les portes seront fermées à trois heures cinq !

— Je n'en doute pas un seul instant !

Le souvenir qu'il gardait du notaire zurichois quand il était allé à Vienne pour la signature de son contrat de mariage avec Lisa… il y avait déjà quelques années, était celui d'un homme aussi peu récréatif que possible. Et qui n'avait pas dû beaucoup changer. De taille moyenne mais sec comme un sarment sous des cheveux poivre et sel taillés en brosse, des traits sévères, un grand nez chaussé d'un lorgnon derrière lequel il abritait la seule originalité de sa personne – des yeux vairons : un brun, un gris. Il suivait une mode qui n'avait pas bougé depuis le début du siècle : redingote noire, gilet noir barré d'une chaîne de montre grosse comme un câble d'amarrage. Sauf que la brosse grise était devenue blanche, c'était toujours le même personnage et, quand il l'avait vu pour la première fois, Aldo avait pensé qu'il était l'image même de la loi et que la robe de juge aurait dû lui convenir, mais quand le nouveau marié avait fait part de ses réflexions à celui qui devenait son beau-père, celui-ci s'était mis à rire :

— Je vous accorde qu'il n'est pas d'une franche gaieté mais il pourrait poser pour la statue de l'intégrité. Il ne badine ni avec le code ni avec l'argent des autres !

Aussi Aldo fut-il surpris quand, pénétrant dans le cabinet de travail de Moritz, maître Hirchberg lui avait serré la main avec quelque chose qui ressemblait à de la chaleur en disant :

— J'aurais préféré, prince, vous revoir en d'autres circonstances. Veuillez accepter mes condoléances attristées et prendre place !

— Merci, maître mais… devons-nous rester seuls ?

En effet, depuis son arrivée dans cette maison qu'il connaissait si bien, dans cette pièce où tout évoquait la personnalité de Kledermann, il n'avait rencontré que Grüber, le quasi britannique maître d'hôtel qui l'avait accueilli d'une voix enrouée, une larme discrète au coin de l'œil, et avait bien failli lui tomber dans les bras. Le notaire avait alors tiré sa grosse montre en or de son gousset.

— Non, rassurez-vous ! Il n'est que trois heures moins cinq !

Il la remettait en place quand Grüber introduisit Lisa que suivaient sa grand-mère et Gaspard Grindel. La jeune femme avait apparemment surmonté sa détresse de la veille. Elle salua d'un signe de tête son mari qui s'inclina avant de baiser la main de Mme von Adlerstein. Quant à Grindel, Aldo n'eut pas l'air de le voir. Ce qui était plus que préférable en la circonstance afin de mieux retenir une envie pressante de lui casser la figure.

Quand chacun eut pris place dans les fauteuils alignés devant le grand bureau Louis XV en bois précieux signé Roentgen, vierge de tout papier, le notaire adressa une courte mais délicate allocution à cette famille durement touchée par la perte d'un homme exceptionnel dont il s'honorait d'avoir été l'ami depuis de longues années. Après quoi il prit une serviette de cuir noir posée auprès de lui, l'ouvrit et en tira une épaisse enveloppe protégée par des cachets de cire qu'il brisa avant d'en sortir un dossier qu'il déposa devant lui :

— Je vais à présent procéder à la lecture du dernier testament. Il est rédigé tout entier de la main de Moritz Kledermann. Établi après la naissance de ses petits-enfants, il annule naturellement ceux écrits précédemment.

— Il me paraît bien épais ! remarqua Grindel en humectant nerveusement ses lèvres sèches.

— Cela tient à ce que le défunt y détaille tous les éléments d'une fortune imposante et d'une collection de joyaux qui ne l'est pas moins... Maintenant, veuillez, s'il vous plaît, ne plus m'interrompre !

À mesure que défilait l'énumération des biens composant la fortune de Kledermann, Aldo s'efforçait de ne pas montrer sa surprise. Il savait son beau-père fort riche mais ne l'imaginait pas à ce niveau et en vint à se demander s'il ne dépassait pas largement Cornelius B. Wishbone, le milliardaire texan. Outre la banque et le palais de la Goldenküste, il possédait des terres, des immeubles en Suisse, en France, en Angleterre et aux Pays-Bas. Il finit par se désintéresser de la nomenclature pour observer Grindel. Visiblement, il découvrait lui aussi l'ampleur du patrimoine et sa langue n'arrêtait plus d'humecter ses lèvres. Quant à Lisa, immobile et pour ainsi dire absente, elle ne semblait pas concernée.

Soudain le notaire fit une pause :

— Avant d'en venir à la collection, qui est à part, je vais vous donner lecture des bénéficiaires.

Il y en avait aussi pas mal. Moritz avait été un homme généreux s'intéressant à la misère d'autrui. Après l'énumération d'un certain nombre d'associations charitables, vint celle des serviteurs dont aucun n'était oublié, puis le neveu qui héritait de la succursale de Paris, d'un immeuble à Zurich et d'une maison sur le lac. Enfin tout le reste allait à Lisa qui ne bronchait toujours pas.

— Je suppose que je ne vous surprends pas beaucoup, ma chère princesse ? fit aimablement maître Hirchberg.

— Pas vraiment ! Je sais que mon père était la générosité même !

— Malheureusement, soupira Grindel avec âme, ces largesses ne compensent pas son absence !

— Sans doute ! Venons-en à la collection !

Dans le dossier, il prit une enveloppe cachetée de cire elle aussi, l'ouvrit et fit tomber sur le cuir du sous-main une feuille de papier pliée et une petite clef qu'Aldo reconnut aussitôt :

— Comment se fait-il qu'elle soit là, maître ? C'est la clef qu'il portait au cou et qui ne le quittait jamais...

— Non. C'est un double qu'il avait fait faire afin de la joindre à ses dernières volontés. Je ne l'ai même jamais vue car il me l'a remise toute cachetée !... Je dois vous apprendre qu'il y a un an environ, M. Kledermann a modifié ses dispositions testamentaires au sujet de sa collection... Auparavant elle vous était destinée, Lisa, en précisant qu'elle devait être gérée par le prince Morosini ici présent, et qu'au cas où vous la refuseriez – il pensait que vous n'éprouviez pas la même passion que lui pour ces étincelantes splendeurs – elle irait à vos enfants, leur père étant toujours désigné pour y veiller.

— Et qu'a-t-il changé ? demanda Mme von Adlerstein qui n'avait pas ouvert la bouche jusque-là.

— Il a pensé que cette clause était bien compliquée et que le plus simple était de la léguer directement au prince dont les enfants sont les héritiers naturels. Aussi...

— Un instant, maître ! coupa Lisa. Vous l'ignorez peut-être mais j'ai demandé le divorce.

— Le divorce n'existe pas en Italie et vous le savez parfaitement ! répliqua maître Hirchberg en fronçant le sourcil.

— Mais il existe chez nous et j'ai la double nationalité.

— Cela ne suffira pas. Si...

— Je demande aussi l'annulation en cour de Rome ! Et je suis prête à me convertir au protestantisme !

— Lisa ! s'offusqua sa grand-mère ! Comment oses-tu alors que nous venons juste de porter ton père en terre ! Ton père qui était catholique comme moi, comme ta mère, comme tes enfants ! Sache que je m'y opposerai de toutes mes forces ! Et vous, Aldo, c'est tout ce que vous trouvez à dire ?

Pensant qu'elle ne devait pas être au courant de ce dernier détail il lui sourit :

— Je le savais !... Tout ce que je peux répondre c'est que je ferai tout pour garder mes enfants ! Ils portent mon nom et cela Lisa n'y peut rien !

— Aucun juge ne les confiera à un débauché comme toi ! hurla celle-ci hors d'elle. Tu oublies que j'ai la preuve de ta trahison ! La lettre que ta maîtresse m'a écrite pour me demander pardon ne laisse aucun doute sur ta conduite ! Je l'ai conservée !

Aldo regarda sa femme et ne la reconnut pas. Elle était semblable à ce qu'elle était pourtant : les traits fins, la bouche bien dessinée dont il aimait tant les baisers, les immenses yeux violets, la peau claire, l'épaisse chevelure d'un blond ardent, mais le teint était blême, les yeux sans éclat, la bouche serrée, le corps raide. En fait, il ne manquait que les grosses lunettes cerclées d'écaille et le tailleur gris taillé en cornet de frites pour que ressuscite « Mina Van Zelden », la secrétaire hollandaise qui avait été son assistante pendant deux ans. À cette différence près que Mina avait le sens de l'humour...

— Tu ne feras pas cela ! articula-t-il lentement. Tu ne te serviras pas d'une lettre douloureuse pour t'en faire une arme contre moi.

— Crois-tu ?... C'est néanmoins ce que tu verras !

— Lisa ! s'écria sa grand-mère alarmée. Aldo a raison. Tu ne feras pas cela !

— En voilà assez ! trancha maître Hirchberg en se servant du dossier pour frapper sur le bureau. Dans l'état actuel des choses, rien de ce que vous annoncez, madame, ne peut intervenir dans mon office. Le testament doit être appliqué selon les volontés de votre père. Et je vais, à présent, remettre la collection au prince Morosini !

Allant jusqu'à la porte du cabinet de travail, il la ferma soigneusement en expliquant :

— La chambre forte ne peut être ouverte que si le bureau est fermé.

Cela fait il traversa la grande pièce après avoir pris la clef contenue dans l'enveloppe sans oublier le papier plié qui l'accompagnait, l'introduisit dans une moulure de la bibliothèque occupant le mur du fond : une épaisse porte doublée d'acier tourna lentement sur d'invisibles gonds entraînant avec elle son habile décor de faux livres et éclairant du même coup la chambre forte.

Celle-ci devait être presque aussi vaste que le cabinet de travail mais l'espace en était réduit par la douzaine de coffres alignés le long des murs.

— Chacun d'eux possède une combinaison différente, continua le notaire. Elles sont indiquées sur ce feuillet que je ne regarderai pas, ajouta-t-il en le tendant à Aldo.

Ce ne fut pas sans émotion que ce dernier pénétra dans ce lieu aussi sacré qu'un sanctuaire pour lui, dont son beau-père, un jour, lui avait fait les honneurs. Chaque détail de ce moment magique était gravé au burin dans sa mémoire. Et aussi son émerveillement devant les trésors qu'il avait découverts. Ainsi il entendait encore la voix précise de Kledermann disant, indiquant le premier coffre à main droite :

— Celui-ci renferme une partie des bijoux de la Grande Catherine et quelques joyaux russes de provenances diverses.

Aldo revoyait nettement les longs doigts manipulant les deux grosses molettes. Il l'imita, après un coup d'œil au code et commença à tourner : à droite, à gauche, encore et encore, à droite deux fois et encore à gauche. Le lourd battant s'ouvrit dévoilant une pile d'écrins dont il prit le premier frappé de l'aigle impériale russe. Il savait qu'il avait entre les mains la célèbre parure d'améthystes et de diamants de la Sémiramis du Nord…

Sa passion des pierres reprenant le dessus, il eut pour le noble écrin un geste caressant puis l'ouvrit… et, avec un cri, le lâcha comme s'il l'avait brûlé…

Il était vide.

7

Le testament

Un profond silence salua la découverte comme si chacun retenait son souffle.

Aldo se reprit le premier, saisi d'une sorte de frénésie, il sortit les écrins l'un après l'autre, les ouvrit, passa au coffre suivant pour faire la même affolante constatation. Vides ! Ils étaient tous vides !

Envolés les bracelets de Marie-Antoinette, et cet autre composé de diamants provenant du fameux collier de la Reine, envolée la parure de saphirs de la reine Hortense, envolés les nœuds de corsage de la Du Barry, envolées les fantastiques émeraudes d'Aurengzeb, le grand sautoir de la Reine Vierge, les girandoles de diamants de Marie Leczinska, le diadème de l'impératrice Eugénie, les trois diamants de Mazarin, le cimier de rubis de Charles le Téméraire et tant d'autres merveilles patiemment rassemblées par trois générations de collectionneurs aussi patients que riches...

Et soudain, Gaspard Grindel émit une sorte de gloussement :

— Ça, c'est amusant ! Voilà une collection qui ne sera pas difficile à protéger !

Il aurait été mieux inspiré de se taire. Le poing d'Aldo partit comme une catapulte et l'envoya au tapis trop étourdi pour se relever. Lisa poussa un hurlement et voulut se précipiter à son secours mais sa grand-mère la retint avec une force inattendue chez une femme que l'âge aurait dû fragiliser :

— Non, dit-elle. C'est une affaire d'hommes et tu n'as pas à t'en mêler ! D'ailleurs nous allons sortir toutes les deux si maître Hirchberg n'y voit pas d'inconvénient et n'a plus besoin de toi !

— Non, allez vous reposer ! approuva le notaire occupé à aider la « victime » à se relever avant de l'asseoir dans un fauteuil. Nous nous reverrons plus tard pour les signatures. Pour l'heure présente, la parole est à la police que nous attendrons ici après avoir refermé cette chambre forte... dont on pourrait dire qu'elle ne l'était pas tant que ça ! À moins que vous ne désiriez continuer l'inventaire des autres coffres, prince ?

Celui-ci refusa, il serait bien temps d'y procéder tout à l'heure avec les flics. On referma donc afin de débloquer la porte du bureau. Ce qui permit à Mme von Adlerstein d'emmener Lisa sur les pas de laquelle Grindel soudain ressuscité se précipita après avoir jeté un coup d'œil venimeux à son rival en lui prédisant qu'il le lui « paierait avec le reste ! ». Aldo resta seul en compagnie du notaire qui s'était emparé du téléphone.

Avisant le cabaret de laque posé sur un meuble d'appui, il l'ouvrit, prit deux verres ballons après avoir interrogé Hirchberg du regard, y versa une honnête ration de fine Napoléon hors d'âge, revint poser l'un d'eux sur le bureau, s'assit, huma un instant l'arôme exceptionnel en le réchauffant entre ses mains, en but une gorgée... et se sentit revivre.

Amusé d'ailleurs de constater que le notaire se livrait au même cérémonial en y ajoutant un :

— Tudieu ! Cela réchoupille !

Puis sans lâcher son verre :

— Que pensez-vous de cette histoire ? Comment une collection de cette importance a-t-elle pu se volatiliser ? Et sans laisser de traces...

— Son importance ne fait rien à l'affaire... dès l'instant où l'on possède la clef du trésor. Et vous savez peut-être que Kledermann ne s'en séparait jamais et la portait à son cou attachée par une chaîne d'or. L'assassin n'a eu qu'à la cueillir... et venir une belle nuit se servir !

— C'est aussi mon sentiment mais il ne suffisait pas d'ouvrir la chambre forte. Les codes des coffres étaient les principaux obstacles. Et il n'est pas possible que ce soit chez moi qu'on se les soit procurés ! Le mien n'a pas été violé et vous avez pu constater que l'emballage du testament était intact.

Il avala une copieuse gorgée de cognac et Aldo comprit que lui était venue la crainte qu'on ne lui mette sur le dos une quelconque complicité.

— Personne n'en doutera, maître ! fit-il rassurant. Vous l'ignorez sans doute, mais celui que nous avons porté au tombeau hier avait peut-être été torturé. Ses mains n'étaient plus que des lambeaux. La résistance d'un homme à la douleur, même celle de mon beau-père, a ses limites. Et puis on a eu la faculté d'user de chantage en menaçant la vie de sa fille et de ses petits-enfants !

Le notaire laissa échapper un énorme soupir de soulagement... et vida son verre :

— J'ignorais cela ! En ce cas vous devez avoir raison !

— Mais bien sûr que j'ai raison !

Il trouva même un sourire pour appuyer cette affirmation mais, dans son for intérieur, la question restait entière. Que l'on eût pris la clef au cou de Moritz était plus que probable, les codes c'était différent ! Les lui avait-on arrachés d'une façon ou d'une autre ?... Si l'on acceptait cette hypothèse, pourquoi la substitution, à laquelle il croyait de plus en plus à mesure que passait le temps ?

La venue de la police apporta une diversion.

Ce fut assez bref. À l'officier qui se présenta en excusant son patron occupé ailleurs, maître Hirchberg fit le récit de ce qui venait de se passer. On rouvrit la chambre forte, puis cette fois on ouvrit tous les coffres. Pour arriver chaque fois à la même constatation navrante : la collection avait disparu, ne laissant que des écrins vides. Les policiers chargés des empreintes en emportèrent quelques-uns, photographièrent pratiquement tout dans la chambre forte, sans oublier les listes des joyaux fixées à l'intérieur de chaque coffre, ce qui permit à Aldo désolé de constater que la collection était encore plus fabuleuse qu'il ne le croyait – « sa » collection depuis peu, du moins officiellement –, ce qui le faisait trembler à la fois d'excitation et de colère. Et tandis que le travail se poursuivait, il recopia les listes avec l'aide obligeante de maître Hirchberg.

Quand ce fut fini, il déposa une plainte contre X en tant que propriétaire, après quoi les policiers se retirèrent. Aldo referma tout et mit clef et codes dans la poche intérieure de sa veste.

— Qu'allez-vous faire maintenant ? demanda le notaire.

— Dans l'immédiat rentrer à l'hôtel. Je ne crois pas que ma femme souhaite ma présence plus longtemps. Pour aujourd'hui tout au moins ! Puis-je vous poser une question avant de vous quitter ?

— Mais je vous en prie !

— La banque ? Qui va la diriger ? J'ai noté que mon beau-père avait fait don à son neveu de sa succursale française mais qu'en est-il du siège social et du reste ?

— Le Conseil d'administration demeure sous la direction du fondé de pouvoir qui va devenir directeur général. La princesse Morosini n'aura qu'une présidence honoraire. Chez nous, ajouta-t-il avec l'ombre d'un sourire, on ne saurait confier à une femme des affaires d'hommes.

— Grindel y siégera-t-il ?

— Il pourra... S'il se maintient dans le groupe en étant propriétaire il lui est loisible de se détacher mais je ne vois pas où serait son intérêt.

— Pourquoi Moritz ne lui a-t-il pas confié la direction générale ? Il est son neveu.

— Il était, corrigea maître Hirchberg qui tenait aux détails... Au point où nous en sommes, je crois pouvoir vous faire une confidence : il ne l'aimait pas, même s'il lui reconnaissait une certaine valeur professionnelle ! Voulez-vous que je vous ramène à l'hôtel ? J'ai ma voiture en bas ! proposa-t-il en remettant en place la montre qu'il venait de consulter.

— Volontiers ! Le temps de saluer cette grande dame qui est devenue ma grand-mère et que j'aime infiniment. Je suppose qu'elle ne va pas s'éterniser à Zurich et j'espère de tout mon cœur que Lisa l'accompagnera.

— Vous pourriez l'y obliger ! En dépit de cette délirante demande en divorce, elle est toujours votre femme légitime et comme telle vous doit obéissance !

— Je sais, mais c'est un droit qu'il me déplairait d'exercer. Elle ne me le pardonnerait pas !

— Hum !... Ne m'en veuillez pas de ma franchise mais je me demande si vous n'avez pas un peu trop tendance à inverser les rôles !

En sortant du cabinet de travail, ils trouvèrent Mme von Adlerstein sur le seuil de la porte, visiblement très soucieuse :

— Savez-vous que Frau Wegener est encore ici et que Lisa s'oppose formellement à son renvoi ? fit-elle d'une voix que la colère faisait trembler.

Aldo échangea un regard avec le notaire dont les sourcils se relevèrent de façon significative.

— Attendez-moi un instant, maître... ou plutôt venez avec moi. Où est-elle ?

— Dans la bibliothèque avec cette femme. J'ajoute que Grindel y est aussi !

— Allons nous joindre à la réunion !

Il bouillait intérieurement mais s'efforça au calme... Jamais encore il n'avait fait preuve d'autorité depuis qu'ils étaient mariés et il détestait y recourir mais il n'y avait vraiment pas d'autre moyen !

La première chose qu'il vit en pénétrant dans la pièce fut la Wegener qui s'apprêtait à lui injecter on ne sait quoi. Elle avait relevé un côté de la jupe de la jeune femme dans l'intention de planter l'aiguille dans le gras de la cuisse au-dessus du bas de soie noire.

— Lâchez ça ! ordonna-t-il en fonçant sur elle.

Surprise, elle émit un glapissement et abandonna la seringue qu'Aldo tendit au notaire en lui disant de l'emballer dans ce qu'il trouverait aux fins d'analyse. Mais déjà Lisa réagissait violemment !

— De quoi vous mêlez-vous ? Sortez ! Vous n'avez rien à voir ici !

Il nota au passage l'emploi nouveau du « vous » mais ne le souligna pas. Il se contenta de hausser les épaules :

— Croyez-vous ? riposta-t-il. Il me semble, à moi, qu'il est largement temps de remettre les choses en place entre vous et moi !

— Il n'y a rien à remettre en place ! Vous avez tout brisé, tout sali…

— Une minute, voulez-vous ? Accordez-moi de faire un peu de ménage… Sortez ! intima-t-il à l'infirmière puis à Gaspard qui, debout devant une fenêtre, regardait dehors à son entrée.

Naturellement celui-ci protesta :

— Pourquoi sortirais-je alors que vous amenez le notaire sans même demander à Lisa si cela lui convient ?

— Maître Hirchberg a bien voulu consentir à servir de témoin… et vous n'avez aucun profit à l'indisposer ! Alors prenez la porte bien gentiment ! Et embarquez votre… acolyte !

— Reste, Gaspard ! s'écria Lisa. Si quelqu'un doit s'en aller ce n'est pas toi. Je suis ici chez moi et j'y reçois qui je veux !

— Pas si je m'y oppose ! Je n'aurais jamais cru qu'un jour viendrait où je devrais vous le rappeler mais je suis votre époux…

— Plus pour longtemps et...

— Si vous voulez ! Il n'en demeure pas moins que jusqu'à ce que soient tranchés entre nous les liens civils et religieux – en admettant que vous y parveniez un jour, ce dont je doute fort ! – vous êtes « ma » femme et comme telle vous m'avez juré obéissance...

— Vous osez?

— Oui, j'ose ! Et ne vous en prenez qu'à vous-même ! En conséquence de quoi vous priez votre cousin d'aller à ses affaires et d'emmener avec lui cette Wegener dont votre grand-mère ne supporte plus la présence chez elle et que moi je ne veux plus autour de vous !

Elle eut un petit rire qui passa comme un fer rouge sur les nerfs d'Aldo puis, le dédaignant, elle s'en prit à Mme von Adlerstein :

— Grand-mère ! Je ne vous aurais jamais crue capable de vous plaindre de moi à ce débauché !

— Jamais je ne me suis plainte de toi ! Et tu le sais parfaitement, mais tu sais aussi que cette femme m'est odieuse...

— Mais j'en ai besoin !

— Non ! On a réussi à t'en persuader... et c'est un désastre ! Tu n'es plus la même, Lisa ! Ce qui me navre ! Bien sûr tu es sous le coup de deux douleurs immenses auxquelles on ne peut que compatir : la perte de cet enfant et surtout celle de ton père mais ces blessures-là ce n'est pas à coups de drogue qu'on les soigne. C'est en les confiant à ceux qui nous aiment... On les laisse vous envelopper de leur tendresse... et de leur amour !

— Leur amour? fit-elle avec amertume. Si vous faites allusion à celui de cet homme il y a longtemps déjà que je l'ai perdu ! Croyez-vous que je ne sache pas ce qu'il vaut, moi qui le regarde vivre depuis des années ? Je sais tout de lui : les noms de ses maîtresses, la durée de ses liaisons...

Un discret grincement de porte se fit entendre mais aucun des trois protagonistes de la scène n'y fit attention : le notaire, un doigt sur la bouche, avait entraîné Grindel par le bras avec fermeté et l'évacuait hors de la pièce ainsi que Wegener. Lisa d'ailleurs poursuivait :

— ... mais la plus dangereuse était à venir : cette Pauline Belmont qui l'aime passionnément, qui a eu le culot de me l'écrire...

— ... et de t'en demander pardon, coupa la vieille dame. Elle t'a écrit aussi qu'il ne l'aimait pas et qu'en cette malheureuse affaire de train, elle lui avait tendu un piège...

— ... dans lequel il s'est laissé prendre avec bonheur !

— Non, Lisa, corrigea Aldo. Je l'ai regretté aussitôt... Je n'ai pas cessé de t'aimer !

— Et moi je ne vous aime plus ! Allez-vous-en ! Nous nous reverrons au tribunal !

Elle avait dit cela du ton qu'elle aurait pris pour congédier un domestique indélicat. La colère d'Aldo s'enflamma :

— Ne me poussez pas à bout ! Si nous devions nous retrouver devant des juges vous pourriez vous en repentir car jamais je ne permettrai que mes enfants...

— Laissez-les tranquilles, ils sont à moi !

— Croyez-vous ? Que vous ne vouliez plus être une Morosini cela vous regarde après tout mais eux le resteront... et aussi catholiques ! Comme mes pères... et le vôtre dont vous faites si bon marché ! Comment pensez-vous qu'il réagirait s'il était présent à cette heure ?

— J'ai toujours fait ce que j'ai voulu !

— Peut-être mal et il y a une fin à tout et cette fin c'est moi ! Quant à ce tribunal que vous réclamez à si grands cris, sachez bien qu'il ne confiera pas mes enfants à une malade – car vous l'êtes que vous l'admettiez ou non !... Tombée au pouvoir de je ne sais quelle drogue et en passe de devenir complètement cinglée !...

— Vous osez ?

— Oui, j'ose ! Mais, bon Dieu, regardez-vous ! Le chagrin que vous éprouvez n'explique pas tout ! À commencer par ce changement qui pourrait laisser supposer qu'il y a en vous deux femmes : celle que j'ai aimée... et que je continue à aimer avec sa beauté chaleureuse, son rire, son cœur immense, son charme que je ne reconnais plus ! Et une autre, froide, dure, butée à la limite de la stupidité... un visage de glace, des yeux vides, et j'ai grandement peur de savoir où cette femme-là est née...

— S'il vous plaît, Aldo, pria la comtesse Valérie. Un peu de pitié ! Songez à ce qu'elle a souffert !

— Mais j'y songe, grand-mère, j'y songe, soyez-en sûre ! Je connais mes fautes et j'étais prêt à tomber à ses pieds ! Aux pieds d'une Lisa blessée, douloureuse, plus proche de vous qu'auparavant alors que...

Un sanglot réprimé cassa sa voix. Il se détourna, toussa, chercha d'une main fébrile une cigarette qu'il alluma puis éteignit après seulement une ou deux bouffées en l'écrasant dans un cendrier. Impassible et comme absente, Lisa se contentait de le regarder comme s'il était transparent. Il eut alors un haussement d'épaules découragé...

— Je vous l'abandonne, grand-mère ! Essayez d'obtenir qu'elle comprenne ce que je m'efforce en vain de lui dire. Je reviendrai demain. À présent, je vais rejoindre maître Hirchberg pour qu'il fasse le nécessaire en ce qui concerne la Wegener ! Qu'au moins vous soyez délivrée d'elle !... Cela n'empêche, fit-il plus bas, que Lisa ait besoin de soins... mais pas de n'importe qui !...

— Oh, j'en suis consciente !... Sortons un instant, voulez-vous ? ajouta-t-elle après un coup d'œil vers Lisa qui était allée s'asseoir à côté de la fenêtre et regardait au-dehors comme s'ils avaient cessé d'exister.

Dans la galerie ils retrouvèrent maître Hirchberg qui faisait les cent pas et vint à leur rencontre :

— Ça y est ! annonça-t-il satisfait. Cette femme est partie en disant qu'elle allait en référer au docteur Morgenthal ! Je crains qu'elle ne revienne avec lui. Vous devriez faire garder cette maison par la police. Vous en avez d'autant plus le droit que la collection dont vous êtes à présent propriétaire a été volée !

— Je ne crois pas avoir celui d'empêcher un médecin de forcer le barrage surtout s'il a été appelé par sa malade... et Lisa ne s'en fera pas faute !

— Sauf si vous êtes là pour le lui défendre ! Ce qui serait au fond plus normal qu'habiter l'hôtel ! Que faisiez-vous d'autre quand vous veniez ensemble visiter Kledermann ?

— C'est exact ! Je ne descendais au Baur que s'il m'arrivait de venir seul. Pour affaires par exemple ! À ne rien vous cacher, je n'aime pas beaucoup cette demeure ! Trop grande, trop solennelle ! Vous aimeriez habiter Versailles, vous ? C'est un peu ce que je ressentais. De plus, je crains que ma présence n'exaspère Lisa !

— N'en tenez pas compte dès l'instant où il s'agit de la protéger d'elle-même ! Je crois, en outre, continua-t-il en considérant des yeux Mme von Adlerstein, que votre présence permettrait peut-être à sa grand-mère de dormir. Elle se sentirait moins seule.

Aldo se tourna vers elle. Toujours aussi droite, toujours aussi majestueuse, mais l'angoisse habitait son regard. Il eut pour elle un sourire qui demandait pardon, prit une main qu'il baisa avant de la garder :

— Vous avez on ne peut plus raison ! Vous voulez bien de moi, grand-mère ?

— Quelle question !

— Alors, c'est entendu ! Je vais voir ça avec Grüber ! Mais si vous vouliez vous charger de la police, mon cher maître, vous me rendriez service puisque je n'y connais personne.

— Moi si ! Reste le neveu ! Vous avez vraiment envie de cohabiter avec lui ?

— Il loge ici ?

— Oui.... Alors qu'il a un appartement en ville... et pas loin.

— Je vais régler la question !... Mais je crois que je ne pourrai jamais assez vous remercier de votre aide, maître !

— Vous savez, Moritz était mon ami et j'avais de l'affection pour la petite Lisa. Je crains qu'elle ne soit en train de se perdre...

Aldo raccompagna le notaire jusqu'à la porte d'entrée qu'ouvrit cérémonieusement Grüber, le regarda monter en voiture puis s'adressa au vieux majordome pour lui demander de lui préparer une chambre. La mine lugubre du vieux serviteur s'éclaira instantanément :

— Monsieur le prince reste avec nous ?
— N'est-ce pas tout naturel, Grüber ?
— Certes, certes !... Mais que Monsieur le prince me pardonne : je n'osais plus l'espérer !... Depuis que nous avons perdu Monsieur, tout va de travers dans cette maison ! C'est M. Grindel qui donne les ordres puisque Mlle Lisa est... souffrante !

Son habituel aspect obséquieux fondait à vue d'œil, laissant apercevoir une détresse dont on ne l'aurait jamais cru capable... Les larmes n'étaient pas loin...

— Nous allons faire en sorte que les choses reviennent à plus de normalité ! Pour commencer, au cas où le docteur Morgenthal se présenterait, l'entrée lui est interdite. En outre, je vais prier M. Grindel de regagner son logis. En dehors de moi, vous prendrez vos ordres de Mme la comtesse von Adlerstein... le temps qu'elle sera là du moins car elle souhaite retourner chez elle et emmener la princesse rejoindre ses enfants... Ah, pendant que j'y pense, quel médecin soignait mon beau-père ?

— Le professeur Zehnder, Excellence, mais je ne sais pas s'il est rentré des États-Unis où il était l'invité d'honneur d'un important congrès de chirurgie réparatrice dont il est peut-être le meilleur, à Philadelphie. Sa notoriété est grande...

— Je sais. Où habite-t-il ?

— Une très belle maison ancienne dans la vieille ville qui...

— Téléphonez pour savoir s'il est là et si c'est le cas priez-le... de m'accorder quelques instants...

Sortant de l'un des salons de réception, Grindel fit son apparition au même moment :

— Ah, Grüber ! Je vous cherchais, fit-il sans paraître s'apercevoir de la présence de Morosini, mais celui-ci ne lui laissa pas le loisir d'expliquer ce qu'il voulait :

— Allez-y, Grüber ! Je m'occupe du précieux cousin !

— Ah, vous êtes là, vous ? Je suppose que vous partiez ?

— Oh, que nenni ! En revanche, c'est vous qui allez prendre la porte et sans traîner ! Rentrez chez vous ! Il n'y a aucune raison que vous logiez ici !

— J'y suis pour protéger Lisa ! Sans moi...

— Elle se serait sentie un brin seule ? Seulement maintenant elle ne l'est plus ! Ce rôle me revient !

Le visage massif du cousin Gaspard se fendit en un sourire qui montra de belles dents mais n'atteignit pas les yeux couleur d'ardoise :

— Combien de fois vous a-t-elle dit qu'elle ne voulait pas de vous ? Vous êtes sourd ou borné ? Elle est chez elle !

— Et comme jusqu'à preuve du contraire elle est toujours ma femme, je suis aussi chez moi ! Maître Hirchberg me l'expliquait encore il y a cinq minutes ! Et moi je ne veux pas de vous. Je ne suis pas le seul d'ailleurs ! Grand-mère partage entièrement ma façon de voir...

— Les aristocrates se soutiennent entre eux, c'est atavique ! ricana-t-il. Et je ne vois pas pour quelle raison je me laisserais interdire la maison de ma cousine !

— Qui parle d'interdire ? Vous pouvez venir la visiter quand vous voudrez ! Simplement je ne vois plus aucune raison pour que vous y soyez à demeure...

— Eh bien, moi, j'en vois une et de taille ! Je suis plus jeune que vous, plus fort... vous avez été sérieusement amoché et diminué, mon prince d'opérette ! Alors vous fermez votre auguste gueule sinon...

Dans son regard à la pupille rétrécie, Aldo sentit qu'il allait lui tomber dessus et le prit de vitesse. Les forces décuplées par la fureur, son poing droit partit et le gauche suivit aussitôt, mais Grindel se contenta de vaciller l'air un peu vague. Puis, émettant un grognement animal fonça sur son ennemi, les mains en avant dans l'intention de l'étrangler. Sentant qu'au corps à corps il serait peut-être en mauvaise posture, Aldo, dès qu'il fut au contact, employa une défense qui n'avait que peu de rapport avec le « noble art » et les règles de boxe du marquis de Queensbury : son genou brutalement relevé vint frapper les parties les plus sensibles du mâle normalement constitué... Grindel se plia en deux avec un barrissement de douleur, tituba et s'écroula sur le côté.

Soulagé de cette envie qui le tenaillait depuis des semaines, Aldo se mit à rire :

— Vous devriez relire la Bible, cousin, et méditer l'histoire de David et Goliath ! Puis s'adressant à Grüber qui revenait : Voulez-vous veiller à ce qu'un valet aide M. Grindel à envelopper sa brosse à dents et à se couvrir chaudement : cette fin de journée est plutôt fraîche ! Après quoi on lui souhaitera une bonne nuit en l'assurant que s'il veut venir visiter sa cousine demain, il sera reçu comme il convient !

Quand il eut vu Gaspard, porté plus qu'étayé par deux valets, disparaître en haut de l'escalier, Grüber lâcha son message :

— Le professeur est rentré aujourd'hui. Si cela n'ennuie pas Monsieur le prince, il est prêt à le recevoir tout de suite. Je préviens le chauffeur ?

— Pour accompagner M. Grindel… Pour moi un taxi suffira… Je le prierai d'attendre et il me ramènera après un bref passage à l'hôtel. Moi aussi j'ai besoin de ma brosse à dents !

Adalbert consulta sa montre pour la énième fois, ce qui eut le don d'agacer Plan-Crépin :

— Pour l'amour du ciel ! Regarder l'heure toutes les deux minutes ne le fera pas apparaître plus vite !

— Il est près de sept heures. La lecture du testament était prévue à trois heures ! Ça ne devrait pas durer si longtemps !

— Cela dépend ! apaisa Mme de Sommières rêveuse. J'ai déjà connu plus long. Par exemple quand les élus et ceux qui ne le sont pas se tapent dessus sous les yeux d'un notaire blasé. Il faut le temps de ramasser les morceaux.

— Après un meurtre, je serais surpris que ce soit aussi folâtre ! Quant à vous, Marie-Angéline, cessez donc de pianoter sur le bras de votre fauteuil ! Vous n'imaginez pas comme c'est irritant !

Elle jaillit aussitôt du siège en question et se précipita vers la porte où l'on frappait :

— Le voilà !

Elle eut à peine le temps d'ouvrir. Aldo apparemment était derrière et pénétrait en coup de vent :

— Ah, vous êtes tous là ! Tant mieux, je suis pressé. Pardon de vous avoir fait attendre, mais une foule de choses se sont passées depuis que je vous ai quittés...

Il allait embrasser sa tante : elle le repoussa pour le dévisager plus à son aise :

— Mais... tu as l'air bien gai ! C'est le testament qui t'a fait cet effet ? À moins d'hériter, c'est rare !

Il se mit à rire et se laissa tomber dans un fauteuil :

— Mais j'hérite, Tante Amélie ! De toute la collection Kledermann même ! Le seul ennui c'est qu'elle ait disparu !

Le chœur fut unanime :

— Disparu ?

— Eh oui ! Envolée ! Subtilisée bien proprement sans laisser la moindre trace d'effraction. Normal d'ailleurs puisque les assassins n'ont eu qu'à prendre la clef au cou de Moritz. Certes restent les codes des coffres mais il doit y avoir une explication...

— Et c'est cette joyeuse surprise qui te rend si heureux ? s'indigna Adalbert. Un rien t'amuse on dirait !

— Et si tu cessais de poser des questions idiotes ? Si je suis... plutôt satisfait c'est parce que nous avions deviné juste, toi et moi, à la morgue. Celui que nous venons d'enterrer n'est pas mon beau-père ! Je sors à l'instant de chez son médecin, le professeur Zehnder rentré depuis quelques heures des États-Unis où il était l'invité d'honneur d'un congrès international !...

— Et ? trépigna Plan-Crépin qui bouillait d'impatience.

— Et Kledermann n'a jamais eu de « fraise » à l'omoplate gauche !

— Il en est sûr ? demanda Tante Amélie.

— Ils se connaissent depuis l'université et il surveille son cœur depuis des années. C'est en débarquant en France qu'il a appris sa mort, et il déplorait de n'avoir pu rentrer à temps pour les funérailles. J'aime autant vous dire que j'ai été le bienvenu ! Quand je l'ai quitté, il était au téléphone pour obtenir une entrevue immédiate avec le chef de la police. Il veut l'exhumation !

— Pour ce faire, il faut l'autorisation de la famille, remarqua Tante Amélie.

— Je suis de la famille et je serais fort surpris que Lisa la refuse. Je retourne d'ailleurs à la Résidence car, outre vous informer, je suis venu chercher une valise. Grand-mère souhaite ma présence...

— Et... Lisa ?

— Elle voudrait me voir au diable !... Mais c'est sans importance. Je resterai là-bas jusqu'à ce qu'elles repartent toutes deux pour Vienne... et sans Frau Wegener que j'ai flanquée dehors en donnant l'ordre à Grüber d'interdire l'entrée au docteur Morgenthal. Quoi encore ? Il me semble que j'oublie quelque chose...

— Tu es trop énervé ! Ce ne serait pas le cousin Grindel par exemple ? fit Adalbert avec un large sourire.

— Mais si, bien sûr ! Je l'ai poliment prié de réintégrer ses foyers personnels. Qui ne sont pas loin de la Résidence d'ailleurs !

— Et il a accepté sans broncher ? Ça m'étonne un peu. Il est visiblement plus costaud que toi !

Aldo ôta ses gants pour montrer ses phalanges meurtries :

— La dernière fois que je l'ai vu, il était plié en deux... il projetait de m'étrangler alors je me suis servi de mon genou...

Marie-Angéline devint ponceau tandis qu'Adalbert éclatait carrément de rire :

— On a des manières de portefaix, Monsieur le prince ?

— On fait avec ce qu'on a ! Sur ce je vais récupérer une valise !

— Tu veux que je vienne avec toi ?

— Merci non ! Je préférerais que tu téléphones ces nouvelles à Langlois ! Cherche-le toute la nuit s'il le faut mais trouve-le ! Il saura se charger d'informer Warren.

— Et moi, je fais quoi ? gémit Plan-Crépin.

Aldo la prit aux épaules et posa un baiser sur la frange frisée qui ombrageait son front :

— Vous n'allez pas pleurer parce que vous n'avez rien à faire cette nuit ? Songez donc au travail qui nous attend ! Retrouver mon beau-père et sa collection va sûrement nous occuper tous un moment !

En rentrant au « palais » Kledermann, Aldo apprécia le calme qui l'entourait. Les jardins étaient aussi paisibles que le lac sur la surface lisse duquel glissait un rayon de lune. L'absence de nuages dévoilait un ciel étoilé qu'il salua d'un sourire, tenté d'y voir un présage favorable... Seule la présence de deux policiers en uniforme auxquels il fallut montrer patte blanche annonçait qu'il ne s'agissait pas d'une maison comme les autres...

Tout changea dès le seuil franchi : les échos d'une voix furieuse faisaient retentir le grand hall et Aldo n'eut pas besoin d'interroger Grüber qui lui ouvrait pour savoir que la source en était Lisa elle-même, une Lisa qu'il n'aurait jamais pu soupçonner posséder une telle puissance vocale : elle hurlait littéralement, aux prises avec une véritable crise de nerfs.

— Oh, Aldo vous voilà enfin ! exhala Mme von Adlerstein, en accourant à sa rencontre. Où étiez-vous passé ? J'ai cru que vous ne reviendriez jamais !

— Soyez sûre que je n'ai pas chômé et je vous apporte des nouvelles intéressantes. Mais pourquoi crie-t-elle ainsi ?

— Vous devriez vous en douter !... Pardonnez-moi mais je crois que vous avez eu tort de chasser Gaspard Grindel. C'est lui qu'elle réclame et... et je commence à craindre pour sa santé mentale...

— J'y vais ! Ce que j'ai à lui annoncer devrait la calmer...

Il grimpa l'escalier quatre à quatre, traversa le palier, entra sans frapper... et évita de justesse un tome des *Mémoires d'outre-tombe* de Chateaubriand qui lui arrivait droit dessus. Il le ramassa :

— Comment avez-vous su que c'était moi ? J'espère tout de même que ce projectile n'était pas destiné à votre grand-mère ? Il pouvait la tuer !...

— Je savais parfaitement que c'était vous. Allez-vous-en ! Je vous ai déjà dit que je ne voulais pas vous voir ici... chez moi !

— Encore ! C'est une manie ! En fait nous sommes toujours chez votre père... ce qui change les données !

Le regard violet fulgurant de colère se voila soudain :

— Comment pouvez-vous être aussi infâme d'oser ce distinguo alors que nous venons de le porter en terre ?...

— Non, Lisa ! Et c'est ce que je venais vous apprendre : l'homme dont nous avons célébré les funérailles n'était pas Moritz Kledermann !

— Pas... mon père ? balbutia-t-elle.

— Non ! Le cadavre trouvé à Biville portait ses vêtements, possédait sa montre, son passeport, son portefeuille et ce qu'il avait sur lui en quittant le Savoy dans la voiture de lord Astor, mais ce n'était pas lui !

— Vous mentez ! Je ne sais pas pour quelle raison mais vous mentez ! Gaspard l'a reconnu...

— Et vous aussi... Pour lui faire plaisir je suppose ?

— Ne dites pas de sottises ! Il connaissait mon père depuis notre enfance. Nous avons nagé tous les trois...

— Justement ! Vous, au moins, auriez dû savoir que la « fraise » à son omoplate n'existait pas mais il s'est arrangé pour vous mettre sous son influence et désormais ce qu'il affirme est parole d'évangile !

— Pourquoi pas ? Il m'aime lui, et il a risqué sa vie pour me sauver...

— ... en me faisant tirer dessus ? Mais ça c'est une autre affaire ! Reste que demain matin, il devra répondre de son mensonge. Vous aussi peut-être puisque vous avez confirmé !

— Mais évidemment que j'ai confirmé ! Et je recommencerai ! Vous n'avez pas la moindre preuve à produire !

— Oh si ! Et irréfutable ! Le professeur Zehnder qui rentre tout juste d'un congrès en Amérique. Je l'ai vu cet après-midi et il certifie qu'il n'y a aucune marque de naissance sur le corps de votre père...

— Il aura oublié, fit Lisa avec un haussement d'épaules. Il y a si longtemps.

— Mais il a autre chose à révéler. Il...

Grand-mère intervint à cet instant :

— Ne lui dites pas ce que c'est, Aldo ! Elle le répéterait à Grindel et il pourrait s'arranger pour...

— Après tout vous avez raison ! soupira-t-il, toute sa joie retombée devant l'obstination de cette femme qui était la sienne, la mère de ses enfants, qu'il avait aimée et qu'il aimait encore ! Il avait l'impression d'avoir en face de lui un bloc de haine qu'il ne s'expliquait pas...

— De toute façon, répliqua-t-elle avec une assurance qui lui donna envie de la battre, Gaspard sortira vainqueur de tous les pièges que vous pourrez lui tendre !

La coupe déborda. Aldo explosa :

— Et c'est uniquement ce qui vous importe ? Vous ne pensez qu'à lui, vous ne voyez que lui et l'espoir que votre père soit vivant ne vous effleure même pas ? Il est flagrant que Moritz Kledermann n'est pas mort ! Et j'attendais de vous une explosion de joie ! Mais non ! Gaspard ! Encore Gaspard ! Toujours Gaspard ! Je commence à croire vraiment que ce qui vous importe c'est de partager avec lui la fortune de votre père ? Moi je ne vous en empêcherai pas mais il se peut que ce soit Moritz en personne qui revienne s'interposer dans ce beau projet car, sachez-le, Madame la princesse Morosini, je ferai mon maximum pour le retrouver afin qu'à défaut d'une mère il reste à mes enfants un grand-père à aimer !

Il serra les poings pour maîtriser l'envie de la frapper, vira sur ses talons et s'enfuit. Pas bien loin, seulement jusqu'au palier où il s'accrocha à la rampe de pierre et ferma les yeux, terrifié par l'image que sa mémoire profonde lui restituait. Il se revoyait à Venise, dans la bibliothèque de son palais, face à Anielka, la Polonaise qu'il avait épousée sous la menace d'un hideux chantage ! Il revoyait le ravissant visage, enlaidi par une gouaille odieuse, lui jetant à la figure, alors qu'il lui annonçait sa demande d'annulation en cour de Rome, qu'elle resterait princesse Morosini que cela lui plaise ou non et même s'il n'avait jamais voulu entrer dans son lit, parce qu'elle était enceinte d'un autre !...

Cette tentation de tuer, venue peut-être du fond des âges, il l'avait ressentie jusqu'au bout de ses doigts prêts à se refermer sur le cou délicat. Il s'était contenté de la gifler, si brutalement cependant qu'il l'avait envoyée à terre, une joue écarlate et une goutte de sang au coin des lèvres...

Ensuite il s'était enfui comme il venait de le faire mais sans avoir fait usage de sa force et la présence de sa grand-mère n'expliquait pas cette retenue.

Il fallait la chercher en lui-même. Au moment de l'affrontement avec la fille de l'abominable Solmanski, il avait cessé de l'aimer depuis longtemps déjà alors que Lisa lui était toujours chère et qu'il souffrait cruellement de ce qu'elle se soit tournée vers ce cousin dont il savait qu'il était un malfaiteur et sans doute un criminel !

Une main se posant sur son épaule l'arracha à ses idées noires :

— Il ne faut pas lui en vouloir, mon cher garçon ! Depuis son séjour dans cette maudite clinique, Lisa n'est plus elle-même, je vous le répète. Au point qu'il m'arrive d'avoir peine à la reconnaître...

— Vous êtes bonne de vouloir me consoler, comtesse...

— Tst, tst... Vous pouvez toujours m'appeler grand-mère ! Les divagations de Lisa ne changent rien dans mon cœur, ni dans le fait incontestable que vous êtes le père de nos trois petits diables !

— Merci de me dire cela, mais...

— Je n'aime pas les « mais » quand il est question de mon cœur !

— Je m'en souviendrai. Cependant il y a à l'origine de tout ce drame une faute que je...

— Ah, vous n'allez pas me resservir ce refrain ? Je crois sincèrement qu'elle aurait fini par vous pardonner mais il y a eu cette tragédie : l'accouchement prématuré assorti de l'annonce qu'elle ne peut plus avoir d'enfants. Gaspard et sa clique ont misé là-dessus jusqu'à faire une sorte de lavage de cerveau. Sans cela – et j'en jurerais ! – elle vous aurait sauté au cou lorsque vous avez dit que son père était encore vivant...

— Du moins je l'espère ! On ne sait jamais comment tourne un enlèvement... et je suis certain qu'il est l'œuvre de Gandia associé à Grindel, et cette magouille il va falloir la prouver... avec tous les risques qu'une maladresse peut faire courir à un otage de cette importance !

— J'en ai pleinement conscience, mais je connais votre habileté quand vous partez en campagne, épaulé par ce brave Adalbert ! Avez-vous dîné ?

— Je n'en ai pas eu le temps... et n'en ai guère envie !

— Pourtant il le faut ! Et comme une réunion familiale me paraît hors de saison, je vais dire à Grüber de vous servir chez vous. Où Grüber vous a-t-il installé ?

— Je l'ignore, mais je suis persuadé qu'il ne me laissera manquer de rien. J'ai l'impression qu'il ne déborde pas de sympathie pour le cher cousin.

Elle se disposait à rejoindre l'appartement de Lisa mais s'arrêta :

— Je suppose qu'il va y avoir exhumation ?

— Le professeur Zehnder l'a demandée... aussi discrète que possible afin d'éviter la ruée de la presse. N'en parlez pas à Lisa ! Rien que le mot a une connotation pénible ! Et puis elle se hâterait d'avertir Grindel !

— Vous ne pensez pas qu'il sera convoqué ? Alors un peu plus tôt, un peu plus tard...

— Sans aucun doute... mais on peut lui réserver la surprise ?

— Pourquoi pas ? En effet ! Bonne nuit, Aldo !

— Bonne nuit, grand-mère !

Le lendemain soir, peu avant minuit, Aldo arrêta la voiture – la moins voyante parmi celles que contenait le garage de son beau-père ! – aux approches du cimetière mais ne descendit pas tout de suite :

— Offre-moi une cigarette ! dit-il à Adalbert qui l'accompagnait. J'ai oublié les miennes !

— Nerveux, hein ? compatit celui-ci en s'exécutant. Moi aussi si tu veux le savoir. J'ai beau avoir le cuir dur, je n'aime pas beaucoup revoir l'affreuse dépouille qu'on nous a montrée à Paris et j'éprouve un grand respect pour les médecins légistes : ils ont l'estomac drôlement bien accroché !

— On devrait commencer à s'y faire : c'est la troisième fois que ça nous arrive... et la première on a fait le travail nous-mêmes ! Seulement il y a des situations auxquelles on ne s'habitue pas...

— En attendant il faudrait peut-être y aller.

Gardé à l'intérieur par des agents en uniforme qui s'assurèrent de leur identité, le cimetière était obscur – la nuit était sans lune – mais on les guida jusqu'à l'allée plantée d'arbres au bout de laquelle la chapelle des Kledermann apparaissait faiblement éclairée de l'intérieur. Plusieurs personnes attendaient devant. Il y avait là le directeur de la police, le Wachtmeister Würmli, le professeur Zehnder, le patron des pompes funèbres, deux policiers en civil qui, sans l'encadrer vraiment, se tenaient près de Gaspard Grindel, lequel s'efforçait de dissimuler une évidente mauvaise humeur. Enfin, à leur grande surprise, le commissaire principal Langlois qui les rejoignit :

— Comment avez-vous fait pour être ici ? s'étonna Adalbert qui avait passé une partie de la nuit à tenter de l'atteindre par téléphone. En vain ! Et d'abord qui vous a prévenu ? Moi je n'ai pas réussi !

— Désolé, j'avais laissé des consignes... C'est Würmli qui m'a demandé de venir et à Villacoublay un avion militaire s'est chargé de moi. Eh bien, on dirait qu'il y a du nouveau, messieurs ? ajouta-t-il avec une évidente satisfaction. Pas pour tout le monde évidemment ! et son regard effleura Grindel.

— Vous avez l'intention de l'arrêter ?

— Pour faux témoignage ? C'est mince et d'ailleurs je ne suis présent que par courtoisie puisque je ne suis pas chez moi ! De toute façon, je ne pense pas que le mettre sous les verrous soit une bonne idée... Et il me plairait assez qu'il puisse retourner s'occuper de sa banque. Il est évident qu'il est mouillé jusqu'au cou dans cette affaire...

— Qu'est-ce qu'on attend ? demanda Adalbert voyant qu'on ne bougeait pas beaucoup.

— Qu'on ait ouvert le cercueil au sous-sol. Ce qui est commode avec ces chapelles familiales c'est qu'elles sont pourvues d'une crypte où les défunts sont rangés sur des étagères...

Il finissait de parler quand l'un des employés remonta pour annoncer que tout était prêt. L'un après l'autre, Würmli, Zehnder, Langlois, Grindel et Morosini descendirent l'escalier. Adalbert suivit.

Deux grosses lampes éclairaient la scène et le riche coffre d'acajou capitonné de satin blanc posé sur des tréteaux. Une relativement forte odeur de formol rendait l'atmosphère à peine respirable. La gorge coincée, Aldo, en descendant les quelques marches, luttait contre l'envie de fermer les yeux tant il redoutait ce qu'il allait revoir. Il ne devait pas être le seul. Arrivé en bas, il entendit un léger soupir de soulagement auquel il se fut joint volontiers : la tête massacrée était enveloppée d'un épais tissu de lin, blanc comme la longue tunique, d'aspect monastique, dont le corps était revêtu. Les mains croisées sur un chapelet portaient des moufles blanches. Quant au soupir, il émanait de Grindel...

— Il semble que quelqu'un a pris soin de ces pauvres restes ! émit la voix douce du professeur Zehnder. Ceci est infiniment plus noble que la jaquette dans laquelle on l'aurait fourré s'il était mort dans son lit ! Un petit côté... médiéval en quelque sorte !

— C'est Mme la comtesse von Adlerstein qui a donné des ordres, le renseigna le directeur des pompes funèbres.

— Que voilà donc une bonne idée ! Il faudra que je la félicite ! Ce pauvre homme n'en espérait sans doute pas autant !

D'une taille inférieure à sa réputation, Oscar Zehnder avait un visage aimable surmonté d'une mèche blond foncé tirant sur le gris, un nez aquilin aux ailes sensibles supportant des lunettes rondes cerclées d'écaille, une grande bouche d'où le sourire n'était jamais éloigné et des yeux noisette pétillants de malice sous un curieux chapeau de gabardine beige cependant qu'à son col un nœud papillon s'épanouissait. Encore un qui devrait plaire à Tante Amélie !

Mais l'intermède avait permis à Gaspard Grindel de reprendre ses esprits. Il attaqua d'une curieuse voix de tête :

— Ce sera en tout cas plus pratique pour l'examiner ! Regardez son dos et vous constaterez qu'il porte une espèce de fraise à l'omoplate gauche !

— N'en faites rien ! coupa le professeur. Kledermann n'en a jamais eu… En revanche…

Il fit signe qu'on lui approche une lanterne, enfila des gants de latex et souleva le vêtement blanc afin de découvrir l'abdomen qu'il examina un court instant. Puis il eut un rire bref…

— Je me demande ce que vous voyez d'amusant ! protesta Würmli.

— Sans aller jusque-là, je dirai que je suis plutôt satisfait d'avoir la confirmation qu'il ne saurait en aucun cas s'agir de mon cher ami Kledermann. Je ne sais pas qui est ce malheureux mais il aura au moins eu un bel enterrement !

— Je serais curieux de savoir à quoi vous voyez ça ! grogna Grindel.

— Oh, je vais vous le montrer… Vous pouvez constater que son ventre ne porte aucune trace d'opération chirurgicale. Or, voici… cinq ou six mois j'ai opéré Moritz d'une toute bête appendicite. J'ajouterai que, sachant à quel point sa fille Lisa se tourmentait pour sa santé, il avait exigé que l'on garde le silence là-dessus ! Officiellement, il était parti chasser dans les Grisons… Seuls ceux qui l'ont soigné à la clinique et Grüber étaient dans la confidence…

— Donc, reprit le chef de la police, vous affirmez, monsieur le professeur, que ce corps n'est pas celui de M. Kledermann ?

— Oh, je suis formel !

— C'est insensé ! explosa Grindel. Je sais pourtant ce que j'ai vu ! D'ailleurs ma cousine Lisa a confirmé ! N'est-ce pas, monsieur Langlois ?

— Elle l'a fait… mais elle ne semblait pas dans son état normal !

— Comment pouvez-vous juger de l'état normal d'une fille qui vient d'apprendre la mort de son père ?

— Ça suffit ! intima Zehnder. Il n'y a pas à ergoter pendant des heures. J'affirme, moi, que ce cadavre n'est pas celui de Kledermann ! Je sais encore reconnaître mon ouvrage, que diable ! Et celui-là n'a jamais été opéré de quoi que ce soit ! C'est pourtant clair !

Devenu tout rouge, il ressemblait à un coq en colère monté sur ses ergots. Le Wachtmeister se hâta de le rassurer :

— Personne n'y songerait… à moins d'avoir une bonne raison pour cela ! Monsieur Grindel, je vous emmène jusqu'à mon bureau. Le commissaire principal Langlois et moi-même avons quelques questions à vous poser ! Quant à vous, messieurs, continua-t-il à l'adresse des employés, vous pouvez tout remettre en place !

Grindel alors osa ricaner :

— Puisque ce n'est pas mon oncle, vous n'allez pas laisser un inconnu à sa place ?

— Provisoirement, si ! Lorsque nous aurons retrouvé le vrai Kledermann nous verrons à le transporter dans une autre sépulture. Vous voudrez bien, monsieur Morosini, en informer votre épouse ?

Aldo allait accepter, naturellement, mais le professeur posa une main – dégantée ! – sur son bras :

— J'aimerais lui parler moi-même. Y voyez-vous un inconvénient ?

— Aucun, au contraire ! Vous réussirez peut-être à la convaincre… Moi, il suffit que j'émette une opinion pour qu'elle prenne aussitôt le contre-pied !…

Un nouveau ricanement salua cet aveu spontané de faiblesse qu'Aldo se reprocha aussitôt mais le professeur Zehnder se chargea de la réplique :

— Vous, mon garçon, vous devriez consulter ! Si vous commencez à avoir des visions, vous finirez par voir un peu partout des nains bleus et des éléphants roses !

On retrouva l'air libre avec satisfaction. L'atmosphère confinée, les odeurs de désinfectant émanant du cercueil, celle de la cire chaude et du tabac refroidi régnant dans la crypte en rendaient le séjour plutôt pénible. On se sépara sans attendre. Langlois regagnerait Paris après l'interrogatoire de Grindel.

— Vous pensez qu'on va l'arrêter ? demanda Aldo.

— Un faux témoignage ce n'est pas assez, même en y ajoutant ce que nous savons de ses contacts avec Gandia. Je sais que moi je le mettrais au frais pour quelques jours afin d'essayer de l'amener à craquer mais j'avoue ne pas connaître les moyens de persuasion des Suisses. N'importe comment, s'il est autorisé à rentrer chez lui, il sera mis sous surveillance...

— À ce moment-là, il ne bougera plus ni pied ni patte !

— Cela m'étonnerait que Würmli ait besoin qu'on lui apprenne son métier. Il y a surveillance et surveillance : l'une tellement évidente qu'elle donnera une irrésistible envie de filer et l'autre quasi indétectable... Enfin nous verrons ! Qu'allez-vous faire maintenant ?

— Essayer de convaincre ma femme, avec l'aide du professeur Zehnder, de repartir pour Vienne avec sa grand-mère, et...

— Nous mettre à la recherche de la collection Kledermann et, si possible, de son propriétaire, compléta Adalbert. En faisant tout ce qu'on pourra pour ne pas marcher dans vos plates-bandes !

— Comme je n'ai aucune possibilité de vous en empêcher, je me borne à vous souhaiter « Bonne chasse ! », fit Langlois mi-figue mi-raisin. Et saluez pour moi Mme la marquise de Sommières et son petit Sherlock Holmes privé ! Celle-là, vous avez une drôle de chance de l'avoir ! conclut-il en s'éloignant avec un salut de la main...

— De qui parle-t-il ? demanda Zehnder qui n'avait pas perdu une miette de la conversation ... Si toutefois je ne suis pas indiscret ?

— Pas du tout ! répondit Aldo. C'est en vérité un phénomène : Marie-Angéline du Plan-Crépin, qui est à la fois ma cousine et celle de la marquise de Sommières, ma grand-tante, auprès de qui elle exerce les fonctions aussi diverses que multiples de lectrice, demoiselle de compagnie, âme damnée – encore qu'elle soit d'une piété à toute épreuve ! –, agent de renseignements, l'ensemble servi par une mémoire photographique, la connaissance de six ou sept langues, sans oublier quelques talents annexes allant de l'escalade des toitures à une culture incroyable et à l'art d'exécuter en trois coups de crayon un portrait frappant !

— Impressionnant ! J'aimerais bien la connaître !

— On vous la présentera demain à midi si vous voulez nous faire le très grand plaisir de déjeuner avec nous au Baur ?

— Ma foi, j'en serais enchanté !

Quand on rejoignit la voiture, Aldo prit le volant tandis que les deux autres s'installaient à l'arrière. Sachant qu'à la Résidence la comtesse Valérie ne pourrait dormir avant de connaître le résultat de l'exhumation, on avait décidé de s'en remettre à Oscar Zehnder dont, fût-elle droguée jusqu'aux oreilles, Lisa ne mettrait jamais la parole en doute. Cela impliquait de le mettre au courant de l'état actuel de la situation, de ce qui l'avait déclenchée et, pour Aldo, d'une confession totale. À laquelle il consacra le trajet.

Ladite confession s'achevait juste quand Adalbert stoppa la voiture devant les marches du perron où les deux policiers étaient à leur poste. Oscar Zehnder qui avait écouté sans le moindre commentaire et les yeux clos – au point qu'un moment Aldo s'était demandé s'il ne dormait pas – s'extirpa des coussins et sourit :

— Pas de quoi fouetter un chat ! Une histoire comme celle-là survenant dans un ménage du petit peuple se réglerait par quelques saines paires de claques, une grosse engueulade et quelques nuits passées dos à dos à remâcher ses griefs, elle se transforme dans les sphères éclairées de notre société en une parodie de tragédie grecque où chacune des parties s'efforce d'atteindre au sublime !

— Vous êtes sévère, monsieur le professeur. Il arrive aussi que l'on s'entretue chez l'ambassadeur comme chez le balayeur !

— Nettement moins chez les gens du peuple parce que l'on n'a pas les moyens de s'offrir un avocat et qu'on a les soucis de la vie quotidienne !

Ou alors on règle la question en se faisant sauter soi-même... Peut-être pour que l'infidèle n'aille pas, dans l'au-delà, batifoler avec le premier chérubin venu ! Une petite question, si vous le permettez, avant que je n'aille me mêler de ce qui ne me regarde pas. Êtes-vous sûr d'aimer toujours votre femme ?

— Oui. Sans hésitation !

— Et cette si séduisante Pauline ?

— ... Un très joli souvenir qui en restera un... mais je vous ferai remarquer que cela fait deux questions !

— Et moi j'aurais préféré qu'il n'y ait pas eu dans votre voix ce léger chevrotement ! Quoi qu'il en soit, allons faire de notre mieux pour recoller les pots cassés !...

Dans le hall ils trouvèrent Grüber qui les débarrassa de leurs manteaux en essayant de contenir sa curiosité et, sur le grand palier, Mme von Adlerstein qui ne dit rien mais dont l'être tout entier brûlait d'impatience.

Zehnder monta vers elle quatre à quatre les marches en demandant si Lisa pouvait le recevoir en dépit de l'heure tardive.

— Quelle question ! Venez vite !

Ils disparurent tandis qu'Aldo et Adalbert s'asseyaient prosaïquement sur les marches de l'escalier pour attendre avec le soutien du café dont Grüber les munit presque instantanément.

Brève attente d'ailleurs ! Douze minutes plus tard, le chirurgien et la vieille dame les rejoignaient, mais les réponses aux questions qu'ils se posaient s'inscrivaient clairement sur le visage décrispé de cette dernière et le sourire de son compagnon.

— Elle vous a écouté ? demanda Aldo.
— Mais oui ! Et à présent elle va enfin se reposer au lieu de vivre constamment sur ses nerfs, partagée entre la colère et le désespoir.
— Pourrais-je la voir ?
Ce fut grand-mère qui répondit :
— Non, Aldo... il est trop tôt ! Il faut comprendre. Elle a désormais l'espérance de revoir son père... et le professeur ne lui a rien caché des doutes sérieux qui pèsent sur son cousin. Alors elle m'a priée de la ramener à Rudolfskrone... elle veut la paix... et jusqu'à preuve du contraire, la paix ne passe pas vraiment par vous !
— Non, vous avez raison ! Je dois me consacrer à retrouver Moritz... et sa collection. Et nulle part Lisa ne sera mieux que dans vos montagnes !... Mais faites en sorte que Grindel ne puisse plus l'approcher ! Je sais qu'il est dans le collimateur de la police mais je le crois très capable d'y échapper...
Tout en parlant, il remontait l'escalier...
— Eh bien, où vas-tu comme ça ? s'enquit Adalbert. Tu pourrais au moins dire « bonsoir » ?
— Je ne vais pas me coucher ! Je vais seulement reprendre ma trousse de toilette et les quelques affaires que j'ai apportées. Je rentre avec toi à l'hôtel. Si je connais bien Lisa, elle n'aura de cesse, dès qu'elle sera réveillée, de repartir avec sa grand-mère et de rejoindre les enfants. Je ne veux pas lui faire prendre le risque de me rencontrer au détour d'un couloir !

8

Le nez de Plan-Crépin

— Il faut battre le fer pendant qu'il est chaud! déclara Marie-Angéline en déposant sur le lit de Mme de Sommières le plateau de laque où elle avait mis le paquet de lettres privées dont elle avait préalablement fendu les enveloppes et qui s'étaient entassées pendant leur absence ; elle-même se chargeant du reste du courrier.

— Comment l'entendez-vous, Plan-Crépin ? C'est votre messe matinale qui vous a inspiré cette pensée profonde ?

— Elle n'a contribué qu'à la renforcer, mais j'y ai songé tout le long de notre voyage de retour.

— Et alors?

— Il faut profiter de l'absence de Gaspard Grindel pour visiter son appartement parisien. Le risque est inexistant puisque la police de Zurich l'a prié bien poliment de rester à sa disposition !

— Sans doute, mais qu'il n'y soit pas ne signifie pas qu'il n'y ait personne ! Un directeur de banque suisse doit avoir du personnel pour le servir. Surtout dans ce quartier où le moindre gratte-papier est nanti d'un valet ou au moins d'une bonne s'il ne veut pas être perdu de réputation !

— C'est ce que je saurai demain !

— Vous comptez sur le Saint-Esprit ?... Allons, ne faites pas cette tête-là ! Je plaisante ! Votre fameux service de renseignements a fonctionné, je suppose ?

— Oui. Eugénie Guenon, la cuisinière de la princesse Damiani...

— ... qui nous a été si utile au moment de la mort de ce pauvre Vauxbrun ! Et elle habite avenue de Messine comme l'oiseau en question... seulement c'est au 9 si j'ai bonne mémoire et même si c'est en face – ce qui n'est pas certain –, l'avenue est plutôt large.

— La princesse a déménagé : elle est à présent au 12 où elle dispose de beaucoup plus d'espace.

Mme de Sommières se mit à rire :

— Avouez que c'est une personne bien accommodante !... ou alors vous avez de la chance !... Et, en admettant que vous réussissiez à vous introduire dans la place, qu'espérez-vous trouver ?

— En toute franchise, je ne sais pas... mais mon nez me dit qu'il pourrait y avoir anguille sous roche !

— Votre... nez ? émit la marquise, tellement suffoquée qu'elle ne trouva rien d'autre à ajouter.

Depuis qu'elle connaissait Marie-Angéline – et cela faisait un bail –, cet appendice, plus long que la normale et pointu, était aussi tabou que celui de Cyrano de Bergerac. Y faire référence équivalait à se condamner à plusieurs heures de bouderie, voire la journée entière. Et voilà que sa propriétaire elle-même en faisait état dans la conversation courante ?... Avec, en plus, une note de satisfaction tout à fait inattendue ?... À moins que...

L'esprit de Mme de Sommières s'évada, retournant à ce dernier déjeuner à l'hôtel Baur-au-Lac où Aldo leur avait présenté le professeur Oscar Zehnder qui venait de s'acquérir une place de choix dans la famille en faisant table rase des affirmations de Grindel – et de Lisa ! – concernant le corps de Moritz Kledermann. Il avait été tellement agréable ce repas pris dans la magnifique rotonde donnant sur les jardins ! Le personnage d'ailleurs était charmant. Sa voix douce sachant manier l'ironie sans cruauté, son sourire, ses manières parfaites, sa culture et son manque total de fatuité – alors qu'il pouvait espérer sans la moindre forfanterie recevoir un jour le prix Nobel ! – donnaient envie d'en faire un ami.

— J'aurais parié qu'il vous plairait ! lui avait chuchoté Aldo à l'oreille. Mais j'ai l'impression qu'il plaît encore plus à notre Plan-Crépin...

Ça, c'était sûr... mais le plus surprenant était que la réciproque se produisait ! Pendant toute la durée du repas, Aldo, Adalbert et elle-même avaient assisté médusés à une joute oratoire sur le mode aimable faisant assaut de culture aussi variée qu'étendue touchant l'histoire, la peinture impressionniste, la musique, les arts orientaux, les voyages, la cuisine, les vins, les jardins, l'opéra et une foule de sujets qui, en dépit de leur variété, semblaient ignorer tout de l'Égypte ancienne et des joyaux célèbres. En revanche, ils se découvraient, avec un visible plaisir, de nombreux goûts communs. Tant et si bien qu'en sortant de table, Aldo en offrant son bras à Tante Amélie avait murmuré :

— Vous croyez que ça va finir par un mariage ?

— Si je n'écoute que mon égoïsme, je t'avouerai que cela m'ennuierait beaucoup de perdre ma Plan-Crépin, mais en ce qui la concerne, elle pourrait tomber plus mal…

Adalbert non plus n'en revenait pas. D'autant qu'en raccompagnant leur invité à sa voiture, il avait nettement entendu Oscar confier à Aldo :

— … Vous savez qu'en remodelant légèrement son nez, elle serait charmante ? Elle a des yeux d'or, un joli teint, de belles dents, un sourire spirituel et des mains magnifiques ! Oui… en vérité, il faudrait une petite retouche quoique, avait-il ajouté d'une voix rêveuse, je me demande si elle ne perdrait pas une partie de sa personnalité ? Qui est exceptionnelle !

Or, quand Adalbert avait rapporté le propos à la marquise, l'intéressée n'était pas loin et, connaissant la portée exceptionnelle de ses oreilles, elle n'avait pas douté un instant qu'elle eût entendu. Sinon, pourquoi aurait-elle soudain souri au miroir du trumeau devant lequel elle arrangeait un vase de pivoines ?

Revenant à la conversation au point où elle en était quand Plan-Crépin avait fait cette glorieuse référence à son appendice nasal, Mme de Sommières demanda :

— Comment escomptez-vous réussir à vous introduire chez le sieur Grindel ?

— C'est ce que je ne sais pas encore, mais espère apprendre demain ou après-demain. J'ai pleinement conscience qu'il ne faut pas trop traîner au cas où le policier de Zurich déciderait de relâcher sa surveillance apparente pour voir où Grindel se rendrait.

— Ne vous serait-il pas plus judicieux d'attendre le retour d'Adalbert ? J'avoue que je serais plus tranquille si vous pouviez courir l'aventure en sa compagnie. Malheureusement il a suivi Aldo à Venise et on ignore quand il rentrera.

— Nous savons bien qu'il a juré de ne pas quitter notre Morosini d'une semelle jusqu'à ce qu'il soit sorti de cette affaire vaseuse... Je ferais mieux de dire que « nous » soyons sortis... soupira-t-elle.

Et impromptu, elle ajouta :

— Et surtout, ne téléphonons pas « discrètement » à ce cher Langlois pour le prier de m'adjoindre un de ses « petits jeunes » pour veiller à ma sécurité ! Il commencerait par m'interdire d'y aller et serait capable de m'attribuer un chien de garde pour être certain que je me tiendrais tranquille !

Cette fois Mme de Sommières se fâcha :

— Vous êtes sûre d'être dans votre état normal, Plan-Crépin ? Non seulement vous me prenez pour une idiote – et vous ne me l'envoyez pas dire !... – mais par-dessus le marché c'est vous qui donnez les ordres à présent ? Ce n'est pas parce que vous avez séduit un futur prix Nobel qu'il faut vous croire investie de la sagesse suprême !

Et, se levant avec agitation, la marquise alla s'enfermer dans la salle de bains en brandissant sa canne. Peut-être pour éviter la tentation de la casser sur le dos de l'audacieuse descendante des Croisés...

Si Marie-Angéline fut surprise de la manifestation d'humeur de sa cousine et patronne, celle-ci le fut plus encore quand, après avoir claqué la porte, elle se retrouva assise sur le bord de la baignoire. Était-ce assez ridicule !... Qu'est-ce qui avait bien pu lui prendre de faire cette sortie dans le style théâtre de boulevard ? Sans doute Plan-Crépin avait-elle quelque peu inversé les rôles en lui donnant un ordre... ou quelque chose d'approchant, mais il n'y avait quand même pas de quoi en faire une montagne ! Alors ?

Peut-être parce que depuis un an son univers s'était mis à tourner à l'envers avec l'entrée en scène de ce gentil milliardaire texan à la poursuite de la magnifique mais désastreuse Chimère des Borgia pour les beaux yeux d'une cantatrice aussi vénéneuse que douée. Puis il y avait eu l'arrivée des Belmont et surtout celle de Pauline plus amoureuse d'Aldo que jamais et qui avait éveillé chez lui un intempestif retour de flamme, leur nuit dans l'Orient-Express puis leur enlèvement, elle d'abord, lui ensuite... et puisqu'on en était aux jeux redoutables de l'amour, le coup de folie d'Adalbert pour ladite cantatrice qui l'avait mené au bord du suicide, et pour couronner le tout le drame de la Croix-Haute d'où Aldo n'était sorti que pour voir sa femme se jeter dans les bras de son cousin Grindel et de s'abattre une balle dans la tête...

Cela ne s'était pas arrangé, bien au contraire ! Lisa était parvenue au bord de la démence par les manigances d'une clinique douteuse et vouait à son mari une rancune maniaque entretenue par ledit cousin en qui elle s'obstinait à voir une sorte d'archange. Enfin la disparition de son père, le banquier Kledermann, que l'on venait d'enterrer en grande pompe... pour découvrir presque aussitôt que ce n'était sûrement pas lui mais qu'en revanche ce n'était pas une imitation de sa fabuleuse collection de joyaux chargés d'histoire qui s'était volatilisée ! Pour finir – cerise sur le gâteau ! – sa Plan-Crépin, qui barbotait au milieu de cette pagaille comme un canard dans sa mare, oubliait joyeusement qu'elle se croyait amoureuse d'Adalbert pour coqueter avec un as helvétique de la chirurgie réparatrice qui avait l'air de la trouver à son goût ! Et voilà qu'elle songeait plus ou moins à cambrioler l'appartement du cousin !

— J'ai grandement peur d'être trop vieille pour une vie aussi chaotique ! soupira-t-elle en se levant pour aller se regarder dans la glace au-dessus du lavabo. Il serait peut-être temps de songer à revenir aux bonnes habitudes d'antan ! À condition, évidemment, que choses et gens reprennent leur cours normal !...

Or, non seulement elle ne trouva ni une ride ni un cheveu blanc de plus, mais son œil que n'avait pas encore déserté un éclair de colère lui parut plus vert que de coutume et il lui sembla voir son image se dédoubler et prendre la parole :

— Les bonnes habitudes d'antan ? Les cures à Vichy pour faire semblant qu'on a mal au foie quand tu en as un en ciment armé ? Les séjours dans tel ou tel palace d'un pays chaud afin de chouchouter des os qui, évidemment, ne sont plus de première jeunesse mais se comportent encore vaillamment en se permettant une douleur par-ci par-là ? Les villégiatures dans les châteaux familiaux chez Prisca ou ailleurs ? Sans doute... mais à condition d'y transporter le cirque Morosini-Vidal-

Pellicorne en état de marche et au complet ! Tu en veux encore !

— Non ! Mais il y a trop de dégâts maintenant !

— Sauf la mort, il n'en est pas d'irréparables ! Alors laisse donc Plan-Crépin enfourcher son destrier ! Jusqu'à présent elle fait plutôt du bon boulot !

Ayant ainsi clos le débat, elle ouvrit les robinets pour faire couler son bain et rentra dans sa chambre, pensant que Plan-Crépin, offensée, s'était retirée sous sa tente comme Achille pour y digérer son algarade. À sa surprise, elle la trouva assise sur le lit et pleurant silencieusement...

C'était un spectacle positivement inattendu parce que rarissime ! Mme de Sommières se sentit touchée, vint s'asseoir à côté d'elle et passa un bras autour de ses épaules :

— Allons, Plan-Crépin ! Vous n'allez pas larmoyer parce que je vous ai un peu rudoyée ? Cela tient au mauvais sang que je me fais pour ce que Lisa appelle... ou appelait le « gang Morosini ». Je n'ai pas envie de vous voir vous lancer en aveugle dans une aventure... risquée ! Je sais ! Vous allez me dire « qui ne risque rien n'a rien »... Mais il se peut que le temps nous soit en effet compté ! Alors, allez donc mener votre croisade avec la cuisinière de la princesse Damiani ! C'est pour demain pensez-vous ?

Marie-Angéline se moucha, renifla et émit :

— Ce serait le mieux, non ? Il faut...

— Vous l'avez déjà dit ! Je vous préviens seulement que si, à sept heures du soir, vous n'êtes pas rentrée, j'appellerai Langlois ! Et maintenant filez et envoyez-moi Louise ! conclut-elle en lui appliquant un coup sec sur la tête...

Quand, le lendemain matin, elle la rejoignit à la messe de six heures, Marie-Angéline admira en connaisseur le plan ourdi par Eugénie Guenon parce qu'il était des plus enfantins et servi par une favorable circonstance : la princesse Damiani partait passer quelques jours dans le château d'une amie. Elle n'avait besoin que de sa femme de chambre et de son chauffeur, ce qui laissait du temps libre à Eugénie. Laquelle comptait en profiter pour descendre bavarder avec la concierge du 10, Élodie Branchu, respectable épouse d'un agent de police dont le péché mignon était la pâtisserie en général et, en particulier, certain gâteau à la frangipane et au chocolat que sa voisine réussissait à miracle.

— Je vais lui en préparer un ce matin et j'irai le lui porter sur le coup de quatre heures pour le déguster en sa compagnie et la tasse de thé qu'elle ne manquera pas de m'offrir. Au fond, de quoi avez-vous besoin ?

— De pouvoir entrer et sortir de l'immeuble sans me faire remarquer. Or...

— ... on ne peut ouvrir le portail en fer forgé que de l'intérieur et chez la concierge, et une concierge qui monte bonne garde pour être digne de son époux ! Un vrai Cerbère ! Mais rassurez-vous, ma chère demoiselle : une fois entrée je repousserai la porte sans aller jusqu'au déclic et chez Mme Branchu je m'installerai de façon à boucher autant que possible la vue de la loge. Ça vous laissera entre une heure et une heure et demie. Ça vous suffira ?

— Je pense, oui… mais si quelqu'un de l'immeuble entre ou sort pendant ce temps ?

— Ça m'étonnerait : la dame indienne qui occupe deux étages avec sa smala de domestiques est en Angleterre. Quant au vieux général du quatrième il ne sort jamais de chez lui. Il n'y a que ses bouquins et ses soldats de plomb qui l'intéressent. Seulement vous n'allez pas pouvoir vous servir de l'ascenseur qui fait un bruit de tous les diables ! En outre, le grand escalier est très visible de la loge !

— De toute façon je prendrai celui de service. Je ne vous remercierai jamais assez madame Guenon…

— Pensez donc ! C'est tout naturel ! Vous savez, on n'aime pas beaucoup ce Grindel dans notre quartier sauf sa concierge, Dieu sait pourquoi ! qui lui trouve toutes les qualités.

— À ce point-là ?

— Vous n'avez pas idée ! Mais j'y pense : comment allez-vous faire pour entrer chez lui ?… Oh, je vous demande pardon, je ne voudrais pas être indiscrète !

— Pas du tout, voyons, et c'est la raison pour laquelle je vais prendre l'autre escalier.

— Le monte-charge peut-être ?

— Même pas ! J'ai de bonnes jambes et grimper cinq étages ne me fait pas peur… Et puis les portes des cuisines sont toujours plus faciles à ouvrir que les autres !

C'était on ne peut plus juste mais, surtout, Adalbert lui avait donné au retour d'Égypte deux ou trois leçons de serrurerie et lui avait même fait cadeau d'un fort utile passe-partout ! Mais cela il n'était pas indispensable de le confier à cette bonne Eugénie ! Qu'elle remercierait par ailleurs avec un petit présent et le récit de son aventure. Assaisonné à sa façon, bien entendu.

Dans l'après-midi de ce même jour, Marie-Angéline, assise sur un banc du côté impair de l'avenue de Messine et à l'ombre d'un marronnier, surveillait, mais sans en avoir l'air, le trottoir d'en face en faisant semblant de lire un livre dont, si on lui avait demandé ce qu'il contenait, elle eût été incapable de le dire tant le cœur lui battait fort dans la poitrine.

Elle était à ce poste depuis un quart d'heure quand elle vit Eugénie Guenon sortir du numéro 12 habillée comme pour l'église, un chapeau noir orné de myosotis et de roses pompon en équilibre sur son chignon et portant, tel le Saint-Sacrement, un plat sur lequel une serviette recouvrait le fameux gâteau qui, d'après son importance, devrait être suffisant pour six ou sept gourmands ! Apparemment le mari agent de police en aurait sa part ce soir...

Quand elle eut vu le tout disparaître derrière l'élégant portail, elle traversa la rue au passage clouté et rejoignit sans se presser le numéro 10, poussa la porte, se glissa dans l'ouverture, repoussa le battant, jeta un coup d'œil à la porte vitrée de la loge derrière laquelle le large dos d'Eugénie se silhouettait cependant que deux voix volubiles s'élevaient en duo. Puis se courbant pour franchir l'endroit délicat elle fila vers le fond de la voûte ouverte sur la cour intérieure. Au bas de l'escalier de service elle s'accorda de souffler un instant pour laisser à ses nerfs le temps de se calmer puis, d'un pas rapide, elle grimpa ses cinq étages...

Arrivée à destination, elle examina la porte et sourit. Comme toutes ses semblables c'était une porte solide, faite de bon bois, munie d'une serrure de bonne qualité : une grande pour la clef et une plus petite pour le verrou. Ce fut cette dernière qui posa un problème à l'apprentie cambrioleuse. Son passe-partout fonctionnait à merveille pour la première mais elle hésita à l'introduire dans la seconde de crainte de ne plus pouvoir le retirer. L'énervement la gagna : c'était trop bête aussi ! Échouer au but parce qu'un propriétaire plus méfiant que la normale avait jugé utile de défendre sa cuisine presque autant que son salon !

Elle examina l'idée d'aller prendre l'escalier principal pour tenter sa chance de l'autre côté quand lui revint en mémoire l'un des précieux enseignements d'Adalbert. Elle se releva – pour réfléchir elle s'était assise sur une marche ! –, alla passer sa main sur le dessus du chambranle de la porte... et retint une exclamation de joie : il s'y trouvait la clef adéquate grâce à quoi elle reprit confiance dans son entreprise. La minute suivante, elle pénétrait dans une vaste cuisine bien aménagée avec à gauche une resserre pour les provisions et à droite un office où l'on rangeait les nappes, l'argenterie, la verrerie et divers accessoires. Cet office donnait directement sur la salle à manger.

Elle allait s'y engager quand elle entendit le téléphone sonner dans deux endroits différents : la galerie d'entrée sans doute mais aussi dans les profondeurs de l'appartement. Une fois... deux fois... trois fois ! Elle luttait encore contre l'envie de répondre – au cas où ce serait quelque chose d'intéressant ? – quand elle perçut une voix masculine :

— Allô ?... Oui, oui, c'est moi !

Doux Jésus ! Gaspard Grindel ! Mais qu'est-ce qu'il fabriquait là ?... Elle remit à plus tard de s'interroger sur la question pour foncer sans bruit s'emparer de l'écouteur de l'entrée... et fit la grimace, l'oreille offensée par la voix furieuse et incontestablement italienne qui déversait dans l'appareil un chapelet d'injures que l'on n'endura pas longtemps :

— Ça suffit ! hurla celle de Grindel qui redescendit aussitôt de plusieurs décibels. Si c'est pour m'insulter que vous me dérangez, vous pouviez attendre ! Vous n'êtes pas un peu malade de m'appeler ici ?

— On appelle où on peut et je vous cherche partout ! Or, apparemment, vous n'êtes nulle part, et...

— Vous voyez que si puisque vous m'avez trouvé ! Que voulez-vous ?

— Vous devez vous en douter : je veux ma part du magot ! La moitié de la collection si vous préférez ! Si vous l'avez, c'est quand même grâce à moi qui ai fait le sale boulot !

— Parlons-en de votre « sale » boulot ! Qui est ce type que vous avez massacré à la place de mon oncle en prenant soin de préciser que je pourrais le reconnaître à la fraise qu'il avait sur une omoplate ?

Au bout du fil l'Italien se mit à rire :

— Il fallait que je vous donne un moyen de l'identifier ! La ressemblance de ce type avec

Kledermann était... disons approximative. Il a donc été nécessaire de l'abîmer, ce qui laissait supposer la torture...

— Alors qui est ce type?

— Qu'est-ce que ça peut vous faire? Les funérailles ont eu lieu, le testament a été lu, on a pu constater que la collection de joyaux avait disparu... cette collection fabuleuse dont je vous ai envoyé la clef et dont vous avez obtenu les codes par le bon vouloir de votre belle cousine? Alors maintenant j'en exige ma part! Sinon...

— Sinon quoi? Me dénoncer serait vous passer la corde au cou à vous-même!

Au bout du fil l'autre se remit à rire:

— Vous me prenez vraiment pour un imbécile! Il me suffira de remettre le vrai Kledermann dans la circulation!

— C'est vous qui le détenez?

— Naturellement! Et il est fort convenablement traité! Ce qui ne durerait pas longtemps sans doute si vous ne me donniez pas ce qui me revient! Voyez-vous, mon cher, je n'ai jamais eu confiance en vous et mon petit doigt me disait que vous étiez très capable de vouloir garder le pactole pour vous! L'héritage, au fond, je m'en fichais! Mais la collection m'intéresse passionnément! Vous n'ignorez pas combien nous aimons les joyaux célèbres dans la famille? Alors vous savez ce qu'il vous reste à faire! J'ajoute que je me montre bon prince et vous pouvez vous estimer heureux que je ne réclame pas la totalité!

— Et quoi encore? ricana Grindel. J'ai l'intention de disparaître, mon vieux, et vous aurez quelque peine à me retrouver!

— Croyez-vous ? Je suis tombé sur vous aujourd'hui, non ? Mais ne vous tourmentez pas trop ! Je ne veux pas la mort du pêcheur et je vais vous accorder un délai… honnête pour vous retourner ! Disons… quinze jours ? Vous recevrez en temps voulu les indications pour l'heure de la remise !

— Qui vous dit que je n'y enverrai pas la police ?

— Vous me prenez pour un enfant de chœur ? Non seulement votre oncle ressusciterait, mais je ne pense pas que vous jouiriez éternellement des joies de l'existence ! Alors, soyez raisonnable ! Et d'ailleurs, si vous vous décidez à remplir votre part du marché, nous pourrions peut-être travailler de nouveau ensemble ?

— Vous n'êtes pas un peu fou ?

— Je suis très sensé au contraire !… Je viserais volontiers la collection de votre cher cousin Morosini ! Cela aurait l'avantage immense de faire une veuve de votre belle cousine. Réfléchissez-y !

Un déclic marqua la fin de la communication qui avait mis la sueur au front de l'espionne. Et qui reposa délicatement l'appareil sur son socle tandis qu'à quelques mètres d'elle Gaspard Grindel donnait libre cours à sa colère en fracassant un objet qui devait être en faïence ou en porcelaine.

Elle hésita un instant sur ce qu'elle allait faire : le cœur lui battait si rudement qu'il lui semblait remonté dans ses oreilles… De toute façon, il ne fallait pas s'attarder. Rapidement elle reflua vers l'office puis la cuisine où elle eut juste le temps de se jeter sous la table de chêne massif que recouvrait jusqu'aux pieds une toile cirée : Grindel arrivait vers elle. Elle pensa qu'il voulait peut-être sortir par l'escalier de service et retint sa respiration. Mais non ! Il s'arrêta près de son refuge. Elle eut soudain des jambes vêtues d'un pantalon gris à moins de cinquante centimètres d'elle et, simultanément, il laissa tomber sur le sol deux sacs de voyage en toile renforcée de cuir... Il n'avait tout de même pas l'intention de rester là ?

Mais elle eut à peine le temps de se poser la question : les jambes bougeaient, faisaient le tour de la table, s'immobilisaient près d'une armoire dont la porte grinça. Il y eut un bruit de verres, de bouteilles et Marie-Angéline comprit qu'il se cherchait un « remontant ». Elle craignit un instant qu'il ne veuille s'asseoir, auquel cas ses pieds entreraient en contact avec elle qui n'osait bouger pour s'écarter... Par bonheur, il resta debout. Peut-être était-il pressé, sinon pourquoi apporter les bagages dans la cuisine ?

Et, en effet, elle entendit un liquide couler dans un verre, avalé d'un trait et suivi aussitôt d'une seconde rasade après quoi Grindel exhala un soupir de satisfaction, marmotta quelque chose d'incompréhensible puis, beaucoup plus nettement :

— Allez ! Encore un petit coup pour la route !

Et un troisième verre fut avalé à la même allure. Ensuite les sacs opérèrent un mouvement ascendant, les chaussures de daim gris s'agitèrent allant vers la porte où elles stoppèrent net.

— Tiens ?

Il devait s'étonner de la trouver simplement repoussée mais après un instant de réflexion, cela dut lui paraître de peu d'importance et il referma tout derrière lui. Puis il y eut le bruit décroissant de ses pas descendant l'escalier. Il était parti...

Non sans difficulté, Plan-Crépin réussit à s'extraire de sous la table tant elle tremblait, avisa une chaise et se laissa choir dessus. Jamais elle n'avait eu aussi peur de toute son existence ! S'il l'avait débusquée ce... malabar habitué aux courses en montagne et taillé comme une armoire eût été capable de l'étrangler d'une seule main ! Pour mieux se convaincre qu'il n'en était rien, elle en passa une sur sa nuque en tournant la tête, ce qui lui permit d'arrêter son regard sur la bouteille restée sur la table à côté du verre et même pas rebouchée. Elle l'empoigna, constata que c'était du rhum – sans doute destiné à la cuisine – et, sans se fatiguer à dénicher un autre verre, s'en adjugea une lampée... au goulot.

Ce fut quand l'alcool lui brûla la bouche et l'œsophage qu'elle s'aperçut qu'elle était gelée alors qu'à l'extérieur il faisait si doux ! Mais l'alcool la remit d'aplomb. Elle s'ébroua comme un chien qui sort de l'eau et, certaine que Grindel ne reviendrait pas, entreprit de visiter.

Retrouvant le téléphone d'entrée elle examina l'idée d'appeler Langlois mais préféra s'abstenir afin de ne pas mettre dans l'embarras la précieuse Eugénie Guenon et la concierge.

Elle alla d'abord à une fenêtre en espérant apercevoir Grindel. Et en effet elle le vit traverser l'avenue, rejoindre une petite voiture grise, balancer les sacs dans le coffre qu'il referma à clef puis s'installer au volant et disparaître...

Ensuite seulement, elle fit le tour de l'appartement cossu sans doute mais dont elle s'aperçut vite qu'il ne devait pas être autre chose qu'un meublé et même d'une affreuse banalité ! Le faux Louis XVI des deux salons – de belles pièces cependant et surchargées dans le style haussmannien – avec ses sièges et ses rideaux de reps grenat évoquait davantage la salle d'attente d'un dentiste peu soucieux du moral de ses patients que la « réception » d'un banquier helvétique ; la salle à manger où triomphait le Henri II ne donnait guère envie de s'y attabler pour de joyeuses agapes telles que les célibataires fortunés se plaisaient à en donner ; le mobilier de la chambre à coucher – palissandre presque noir et reps bleu roi – devait émaner en droite ligne des Galeries Barbès, comme le bureau, nanti Dieu sait pourquoi d'un « cosy-corner » – cette fois le reps tournait au vert ! –, d'un coffre-fort banal et d'un bureau qui ressemblait à une caisse munie de tiroirs, d'un fauteuil et de deux chaises de même mouture plus des rayonnages ne supportant que fort peu de livres mais un tas de paperasses ; enfin une salle de bains qui devait dater de la construction de l'immeuble et une moquette d'un beige fade sévissait sur toute la surface de l'appartement cependant que des copies de tableaux de siècles divers s'efforçaient de décorer les murs... On n'avait même pas l'impression que ce logement soit habité... ou alors par un avare comme on ne devait pas en rencontrer beaucoup !

La visiteuse se demanda s'il était arrivé à Lisa de visiter ce séjour enchanteur et opta pour la négative : une femme de goût comme elle aurait poussé les hauts cris avant de s'enfuir en courant. À moins qu'elle n'ait été dans l'état bizarre où on l'avait réduite. Et encore !

Elle aurait volontiers fouillé le bureau mais il était probable que seul le contenu du coffre pouvait être révélateur, et en dehors du fait qu'elle était dans l'impossibilité de l'ouvrir mieux valait laisser à la police le soin de l'inventorier.

Enfin, pensant que le temps courait peut-être plus vite qu'elle ne le croyait, elle regarda sa montre. Il lui restait une dizaine de minutes et ces dames devaient finir leur gâteau. Elle descendit donc, franchit l'angle de la cour et ce n'est qu'en arrivant en vue du portail qu'elle se demanda si Grindel avait refermé ou si, trop content d'avoir trouvé la porte entrouverte, il avait pris soin de la laisser dans le même état. Mais elle ne s'attarda pas à cogiter et décida de courir sa chance. Un rapide signe de croix et elle s'élança sur la pointe des pieds, aperçut le large dos d'Eugénie toujours déployé, toucha la porte et constata avec soulagement qu'elle bougeait. En trois secondes elle fut dehors et se mit à courir comme si une meute la poursuivait. Cet exercice attira l'attention d'un taxi en maraude qui se maintint à sa hauteur :

— Taxi, ma p'tite dame ? Vous avez l'air bien pressée, interpella-t-il.

Elle s'arrêta net, le regarda et comme, sans quitter son siège, il lui ouvrait la portière, elle se décida :

— Bonne idée ! apprécia-t-elle. Conduisez-moi Quai des Orfèvres !

— Chez les flics ? fit-il un brin surpris.

— C'est ça : chez les flics ! Et dare-dare !

Il démarra sans discuter.

— C'est tout d'même pas là qu'vous habitez ? rigola-t-il.

— Non, mais c'est là que je vais ! Et dépêchez-vous !

Pour lui faire clairement comprendre qu'elle n'en dirait pas davantage, elle se cala au fond de la banquette, passa une main dans la dragonne et tourna la tête de l'autre côté. Déçu mais désireux de lui montrer ses talents, il démarra sur les chapeaux de roue. Par chance, c'était un véritable virtuose du volant et un quart d'heure plus tard il stoppait devant l'entrée de la police judiciaire. Marie-Angéline voulut le régler mais il objecta :

— Vous préférez pas qu'je vous attende ? À moins qu'on vous y garde et que vous n'avez pas la tête à ça ! C'est pas facile de trouver un confrère par ici et c'est l'heure de pointe !

Elle n'eut pas le loisir de répondre : l'un des factionnaires se penchait à la portière en touchant son képi.

— On ne stationne pas ! Vous désirez quelque chose, madame ?

— Voir le commissaire principal Langlois. S'il est présent évidemment !

— Je ne l'ai pas vu partir !

— En ce cas, attendez-moi, chauffeur !

— Je serai en face ! fit-il ravi.

L'instant suivant, la fière descendante des Croisés franchissait, non sans une certaine appréhension qu'elle s'efforçait de cacher, ce seuil que tant de célébrités du crime avaient franchi avant elle, grimpait au premier étage où un planton, assis derrière une petite table pourvue d'un téléphone, lui demanda ce qu'elle voulait.

Elle répéta sa demande qu'elle compléta en présentant sa carte de visite dont elle espérait beaucoup. Et le résultat dépassa ses espérances : à peine avait-elle vu son messager disparaître dans ce qui devait être le bureau du grand chef qu'elle en vit surgir celui-ci en personne :

— Si je m'attendais !... Mais entrez, entrez ! Et asseyez-vous !

Il semblait bien agité – et même plutôt amusé ! –, cet homme toujours tellement maître de lui ! Pratiquement propulsée dans un fauteuil, Plan-Crépin remit à une date ultérieure l'examen de cette grande pièce qu'Aldo et Adalbert connaissaient de longue date. On ne lui en laissa pas le temps.

— Mademoiselle du Plan-Crépin chez moi ? C'est un jour à marquer d'une pierre blanche ! fit-il en souriant. Mais je suppose que vous n'êtes pas venue uniquement pour me dire bonjour ! J'en serais ravi car nous avons rarement l'occasion de bavarder tous les deux... et vous savez que je regrette souvent de ne pas pouvoir vous engager ?

Dieu qu'il était charmant quand il le voulait ! Plan-Crépin ne douta pas un instant qu'il soit sincère mais s'inquiéta tout de même de sa réaction à l'écoute de sa confession. Et comme il supposait qu'elle apportait des nouvelles du tandem Aldo-Adalbert, elle prit une profonde respiration et répondit :

— Non. J'ai à vous donner des nouvelles d'un assassin !

Il tressaillit. Son sourire s'effaça, ses sourcils se froncèrent et son visage se ferma tandis qu'il retournait s'asseoir derrière son bureau.

— Lequel ?
— Gaspard Grindel ! Je l'ai vu il n'y a pas une heure !

— Et où, s'il vous plaît?

— Dans son appartement de l'avenue de Messine où il avait dû venir chercher quelque chose. Quand il est parti il emportait deux sacs de voyage.

— Comment le savez-vous? Vous l'avez vu? Il vous a parlé?

— Parlé non, vu oui... enfin pas entièrement. Je n'ai contemplé que ses pieds et ses jambes tandis qu'il s'adjugeait un ou deux verres de rhum dans sa cuisine !

— Et que faisiez-vous dans sa cuisine?

— Moi? Rien ! J'étais sous la table !

Voyant le front du policier se charger de nuages orageux et peu désireuse de pousser trop loin la plaisanterie, elle se hâta d'ajouter :

— Persuadée qu'il y avait quelque chose à trouver dans cet appartement, j'ai réussi à m'y introduire...

— Et de quelle façon, je vous prie?

— Par la porte donnant sur l'escalier de service. J'ai observé qu'elles étaient nettement plus accessibles que les autres. Avec une épingle à cheveux on réalise de grands prodiges...

— Ah oui? Tiens donc !

Le terrain devenait glissant et Plan-Crépin n'aimait pas l'air gourmand qu'il affichait. Elle choisit l'attaque :

— Écoutez, monsieur le commissaire, ce que j'ai à vous rapporter est plutôt difficile parce que je dois me rappeler chaque parole du dialogue dont j'ai été le témoin. Alors si vous m'interrompez tout le temps je n'y arriverai pas !

— Pardon !... Une seule question : entre qui et qui ce dialogue?

— Entre Grindel et l'individu qui se prétend la réincarnation de César Borgia.

— Dans ce cas, allez-y !

Posément, en se donnant le temps de choisir ses mots – au moins au début ! –, Plan-Crépin raconta son aventure. Comment croyant explorer un appartement vide elle avait eu la surprise d'y découvrir le cousin et comment, en se servant du téléphone de la galerie d'entrée, elle avait pu surprendre l'accrochage verbal entre les deux hommes que sa fantastique mémoire lui permit de restituer intégralement et quasi mot à mot et comment, ensuite, elle s'était retrouvée sous la table de la cuisine.

Fidèle à sa promesse, Langlois l'écouta sans broncher mais avec un intérêt croissant :

— Incroyable ! exhala-t-il.

Puis il se leva.

— Pourriez-vous répéter encore une fois cette conversation ? Mais moins vite, soyez gentille !

— Ça, c'est plus difficile ! Si je dois me souvenir de tout je dois aller vite !

Il sortit de son bureau et revint trois minutes plus tard accompagné d'un jeune homme d'environ vingt-cinq ans qu'il présenta :

— Voici Henri Vannier ! Comme vous pouvez le voir à la petite machine qu'il apporte, il est sténotypiste ! Aussi rapide que ceux de l'Assemblée nationale et il nous rend d'énormes services, puisque grâce à lui nous pouvons étudier tout à loisir les échanges verbaux les plus vifs. Installez-vous, Henri. Et quand vous serez prêt...

Le jeune homme posa son engin sur une table d'appoint, fit un sourire à Marie-Angéline qui le lui rendit et attendit la suite. Ce qui ne tarda pas... Plan-Crépin répéta à la même allure que précédemment le dialogue téléphonique et sans en varier d'un iota sous l'œil mi-amusé mi-admiratif de Langlois :

— J'ai de plus en plus envie de vous enlever à Mme de Sommières ! la félicita-t-il quand Vannier fut reparti ! Vous êtes une aide précieuse et le tandem Morosini-Vidal-Pellicorne a de la veine de vous avoir...

— Puis-je poser une question ?

— Je crois que vous l'avez mérité.

— Comment se fait-il que Grindel soit à Paris ? Je croyais qu'il était assigné à résidence à Zurich sous la surveillance de la police !

L'instant de grâce était fini. Le visage de Langlois retrouva ses ombres :

— Je le croyais aussi ! Il a dû réussir à s'enfuir. Je ne vois pas d'autre explication. La police est plus que fiable en Suisse, composée de gens honnêtes et courageux qui se veulent serviteurs de la loi mais...

— Mais ?

— Peut-être leur manque-t-il la ruse et ce Grindel comme son complice m'ont l'air d'en avoir à revendre ! À propos où sont passés les « Frères de la Côte » ?

— Vous voulez dire Aldo et Adalbert ? répliqua Plan-Crépin en laissant fuser un petit rire. Ils seraient contents s'ils vous entendaient les associer à la ruse !

— Convenez avec moi qu'ils n'en manquent pas ! Vous non plus d'ailleurs !

— Je n'ai pas entendu. Quant à eux, ils ne vont pas tarder à revenir. Ils sont seulement allés à Venise où Aldo désirait régler quelques affaires avec Guy Buteau...

Elle se levait pour prendre congé. Il la retint :

— Encore un mot ! Les sacs que vous avez eus sous les yeux ? Pouvez-vous les décrire ?

— Des fourre-tout que l'on emporte en voyage. En toile de lin renforcée de cuir havane. D'une bonne maison d'ailleurs. Je dirais Lancel ou Vuitton... mais plutôt Lancel à cause du tissu.

— Assez grands pour contenir la collection Kledermann ?

— C'est à Aldo qu'il faudrait poser la question. Moi je ne l'ai jamais vue.

De ses deux mains elle indiqua approximativement les dimensions :

— À peu près cela ! Et à condition que l'on ait vidé les écrins et mis les pièces dans des sachets de peau. Ce qui leur sera dommageable s'ils sont plus ou moins entassés...

— Autre chose ! La collection Morosini ? Vous la connaissez celle-là ?

— Oui. Elle n'est pas aussi impressionnante mais elle vaut tout de même le déplacement. Magnifique !... En revanche, celui qui essaierait de se l'approprier devrait être non seulement un maître cambrioleur, mais posséder la force d'Hercule. À première vue c'est une curiosité : un énorme coffre médiéval bardé de fer et scellé dans les dalles de marbre de son bureau. Il est en outre doublé d'une chemise d'acier, bien moderne celle-là, et qui ne s'ouvre qu'avec un code... Dans le mur d'une petite pièce voisine il y en a un autre, moins imposant et caché par un tableau. C'est là qu'il range les bijoux de Lisa et ceux qui sont en transit.

— Vous n'auriez pas les codes, par hasard? fit Langlois amusé.

— Tout de même pas, non !

Puis jetant un coup d'œil à sa montre-bracelet :

— Je pense que mon taxi a suffisamment attendu et si vous n'avez plus besoin de moi...

— Dans l'immédiat non... Et je vous remercie sincèrement d'être venue sur-le-champ vous... confesser ! Je vous raccompagne...

Arrivés à l'escalier, il prit la main qu'elle lui tendait pour la serrer virilement puis ajouta :

— Il faudra qu'un de ces jours vous me fassiez la démonstration sur l'art d'ouvrir une porte au moyen d'une épingle à cheveux ! Vous savez, je suis un peu comme Louis XVI : tout ce qui touche à la serrurerie me passionne !

En rentrant rue Alfred-de-Vigny, Plan-Crépin trouva un véritable comité d'accueil : tout juste débarqués de Venise, Aldo et Adalbert s'efforçaient de calmer Mme de Sommières à peu près persuadée qu'il était arrivé un malheur à son fidèle bedeau. Elle en était aux larmes qui se changèrent vite en colère :

— Vous avez vu l'heure? Et je vous avais avertie que si vous n'étiez pas là à sept heures je préviendrais Langlois !

— Que ne l'avons-nous fait : j'étais chez lui justement.

— On vous avait arrêtée?

— Non. J'y étais allée de mon plein gré pour lui raconter ce dont j'avais été témoin. Bonjour, Adalbert, bonjour, Aldo ! Quel dommage que vous ne soyez pas rentrés plus tôt ! Je vous raconte mes péripéties dans cinq minutes. Permettez que d'abord j'offre des excuses à notre marquise !

— Plus tard, les excuses ! Passons à table ! Vous nous raconterez vos exploits en dînant ! Eulalie doit déjà être en transe !

Le ton raide tentait de masquer l'inquiétude que Mme de Sommières venait de vivre et qu'après une ou deux respirations profondes elle acheva d'éradiquer en se faisant servir par Cyprien et avant même le potage, un verre de… chambertin qu'elle avala d'un trait et qui lui rendit des couleurs. C'était tellement inattendu chez cette prêtresse du champagne qu'Aldo réclama :

— Puisqu'on balaie les traditions, on ne serait pas contre la même médecine, fit-il repris en chœur par les deux autres.

Après quoi on renvoya le potage à la cuisine « pour ne pas se noyer l'estomac » et en attendant qu'apparaisse le premier plat Mme de Sommières ordonna :

— Allez-y maintenant, Plan-Crépin ! On a assez attendu ! Qu'avez-vous trouvé chez ce Grindel ?

— Grindel en chair et en os… Mais soyez tous rassurés : il ne m'a pas vue et moi je n'ai vu que ses jambes.

Et, pour cet auditoire au moins aussi attentif que le précédent, elle réitéra le récit de son aventure augmenté de sa visite au Quai des Orfèvres. Le plus prompt à réagir fut Adalbert :

— Mais sacrebleu pourquoi les Suisses ne l'ont-ils pas bouclé purement et simplement ?

— Pour un faux témoignage que d'ailleurs Lisa a confirmé ? Ce n'est pas suffisant ! répondit Aldo.

Un bon avocat pourrait alléguer une foule de raisons. Ils l'ont seulement mis en résidence surveillée...

— Bravo pour la surveillance ! Et où est-ce que l'on va le trouver à présent ? De toute évidence, il n'habite plus son appartement où il est rentré en catimini et très certainement pour récupérer les sacs. Toi qui la connais, penses-tu qu'ils puissent contenir la collection de ton beau-père ?

— Privée de ses écrins sans aucun doute ! Une bague, une paire de bracelets, cela ne tient guère de place... Il faut seulement espérer qu'aux mains de ce vandale elle n'aura pas trop souffert !

— Incroyable ! s'écria la marquise en lâchant bruyamment son couvert dans son assiette. Je n'aurais jamais cru vivre assez vieille pour entendre une chose pareille ! Chez moi et venant de vous deux !

— Quoi donc, Tante Amélie ?

— Les bijoux ! Encore les bijoux ! Toujours les bijoux ! Et ce malheureux Kledermann ? Il me semble qu'avant de vous préoccuper de sa collection vous pourriez songer à lui, à sa vie ! Si j'ai bien compris le reportage de Plan-Crépin, il lui reste quinze jours à vivre et vous...

Elle était au bord des larmes. Aldo posa sa main sur la sienne qu'elle pressa affectueusement.

— Naturellement nous y pensons. Admettez cependant que la meilleure façon de préserver sa vie est de courir à la recherche de son bien le plus précieux après sa fille et ses petits-enfants ! Or comme vous venez de le faire remarquer nous ne disposons que de quinze jours...

— ... et pas la moindre idée de l'endroit où Grindel devrait apporter l'un des sacs ! compléta Plan-Crépin...

— Si vous avez des lumières là-dessus, ne vous gênez surtout pas pour nous éclairer ! fit Aldo agacé.

— Vous en savez autant que moi, alors faites marcher vos petites cellules grises, comme dirait Hercule Poirot, le petit Belge perspicace de cette Mme Agatha Christie que nous avons eu le plaisir de rencontrer en Égypte !

Adalbert se mit à rire, ce qui eut l'avantage de détendre l'atmosphère.

— Du calme tous les deux ! Ce n'est pas en se bagarrant qu'on fera avancer les choses !

— Tu aurais une idée ?

— Je vous la donne pour ce qu'elle vaut. Selon moi, cela ne devrait pas être très loin de l'endroit où le corps du faux Kledermann a été retrouvé.

— Là-haut, près de Dieppe ?

— La falaise de Biville ?

— Pourquoi pas ? Essayons de raisonner ! Grindel n'a pas dû disposer de beaucoup de temps pour cambrioler la chambre forte. D'autre part, il ne pouvait pas aller jusqu'en Angleterre récupérer la clef aussitôt après l'enlèvement...

— C'est entendu, cela lui aurait valu un sacré bout de chemin pour regagner Zurich ! Sans compter le passage des frontières.

— ... qu'il pouvait à ce moment-là franchir sans difficulté. Je vous rappelle que c'est un as du volant possesseur d'au moins une voiture de course ! On avale des kilomètres avec ça !

— La voiture que j'ai aperçue avenue de Messine n'avait rien d'un bolide, observa Plan-Crépin. Plutôt grise et petite, elle n'avait rien pour attirer l'attention. L'idéal pour passer inaperçu ou pour faire des achats dans Paris. Aussi j'ai dans l'idée qu'il ne devait pas aller bien loin.

— Ce qui veut dire ?

— Qu'il doit avoir un autre pied-à-terre ici ou dans la proche banlieue parisienne. Même s'il y avait une bouteille de rhum et si un certain désordre régnait dans le bureau, cet appartement n'a pas été occupé depuis plusieurs jours.

— Il serait seulement venu y récupérer les sacs qu'il y aurait entreposés après le vol ? fit Aldo dubitatif... N'était-il pas plus simple de les rapporter en Suisse ? Évidemment il y a la frontière à passer !

— Quelque chose me dit que ça ne devrait pas lui poser de problèmes ! émit Adalbert. Il est bâti comme un montagnard, ce type...

— Beaucoup le sont, en Suisse, fit remarquer Tante Amélie. C'est le pays qui veut ça !

— Sans doute, mais j'aimerais tout de même savoir où il est né. Il faudra le demander à Langlois. En admettant que ce soit du côté du Jura, il pourrait connaître certains chemins de contrebandiers...

— Tu rêves, mon vieux !...

— Alors sois bon, ne me réveille pas encore ! Voilà comment je vois le tableau : une belle nuit, il monte avec sa voiture jusqu'à une distance raisonnable de la ligne frontalière. Il la laisse dans une planque repérée d'avance et continue son trajet à pied. Arrivé en Helvétie, il cache les sacs dans un coin X ou Y, retourne chercher l'auto puis s'en va tranquillement présenter son passeport aux douaniers, fait un bout de route, après quoi, la nuit suivante par exemple, il ne lui reste plus qu'à récupérer le trésor de l'oncle Moritz !

— Ingénieux ! apprécia Plan-Crépin, mais, dans ce cas, pourquoi avoir laissé cette fichue collection ici ? Il doit bien avoir un endroit où la cacher ?

— Sans doute, mais son associé est en Suisse lui aussi, même si c'est un canton différent, et comme Grindel n'a nulle envie de partager et qu'il est suspect à Zurich, il a jugé plus prudent de revenir en France où il avait jusqu'à présent une situation confortable, bénéficiant du privilège d'être un banquier suisse, dirigeant une banque suisse. Évidemment, de la façon dont tournent les choses, il devenait urgent de reprendre possession de ladite collection dans cet appartement où la police risque de venir farfouiller... et là-dessus le coup de téléphone de Borgia vient lui tomber sur le poil. Peut-être même s'est-il affolé ? Il ne s'attendait pas à ce qu'on lui annonce que son oncle est toujours bien vivant et qu'on le tient caché, tout prêt à ressusciter si Grindel s'obstine à faire cavalier seul et à garder le magot pour lui ! À la réflexion, ce doit être cette dernière explication qui est la bonne...

— Alors autre question : comment Borgia a-t-il su qu'il était là pour lui répondre ? demanda Plan-Crépin.

— Coup de pot peut-être ? soupira Aldo. Il a dû essayer tous les endroits où il pensait le joindre ! Au fait, Angelina, avez-vous eu l'impression que la communication venait de loin ?

Elle ne répondit pas tout de suite, cherchant à mieux se souvenir. Sur le moment – sidérée de ce qu'elle entendait –, elle n'avait pas prêté attention à ce détail. Mais maintenant...

— Alors ? la pressa Adalbert sur la main duquel la marquise assena une pichenette péremptoire.

— Ne la bousculez pas ! C'est le meilleur moyen de lui embrouiller les idées !

— Elle, les idées embrouillées ? Ça m'étonnerait !

Cependant Plan-Crépin réfléchissait toujours et soudain :

— Non... je n'ai entendu aucun de ces bruits de l'inter. C'était vraiment net ! J'avais l'impression que Borgia était dans la pièce à côté !

— Donc il était à Paris lui aussi ! Tonnerre de Brest ! J'aimerais bien aller faire un tour dans cet appartement ! Un bureau en désordre enjolivé d'un tas de paperasses ! J'adore ! Et où pensez-vous qu'il aurait dissimulé les sacs ?

— Je n'ai pas eu la latitude de chercher, mais pas dans le coffre, je suis formelle. Les sacs sont trop volumineux pour y trouver place. Et maintenant Langlois va sûrement envoyer une équipe. Au fond, j'ai fait une bêtise de me précipiter chez lui comme je l'ai fait !

— Ne vous adressez surtout pas de reproches, la rassura Aldo. C'était la conduite à tenir puisque vous ne saviez pas que nous rentrions. Vous méritez même une couronne de lauriers pour l'audace dont vous avez fait preuve car vous avez risqué gros et vous avez obtenu un sacré résultat !

— Et à présent qu'est-ce qu'on fait ? s'enquit Adalbert en poursuivant dans son assiette une framboise échappée de sa tarte.

— Laissez-moi réfléchir un instant ! Au point où nous en sommes, la priorité est de retrouver

Kledermann avant qu'il ne passe de vie à trépas pour de bon cette fois...

— En espérant que ce qu'il subit depuis son enlèvement ne l'a pas trop éprouvé, fit Mme de Sommières. Sa santé n'était pas des meilleures et ce n'était pas sans raisons que Lisa se tourmentait à son sujet. N'avait-on pas songé au cancer ?

— En effet, mais ce n'était – Dieu merci ! – qu'une fausse alerte due à une analyse de sang confondue avec une autre ! Il n'empêche qu'il ne s'était jamais remis de la mort brutale de sa femme. Cela explique pourquoi il avait interdit que nous ayons le moindre écho de sa crise d'appendicite !

— À ce propos, intervint Marie-Angéline, est-ce normal de se faire opérer par un maître de la chirurgie réparatrice ?

Mme de Sommières s'esclaffa :

— J'ai parfois remarqué, Plan-Crépin, qu'après vos éclairs de génie, il vous arrive de proférer des âneries ! Vous pouvez être certaine qu'il sait aussi bien charcuter des boyaux que reconstruire un visage, votre amoureux, qu'il est son meilleur ami et qu'avec lui le secret était absolu ! Et ne rougissez pas, sacrebleu ! À votre place, je serais plutôt fiérote !

— Et si on en revenait à ce pauvre Kledermann ? rappela Adalbert d'une voix plaintive qui remonta les sourcils d'Aldo jusqu'au milieu du front tandis qu'il se demandait si son « plus que frère » voyait d'un si bon œil le flirt du futur Nobel avec une fille qu'il s'était peut-être mis tout doucettement à considérer comme sa propriété, du moins comme son indéfectible admiratrice.

N'avait-elle pas effectué le voyage d'Angleterre afin de l'arracher aux griffes de la Torelli ? Adalbert lui avait même confié qu'elle lui avait sauvé la vie...

Aussi eut-il pour son ami un sourire indulgent :

— Mais on ne l'a pas quitté, mon bon ! Pour en revenir aux choses sérieuses, si tu préfères, j'ai très envie de téléphoner à Langlois de surseoir à la perquisition chez Grindel !

— Et pourquoi ? demanda Plan-Crépin qui retrouvait lentement sa couleur habituelle.

— Pour essayer de savoir où il s'est caché afin de nous attacher à ses pas et en apprendre suffisamment pour être présents quand il se rendra à l'ultimatum de César ! Déjà tenu à l'œil – enfin si l'on peut dire ! – par la police suisse, relayée par la nôtre sans oublier Warren, il ne peut pas courir le risque de voir son oncle ressurgir au grand jour ! Mort il est pour tous – et même pompeusement enterré ! –, mort il doit rester, sinon adieu la collection. Il pensera sans doute qu'une moitié n'est pas trop cher payé pour la quiétude de ses jours à venir...

— N'oublies-tu pas qu'il guigne aussi ta collection ?

— Oh, je n'oublie rien, mais, dans l'état actuel des choses, elle est accessoire...

— Accessoire ? Avec ce genre de truand ?

— Je n'ai jamais dit que je ne prendrais pas de précautions et, par exemple, si Tante Amélie avait la gentillesse d'écrire à grand-mère pour l'avertir, tout sera mis en œuvre pour la protection des petits ! Conseillez-lui donc d'envoyer Joachim, son majordome viennois, à Rudolfskrone ! Il me déteste mais adore les enfants et il est tellement teigneux qu'il vaut une armée à lui tout seul !

— La lettre partira au courrier de demain matin ! Mais si nous ignorons où se terre Grindel, nous connaissons la position de repli de César. Pourquoi ne pas essayer de savoir ce qui se passe à Lugano ? Je crois me souvenir que Langlois y a envoyé une équipe surveiller les agissements de nos deux Don Quichotte. Si tu vas téléphoner, demande-lui s'il a des nouvelles ! Au point où nous en sommes !

Or, le grand chef n'avait pas de nouvelles, mais en outre il avait dû rapatrier les inspecteurs Sauvageol et Durtal. Non seulement ils mouraient d'ennui, mais comme ils comptaient parmi les meilleurs de ses hommes, il ne pouvait s'en priver plus longtemps.

— Bon ! conclut Aldo. Si on n'arrive pas à mettre la main sur Grindel, on ira faire un tour là-bas…

TROISIÈME PARTIE

LE BOUT DU TUNNEL ?

9

Aldo et la concierge

Dire qu'il ne se passait rien à Lugano était excessif. Si la villa Malaspina se montrait décevante, de jour comme de nuit, chez sa voisine la vie quotidienne était devenue peu à peu invivable depuis l'arrivée de l'inspecteur Sauvageol que Boleslas avait pris en grippe dès son apparition. Et cela pour la plus simple des raisons : c'était un policier.

Or, depuis son amère expérience sous la férule de la Guépéou, la police politique soviétique, le réfugié polonais mettait dans le même panier tout ce qui, de près ou de loin, pouvait y ressembler. D'autant que l'état de misère où il était réduit quand Hubert de Combeau-Roquelaure l'avait positivement ramassé devant le Collège de France un soir d'hiver ne lui avait pas donné beaucoup de raisons d'établir des comparaisons flatteuses avec les sergents de ville français. Ceux-là ne le molestaient pas mais le priaient de « circuler » en faisant des moulinets avec leur bâton blanc. Circuler ! Pour aller où par saint Casimir ? L'un d'eux moins rogue que ses collègues lui avait indiqué un asile de nuit où il avait eu droit à une soupe chaude et à un coin de matelas mais c'était bien loin des rêves qu'il nourrissait sur le pays des droits de l'homme où son maître Chopin avait soulevé l'enthousiasme des foules tandis que de wagons à bestiaux à un autre transporteur de marchandises il traversait l'Allemagne où régnait un demi-fou nommé Hitler sans se faire repérer par la déjà tristement célèbre Gestapo...

Après tant de douloureuses expériences, son entrée dans l'univers de « Monsieur le Professeur » lui avait procuré l'impression merveilleuse de franchir le seuil d'une espèce de paradis sur lequel régnait un ange grognon et rondouillard armé d'une cuillère à pot en guise d'épée flamboyante ! Le bonheur ! Enfin !...

Lugano, son doux climat, son lac bleu, ses jardins fleuris, sa population accueillante et son air si pur où traînait toujours l'écho d'une chanson l'avait transporté. De même son goût du théâtre s'était égayé à l'idée de jouer un second rôle dans la comédie montée par son maître et cet aimable M. Wishbone qu'il avait adopté dès son apparition, mais tout l'édifice de son bonheur s'était fissuré quand il avait ouvert la porte à ce jeune inconnu vêtu d'un trench-coat et coiffé d'une casquette, une valise à la main, qui s'était annoncé :

— Inspecteur Gilbert Sauvageol, de la police judiciaire ! C'est le commissaire principal Langlois qui m'envoie !... Et je suis attendu !

Trop choqué par cette apparition pour trouver quelque chose à répondre, Boleslas s'était borné à introduire l'intrus et le conduire jusqu'au petit salon où Wishbone était en train de faire les comptes. Le nouveau venu avait été accueilli d'autant plus chaleureusement que l'on avait dû renvoyer la femme de ménage que l'on avait surprise l'œil collé à la serrure de la porte de la pseudo-Mrs. Albina Santini qui ne sortait jamais de sa chambre quand celle-ci était là. Sauvageol étant prévenu qu'il devait jouer les valets de bonne maison et éventuellement les cuisiniers, l'accord s'était conclu d'autant plus vite que le Texan, toujours fidèle à lui-même, lui avait fait entendre que policier ou pas, il entendait rétribuer ses services à leur juste valeur. Après quoi Boleslas avait été prié de montrer sa chambre au voyageur. C'est là que les choses avaient commencé à se gâter…

L'envahisseur nanti d'un logis, Boleslas s'était précipité chez le professeur :

— L'homme de la police, il doit coucher ici ?

— Naturellement ! Qu'est-ce que tu croyais ?

— Je ne sais pas, moi ! Qu'il dormirait à l'auberge ou dans la cabane du jardin… Il est venu pour surveiller, non ?

— Pour enquêter ! Nuance ! Il est notre lien avec la police judiciaire !

— Et il va falloir le nourrir ?

Occupé à parfaire son grimage pour ses quelques heures de représentations quotidiennes, Combeau-Roquelaure se retourna sur sa chaise pour considérer le Polonais avec stupeur :

— Mais enfin, Boleslas, qu'est-ce qui te prend ? On ne t'a jamais caché qu'il allait venir. Alors ça rime à quoi ton histoire ? Si tu ne peux pas te faire à l'idée de passer un certain temps avec ce garçon, je vais devoir te renvoyer à Chinon. Je te rappelle en plus qu'il te donnera un coup de main aux fourneaux, ce qui ne sera pas un luxe.

Boleslas exhala un soupir :

— J'essaierai de ne pas le voir, voilà tout !

— Tâche d'être au moins poli ! L'affaire dans laquelle nous sommes engagés ne peut te permettre des états d'âme ! Compris ?

— Je ferai de mon mieux ! assura-t-il la main sur le cœur et les yeux au ciel, affichant la mine pathétique du chrétien attendant dans l'arène de servir de casse-croûte aux fauves.

On s'en tint là et les jours qui suivirent furent relativement paisibles. Boleslas faisait son service avec naturel – du moins il le pensait ! – en s'efforçant de se persuader que son ennemi était devenu transparent, ce qui lui donnait l'air aussi peu naturel que possible. Ce qui n'échappa pas à Sauvageol qui s'en ouvrit au « jardinier » :

— On dirait que ma tête ne lui revient pas ?

— Ce n'est pas la tête, lui répondit Wishbone, c'est la corporation ! Vous êtes policier.

— Et il ne les aime pas ? C'est un ancien repris de justice ?

— Non, un ancien musicien mais il faut comprendre ! Il est polonais et jusqu'à son arrivée en France il a vécu dans la crainte des flics des Soviets puis de ceux de Hitler.

— ... et quand il est arrivé chez nous, les préposés à notre circulation, s'ils ne l'ont pas malmené, ne lui ont pas montré plus de considération ! reprit le professeur qui avait entendu.

— Je fais quoi, moi, dans ces conditions ?

— Votre travail comme s'il n'était pas là. Il faudra juste vous forcer un peu quand vous irez au marché tous les deux !

— Il serait peut-être plus simple que j'y aille à sa place ! Quelques fois ? proposa le Texan. Je suis jardinier après tout ! Ensuite vous irez tout seul !

Ce fut, en effet, la solution. Né dans le midi de la France et parlant parfaitement l'italien, aimable et facilement bavard, Sauvageol remporta même un vif succès. Il plaisait aux femmes sans être antipathique aux hommes avec lesquels il buvait volontiers un verre. Et, bientôt, on lui confia qu'on le préférait de beaucoup à ce « bizarre Polonais qui avait toujours l'air de porter Dieu en terre » et ne cessait de fredonner de la musique triste.

À son contact, les langues se délièrent plus facilement au sujet des maîtres de la villa Malaspina. Il apprit ainsi qu'au temps du « vieux seigneur » – probablement ce « Luigi Catannei » qui avait trouvé la mort sous les décombres du château de la Croix-Haute –, on y donnait de belles fêtes mais qu'il était parti un jour pour l'Amérique et n'en était jamais revenu. En revanche, son fils César avait reparu plusieurs années auparavant et remis la villa en état mais le ton changeait quand on l'évoquait et il n'était pas difficile de comprendre qu'on ne l'aimait guère et qu'il inspirait même une certaine crainte à cause des gens qui l'entouraient quand il était là.

Il y avait aussi une fille, Lucrezia, qui devait avoir seize ou dix-sept ans quand elle avait accompagné son père outre-Atlantique. On la disait très belle mais on ne la voyait jamais parce que les hommes de la famille la tenaient cachée afin d'éviter qu'une meute d'amoureux ne l'assiège...

—Ce qui est bizarre, expliqua le policier, c'est que ces gens n'ont pas l'air d'être au courant de sa carrière de cantatrice et ne font pas la relation avec la Torelli... En revanche, ils supposent que c'est elle qui est revenue voici quelques mois et qu'elle est malade, parce qu'on a vu une ambulance arriver un soir à la villa. Et le monde ne manque pas pour s'occuper d'elle mais les serviteurs qui assurent le ravitaillement sont à peu près aussi gais que des portes de prison, ce qui n'encourage pas à fraterniser avec eux ! Moins encore à poser des questions ! Ce qui correspond assez avec ce que nous avons observé vous et moi !

En effet, les trois premières nuits de son séjour, Sauvageol les avait vécues dans la tour. La majeure partie en compagnie de Wishbone qui ne parvenait pas à oublier la voix brisée qu'il avait entendue. Mais ils auraient pu aussi bien rester au fond de leurs lits : rien ne se passa d'extraordinaire et le rituel de la villa semblait immuable : quand venait le soir, quelques fenêtres du rez-de-chaussée s'éclairaient, restant le plus souvent ouvertes, puis vers onze heures on refermait, tout s'éteignait alors qu'à l'étage la lumière restait allumée. Quant au jardin, un homme en faisait le tour tenant en laisse deux impressionnants chiens noirs – des dobermans – en fumant une ou deux cigarettes puis rentrait après avoir rendu la liberté aux chiens.

— Je voudrais bien aller voir d'un peu plus près ce qui se passe dans cette maison, expliqua Wishbone à Sauvageol, mais j'avoue que ces deux bêtes me font peur. Pourtant j'aime les chiens ! Évidemment, j'avais pensé emporter des steaks mais...

— ... mais c'est une expérience qu'il vaut mieux ne pas tenter. Ça pourrait peut-être leur donner la tentation de déguster et de reconnaître que vous êtes aussi succulent !

Dans la journée la villa menait une vie normale sauf qu'à part les domestiques on n'en voyait jamais sortir personne. Seul le piano se faisait entendre, jouant toujours du classique. Non sans talent d'ailleurs. C'est ainsi que l'on trouva un soir Boleslas en train de sangloter en assaisonnant une salade de brocolis aux échos de la *Polonaise révolutionnaire* de son dieu Frédéric Chopin.

Cet état de choses horripilait de plus en plus Sauvageol qui avait l'impression de perdre son temps. D'autant que, mine de rien, et faisant comme s'il se parlait à lui-même, Boleslas ne lui ménageait pas les petites phrases traitant des gens inutiles ou de l'art de mener une vie oisive en ayant l'air de se montrer indispensable.

Cela ne tombait pas dans l'oreille d'un sourd même si le jeune inspecteur faisait semblant de ne pas entendre, mais il n'aurait jamais eu l'idée de s'en plaindre à l'un de ses pseudo-patrons. En revanche, il s'en ouvrit à son collègue Durtal qu'il appelait régulièrement à son hôtel depuis une cabine publique.

Celui-là s'ennuyait franchement. Il avait recueilli, de son côté, quelques bruits de la rue au sujet de la villa Malaspina qui ne leur en apprit pas davantage que ceux récoltés par Sauvageol : on y soignait une malade, fort riche si l'on en jugeait le nombre des serviteurs, et que l'on pensait être la fille du vieux seigneur, mais rien de plus. Durtal songeait d'ailleurs à demander son rappel estimant que la police française n'était pas assez riche pour offrir à deux de ses membres les plus actifs des vacances sur les rives d'un beau lac plus italien que suisse.

En vertu de l'axiome affirmant que les grands esprits se rencontrent, ce fut à ce moment-là que Langlois décida de rapatrier ses hommes et le signifia à Durtal en précisant que l'ordre était valable aussi pour Sauvageol.

Celui-ci en fut soulagé et agacé à la fois. Il détestait jusqu'à l'idée d'une défaite et c'en était une pour lui que lever le camp sans avoir réussi à faire toute la clarté sur son objectif. À moins qu'elle n'ait été vendue sous le manteau, il savait que la maudite baraque appartenait à un criminel plus ou moins abrité par la largeur d'esprit des lois helvétiques. Mais rien n'indiquait sa présence. En revanche, il y avait une « malade » âgée sans doute, ce qui devait être vrai étant donné les plaintes que l'on avait entendues à une ou deux reprises dans la nuit, ce qui ne correspondait en aucune façon à la Torelli. Alors qui pouvait-elle être ? Surtout pour qu'elle soit aussi sévèrement gardée !

Le jour où il apprit qu'il rentrait à Paris, il décida de tenter une expédition. Et de la tenter seul ! Non qu'il eût quoi que ce fût à reprocher à M. Wishbone, bien au contraire, mais il ne le connaissait pas suffisamment pour pouvoir répondre de ses réactions. Aussi choisit-il l'heure du dîner qui devait être à peu près la même dans les deux villas et, laissant un Boleslas aux anges le servir, il prétexta son départ matinal et ses valises à boucler pour gagner sa chambre.

Il en ressortit presque aussitôt, descendit dans le jardin et rejoignit le mur séparant celui-ci de la propriété voisine. Il voulait juste jeter un coup d'œil sur le rez-de-chaussée éclairé, sachant qu'il allait prendre des risques, même si les molosses n'étaient pas encore lâchés puisque les lumières intérieures ne laissaient guère d'ombre sur la terrasse où les fenêtres ouvraient. S'il était repéré, il devrait compter sur la rapidité de ses jambes pour se mettre à couvert.

Le mur ne lui posa pas de problèmes. Il était peu élevé, à peine deux mètres, et lui-même, jeune et souple de nature, prenait soin d'entretenir sa forme physique en pratiquant les sports de combat et, le dimanche, quand il n'était pas de service, il rejoignait un club de varappe en forêt de Fontainebleau dans les rochers de Franchard. Arrivé en haut du mur, il s'accrocha au sommet et se laissa tomber sur ses jambes pliées. Il atterrit entre deux buissons de lauriers-roses où il resta aux aguets, se contentant d'observer.

La distance le séparant de la villa qu'en France on aurait sans hésiter décorée du nom de château n'était pas énorme et, en outre, les jardins en terrasses plantés d'arbustes divers permettaient d'accéder sans difficulté aux larges marches bordées de balustres qui menaient à la demeure. C'est là que l'approche se compliquait, la lumière dispensée par les hautes portes-fenêtres ouvertes s'étalant jusqu'à l'escalier. Dont le policier se garda prudemment d'approcher. Afin de rester à couvert le plus longtemps possible, il choisit d'escalader la terrasse à l'angle de la villa, où rien n'était éclairé.

Arrivé à ce palier il s'accorda un instant de repos puis, en se faisant aussi petit que possible, il se glissa le long des premières fenêtres et il vit à l'intérieur deux magnifiques salons plongés dans la pénombre, l'éclairage leur venant de la salle centrale. Cela lui permit tout de même de noter la présence d'un piano de concert sur la laque noire duquel jouaient des reflets. Il était ouvert, une partition disposée sur le chevalet et une écharpe de mousseline blanche abandonnée sur le large tabouret... Enfin s'aplatissant de son mieux contre un volet, il put voir la pièce principale et dut se pincer pour se persuader qu'il ne rêvait pas : assise à une table chargée de vaisselle et de cristaux précieux, une femme était en train de dîner face au jardin nocturne et au lac animé par un mince rayon de lune. Deux laquais en livrée rouge et or se tenaient de chaque côté mais Sauvageol ne fit que les effleurer du regard, fasciné par la femme qu'il découvrait, à la fois superbe et hideuse.

Elle était vêtue à l'espagnole d'une longue robe à multiples volants, noire comme la mantille tombant d'un peigne d'écaille serti de diamants et comme les mitaines de dentelle recouvrant à demi ses mains. D'autres diamants encore à ses oreilles, à son cou, à ses poignets, à ses doigts pâles mais toute cette splendeur évoquant irrésistiblement une reine s'effaçait quand on contemplait le visage couronné d'une masse de cheveux gris cachant le haut front : le nez en était cassé et une cicatrice verticale tirait cruellement la bouche vers la tempe gauche, ce qui lui causait une certaine difficulté à mâcher. Quant aux yeux dont elle tenait baissées les lourdes paupières, il était impossible d'en distinguer la couleur...

Sans doute sur son ordre, les laquais ne la regardaient pas. Ils se tenaient un peu en retrait, face comme elle au jardin et obéissaient à un signe ou à une parole que l'observateur ne saisissait pas…

En dépit du danger qu'il courait, Sauvageol ne parvenait pas à en détacher son regard, cherchant quel âge pouvait avoir cette femme qui peut-être avait été belle. Une impression purement gratuite d'ailleurs.

Et il resta là à la contempler jusqu'à ce qu'elle eut achevé son repas. Il la vit boire un verre de champagne puis, s'étant essuyé les lèvres, elle sembla donner un ordre. Une infirmière apparut aussitôt, recouvrit son visage de la mantille, offrit à la fois une canne et son bras tandis que l'un des serviteurs écartait la lourde chaise à haut dossier armorié. À petits pas, elles gagnèrent le salon où était le piano dont un valet venait d'allumer les bougies rouges dans leurs chandeliers de cristal.

Enfin arraché à sa contemplation, Sauvageol se faufila vers la balustrade qu'il franchit d'un bond, se redressa en grimaçant parce qu'il s'était tordu le pied et plongea dans les ombres du jardin, aboutit au mur sur lequel il s'appuya un instant afin de reprendre son souffle et d'apaiser les battements rapides de son cœur… Un vent d'est se levait et le ciel se chargeait de nuages annonçant la pluie. À la villa d'ailleurs on fermait les portes et les volets. L'homme aux chiens n'allait sans doute pas tarder à paraître.

Avec un peu plus de peine qu'à l'aller il refranchit le mur et regagna la villa Hadriana.

Debout au bas du perron, Wishbone fumait sa pipe.

— Bonne promenade ? demanda-t-il. On dirait que vous boitez ?

— Ça va passer. Je me suis mal reçu en sautant le mur ! Mais ça ira mieux demain, fit-il en s'asseyant sur les marches pour frictionner sa cheville.

— Pourquoi y être allé sans moi ?

— Trop risqué à cette heure et plus tard les chiens sont lâchés. Et autant vous renseigner tout de suite, ça n'en vaut pas la peine.

— Ah non ?

— Non. Un peu étrange pour notre époque, baroque si vous préférez, mais ce n'est certainement pas sa sœur que notre Borgia de pacotille a installée dans cette maison : peut-être sa mère, ou une tante ? N'importe comment c'est une femme déjà âgée, aux cheveux gris et qui se prend pour la reine d'Espagne.

Cornelius s'assit à côté de lui, vida sa pipe qui venait de s'éteindre, la tapa sur une contremarche avant de la bourrer de nouveau.

— Qu'est-ce qui vous le fait dire ?

Sauvageol décrivit alors la scène véritablement hors du temps qu'il lui avait été donné de contempler : les dentelles noires, la fortune en diamants, le haut peigne planté dans les cheveux argentés, les livrées des valets aux couleurs de l'Espagne.

— Il doit s'agir d'une vieille aristocrate, une princesse ? que l'on cache parce qu'elle est défigurée et un brin dérangée. À moins qu'elle n'ait choisi de vivre ici. Je crois sincèrement que je n'ai plus rien à faire chez vous, pas plus que Durtal, et si on ne nous avait pas rappelés, je l'aurais demandé. Mais ne vous vexez pas : j'ai apprécié mon séjour auprès de vous. C'était bien agréable mais j'aime aussi mon métier !

— Vous pensez que nous avons tort, le professeur et moi, de continuer à jouer cette comédie ?

— Non, car malgré tout il ne faut pas oublier que la Malaspina appartient à ce Gandia-Catannei et s'il y revenait, vous pourriez nous en avertir rapidement. J'ai laissé au professeur un de nos numéros de téléphone d'urgence et avec un avion nous serions vite de retour... Et un conseil d'ami : ne reprenez pas de femme de ménage !

— Si vous le dites !

— J'en suis persuadé. Le professeur est tellement plus heureux de rester lui-même sauf quand il se promène dans le jardin. Il est clair qu'il commence à en avoir par-dessus la tête de cette histoire. Non ?

— Psychologue, hein ?

— On fait ce que l'on peut. Quant au ménage, Boleslas suffit à la besogne. Et il va avoir l'immense bonheur d'être débarrassé de moi !

Il partit donc non sans laisser des regrets. Sa gentillesse et son inaltérable bonne humeur en faisaient quelqu'un d'attachant. Sauf, naturellement, pour Boleslas qui ne regrettait pas davantage la femme de ménage et s'empara allégrement de l'aspirateur, de la serpillière et des casseroles comme d'autant de trophées de victoire !

Les guetteurs de la villa Hadriana se demandèrent cependant s'il ne conviendrait pas d'alerter Paris quand, quarante-huit heures après le départ des policiers, une ambulance immatriculée à Zurich arriva à la Malaspina... Mais il fut impossible de savoir quel malade elle amenait car ce fut sur l'arrière de la maison qu'elle déposa son passager ou sa passagère...

En apparence, rien ne changea dans la vie quotidienne de la villa Hadriana. Quant aux bruits du marché où Wishbone remplaçait Sauvageol, ils conclurent – Dieu sait pourquoi ? – que le propriétaire de la Malaspina avait décidé de la transformer en clinique pour grands nerveux. Très fortunés bien entendu !
Le temps continua de couler sans heurts et sans surprises sur cette rive du lac de Lugano...

Ayant obtenu de Langlois qu'il remette de vingt-quatre heures sa perquisition chez Grindel, Aldo se fit déposer par Adalbert vers la fin de l'après-midi mais un peu plus haut que le 10, avenue de Messine, à un endroit d'où l'on voyait parfaitement l'entrée de l'immeuble où quelques instants plus tard il irait sonner. En priant le bon Dieu que la « pipelette » soit là ! Ce qui était nettement superflu d'après les renseignements de Plan-Crépin.
Il n'attendit pas longtemps : le déclic se fit entendre, il poussa le portail de verre et de fer forgé, entra : la concierge était debout au seuil de sa loge, les mains nouées sur son vaste giron :
— Vous désirez, monsieur ?
— Voir M. Grindel.
Après avoir touché son chapeau, il se dirigeait vers l'escalier quand elle l'arrêta :
— Il n'est pas là !
Il se retourna, l'air très ennuyé, fit une pause puis revint.
— Je le craignais. Mais je suppose que vous êtes Mme Branchu, la gardienne dont il m'a parlé ?
— C'est bien moi ! assura-t-elle tandis que les bonnes joues qui la faisaient ressembler à une

pomme d'api surmontée d'un chignon prenaient un ou deux tons de rouge supplémentaires. Puis-je savoir qui vous êtes ?

— Son cousin. Ou plutôt le mari de sa cousine : prince Morosini.

On a beau habiter un quartier chic où les nobles patronymes poussent comme violettes au printemps, il y en a tout de même qui font plus d'impression que les autres ! Les yeux bruns de la concierge – pas vilains d'ailleurs – tirèrent vers l'ovale en considérant cet homme si bien de sa personne et si élégant dont les yeux clairs et le sourire indolent avaient un attrait irrésistible.

— Si je peux vous être utile... – visiblement elle hésitait sur l'appellation qui convenait puis se décida – Altesse !

— Monsieur suffira ! fit-il en lui allumant brièvement son plus éclatant sourire. Qu'il éteignit aussitôt pour reprendre sa mine soucieuse.

— Comme je ne peux pas m'attarder, puis-je vous laisser un message pour lui ? Un message d'une extrême urgence ?

— C'est que... je ne sais pas quand je vais le revoir ? Il a des ennuis ?

— Plutôt oui ! La police doit venir perquisitionner chez lui !

Elle étouffa un cri sous ses deux mains nouées devant sa bouche :

— La... police ? Mon Dieu !... Qu'est-ce qu'il a fait ? Mais donnez-vous la peine d'entrer ! On ne peut pas causer de choses aussi graves dans les courants d'air.

Elle s'écarta pour lui livrer passage et il acheva de conquérir ses bonnes grâces en empruntant sagement les patins de feutre glissant sur un parquet admirablement ciré. Sur ce, elle lui offrit une chaise qu'il accepta après une brève hésitation.

— Merci, madame... mais juste un instant ! Le temps presse !

— Pouvez-vous me dire ce que la police lui veut ? Un homme si comme il faut !

— Oh, je ne pense pas que ce soit grave ! En fait, je crois sincèrement qu'il s'agit d'une erreur ! Il a été dénoncé pour recel de bijoux volés !

— Des bijoux volés ? Lui, un homme si honnête ! Un banquier !

Aldo aurait pu lui répliquer que l'un ne voisinait pas forcément avec l'autre surtout dans le cas présent, mais ce genre de propos eût été déplacé.

— Vous comprenez pourquoi il faut absolument que je l'avertisse !

— Bien sûr !

Elle hésitait. Il enfonça le clou un peu plus :

— Je me suis souvenu qu'il m'avait dit un jour que, lorsqu'il s'absentait, vous saviez où le joindre parce qu'il avait confiance en vous, épouse d'un agent de police. Mais étant donné que c'est la P.J. qui perquisitionnera demain, je comprends parfaitement dans quelle situation je vous place ! Et je ne voudrais pas vous mettre dans l'embarras.

Comme elle gardait le silence. Il reprit :

— Évidemment, s'il est loin, à Zurich, par exemple... mais je n'y crois guère ayant téléphoné là-bas après avoir constaté qu'ici on ne répondait pas. Et pas davantage à la banque, encore faudrait-il savoir où il se trouve afin de le mettre au courant. Aussi j'ai pensé...

Tout en parlant, il tirait son portefeuille pour en sortir une enveloppe préalablement timbrée assez lentement pour saisir l'éclair intéressé dans le regard de Mme Branchu. En se contentant de le poser sur la table il lui tendit l'enveloppe – qui contenait une feuille avec quelques mots ! – et poursuivit :

— ... que vous accepteriez de lui faire parvenir cette lettre afin qu'il sache au moins à quoi s'attendre quand il rentrera.

Et joignant le geste à la parole, il faisait glisser du portefeuille noir estampillé à ses armes un billet dont la couleur alluma une autre étincelle. La concierge réagit alors comme il l'espérait et repoussa l'enveloppe.

— Ça n'arriverait pas à temps ! Il vaut mieux que vous la fassiez porter... ou que vous la déposiez dans la boîte, sans vous faire voir ! Il tient tellement à ce qu'il n'y ait que moi dans la confidence...

— Mais... votre mari ?

Elle eut un mouvement proche de l'effroi :

— Oh, surtout pas ! Ça me ferait trop d'histoires !... Il déteste ce pauvre M. Gaspard ! Comme si ça avait du bon sens ! Quelqu'un de si gentil !... Et bel homme en plus ! Alors quand je lui rends des petits services, c'est affaire entre nous et j'y mêle pas Alfred. Déjà qu'il n'est pas content que je lui fasse son ménage !

— Tiens ! Pourquoi ?

— Il dit qu'il ne voit pas pourquoi M. Gaspard n'embauche pas un valet ou une bonne, qu'il est assez riche pour ça.

— Il n'a peut-être pas tout à fait tort ?

— Oui, mais faut comprendre ! C'est pas qu'il y ait beaucoup de choses précieuses chez lui comme chez lady Liamura ou chez le général, mais il y a des papiers importants qui pourraient intéresser ses concurrents.

— Il en a donc ?

— Oh oui ! Le pauvre ! Il est dans la banque vous savez ? Alors il a besoin de quelqu'un de confiance.

— C'est naturel ! compatit Aldo qui avait eu du mal à ne pas rire quand elle avait plaint Grindel d'être banquier. Puis il ajouta : Au moins vous fait-il des petits cadeaux ?

— C'est sûr ! Il m'apporte parfois des fleurs, ou des chocolats ! C'est mon péché mignon !

— Il aurait dû me le dire : je vous en aurais apporté... mais je pense que ce modeste remerciement vous permettra d'en acheter.

Le billet tentateur avait glissé doucement du portefeuille. Après quoi il reprit l'enveloppe et jeta un coup d'œil à sa montre :

— Il se fait tard et si vous pouviez avoir la gentillesse d'inscrire l'adresse...

En même temps il lui tendait son stylo qu'elle prit avec révérence :

— C'est que je n'ai pas le certificat d'études et j'écris très mal...

— Cela ne fait rien. Il est préférable que ce soit votre écriture ! Moi je ne suis jamais venu et vous ne m'avez pas vu.

Elle leva les yeux au plafond pour mieux rassembler ses souvenirs sans doute et s'appliqua à écrire.

— Voilà ! C'est M. Rolf Schurr (elle épela), Les Bruyères blanches... avenue de la Belle-Gabrielle à

Nogent. Je ne sais plus si c'est 60 ou 94... C'est un vieux serviteur de son père qui l'a connu enfant et qui l'aime comme son fils. Le monsieur s'est marié sur le tard à une Française qui est morte en lui laissant un petit héritage. Ah... J'allais oublier ! À côté du nom il faut écrire deux lettres majuscules : PG. Ça veut dire que c'est pour lui !

— Je ne vous remercierai jamais assez ! Lui non plus d'ailleurs, commenta-t-il avec un rien d'ironie qu'il se reprocha aussitôt.

Cette femme était peut-être la seule de tout le quartier qui aimât Grindel mais elle était sincère, allant même jusqu'à risquer le mécontentement d'un époux qu'elle semblait par ailleurs révérer ! Voyant qu'elle guettait la pendule, il se leva.

— Il est temps que je vous laisse. M. Branchu ne va peut-être pas tarder à rentrer ?

— Non... C'est à peu près son heure !

— Vous auriez dû me mettre à la porte ! Encore merci, madame Branchu ! J'espère avoir le plaisir de vous revoir un jour prochain...

— Est-ce que... vous pourriez me donner des nouvelles ? demanda-t-elle.

Cette brave femme s'inquiétait vraiment pour son locataire préféré.

— J'essaierai de vous en faire parvenir mais il se peut que Gaspard aille à l'étranger et que je le suive... Je ferai de mon mieux !

Il prit la main qu'elle n'osait pas lui tendre et sans aller jusqu'à l'effleurer de ses lèvres s'inclina dessus ce qui la fit rosir de plaisir... Puis, prenant son chapeau il s'esquiva avec la légèreté d'un elfe et rejoignit Adalbert qui tuait le temps en fumant comme une cheminée d'usine. Heureusement il faisait doux et les glaces étaient baissées.

— Ah, enfin ! C'était plutôt long !

— Je sais mais cela en valait la peine. Mme Branchu s'est autant dire confessée à moi !

— Ton charme irrésistible, n'est-ce pas ?

— Je préférerais mon air honnête ! Et figure-toi que j'en ai un peu honte. Cette pauvre femme est tout bêtement amoureuse de Grindel. Ce qui n'est pas le cas à l'égard de son époux qu'elle semble redouter. Elle me croit le meilleur ami de son idole et…

— Qui n'est pas la tienne alors laisse tomber tes états d'âme et raconte !

Ce qui fut vite fait. Vint la conclusion :

— Tu connais Nogent-sur-Marne, toi ?

— Encore assez ! Mais pas tout si ce n'est que c'est un coin agréable où on va danser le dimanche dans les guinguettes fleuries au bord de la Marne au son de l'accordéon en buvant du vin blanc et en mangeant une friture ! C'est là qu'habite… ?

— La boîte aux lettres de Grindel… et j'aimerais y aller ce soir.

— Moi itou ! Solution ! on passe chez moi et on interroge Théobald ! Il a les plans des banlieues de Paris grâce à l'Almanach du facteur que les PTT éditent pour les vœux de fin d'année. Il y en a en général de plusieurs villes… et comme nous savons être généreux chez nous…

— Vu ! Démarre !

Mais le majordome-factotum d'Adalbert n'eut pas besoin de se plonger dans de longues recherches :

— Je connais très bien Nogent. J'avais un oncle là-bas et quand on était petits mon frère et moi, on allait souvent à la pêche avec mon père. L'oncle avait un bateau sur la Marne.

— Et l'avenue de la Belle-Gabrielle, c'est au bord de l'eau ?

— Absolument pas ! C'est en lisière du bois et la nuit c'est assez désert mais plutôt chic. Pour y aller il faut traverser Vincennes en passant devant l'entrée du château et continuer tout droit. Quand on arrive sur Nogent, c'est des deux côtés de la route avant d'entrer dans la ville... Ces messieurs veulent que je leur serve de guide ?

— Je préfère que tu restes ici, dit Adalbert. Si par hasard on ne revenait pas tu pourrais envoyer le commissaire Langlois à notre rescousse... On ne prend jamais trop de précautions ! Ah !... N'oublie pas de téléphoner à Mme de Sommières pour qu'elle ne se tourmente pas si on rentre un peu tard !

— Comme je vais tomber sur Mlle du Plan-Crépin, elle voudra en savoir davantage !

— On ne peut pas dire ce qu'on ignore et étant donné que tu ne sais rien... pas même qu'on va danser dans une guinguette !

Bien que l'heure ne fût pas vraiment tardive, l'endroit était en effet désert et chichement éclairé par quelques becs de gaz disposés de loin en loin. D'un côté c'était la dense épaisseur du bois de Vincennes, de l'autre quelques maisons, pourvues de jardins qui les tenaient espacées. Cossues, datant de la fin du siècle précédent et à l'évidence habitées

– il y avait même une clinique apportant une note lumineuse et rassurante dans un univers obscur même si des lumières à certaines fenêtres de rez-de-chaussée ou derrière des volets clos signalaient la présence humaine.

Les Bruyères blanches étaient relativement éloignées, dans la partie remontant vers Fontenay. C'était, sous un toit en auvent, une maison bourgeoise en meulière adossée à des arbres devant laquelle une pelouse s'ornait en son milieu d'une corbeille de géraniums. Dans le fond on apercevait un garage. Elle était surélevée de cinq marches qui, d'un côté, formaient une terrasse sur laquelle des fenêtres étaient éclairées...

Adalbert qui roulait au ralenti allait arrêter la voiture quand deux « hirondelles » en bicyclettes surgirent de la nuit, les croisèrent et leur jetèrent un coup d'œil avant de poursuivre leur chemin.

— Faut trouver un coin où se garer au cas où ils reviendraient !

— Cela m'étonnerait. Ils doivent faire une ronde...

— Dans le doute...

Un peu plus loin on avisa l'angle d'une petite rue sans réverbères. L'endroit idéal ! On s'y rangea et on revint à pied vers l'objectif dont le premier obstacle ne leur avait pas échappé : une grille de fer forgé noir armée de pointes comme il se devait enchâssée entre des murets de parpaings où elle se continuait.

— Au boulot ! murmura Adalbert. Fais le guet !

Mais la serrure ne se défendit guère et le vantail s'ouvrit sans même un grincement. Par chance, l'allée contournant le motif central était revêtue de sable et non de gravillons. Cela permis à leurs pieds chaussés de crêpe d'atteindre les buissons sans susciter le moindre bruit. En revanche, celui qui leur parvint par une fenêtre ouverte – l'orage menaçait et l'on devait fumer à l'intérieur – était caractéristique.

— On joue au billard là-dedans ! souffla Aldo.

Avec mille précautions ils se glissèrent dans la haie qui, peu épaisse, ne leur donna guère de difficulté et se redressèrent jusqu'à ce que leurs yeux atteignissent le ras de la fenêtre.

Le meuble principal de ce salon, meublé à l'anglaise et confortable, était en effet un magnifique billard. Il y avait là trois hommes. L'un âgé et d'une surprenante beauté sous ses cheveux blancs fumait un cigare dans un fauteuil roulant auprès d'un guéridon supportant des verres et des flacons. Il regardait les autres, nettement plus jeunes et qui semblaient absorbés par leur jeu. L'un d'eux était Gaspard Grindel – c'était lui qui jouait ! –, le second, à peu près du même gabarit et offrant quelque ressemblance avec lui, l'observait tout en remettant de la craie bleue sur l'embout de sa canne.

Une fesse sur un coin du billard, Grindel tentait un coup difficile quand, soudain, il expédia d'un geste de colère la queue sur le feutre vert.

— Laissons tomber ! Je ne suis bon à rien, ce soir !

— Tu es surtout trop nerveux, observa le vieil homme. Viens plutôt boire un verre ! Cela te détendra. Mais un seul ! Tu n'as presque rien mangé au dîner !

En même temps il présentait un whisky dont Grindel avala la moitié avant d'aller s'asseoir dans un fauteuil de cuir.

— Il en faudrait davantage pour me détendre les nerfs. Je n'arrive pas à dormir une nuit entière depuis le coup de téléphone de ce salopard !

Le troisième homme se servit lui-même et eut un rire moqueur :

— Notre brillant banquier aurait-il des nerfs de jeune fille ? Qui l'aurait cru ?

— Oh toi, tu ferais mieux de la boucler ! Si tu n'avais pas raté Morosini on n'en serait pas là… Lisa serait sous les voiles d'un deuil qui ne devrait pas lui peser trop lourd après les turpitudes de son conjoint et moi j'attendrais béatement qu'elle accepte de m'épouser.

— Tu as un certain culot de me le reprocher ! À moi le sale travail tandis que Monsieur n'avait rien d'autre à glander que tendre les bras et prodiguer ses consolations à la belle ! C'est un peu simplet ! Seulement moi, mon vieux, je ne suis pas Guillaume Tell !

— Tu l'as d'ailleurs manqué d'un cheveu et tu l'as tout de même expédié à l'hôpital pour un bon moment ! fit « l'ancêtre » sur le mode apaisant. Et revenant à Gaspard : Tu es injuste ! Le coup était beau puisque l'homme a été atteint à la tête et ce n'est pas la faute de ton frère s'il se trouvait dans une ville de province un champion de la chirurgie crânienne ! C'est un manque de chance, voilà tout. Mais la chance elle tourne et une occasion peut se représenter ! Et cette fois Mathias ne le loupera pas !

— Je sais ça, père ! Il n'en reste pas moins que ce n'est pas le plus important pour le moment. On m'a accordé quinze jours. Quatre ont déjà passé. Et je ne sais même pas où mon « associé » entend procéder à l'échange : la moitié de la collection contre le cadavre – l'authentique cette fois ! – de Kledermann ! Rien ne m'assure que ce n'est pas un piège et que je ne vais pas me faire assassiner !

— Ce n'est pas son intérêt, rassura Mathias. Ai-je rêvé ou a-t-il évoqué la collection Morosini ?

Grindel haussa les épaules et alla se resservir.

— Qu'est-ce qui me dit que ce n'est pas un leurre destiné à me rendre confiance ? Il doit forcément se douter que la mienne en a pris un sacré coup ! Il est habile, crois-moi ! C'est un excellent comédien. Quand j'ai fait sa connaissance au casino de Campione d'Italia où je venais de me faire ratisser jusqu'à l'os... et même un peu plus parce que j'avais joué... plus que je ne possédais...

— L'argent de ta banque ?

— En quelque sorte !... il s'est montré d'une incroyable gentillesse... au point de me rendre ce que j'avais perdu. Contre lui d'ailleurs !

— On sait ça ! grogna Mathias. Et ça ne t'a pas paru suspect ? À moins d'avoir affaire à une réincarnation de saint Vincent de Paul ou de saint François d'Assise, il ne doit pas y avoir sur terre un seul joueur capable de rendre son gain !

— Pourquoi pas ? fit Schurr. Dès l'instant où l'on sait à qui l'on s'adresse. Un banquier d'abord et ensuite le neveu d'un milliardaire possesseur d'une des plus belles collections de joyaux au monde ! Il avait dû repérer ton frère depuis un bout de temps !

De toute façon, ce n'est pas l'heure de noyer le poisson. Il faudra faire face à la situation telle qu'elle se présente : connaître le point de rencontre... et s'y rendre ensemble ! Ce pourrait être Lugano ? C'est chez lui. Il se méfierait moins.

— C'est justement le problème : la rencontre ! Il va falloir que je retourne avenue de Messine où je ne me sens plus en sécurité...

— Ce n'est pas obligatoire. Si tu as la possibilité de l'atteindre, n'attends pas la fin du délai et appelle-le... Dans trois ou quatre jours par exemple, sans jouer l'affolement bien entendu mais en laissant entendre que tu redoutes d'être surveillé. Tu pourrais préciser que tu ne verrais aucun inconvénient à poser les jalons en vue de vous approprier la collection du Vénitien, après quoi...

— Si on allait se coucher ? coupa Mathias en s'étirant. Moi j'ai sommeil... et mes nuits sont excellentes. Mais je ne vous empêche pas de continuer à vous creuser la cervelle ! Vous me raconterez vos conclusions au petit déjeuner... Je vous souhaite une bonne nuit !

— Tu vas faire un tour au jardin ? demanda Schurr.

— Ma foi non. Je n'en vois pas l'intérêt ! D'autant qu'il commence à pleuvoir ! ajouta-t-il en approchant de la fenêtre sous laquelle les deux observateurs se firent tout petits.

Mais c'était pour la fermer et ils respirèrent mieux. D'ailleurs de grosses gouttes d'eau commençaient à tomber.

— Filons d'ici ! souffla Adalbert...

Ils gagnèrent le couvert des arbres afin d'être visibles le moins possible puis se courbèrent le long du muret précédant la grille qu'Adalbert avait eu la précaution de ne pas refermer, se glissèrent dans l'entrebâillement et, une fois hors de vue, se redressèrent pour rejoindre la voiture, mais à cet instant, Aldo s'arrêta, sortit la lettre de sa poche et revint sur ses pas pour l'introduire dans la boîte de la grille, après avoir sali le coin du timbre.

— Qu'est-ce que tu fabriques ? appela Adalbert.

— J'allais oublier l'épître... J'ai écrit dedans : « Surtout ne rentrez pas chez vous ! »

Ils tournèrent le coin de la rue juste à l'instant où l'orage se déclenchait. Un gros nuage creva au-dessus d'eux et le temps de s'engouffrer dans la voiture ils étaient déjà trempés. Portières et vitres closes, ils restèrent sans parler, se contentant de s'essuyer avec les chiffons – propres ! – qu'Adalbert gardait toujours en cas de panne. Isolés comme dans une bulle au milieu des rafales, ils s'efforcèrent de mettre de l'ordre dans leurs idées après les découvertes que leur équipée leur avait offertes. Puis Aldo alluma une cigarette et une autre qu'il mit d'autorité au coin de la bouche de son ami, tira deux ou trois bouffées et enfin remarqua :

— Ça a l'air de se calmer ! Tu pourrais peut-être essayer de démarrer ? On ne va pas passer la nuit ici !

— Quelle heure est-il ?

— Mets le contact ; on n'y voit rien... pas loin de onze heures, annonça-t-il quand la pendulette du tableau de bord s'alluma. Il serait temps de rentrer, si toutefois ton moteur n'est pas noyé.

— Mes moteurs ne sont jamais noyés ! ronchonna Adalbert. C'est un principe ! Et je conseille à celui-là de s'y conformer !

Aldo sourit intérieurement. Il savait que c'était à cause de lui que son ami avait acheté cette grosse Renault si confortable afin de pouvoir le véhiculer dans les meilleures conditions après sa blessure à la tête mais qu'il n'en gardait pas moins son cœur à sa petite Amilcar rouge et noir qui l'attendait sagement au garage sous sa housse protectrice...

De fait, la voiture démarra sans se faire prier et, après un demi-tour savant, on reprit le chemin du parc Monceau. Ce ne fut que quand on atteignit les quais de la Seine qu'Adalbert prit la parole :

— Si j'ai bien compris tu as vu ta famille s'agrandir ce soir ? C'est un peu inattendu !

— Comme tu dis, et je t'avoue que j'essaie de recaser les pièces de l'échiquier. Et d'abord d'où sort ce noble vieillard – fort beau d'ailleurs avec sa tête d'empereur romain – que Grindel appelle père ? Sa concierge m'a confié qu'il s'agissait d'un ancien serviteur de ses parents et je n'ose pas penser...

— Que l'un n'empêche pas l'autre ? Qu'est-ce que tu sais au juste sur Grindel qu'on ne voyait pratiquement jamais mais dont on connaissait l'existence sous le vocable du « cousin Gaspard » ? Comment est-il le neveu de Kledermann ? S'il l'est réellement !

— Par sa mère. Mon beau-père n'avait qu'une sœur, morte il n'y a pas tellement longtemps. Elle avait épousé un magistrat et habitait Berne. On a brillé par notre absence à l'enterrement : Lisa était enceinte jusqu'aux yeux et nous on était en Amérique. Le mari, lui, était mort depuis vingt ans ! Il était nettement plus âgé qu'elle je crois.

— Et voilà pourquoi votre fille est muette ! ironisa Adalbert. Je m'étonne que tu n'aies pas trouvé ça tout seul ! Le magistrat n'était peut-être pas aussi vaillant qu'il l'espérait et c'est le beau chauffeur qui s'est dévoué. Gaspard a été conçu pendant son règne et Mathias sans doute après avec davantage de discrétion sinon ils porteraient tous les deux le même nom ! Et d'ailleurs celui-là est plus jeune que son frère.

— Ce qui m'étonne surtout c'est que Grindel sache qu'il n'est pas le fils du magistrat et n'ait pas l'air d'y voir d'inconvénient. Il semblerait même porter une certaine affection à ce frère hors du commun.

— Pourquoi pas ? Au fond, cette histoire ressemble assez à celle du gamin du pauvre Vauxbrun[1]. François adorait celui qu'il appellait son parrain et n'était pas loin de détester son président de père putatif !

— Tu as raison. Je sais par Lisa que sa tante... Belinda – c'est son nom ! – avait été très belle. Elle devait être aussi très intelligente et aimer Schurr assez profondément pour révéler la vérité à son fils afin qu'il sache qu'en dehors de son oncle Moritz Kledermann, il lui restait une famille cachée. Au fond, c'est ça qui me surprend le plus : il existe une véritable affection entre ces trois hommes...

— Le malheur, c'est qu'ils nourrissent tous les trois un égal dédain pour l'amour du prochain et même la simple honnêteté !

Ainsi qu'ils s'y attendaient, personne n'était couché quand ils rentrèrent rue Alfred-de-Vigny.

---

1. Voir *Le Collier sacré de Montezuma*.

Installées à leur places habituelles dans le jardin d'hiver dont une des verrières était ouverte pour laisser entrer les senteurs du parc Monceau réveillées par le passage de l'orage, Mme de Sommières faisait des réussites – ou plutôt faisait semblant ! – tandis que Marie-Angéline se précipitait vers le vestibule au moins une fois toutes les dix minutes puis revenait s'asseoir sur la chaise basse qu'elle affectionnait, reprenait le livre qu'elle avait laissé, y jetait un coup d'œil avant de le retourner sur ses genoux en poussant un soupir... puis recommençait son manège. Ce qui amenait peu à peu la marquise à la limite de l'exaspération :

— Pour l'amour du ciel, Plan-Crépin, tenez-vous tranquille au moins... une demi-heure si ce n'est pas trop vous demander ! Vous me donnez le tournis et vous ne les ferez pas venir plus vite !

— C'est que j'ai vraiment un mal de chien à me maîtriser ! Ils auraient pu passer par ici avant de filer je ne sais où en se contentant de nous faire avertir par Romuald ! Ce n'est pas si loin ! ajouta-t-elle d'une voix plaintive. Oh, Seigneur Dieu, les voilà !

La cloche du portail se faisait entendre, en effet, et elle courait déjà à travers les salons.

— Merci, mon Dieu ! exhala la vieille dame en laissant retomber les cartes qu'elle s'apprêtait à étaler pour la... énième fois.

L'instant suivant ils l'entouraient, parlant tous à la fois. Elle prit sa canne et en frappa vigoureusement le sol.

— Un peu de silence ! intima-t-elle. On ne s'entend plus respirer ! Inutile de vous demander si vous avez pris le temps de dîner...

— On n'a pas très faim, dit Aldo, mais un petit remontant serait le bienvenu !

— Parle pour toi ! Moi, je crève de faim ! Les émotions me font toujours cet effet-là. Tu devrais le savoir !

— Parce que vous en avez eu ? émit Plan-Crépin dont les narines se dilataient.

Mais Mme de Sommières coupa court :

— Vous patienterez un peu ! Allez voir à la cuisine ce qu'Eulalie a dû tenir au chaud pendant que nous passons à table. Vous, Cyprien, allez vous coucher ! L'humidité ne vaut rien à vos rhumatismes – ni d'ailleurs aux miens ! –, l'un de ces messieurs fera le service !

— Moi ! réclama Adalbert. En bon célibataire je me débrouille mieux qu'un homme marié !

Ce fut à qui serait le plus efficace ! Marie-Angéline revenait presque au pas de course avec un imposant pâté en croûte dont la cheminée laissait échapper des effluves délicieusement odorants tandis qu'il avait rempli les verres de beaujolais Saint Amour, non sans avoir déjà vidé le sien sous prétexte de « taster » le vin. Après quoi il entreprit de découper le chef-d'œuvre qui, avec une salade, un brie de Meaux et une crème sabayon composait le repas. Pendant ce temps-là, Aldo racontait sa visite à Mme Branchu et Marie-Angéline buvait ses paroles :

— Vous dites qu'elle est amoureuse de Grindel ? Mais comment avez-vous découvert ça ? Ce n'est pas – et de loin ! – le favori du quartier.

— Je n'en sais rien. Une intuition, je pense ? Il a suffi que je prononce son nom sur un certain ton pour que je voie s'allumer dans ses yeux une lueur... et nous nous sommes entendus très vite ! Surtout quand je me suis présenté...

— Ben voyons, ricana Adalbert. Le sourire ravageur joint au titre princier, c'est imparable !

— Cette rengaine, il y avait longtemps que tu ne me l'avais pas servie ! Si c'est le cas, cesse un peu de bâfrer et continue ! C'est d'ailleurs le plus intéressant de la soirée et ton verbe est incomparable ! Après tout moi aussi j'ai faim !

Et il se consacra à son assiette tandis qu'Adalbert retraçait la scène surprise par la fenêtre des Bruyères blanches... et obtint un succès mesurable au silence qui suivit. Plan-Crépin réagit la première :

— Le cousin Gaspard fils du chauffeur de ses parents !... Je voudrais savoir comment Lisa prendrait la chose si elle le savait. Parce que je suppose qu'il s'est gardé de lui en faire part ?

— Oh, je la crois très capable de ne pas y accorder une extrême importance, telle que je la connais ! répondit Aldo. Cela ne change rien au fait qu'il soit le neveu de son père et donc son cousin germain.

— Je pense comme toi ! soupira Tante Amélie. Elle n'a aucune de ces petitesses du vulgaire ! Et, à son propos, tu seras sûrement content d'apprendre que j'ai reçu ce matin une lettre de Valérie von Adlerstein !

— Ah, que dit-elle ? Comment vont les enfants... et Lisa ?

— Une question à la fois, s'il te plaît ! Les enfants vont à merveille comme d'habitude et Lisa un peu mieux !

— Comment l'entend-elle ? fit Aldo, soudain légèrement fébrile.
— Je la cite. Elle explique que les effets désastreux des drogues qu'on lui a fait prendre s'estompent petit à petit. Elle se consacre aux enfants...
— Elle s'en est toujours beaucoup occupée ! remarqua-t-il avec un rien de mélancolie.
— Oui, mais à présent, quand ils parlent de leur père, elle leur répond ! Valérie dit que tu ne dois surtout pas perdre courage !

Sur les nerfs crispés d'Aldo, ces quelques mots agirent comme un baume. Se pouvait-il qu'il y eût encore un espoir pour le couple si uni qu'ils formaient naguère, Lisa et lui ?...

10

Une nuit de rêve

Le moment d'émotion passé, on avait discuté autour de la table de ce qu'il convenait de dire à Langlois. Marie-Angéline, qui regrettait toujours d'être allée se confier à lui après sa visite chez Grindel, était d'avis qu'on ne lui raconte rien du tout !

— Ça, c'est impossible ! riposta Aldo. Étant donné que je lui ai demandé de retarder de vingt-quatre heures sa perquisition, il faut lui offrir un os à ronger, sinon il va s'en servir pour m'arracher les oreilles !

— Et les miennes en prime ! appuya Adalbert.

— C'est aussi mon avis ! déclara la marquise. Comme vous allez sûrement vous lancer dans la chasse au trésor, les garçons, il vaut mieux assurer vos arrières.

Mais Plan-Crépin tenait à son point de vue :

— Sans doute ! Mais s'il commence à arrêter à tour de bras, il récupérera peut-être la collection Kledermann mais il signera du même coup la condamnation à mort du propriétaire. S'il la sait perdue pour lui, Borgia ne gaspillera pas une minute pour s'en débarrasser ! Un coup de revolver ou un coup de marteau et il l'enverra nourrir les poissons du lac !

— Le lac ? Vous faites allusion à Lugano ? demanda Adalbert.

— Ça me paraît naturel puisque c'est son fief, et si je crois ce que l'on a dit, ce n'est pas la place qui manque !

— Oui, mais il y a plus de trois mois que la baraque est sous surveillance de jour comme de nuit et, à part une vieille folle qui se prend pour une infante en exil, on n'a jamais rien trouvé ! Or amener d'Angleterre jusqu'à Lugano un corps du gabarit de Kledermann doit tout de même présenter quelques difficultés !

Le résultat de ce débat animé fut que personne ne dormit beaucoup cette nuit-là à l'hôtel de Sommières et qu'en se rendant Quai des Orfèvres le lendemain matin, les deux hommes n'étaient pas au meilleur de leur forme.

L'accueil qu'ils reçurent du grand chef n'était pas fait pour les réconforter. Il était visiblement à cran :

— Un appartement en désordre, hein ? Des paperasses un peu partout ? Il ne manquait guère que des fleurs...

Aldo monta aussitôt au créneau :

— Il aurait pu y en avoir. On a oublié de vous dire que c'est la concierge qui fait le ménage chez Grindel et comme elle a un petit faible pour lui...

— Je croyais qu'il était mal vu de tous les voisins ?

— Parce qu'il est peu aimable, avare et a le porte-monnaie coincé ! Ce qui n'atteint pas Mme Branchu qui, au contraire, le porte aux nues... à condition que les oreilles de son mari ne traînent pas dans le voisinage.

— Comment le savez-vous ?

— J'ai pris la peine d'aller bavarder avec elle en me présentant pour ce que je suis d'ailleurs : un cousin par mariage… de Grindel.

— Nom et titre compris ?

— Absolument ! Nous avons été très vite bons amis. D'autant plus que me disant inquiet pour Gaspard, il fallait à tout prix lui éviter de rentrer chez lui durant quelques jours. Aussi sachant quelle confiance il avait en elle, j'avais préparé une lettre que je la priai instamment de lui faire parvenir s'il lui avait laissé une adresse ou un numéro de téléphone comme il est normal de le faire en cas d'urgence. L'enveloppe était timbrée mais sans suscription et je l'ai posée devant elle en laissant apparaître le coin d'un billet de banque.

— Et elle a pris le paquet en vous disant qu'elle ferait le nécessaire puis vous a dit « au revoir » ? J'imagine qu'ensuite vous l'avez guettée quand elle est allée la porter à la boîte ?

— Pour l'assommer plus ou moins ? Vous me prenez pour qui ? Elle a réagi comme je l'espérais quand je lui ai présenté mon stylo…

— Un Montblanc hors de prix qui lui a fait perdre ses moyens, susurra Adalbert…

— Tais-toi !… et m'a donné ce que je voulais : l'adresse d'un pavillon à Nogent où vit un ancien serviteur des parents Grindel. Un vieux Suisse nommé Rolf Schurr qui y a pris sa retraite après la mort de sa femme française. Voilà ! Maintenant j'attends vos reproches !

— Donnez-moi cette adresse !

Aldo respira à fond :

— À une condition !
— Quoi ? Vous perdez la tête, ma parole !
— Oh, que non ! J'expliquerai après…

Langlois tourna alors sa colère contre Adalbert :
— Et vous ? Vous restez là sans rien dire ? Que votre copain en prenne à son aise avec la police française passe encore : il est italien…
— Vénitien ! rectifia Morosini impavide.
— Mais vous, Vidal-Pellicorne, vous êtes bien français, il me semble ?
— Jusqu'au bout des ongles… mais vous nous connaissez assez, monsieur le commissaire principal, pour savoir que s'il nous arrive de dépasser quelque peu les limites de la loi, c'est toujours pour le bon motif. Et dans le cas présent, c'est de la vie des siens qu'il s'agit !
— Ça va ! La condition ?
— Vous vous abstenez d'y envoyer vos troupes de choc mais vous mettez le téléphone sur écoute. J'avoue ignorer le numéro mais vous le trouverez facilement ! Cela vous paraît excessif ?
— Non… pour le moment. Que voulez-vous savoir ?
— L'endroit où aura lieu la prochaine rencontre, voyons ! Grindel ne peut pas faire autrement que livrer une partie de la collection…
— Et si Gandia se contente d'une phrase dans le genre : « là où vous savez ! » ou encore « là où nous nous sommes rencontrés la première – ou la dernière – fois », que ferez-vous ?
— On suivra, grogna Adalbert. Vous devez penser qu'on ne va pas le laisser batifoler dans la nature sans surveillance !

— Comprenez-moi ! reprit Morosini. La collection Morosini m'importe peu. Ce que je veux, à n'importe quel prix, c'est sauver mon beau-père. Je ne supporte pas l'idée de le savoir aux mains d'une bande d'aigrefins qui jouent du couteau pour un oui ou pour un non ! Je veux le ramener à Lisa ! Outre l'amitié profonde que j'éprouve pour lui, ce sera la meilleure façon de me faire pardonner et de retrouver ma famille !

Malgré l'arrogance affichée, le désespoir était flagrant dans cette voix et Langlois ne s'y trompa pas :

— Allons ! Vous savez que nous sommes prêts à tout pour vous aider !

Puis changeant brusquement de ton :

— Parce que voilà cinq minutes que nous parlons dans le vide et que cela me donne la mesure du degré de perturbation que vous avez atteint... tous les deux ! ajouta-t-il avec l'ombre d'un sourire.

— Que voulez-vous dire ?

— Vous faites toute une histoire de me donner une adresse dont vous voulez que je surveille le téléphone ! De deux choses l'une : ou ce Schurr l'a et l'annuaire m'indiquera cette adresse, ou il ne l'a pas et je ne vois pas vraiment ce que je pourrais surveiller !

— Ou il n'est pas à l'annuaire ! fit Adalbert rogue.

— Si c'est une maison respectable – même seulement en apparence ! – et non un repaire de malfrats, il est impossible qu'il en soit autrement !

— Ça va, on est battus ! soupira Adalbert : les Bruyères blanches, 8, avenue de la Belle-Gabrielle à Nogent-sur-Marne. C'est une maison tout ce qu'il y a de convenable ! Enfin, elle en a l'air !

— Voyons si elle en a la chanson ! Je vais coller dessus l'inspecteur Sauvageol que vous connaissez peut-être ?

— Non. C'est lui que vous aviez envoyé à Lugano ?... Où il n'a pas trouvé grand-chose, il me semble ? dit Morosini.

— Suffisamment pour m'intriguer ! Il se peut que je l'y renvoie pour vérifier un curieux bruit : Gandia aurait vendu sa propriété afin de la transformer en clinique de luxe pour malades mentaux et comme Sauvageol s'est fait de nombreuses... relations dans la population...

— Gandia, vendre la Malaspina ? Ça m'étonnerait, répondit Aldo. Pourquoi le ferait-il ? C'est son fief familial depuis des décennies, pratiquement à cheval en outre sur une frontière. De plus les lois helvétiques lui sont plutôt favorables. Où trouverait-il meilleure base pour ses... activités ?

— Il se peut qu'il veuille couper définitivement les ponts avec la vieille Europe et, en vue de cela, réaliser deux gros coups : la moitié de la collection Kledermann... et de la vôtre, Morosini. Après cela l'Amérique, l'Australie ou les Indes, qui peut savoir ? N'oublions pas que personne ne sait où est passée sa sœur à laquelle l'attache un sentiment trouble...

— L'Amérique me paraît impossible ! Elle y était trop connue !

— C'est immense, les États-Unis. Pour une comédienne de sa classe il doit être possible de s'y recréer une vie somptueuse... et pas fatalement au Texas !

— Je pencherais plutôt pour le Brésil ! fit rêveusement Adalbert. Il est encore plus facile de s'y refaire une nouvelle vie... et en plus les pierres précieuses – n'oublions pas la passion de Gandia pour les joyaux ! – y poussent comme les pissenlits après la pluie !

— Quoi qu'il en soit, coupa Aldo en se levant pour partir, la priorité absolue c'est d'être présent à l'entrevue de ces deux salopards !

— Restez encore un instant, j'ai quelque chose à vous montrer...

Langlois prit un dossier dans un tiroir de son bureau et l'ouvrit pour en sortir une photo qu'il tendit à Aldo :

— Vous connaissez cet homme ?

Morosini scruta l'image qui représentait un homme en smoking, qu'il portait d'ailleurs avec une certaine allure, appuyé à une rambarde derrière laquelle on apercevait une plage et la mer. Il avait l'impression de l'avoir déjà vu sans réussir à le situer. Après quoi il la passa à Adalbert en disant :

— Il ne m'est pas inconnu mais son nom ne me revient pas. Et toi ?

— En dehors du fait qu'il me rappelle vaguement ton beau-père...

— Bravo, Vidal-Pellicorne ! L'homme s'appelle... ou s'appelait James Willard. Il était croupier au casino d'Eastbourne. C'est Warren qui vient de m'envoyer cette photo. Willard a disparu depuis un moment déjà et je dirais...

— ... qu'il y a quatre-vingt-dix-neuf chances sur cent pour qu'il repose à présent dans un cimetière zurichois ! acheva Aldo soudain très sombre.

Il avait repris le portrait et, en surimpression, revoyait l'effroyable dépouille qu'il avait dû contempler dans un caveau de la morgue.

— Avait-il de la famille ? demanda-t-il.

— Une femme et deux enfants. Le fils sert dans la Marine royale. La fille est mariée à un assureur et elle a une fille... Je vous rassure, Morosini, car je vous connais bien, leur situation financière est satisfaisante...

— Si nous retrouvons Moritz vivant, cela m'étonnerait qu'il se contente de votre conviction. Sinon... mais n'allons pas trop vite ! Warren sait-il où en sont les choses ?

— Je viens seulement de recevoir ça mais je vais l'appeler... dès que vous serez partis, fit-il gracieusement. Il faut qu'il sache exactement où nous en sommes sinon il va m'envoyer la moitié de Scotland Yard ! Vous savez comment il est ? La disparition d'un banquier milliardaire suisse l'intéresse mais nettement moins que celle d'un sujet de Sa Gracieuse Majesté ! Cela posé, j'appelle Sauvageol. Le plus simple est encore que vous l'emmeniez faire un tour sur les bords de la Marne. Cette balade vous permettra de le jauger... et de vous convaincre de ses capacités ! Je ne crains pas d'affirmer qu'en dépit de sa jeunesse il est en passe de devenir le meilleur de mes inspecteurs !

— Ce qui signifie que vous l'engue... que vous le maltraitez à longueur de journée en vertu du bon vieux principe « qui aime bien châtie bien » ? avança Adalbert suave.

— Que vous voilà donc délicat dans vos propos ! C'est vrai que je l'engueule plus fort que les autres... quand il le mérite ! Ce qui n'est pas souvent. Et si vous désirez des détails sur la vie que l'on mène à Lugano, il vous racontera tout ce que vous voudrez !

Quelques minutes plus tard, présentations faites et ordres donnés, les trois hommes quittaient le Quai des Orfèvres. Il ne faisait aucun doute que le courant de sympathie fonctionnait dans tous les sens et cela dès que l'on eut rejoint la voiture. Comme Morosini voulait lui laisser la place à côté du chauffeur, Sauvageol refusa :

— Avec votre permission, je préfère monter derrière !

Adalbert se mit à rire :

— Vous redoutez la place du mort ?

— Évidemment non. Seulement je préfère que l'on ne me remarque pas dans un coin où il ne doit pas y avoir foule, sauf peut-être dans l'après-midi où l'on promène les enfants au bois. Il faut que je sois quasiment invisible !

L'avenue de la Belle-Gabrielle offrait, dans la journée, une image plus rassurante qu'en pleine nuit. Comme il faisait beau, voitures, vélos et promeneurs avaient pris possession du bois de Vincennes, cependant que dans les maisons la plupart des fenêtres étaient ouvertes.

De nombreuses voitures étaient garées le long des trottoirs ; Adalbert put s'offrir le luxe d'un créneau impeccable afin de permettre au jeune inspecteur d'examiner les lieux à son aise.

À la lumière du jour, les Bruyères blanches apparaissaient différentes. Ce n'était plus qu'un vaste pavillon confortable, aux fenêtres et au jardin fleuris, ouvert à la douceur d'une belle journée. Assis à l'ombre de marronniers, un homme aux cheveux blancs lisait un journal, un panama et une canne posés sur une chaise auprès de lui. À l'étage, une femme en tablier bleu, les cheveux cachés par un torchon, frottait les vitres avec énergie.

— Le lecteur de journal, c'est Schurr? interrogea Sauvageol qui avait sorti un appareil photo.

— En personne! répondit Aldo. Il est facile à reconnaître, n'est-ce pas?

— Oui. Il est drôlement beau pour son âge. Et la femme perchée?

— J'ignore! Probablement la bonne!

— On peut repartir! J'en ai assez vu pour le moment, reprit le policier après un silence attentif. Si j'ai pigé ce qu'a dit le patron, la collection Kledermann doit se trouver là-dedans?

— Quand Grindel a quitté l'avenue de Messine, il emportait deux sacs de voyage qu'il a casés dans la malle arrière d'une voiture grise sans le moindre signe distinctif! On ne voit pas ce que ça pourrait être d'autre! fit Adalbert qui s'arrêta pile et se rangea de nouveau.

— Qu'est-ce qui te prend?

— La Citroën grise, derrière! Elle va entrer dans le jardin des Bruyères.

En effet, une voiture, le nez à la grille, obstruait l'avenue derrière eux. Grindel en sortit pour aller ouvrir mais déjà Sauvageol sautait à terre, son Kodak à la main et un peu courbé afin de rester à l'abri des voitures en stationnement, mais revint tout aussi vite.

— On peut y aller! dit-il en tirant un carnet de sa poche pour y griffonner des chiffres. J'ai le numéro de la voiture. Un numéro suisse d'ailleurs! De Zurich! C'était Grindel ou l'autre?

— Grindel lui-même! renseigna Aldo. On dirait que vous avez une sacrée chance, inspecteur!

— Oh, j'en suis convaincu ! acquiesça-t-il en rangeant son calepin et son appareil avec un large sourire. C'est peut-être parce que j'y crois ? Ça aide, vous savez ? Vous n'en manquez pas non plus !

— J'y croyais mais depuis quelque temps...

— Règle numéro 1 : ne jamais douter ! Même dans les pires circonstances ! Exemple : le type qui vous a tiré dessus à Chinon aurait dû vous tuer... mais il vous a raté ! De peu mais raté tout de même et ça fait toute la différence !

— Mon garçon, approuva Adalbert, vous avez une philosophie qui me plaît ! Si on allait déjeuner au bord de l'eau ? Il fait un temps superbe !

— Merci infiniment ! fit Sauvageol en riant, mais pour moi ce sera le Quai des Orfèvres !

Et pour les deux compères, la rue Alfred-de-Vigny où les attendait une Plan-Crépin déjà surexcitée :

— Alors ? Quoi de neuf ?

— Pas grand-chose, déplora Aldo. On a fait une balade au bois de Vincennes, Sauvageol a photographié la maison et on a vu entrer Grindel avec la voiture grise, une Citroën dont il a noté le numéro...

— Et vous appelez ça pas grand-chose ? Mais sapristi, je me demande...

— Rien du tout !... Tante Amélie, peut-on vous l'emprunter pour une heure ou deux cet après-midi ?

— Plan-Crépin ? Avec bonheur, mon ami ! J'en profiterai pour m'accorder une sieste. Elle est tellement énervée qu'elle déteint sur moi !

— Où veux-tu aller ? demanda Adalbert.

— À l'Opéra ! Ça te va ?

On n'alla pas tout à fait jusque-là mais au coin du boulevard des Capucines et de la place de l'Opéra où s'élevait sur plusieurs étages le luxueux magasin Lancel dont la vue fit sourire Marie-Angéline qui avait compris.

— C'est à quel étage les bagages ?
— On va le savoir tout de suite !

C'était au troisième où un petit ascenseur les déposa presque dans les bras d'un jeune vendeur élégant qui s'enquit de leurs désirs. Et ce fut Plan-Crépin qui se chargea de la réponse :

— Nous voulons voir vos sacs de voyage.

Ils en eurent bientôt un large éventail, de tailles et de formes différentes mais elle n'hésita pas, désignant un modèle au profil de polochon fait de forte toile havane renforcée de cuir plus clair :

— Voilà celui que nous cherchons !
— Et il nous en faudrait deux ! compléta Aldo.
— Si vous voulez bien m'excuser, je vais aller voir à la réserve ! fit le jeune homme avec empressement.

Il revint quelques minutes après portant les objets demandés. Pendant son absence, ses clients – il y en avait de nombreux à cet étage du magasin ! – n'avaient pas échangé une parole, se contentant d'errer à travers le rayon qui sentait bon les cuirs de qualité. Cette longue errance permit à Adalbert de tomber amoureux d'une mallette de crocodile noir dont le prix fit atteindre le ravissement au jeune vendeur quand il revint muni de la copie conforme du sac. Il les accompagna à la caisse avec la mine d'un chef de guerre amenant des rois captifs à son maître et, après les avoir salués, les quitta avec de visibles regrets…

— Je croyais que tu avais déjà une montagne de bagages ? remarqua Aldo tandis qu'ils regagnaient la voiture.

— Il en va des valises comme des hommes : elles s'usent ! Singulièrement la mallette qui m'accompagne toujours lorsque je prends ma chère Amilcar qui mérite le meilleur ! C'est en pensant à elle que je n'ai pas résisté à celle-là ! acheva-t-il sur un soupir ravi.

— Dans ce cas, tu devrais la faire rhabiller entièrement en croco ta « charrette » ! Ce serait encore plus chic !

— Quand vous aurez fini de parler chiffons on pourra peut-être aborder les affaires sérieuses ? s'indigna Marie-Angéline. Votre idée est excellente, Aldo, mais la réalisation me paraît compliquée ! D'abord nous ignorons le poids de chacun des sacs ! Ils m'ont paru assez lourds quand Grindel les a déposés devant mon nez pendant que j'étais sous la table, mais ce n'est qu'une impression !

— On peut s'en faire une idée approximative en pesant les bijoux de Tante Amélie enveloppés de daim. Ainsi que de l'espace qu'ils occupent.

Arraché à son plaisir de s'être offert un bel objet, Adalbert se décida enfin à s'intéresser au but de l'expédition :

— Dites donc, vous deux, vous n'auriez pas dans la tête l'envie de cambrioler les Bruyères blanches ? Ce serait du suicide !

— Et il n'en est pas question. En revanche, il devrait être possible, dès que nous connaîtrons le lieu du rendez-vous de ces deux fripouilles, de suivre Grindel et de procéder à l'échange des sacs pendant le voyage. Un seul naturellement puisque César ne réclame que la moitié...

— Aussi pourquoi en as-tu acheté deux ?

— Parce que c'est plus prudent. César peut réclamer le second. Inutile d'ergoter : de toute façon on n'en est pas là ! Mais revenons-en à la rencontre. Elle sera peut-être musclée... ou peut-être pas, mais ne mettra pas la vie de Moritz en danger. Il se peut que le pseudo-Borgia envoie Gaspard chercher l'autre sac...

— Ça m'étonnerait, dit Adalbert. Ce ne sont des enfants de chœur ni l'un ni l'autre et on risque d'avoir des surprises si, comme je l'espère, on réussit à assister à l'entrevue...

— Justement ! Si on parlait de celle-là ? reprit Plan-Crépin. Où pourrait-elle avoir lieu selon vous ?

— Si c'est César qui choisit, pourquoi pas Lugano ? Il y est chez lui.

— Trop ! Gaspard se méfiera et comme il a décidé de prendre l'offensive il proposera sûrement un endroit différent. D'autre part, il voudra s'assurer que son « partenaire » exécutera sa part du contrat et, de préférence, en sa présence... et on ne m'ôtera pas du crâne, conclut Marie-Angéline, que Kledermann est séquestré quelque part dans la villa Malaspina.

— Je ne vous ai pas attendue pour y penser, dit Adalbert, mais je vous rappelle que nous avons là-bas un poste avancé qui, à part la présence d'une vieille folle, n'a même pas entraperçu César, que Sauvageol – qui lui est resté un moment – a fini par rentrer parce qu'à part ladite vieille folle il n'a jamais rien remarqué d'extraordinaire et que le bruit court, à présent, qu'ayant sans doute d'urgents besoins d'argent, César aurait vendu la Malaspina pour en faire une clinique. Donc...

— Donc il y a quelque chose qui nous échappe, enchaîna-t-elle têtue. Une malade mentale tellement surveillée qu'on lâche dans le jardin, la nuit, des dobermans aux crocs meurtriers ? Où est la nécessité ? L'empêcher de se promener sous les étoiles au risque de la réduire en bouillie ? Empêcher qu'on l'enlève ?

— Et pourquoi non après tout ? s'écria Aldo, agacé. Si j'en crois la description que l'on possède d'elle, cette femme vaut son pesant de diamants !

— C'est peut-être la Torelli ? La « vox populi » dit qu'elle est revenue. Et les diamants, elle n'en manque pas !

— Ça, c'est impossible ! fit Adalbert. La femme en question est à la fois âgée et défigurée ! Wishbone qui, tel que je le connais, a dû se débrouiller pour y jeter un coup d'œil... et qui en était... coiffé autant que moi nous l'aurait fait savoir depuis longtemps ! Pour moi, la « vox populi » n'a rien à voir avec celle de Dieu et le prétendre n'est pas vraiment lui rendre hommage !

— Là-dessus, je suis d'accord ! soupira-t-elle avec un rapide signe de croix. Mais seulement là-dessus !

En rejoignant Mme de Sommières, ils la trouvèrent armée de son face-à-main, en train de lire une lettre qu'elle acheva tranquillement avant de la tendre à Aldo :

— Tiens, lis ! Elle est du cher Hubert qui commence à en avoir par-dessus la tête de s'introduire jour après jour dans une caricature de ma personne. Et je crois que Wishbone est du même avis. Tous deux pensent qu'ils perdent leur temps et que la maison qu'ils couvent depuis si longtemps est bel et bien en passe de changer de destination : la veille au soir, une ambulance a franchi les grilles ! Ne faites pas cette tête-là, Plan-Crépin ! Je connais votre opinion sur le sujet mais tout le monde peut se tromper ! Même vous !

— Alors ils vont rentrer ? fit-elle sans songer seulement à cacher sa déception.

— Mettez-vous à leur place ! Outre son rôle qui l'insupporte à présent, le cher cousin n'aspire plus qu'à retrouver sa maison de Chinon et ses « druides » ! Quant à Wishbone, il aimerait sans doute se dégourdir les jambes en galopant à travers son Texas où tout le monde doit le croire mort !

— Et si on y allait ?

— Où donc ?

— À Lugano, jouer notre propre rôle ? Cela permettrait au cousin Hubert de se retrouver lui-même… et puis Mrs. Albina Santini a le droit d'avoir des invités ? Quant à Wishbone, s'il a tellement envie de retourner jouer au cow-boy, on ne lui en voudra pas pour autant !

— Vous êtes folle, Angelina ! Non seulement vous voulez prendre des risques mais encore vous voulez en faire courir à Tante Amélie ? protesta Aldo.

Cette fois, elle n'hésita pas à lui rire au nez :

— Il faudrait savoir ce que vous voulez ! Quels risques ? Vous vous évertuez tous les deux à nous expliquer que la Malaspina a perdu tout intérêt, qu'elle s'apprête à devenir une espèce d'asile de fous pour millionnaires, et vous baissez les bras à cause d'un bruit qui court et parce qu'on a vu surgir plusieurs ambulances ? Il n'y a pas si longtemps, Borgia et compagnie collectionnaient les taxis. Maintenant ce sont les ambulances ? Pourquoi pas ? Mais moi je veux savoir ce que ce manège cache ! Cela dit, ajouta-t-elle en se tournant vers Mme de Sommières, je comprendrais parfaitement que notre marquise préfère le confort du palace local et j'irai tenir compagnie au cousin Hubert ! Je lui tirerai les cartes...

— Vous avez aussi ce talent ? entonna à l'unisson un chœur à trois voix, qui la surprit légèrement :

— Ben... oui !

— Vous ne pouviez pas le dire plus tôt ? Vous êtes en permanence à faire des réussites mais je n'imaginais pas que vous maîtrisiez les tarots ! Cela va être le moment où jamais de faire une démonstration...

— À tous les trois ! glissa Adalbert.

— En attendant, revenons à ce dont nous débattions ! coupa Mme de Sommières. Un, je m'ennuierai à périr toute seule dans mon palace et je vous rappelle que je ne serai d'aucun réconfort à ce pauvre Hubert qui devra continuer à se prendre les pieds dans des jupons ! Tu as le numéro de téléphone de la villa Hadriana, Aldo ?

— Bien sûr ! fit celui-ci en cherchant son calepin. Mais sincèrement, Tante Amélie, j'ai peur que vous ne preniez des risques...

— Tu veux dire à mon âge ? De deux choses l'une, mon garçon, ou bien Borgia a décidé de rentabiliser sa maison et elle est désormais aussi inoffensive que celle-ci ou bien Plan-Crépin a raison et la perdre de vue serait plus qu'un crime... une faute !

— J'y vais ! Si vous vous mettez à citer ce qu'a dit Fouché à propos de l'exécution du duc d'Enghien, je ne vois pas ce que l'on pourrait vous opposer comme arguments.

Deux heures plus tard il avait la réponse : non seulement les exilés de la villa Hadriana ne voyaient aucun inconvénient à cet arrivage inattendu, mais ils s'en déclarèrent enchantés !

La soirée qui suivit fut des plus actives. On rassembla tous les bijoux de Tante Amélie dans des sacs de daim – elle en possédait une quantité appréciable et de toutes sortes, y compris deux diadèmes ! – avant de les placer dans l'un des sacs préalablement pourvu d'une couche de coton hydrophile afin d'évaluer leur encombrement, après quoi on les pesa...

— Comme il n'est pas question de les emporter, il va falloir investir dans la pacotille, les haricots secs et les pois chiches, résuma Adalbert, et on s'en occupera demain. Et maintenant au travail, madame de Thèbes ! Allez quérir vos outils !

— Oh non ! Pas ce soir !

— Et pourquoi pas ? Il est reconnu que la nuit est propice aux manifestations des esprits !

— Ne mélangeons pas tout ! Entre tirer les cartes et faire tourner les guéridons, il y a un monde... et même plus : un univers ! J'ajoute que les cartes ne répondent pas forcément à l'appel qu'on leur adresse. Il y a des jours où je ne vois rien...

— Comment font, alors, celles qui commercialisent leur talent ? Elles reçoivent des dizaines de personnes à la suite !

— Certaines doivent pratiquer la transmission de pensée et c'est déjà pas mal ! D'autres font marcher leur imagination. Les vraies ne sont pas nombreuses et reçoivent peu. La meilleure, dont je tairai le nom, est même très capable de renvoyer une cliente – ou un client ! – en lui disant : « Désolée, mais je ne vois rien ! Revenez un autre jour ! »

Mme de Sommières se mit à rire :

— Et, bien entendu, c'est à la messe de six heures que vous apprenez les sciences occultes ? Je croyais que l'Église n'était pas d'accord ?

— L'Église ne peut pas être d'accord mais elle n'a jamais refusé les prophètes.

— Une seule question, Angelina, trancha Aldo qui observait la scène avec amusement. Après quoi on vous laissera tranquille parce que vous avez le droit d'être fatiguée et qu'il se fait tard...

— Vous êtes un saint homme, vous ! Posez votre question !

— Cette idée fixe que semble vous inspirer la villa Malaspina, c'est à vos supports divinatoires que vous la devez ?

— En partie, mais en partie seulement, car je suis loin d'être infaillible. Quelque chose me souffle que ce serait une folie de s'en désintéresser. Il s'y trouve un élément que je ne saurais définir mais qui n'est pas bon !

— Ça, on s'en doutait un peu ! bougonna Adalbert. Le seul fait qu'elle appartienne... ou ait appartenu à la clique Borgia, c'est tout un programme, et s'il est avéré qu'elle devienne une clinique, je plains les gens qui s'y feront soigner ! Même si le cadre est enchanteur, les déprimés et autres malades des nerfs en sortiront fous à lier ! En admettant qu'ils en sortent un jour ! Quant à vous, Marie-Angéline, je ne vous tiens pas quitte ! Va pour ce soir, mais demain vous y passez ! Que voulez-vous, ajouta-t-il en s'extirpant de son fauteuil, je ne suis peut-être pas un saint homme, moi, mais je vous avouerai qu'il y a des années que j'ai envie d'aller frapper à la porte d'une de ces bonnes femmes et que je me retiens pour ne pas être ridicule à mes propres yeux.

En l'entendant, Aldo fut pris d'une quinte de toux qui colora son visage en rouge brique au souvenir d'un certain soir, alors qu'Adalbert et lui couraient après les émeraudes de Montezuma, où il avait voulu vérifier les étonnantes prédictions – selon le barman du Ritz – d'un « voyant » qui tenait ses assises quai d'Anjou. Cet homme dont il reconnaissait qu'il possédait un regard envoûtant lui avait prédit la victoire dans une affaire qui lui occupait l'esprit – ce qui lui avait fait grand plaisir – mais avait omis de lui annoncer qu'en sortant de chez lui il allait se faire attaquer par des malfrats qui l'avaient assommé, traîné sous le pont Marie, dépouillé de tout ce qu'il avait sur lui, à l'exception de sa chemise, de son pantalon et de ses boutons de manchettes, lesquels avaient fait le bonheur d'un pochard dépourvu de numéraire. Il s'était hâté de les convertir en beaujolais au bistrot le plus proche. Ce qui avait d'ailleurs permis de retrouver Aldo... Alors, les prédictions !...

— De toute façon, je t'abandonne mon tour ! déclara-t-il en allant embrasser Tante Amélie. Je n'ai pas envie d'en savoir plus sur la suite des catastrophes qui ne cessent de me tomber dessus ! Et je vais essayer de dormir !

Le surlendemain, les deux femmes partaient pour Lugano et Aldo déménageait chez Adalbert après avoir pris soin d'avertir Langlois de son changement de domicile au cas où... Mais les écoutes téléphoniques n'avaient toujours rien donné et Sauvageol, relayé par un confrère, campait pratiquement nuit et jour au fond d'une voiture banalisée sans perdre de vue les grilles des Bruyères blanches. En se demandant si ça allait durer encore longtemps !...

L'arrivée de Mme de Sommières et de Plan-Crépin à la villa Hadriana fut aussi discrète qu'il se pouvait. Elle eut lieu au petit matin après un voyage en train avec changement à Bâle qui leur parut aussi interminable qu'épuisant et qui leur donna l'impression de gagner le paradis quand, en gare, elles retrouvèrent Wishbone venu les attendre avec la voiture à la fois confortable et passe-partout qu'il avait achetée aussitôt après son installation. À son propre nom évidemment.

Il était si heureux de les voir qu'il s'en fallut d'un cheveu qu'oubliant son statut de jardinier il leur saute au cou, arrêtant son élan juste à temps pour se plier en deux et leur souhaiter la bienvenue. Cela fait, il eut l'air de chercher quelque chose ou quelqu'un mais ne vit que les porteurs occupés à charger les bagages sur un chariot. Finalement il n'y tint plus et demanda si ces dames étaient seules.

— Bien sûr ! fit Marie-Angéline. Vous attendiez qui ?

— Je voulais dire : pas de servantes ?

— Des servantes ? En voilà une idée ! Pour quoi faire ?

— Mais… pour servir ! Quand des dames voyagent elles ont toujours …

— Vous voulez dire une femme de chambre ? fit Mme de Sommières. Parce qu'il n'y en a pas chez vous ?

— Non. On avait une femme de ménage mais on l'a jetée à la porte parce qu'elle y écoutait ! Et regardait par les serrures !

— De toute façon, le service n'est pas le même mais ne vous tourmentez pas ! Nous saurons nous débrouiller seules ! Quel pays magnifique ! admira-t-elle comme on sortait de la gare d'où l'on découvrait le lac…

Après un instant de contemplation, on gagna la voiture – fermée ! – où l'on s'installa. Wishbone reprit le volant et l'on démarra.

— Si je comprends bien, reprit la marquise qu'une intuition commençait à traverser, il n'y a pas de femmes à la villa Hadriana ?

— Eh non… C'est un peu triste mais maintenant, fit-il en retrouvant le sourire, nous allons avoir les plus merveilleuses !

Saisie d'une soudaine envie de rire elle échangea un coup d'œil avec Plan-Crépin :

— Qui est aux fourneaux ?

— Boleslas ! Le valet d'Hubert… et on ne peut pas dire que ce soit une ficelle bleue !

— Cordon bleu ! rectifia Plan-Crépin. Et qu'est-ce qu'il vous prépare ?

— Cuisine polonaise ! Du chou… plein de chou ! Et des quenelles à l'eau ! Du poulet bouilli…

— Mais aussi des gâteaux, j'espère ? glissa la marquise. Dans leurs pâtisseries on mange de délicieux gâteaux !

— Ça, il ne sait pas faire. Alors on l'envoie en acheter en ville ainsi que des pizzas. On a beaucoup regretté le départ du jeune policier !...

Mme de Sommières prit un temps puis susurra :

— Je vois ! Dites-moi un peu, mon bon ami, quand nous sommes arrivées ce n'est pas ma femme de chambre que vous cherchiez ? C'est bel et bien ma cuisinière ! Seulement ce n'est pas dans les habitudes des dames en voyage d'emmener la leur ! Eulalie aurait poussé les hauts cris si j'avais osé seulement une allusion ! Bon, je vais le prendre en main, votre Boleslas.

— Nous n'allons pas faire la cuisine pour ce tas d'hommes ignares ! protesta Plan-Crépin choquée.

— Ma chère enfant, vous n'imaginez pas le nombre de soi-disant cuisinières que j'ai dressées avant d'arracher notre Eulalie à ma grand-mère ! Sans grande peine d'aillcurs : Bonne Maman Feucherolles se nourrissait exclusivement de soupes aux légumes, d'œufs à la coque où elle trempait ses mouillettes beurrées, de fromage blanc et de compotes de pommes, étant donné l'absence de ses dents. Je vais l'éduquer, ce Boleslas. Cela me procurera une distraction et vous irez au marché avec lui !

Wishbone ne pipa mot mais le rétroviseur restitua cette fois un sourire épanoui dont on se hâta de diminuer l'enthousiasme en lui tapant sur l'épaule :

— Eh là, jeune homme ! Ne nourrissez tout de même pas d'espoirs insensés ! Eulalie est exceptionnelle et ce n'est pas moi qui l'ai formée... Et... à part la cuisine, que fait-il au juste, votre Boleslas ?

— Le ménage. Il n'aime pas mais il le fait à la perfection et il n'y manque rien. Boleslas s'est même levé avant l'aube pour cueillir des fleurs.

— Allons, c'est déjà ça ! Ne faites pas cette tête, Plan-Crépin ! Admirez plutôt le paysage ! Il est tout bonnement ravissant !

On roulait à présent le long du lac d'où l'on découvrait, sur un fond de montagnes où s'attardaient des plaques de neige, de douces collines tapissées de vignes et de jardins, ponctuées de petits villages et de grandes villas, de bois de châtaigniers et de noyers.

— Voit-on d'ici votre maison et sa voisine ? demanda Marie-Angéline.

Pour toute réponse, Wishbone arrêta la voiture et la fit descendre :

— Ça c'est le mont Brè... commença-t-il.

— Oh ! Il y a un téléphérique ! J'adore les téléphériques !...

— Vous pourrez l'utiliser tant que vous voudrez... à condition de descendre le prendre à la station. Quant à notre maison elle n'est pas très belle mais sa tour adjacente que vous voyez là-bas est fort commode. C'est la villa Hadriana ! D'ici vous pouvez seulement apercevoir un coin de la Malaspina qui est légèrement en contrebas... que vous verrez plus en détail de chez nous !

Du fond de la voiture, une voix indignée leur parvint :

— Vous allez avoir tout le temps de vous adonner au tourisme, Plan-Crépin ! Et moi je meurs d'envie d'une bonne tasse de café !

— Ça, Boleslas sait faire ! Et même très bon ! rassura Wishbone en réembarquant.

Quelques minutes plus tard, on était à destination et le professeur redevenu lui-même par la grâce d'un costume de coutil clair, d'une cravate foulard et d'une paire de moustaches en voie de reconstruction offrait à son ex-belle-sœur sa main pour l'aider à descendre :

— Ma chère Amélie, je n'ai jamais été aussi content de vous voir !

— Je veux bien le croire, Hubert. Je veux bien le croire…

Après quoi, quand, lui ayant baisé la main, il la fit entrer dans le salon, elle braqua sur lui son face-à-main :

— Vous avez une mine superbe et vous êtes… fort élégant, ma foi ! Mais j'aurais aimé pouvoir vous admirer dans le rôle d'Amélie de Sommières ! Ne me ferez-vous pas la faveur d'une représentation particulière ? Cela me ferait tellement… mais tellement plaisir !

— Afin de vous offrir une petite récréation en vous payant ma tête ? grogna-t-il. N'y comptez pas !

Ravie d'avoir réussi à le mettre de mauvaise humeur d'entrée de jeu, elle le gratifia d'un sourire moqueur :

— Savez-vous que je pourrais vous demander des droits d'auteur ? Après tout c'est du plagiat ! À moins que ce ne soit de la caricature ? Qu'en dites-vous ?

— Allez au diable ! On n'aurait jamais dû vous laisser venir ! J'aurais dû me douter que vous n'auriez rien de plus pressé que de me pourrir la vie…

— Il faut vous faire une raison… Par exemple en pensant à la confortable amélioration que je vais apporter à vos menus !

— Vous allez faire la cuisine, vous ?

— Ne rêvez pas ! Je n'ai pas envie de repartir l'estomac ravagé. Aussi vais-je donner quelques leçons à votre... tournant légèrement les talons, elle braqua son objectif sur le Polonais... Boleslas ? C'est bien ça ?

— Tout à fait, madame la marquise. Tout à fait !

— À merveille ! Commencez donc, mon ami, par nous faire un café ! Il paraît que c'est une de vos réussites ?

Et c'est ainsi que Mme de Sommières et Marie-Angéline du Plan-Crépin firent leur entrée à la villa Hadriana !

Enchantée d'elle-même, Tante Amélie prit possession avec grâce de sa chambre – la plus spacieuse de la maison, préparée et fleurie pour elle et d'où l'on découvrait la ville de Lugano et la rive occidentale du lac inondée de soleil. Un cabinet de toilette la séparait du logis de Plan-Crépin et, du balcon sur lequel ouvraient leurs fenêtres, on avait une excellente vue sur les jardins et la terrasse de la Malaspina, mais aucune sur l'arrière dissimulé par un épais bouquet d'arbres.

— Il faudra aller se rendre compte sur place, murmura Marie-Angéline pour elle-même. Heureusement le mur n'est pas très haut !

— Avant de partir en exploration, venez plutôt défaire les valises ! À moins que vous ne préfériez sortir juste le nécessaire ! Je vous avoue franchement que j'ai de moins en moins envie de m'éterniser dans cette baraque alors que j'aperçois là-bas l'ex-villa Merlina devenue un agréable hôtel dont j'ai gardé le souvenir !

— Nous sommes déjà venue ici?
— Oh, il y a longtemps ! C'était bien avant que vous n'arriviez !...
— Nous étions seule?
— Non. J'étais avec... (elle émit un toussotement)... des amis. Que j'ai perdu de vue depuis des décennies !

Et soudain nerveuse, elle rentra dans sa chambre, laissant Marie-Angéline trouver une réponse à l'énorme point d'interrogation qui venait de fleurir dans son cerveau. Se pouvait-il que sa marquise?... Mais non ! Qu'est-ce qu'elle allait chercher? Néanmoins, elle ne put s'empêcher de se livrer à un rapide calcul entre le départ du défunt marquis vers les sphères célestes et sa propre arrivée. Il s'était écoulé un grand nombre d'années dont elle ne savait pratiquement rien si ce n'est que l'on avait mené une vie mondaine dont on avait gardé – à travers l'Europe d'ailleurs ! – quantité d'amis.

Elle en resta là de ses cogitations. À l'intérieur elle entendit Mme de Sommières se moucher puis :
— Alors? Vous les défaites ces valises? À moins que vous ne préfériez reprendre le prochain train ! Au fond, c'est peut-être ce qui serait préférable...
— Je viens, je viens ! se hâta-t-elle de répondre en se précipitant sur les bagages qu'elle défit en un temps record, tenant essentiellement à séjourner dans cette maison qui parlait trop à son imagination pour l'abandonner si vite ! Ce qui ne serait peut-être pas si facile. Sans en avoir fait mention, elle redoutait en effet la cohabitation entre Combeau-Roquelaure et celle qu'il appelait le « vieux chameau » il n'y avait pas si longtemps. Et si maintenant

s'y ajoutait un « souvenir » qu'elle n'osait pas qualifier, la tâche serait rude et il allait falloir s'accrocher !

Cependant, le déjeuner que Wishbone s'était dépêché de commander par téléphone à un traiteur de Lugano se déroula dans une urbanité qui lui rendit espoir... jusqu'à ce que Boleslas apporte le dessert et un seau à glace d'où dépassait le goulot doré d'une bouteille. Tout sourires, Cornelius se leva pour la déboucher lui-même et remplir les coupes :

— Et à présent, dit-il en se tournant vers son invitée principale, nous allons boire à l'heureuse arrivée de Mme la marquise et de Mlle du... Angelina ainsi qu'à un séjour que...

Il s'interrompit net. Non seulement Mme de Sommières ne prit pas sa coupe mais la fixait d'un œil qui n'augurait rien de bon :

— Qu'est-ce que cela ? grimaça-t-elle en désignant d'un doigt indigné le liquide jaune qui moussait dans le cristal.

— Champagne, voyons ! fit-il décontenancé. Champagne italien... *of course* !

— Mon cher ami, vous avez toutes les excuses possibles de faire une si lourde confusion et vous voudrez bien accepter les miennes si je vous parais impolie mais vous ne me ferez jamais avaler ça !

Puis se tournant vers Hubert plié en deux par le fou rire :

— Inutile de chercher qui vous a conseillé cette détestable plaisanterie. Du champagne, hein ? Chez les gens civilisés et les Français dignes de ce nom, on appelle ce breuvage de l'asti spumante ! Et je refuse d'y être condamnée durant mon séjour ! Plan-Crépin ! Puisque vous en avez tellement envie, vous restez ici, mais vous refaites mes valises et vous me retenez une chambre au Splendide Royal Hotel où je vous attendrai le temps qu'il faudra ! Je refuse toute cohabitation avec un personnage qui, à plus de quatre-vingts ans, se livre encore à des blagues de potache ! Cela n'entame en rien l'amitié que je vous porte et dont je vais abuser en vous demandant de me faire servir une tasse de votre excellent café sur la terrasse ! Allez, Plan-Crépin ! Exécution !

Et, d'un pas royal, elle alla s'asseoir dans l'un des fauteuils en rotin au-dessus duquel Boleslas s'empressa d'ouvrir un parasol. Un silence de mort salua son départ.

Les trois autres semblaient changés en statues de sel. Le professeur se reprit le premier :

— Je croyais qu'elle avait le sens de l'humour ? grogna-t-il en se levant pour faire l'ours encagé. Décidément elle ne changera jamais ! Elle est et restera toujours un…

Instantanément Plan-Crépin fut debout, furieuse :

— Un mot de plus et on s'en va ! Ce genre d'humour, je ne le comprends pas plus que notre marquise ! D'autant qu'elle n'est venue que pour vous faciliter la vie ! En outre, vous avez osé vous servir, pour cette lamentable plaisanterie, de la chaleureuse hospitalité de notre ami Wishbone qui croyait vraiment lui faire plaisir !

Celui-ci eut pour elle un regard désolé :

— C'est réel ! Je voulais lui faire plaisir parce que je suis tellement plein d'admiration pour elle ! Et voilà que maintenant elle va me détester !

— N'ayez aucune crainte ! Vous pouvez être certain qu'elle a parfaitement compris et ne vous associe en rien à cette stupidité, rassura la vieille fille en posant une main apaisante sur son épaule. Quant à vous, monsieur le professeur de Combeau-Roquelaure, vous savez ce qu'il vous reste à faire ? Mais… où allez-vous comme ça ?

En effet, au lieu d'aller vers la terrasse, il se dirigeait résolument vers la porte derrière laquelle il disparut. Pour reparaître deux minutes plus tard armé d'un plateau sur lequel trônait un seau à rafraîchir contenant une bouteille de champagne, d'origine cette fois, et des verres tulipe. Une serviette sur le bras et, sans regarder personne, il traversa la salle d'un pas solennel, une partie de la terrasse pour finalement mettre genou en terre à côté de l'offensée :

— Pardonnez-moi ! implora-t-il. Vous êtes peut-être un vieux chameau mais moi je suis un vieil imbécile ! Voulez-vous boire avec moi le verre de la réconciliation ?

Elle braqua sur lui le petit face-à-main aux émeraudes qui s'accordait si bien avec le vert de ses yeux, laissa passer quelques secondes puis, moqueuse :

— Savez-vous que c'est un véritable exploit, à votre âge, d'avoir réussi à vous agenouiller chargé de ce plateau et sans rien casser ? Voyons ce que cela va donner en vous relevant ! Si vous y parvenez, je vous pardonne !

L'effort qu'il développa pour retrouver un équilibre vertical l'empourpra et il se mit à tanguer dangereusement. Son fardeau aussi. Ce que voyant,

Plan-Crépin accourut à son secours et enleva le plateau qu'elle posa sur une table.

— Ce serait dommage qu'il arrivât malheur à celui-là ! fit-elle. C'est du Dom Pérignon !

— Évidemment ! Il mérite le respect ! Merci, cousin !

En appuyant ses deux mains sur son genou plié, Hubert avait réussi à se relever. Alors Tante Amélie lui tendit la sienne :

— Signons la paix ! sourit-elle. Nous sommes ici pour apprendre ce qui se passe au juste chez les voisins et pas pour nous faire la guerre. Vous en êtes d'accord, Hubert ?

— Ne vous tourmentez pas pour ça, Amélie ! On a de quoi signer quelques armistices : j'en ai fait rentrer trois caisses pour fêter votre arrivée, belles dames ! conclut-il en élevant son verre.

Le soir venu, Mme de Sommières, arguant de la fatigue du voyage, se retira dans sa chambre aussitôt après le dîner en prenant soin de laisser « quartier libre » à Marie-Angéline qui brûlait de s'installer dans la tour en compagnie de Cornelius afin d'observer de nuit la villa Malaspina et ses jardins. Elle refusa même son aide pour sa toilette de nuit comme c'était l'habitude lorsqu'on était en voyage. Elle voulait être seule...

Elle se déshabilla, procéda à ses ablutions après avoir ôté le maquillage discret qu'elle s'autorisait, passa une chemise de nuit et un déshabillé en linon bleu pastel puis alla s'asseoir devant la coiffeuse afin de dénouer ses longs cheveux si joliment argentés qu'elle brossa longuement avant d'en faire une épaisse natte qu'elle noua d'un ruban et laissa glisser sur son épaule. Enfin, elle vaporisa un nuage du parfum au jasmin, frais et léger, qu'elle employait pour la nuit.

Quand elle fut prête, au lieu d'aller s'étendre sur le lit dont Marie-Angéline avait fait la couverture, elle éteignit les lumières avant de sortir sur le balcon où elle s'appuya pour contempler le magnifique paysage nocturne étendu à ses pieds...

La nuit était douce comme elle l'était autrefois et les odeurs de chèvrefeuille semblables à celles qu'elle avait respirées alors. En face, de l'autre côté de l'eau caressée par un rayon de lune, le palace brillait de mille feux... Il était trop loin pour que les échos de l'orchestre lui parvinssent, pourtant elle croyait entendre les violons jouer une valse jamais oubliée...

C'était quarante ans plus tôt, cependant elle revoyait choses et gens comme s'ils venaient seulement de se quitter en se souhaitant bonne nuit. Il y avait bal ce soir-là à l'hôtel où elle était de passage pour quelques jours avec un groupe d'amis au cours d'un voyage de découverte des lacs italo-suisses dont Lugano était la dernière étape avant le retour vers Paris. La fête était charmante et tout le monde s'amusait... et puis il y avait eu cet homme qui s'était incliné devant elle en la priant de lui accorder une valse... Elle avait levé les yeux sur un inconnu dont le regard plongeait dans le sien avec tant de tendresse que drapant d'un geste gracieux sa traîne de dentelle givrée d'éclats de cristal sur son bras ganté, elle l'avait laissé l'emporter...

Elle ne compris jamais de quelle magie il avait usé pour qu'elle se sente si bien dans ses bras... Elle n'était plus une jeune fille à son premier danseur puisque, proche de la quarantaine, elle était veuve depuis dix ans et si elle avait toujours adoré danser, les cavaliers attirés par sa beauté et sa gaieté ne lui avaient pas manqué, mais ce qu'elle avait éprouvé à cet instant lui était inconnu. Elle n'avait même pas fait attention à son nom quand, en l'invitant, il s'était présenté. Seulement qu'il était anglais et possédait des yeux aussi verts que les siens. Et aussi pétillants.

Jeune? Non, il ne l'était plus mais il était mieux que cela ! La cinquantaine argentait ses tempes en donnant plus de relief à ses traits réguliers. Taillés un peu à coups de serpe… mais dont le sourire était tellement séduisant !…

Ils avaient bissé la valse sans presque se parler, bu ensemble une coupe de champagne au buffet puis dansé de nouveau – deux fois ! – avant qu'il ne la ramène à ses amis en s'excusant de l'avoir confisquée et en faisant ses adieux : il devait partir très tôt le lendemain…

Quand il lui avait baisé la main – juste un peu plus qu'il ne convenait – elle avait éprouvé une sorte de douleur et, ne se sentant plus à l'unisson des autres qui s'adonnaient à leur soirée sans états d'âme, elle refusa alors de continuer d'y participer et se retira.

Délaissant l'ascenseur, elle remonta l'escalier lentement, refusa les services de la soubrette qui, au seuil de sa chambre, se proposait pour l'aider à se déshabiller, puis elle alla près de la coiffeuse… C'est alors que, du balcon par lequel il était entré, il s'encadra dans la fenêtre et son visage presque douloureux était celui-là même de la passion :

— Pardonnez-moi si vous le pouvez, murmura-t-il, mais il fallait que je vienne ! Il y a si longtemps que je vous attends !

Elle n'avait rien répondu. Simplement elle était allée à sa rencontre :

— Moi aussi ! fit-elle dans un souffle, tandis qu'il la prenait dans ses bras...

Ce que fut cette nuit, Amélie en frémissait encore après tant d'années mais personne n'en sut jamais rien. Elle aurait pourtant dû se renouveler. Il avait promis qu'ils se reverraient. Seulement il ne revint jamais. Quelques mois plus tard les journaux lui apprenaient que sir John Leighton avait trouvé la mort au cours de son expédition dans l'Himalaya...

Elle réalisa à ce moment qu'elle ne savait rien de lui, qu'un prénom. Lui ne devait pas ignorer grand-chose d'elle puisqu'il lui avait écrit de Delhi. Juste quelques mots signés de son prénom. Il l'aimait et, dès son retour, c'est près d'elle qu'il irait... Puis ce fut le silence, les années qui passent...

Le vent léger qui se levait la fit frissonner, pourtant elle resta là, les coudes sur la pierre tiède à contempler ce paysage qu'elle avait juré de ne jamais revoir. Aussi avait-elle hésité quand Plan-Crépin avait plaidé pour ce voyage à Lugano afin d'essayer d'aider Aldo à reconstruire sa vie et puis elle avait éprouvé une sorte d'allégresse... Ce serait au contraire merveilleux d'emplir à nouveau son regard du cadre enchanteur que la vie avait donné à cet amour de rêve !

Aussi, en descendant du train tout à l'heure, elle se sentait presque heureuse ! Pourquoi avait-il fallu que cet imbécile d'Hubert vînt se mettre à la traverse avec ses plaisanteries d'un goût douteux ?

Elle avait été à deux doigts de repartir mais, à présent, elle pensait que peut-être ce doux pays qui, une fois déjà, avait sauvé Aldo du désespoir[1] accomplirait un nouveau miracle !

Laissant sa fenêtre ouverte sur les senteurs de la nuit, elle alla se coucher sans rallumer la lampe et resta là les yeux grands ouverts jusqu'à ce que, minuit largement passé, le sommeil la prenne enfin…

---

1. Voir *Les Émeraudes du Prophète.*

11

Les douze coups de minuit

Quand, vers huit heures du matin, Plan-Crépin entra dans sa chambre précédant Boleslas qu'elle débarrassa de son vaste plateau, Mme de Sommières se demanda quel genre de nuit elle avait pu passer si l'on en jugeait la mine lugubre qu'elle arborait, contrastant avec le beau soleil que la fenêtre restée ouverte avait permis de s'étaler largement.

— Au moins avons-nous bien dormi? s'enquit-elle avec sollicitude tout en déposant le petit déjeuner au pied du grand lit.

— Pourquoi « au moins »? C'est comme si vous poursuiviez une conversation commencée? Avec vous-même peut-être?

Sans répondre, l'héritière des Croisés versa dans une tasse un café dont l'arôme embaumait, y ajouta du sucre et prit une tranche de brioche qu'elle entreprit de beurrer farouchement avant d'offrir le résultat à la marquise. Qui refusa :

— Plus tard ! Quand vous m'aurez dit pourquoi vous faites cette tête ! Vous avez mal dormi, vous vous êtes disputée avec Hubert, ou Boleslas, ou les deux? Oh, je crois savoir ! Nous sommes à des centaines de kilomètres de Saint-Augustin et il n'y a pas d'église aux environs?

— Il y en a deux... plus un couvent ! J'irai y faire un tour tout à l'heure pour demander au Seigneur de m'éclairer...

— Et que fait-il d'autre ? Regardez ce soleil ! En voilà assez des cachotteries ! Dites-moi ce qui vous tracasse ou vous refaites les bagages et nous rentrons par le premier train !

— C'est que, justement, je me demande si ce ne serait pas la seule chose intelligente !... Je m'en veux de vous avoir entraînée jusqu'ici alors que vous n'en aviez pas tellement envie ! Et pour y trouver quoi ? Une maison mal tenue par deux vieux garçons qui n'ont pas la plus petite idée du genre de vie d'une grande dame ! Qui trouvent tout naturel que ladite dame se change en professeur de cuisine pour un Polonais timbré ! Où il n'y a pas la moindre trace d'une femme de chambre et que, par-dessus le marché, je me suis oubliée, moi, jusqu'à la laisser sans assistance, se dévêtir et se préparer pour la nuit !

— Vous perdez l'esprit, Plan-Crépin ! C'est moi qui vous l'ai défendu en précisant que je voulais être seule ! Alors maintenant, servez-vous une tasse de ce délicieux café et ensuite videz votre sac ! conseilla-t-elle en entamant son petit déjeuner.

Avec un vif plaisir ! Ce matin, elle se sentait incroyablement sereine. C'était comme si son tête-à-tête avec le plus beau souvenir de sa vie l'avait plongée dans un bain de jouvence alors qu'elle avait eu si peur que ce retour à Lugano ne réveille l'ancienne douleur. Peut-être parce que l'âge qui était le sien et qui chaque jour la rapprochait de l'issue inéluctable lui faisait espérer qu'à cet instant une ombre chère viendrait lui prendre la main ?

En attendant, il y avait Aldo qu'elle aimait comme un fils. Aldo plus beau que John mais que sa silhouette et surtout son charme lui avaient parfois évoqué. C'était peut-être la raison qui l'avait incitée à montrer tant d'indulgence envers Pauline Belmont et son ardent amour ? Comment aurait-elle réagi elle-même si John, marié, avait vécu ?

— Alors ? fit-elle quand Plan-Crépin eut fini son café qu'elle avait accompagné d'une tartine. Racontez-moi votre nuit ! À votre mine, je suppose que vous n'avez pas beaucoup dormi ?

— Un peu tout de même... dans la tour !

— En compagnie de Wishbone ? Tiens donc ! sourit la marquise.

— Non. Je l'avais prié de me laisser seule. Nous n'avons pas, et de loin, la même façon de voir les choses et je ne voulais partager mes premières impressions avec personne !

Et elle raconta que les débuts lui étaient apparus plutôt prometteurs. Quelqu'un jouait le deuxième *Liebestraum* de Liszt avec plus que du talent : une intensité mélodique qui l'avait transportée. Lui avaient succédé les éclats de deux voix : celles d'un homme et d'une femme qui se disputaient. Puis plus rien. Les lumières s'étaient éteintes mais une silhouette noire – véritable fantôme en robe à traîne recouverte d'un voile tombant jusqu'aux pieds ! – était apparue sur la terrasse une canne à la main. Traversant un rayon de lune, elle s'était avancée de quelques pas dans les jardins mais ne s'y était pas attardée. Elle était rentrée et tout s'était refermé sous une main masculine. Plus tard encore – environ deux heures après – il y avait eu un long gémissement... Une fenêtre s'était éclairée au premier étage et un second gémissement avait tourné court. Une fois encore tout s'était éteint et la guetteuse de la tour, vaincue par la fatigue, avait fini par s'endormir dans son fauteuil jusqu'à ce que le lever du jour la réveille...

— C'est assez intéressant ! commenta Mme de Sommières. D'où tirez-vous donc cette furieuse envie de rentrer à la maison ?

— De ce qu'en jetant un dernier coup d'œil avant de regagner ma chambre j'ai vu deux infirmières, l'une à l'un des balcons en train de secouer un linge blanc, et l'autre remontant le jardin venant de je ne sais où...

— D'où vous avez conclu ?

— Que la « vox populi » a raison, que la villa des derniers Borgia devient une clinique pour dérangés du cerveau, sans doute fortunés... et que je suis une idiote ! Les policiers sont repartis, nos deux lascars ne demandent qu'à les imiter... et nous serions beaucoup mieux au parc Monceau !

Elle reprit le plateau qu'elle alla poser sur une table. La marquise se leva, enfila ses mules et son déshabillé puis s'approcha de la fenêtre.

— Cela ne vous ressemble pas, Plan-Crépin, de jeter le manche après la cognée au bout de quelques heures !

— Il faut croire que je vieillis !

— En voilà une autre ! C'est bien la première fois que je vous vois rechigner devant l'ennemi sans avoir engagé le fer ! Je vous ai connue plus pugnace ! Ce qui est certain c'est que vous n'avez pas assez dormi... ni réfléchi, sinon il vous serait peut-être venu à l'esprit qu'une clinique psychiatrique pourrait être un paravent idéal pour masquer une affaire louche ? Moralité : allez vous coucher, faites un tour à l'église, tirez-vous les cartes et invoquez les mânes de vos glorieux ancêtres croisés... mais trouvez quelque chose, morbleu ! Quant à moi, je vais prendre un bain rapide ensuite j'irai donner un cours de cuisine à cet ectoplasme polonais qui a toujours l'air de flotter entre deux eaux !

Et comme Marie-Angéline, figée sur place, ne bougeait toujours pas, elle s'impatienta :

— Alors, que décidez-vous ?

— D'aller dormir une heure, puis de prendre une douche pour m'éclaircir les idées... et j'irai à l'église ! Nous avons tout à fait raison !

Le résultat fut encourageant. En prenant place à la table du déjeuner l'œil vif et la démarche assurée, Plan-Crépin demanda à Wishbone s'il aurait l'obligeance de lui servir de chauffeur vers quatre heures pour la conduire à la villa Malaspina. Habitué à ne s'étonner de rien, il acquiesça sans poser de questions mais Hubert, lui, réagit :

— Qu'est-ce vous avez l'intention de faire là-dedans ?

— Récolter des renseignements, voyons ! Le bruit court partout de la transformation en maison de santé. Or, fraîchement débarquée des États-Unis, afin de rendre visite à une tante adorée venue soigner sa mélancolie dans un pays qu'elle aimait particulièrement dans sa jeunesse, j'ai eu la douleur de constater qu'elle souffrait à présent d'une véritable dépression. Malheureusement elle vit seule, assistée de deux serviteurs légèrement dépassés par les événements, et ne pouvant m'attarder à Lugano plus d'un mois avant de rentrer à New York je viens voir si la nouvelle clinique pourrait la prendre en charge !

Le professeur soudain apoplectique bondit :

— Vous voulez envoyer Amélie chez les fous ? Mais c'est vous, ma petite, qu'il faudrait interner !

— Ne prenez pas feu, Hubert ! intervint l'intéressée. Ce n'est pas si bête, au contraire ! D'ailleurs cela ne veut pas dire qu'une ambulance viendra me chercher demain ! Plan-Crépin ne veut que se renseigner, c'est tout !

— Il faudrait d'abord qu'elle ait l'air d'une Américaine, ce qui est loin d'être le cas !

— Et cela ressemble à quoi, une Américaine ? s'insurgea Marie-Angéline avec un accent yankee à couper au couteau. Je vous apprends que je parle parfaitement cette langue... ainsi que quelques autres ! précisa-t-elle, avec une certaine satisfaction. Aussi vais-je me présenter : je suis Miss Henrietta Santini... et nous verrons bien !

Vers les quatre heures, vêtue d'un tailleurs gris souris sur un chemisier blanc, un chapeau de paille noire orné d'une coque de ruban blanc sur la tête, elle prenait place à l'arrière de la voiture dont Wishbone « en civil », un panama enfoncé jusqu'aux yeux, lui ouvrait dignement la portière. Elle se sentait déterminée mais elle avait dans sa poche un chapelet bénit par le pape et, au cou, sous le col montant du corsage, et au bout d'un lien de velours noir, une modeste croix de bois qu'au cours d'un séjour à Jérusalem[1] elle avait fait toucher au tombeau du Christ. Il fallait au moins ça pour combattre les insinuations défaitistes d'une petite voix intérieure qui s'obstinait à lui chuchoter qu'elle allait s'aventurer sur un terrain diabolique et donc dangereux.

— On y va ? invita Cornelius qui ne se sentait pas tellement rassuré même s'il eut fallu le débiter en tranches pour le lui faire avouer.

— Évidemment ! Qu'est-ce que vous attendez ? Vous avez peur ?

— Non, non ! affirma-t-il après s'être raclé la gorge. Mais j'aimerais tout de même mieux que vous ne pénétriez pas dans ce … machin… toute seule !

— C'est justement ce que j'espère ! Voir de plus près l'intérieur de cet antre des Borgia ! Et comme il n'est pas d'usage qu'un chauffeur suive sa patronne, vous m'attendrez bien sagement !

Le chemin n'était pas long puisqu'il suffisait de descendre la route étroite bordant Hadriana jusqu'au premier croisement et d'en rencontrer une autre qui, elle, épousait les imposants jardins de la Malaspina.

En moins de dix minutes on fut à destination, et Wishbone garait la voiture devant le chef-d'œuvre de ferronnerie ancienne qu'était la grille entre deux pilastres couronnés de lions assis. Sur l'étagement des jardins, la villa se laissait admirer dans toute sa beauté classique sauvée de la sévérité par la grâce de ses balcons, de ses balustres et d'une végétation luxuriante. Le cadre de verdure abritait la double évolution du chemin en pente destiné aux voitures.

1. Voir *Les Émeraudes du Prophète*.

— C'est vraiment dommage de mettre ici des demi-fous ou des fous complets. Même très riches ! soupira Cornelius en hochant la tête. Je verrais plutôt... un hôtel pour y vivre des moments de bonheur. À deux de préférence...

— Plus tard le romantisme ! Je préférerais que vous klaxonniez pour que l'on nous ouvre !

L'appel fit apparaître le gardien au seuil du pavillon d'entrée mais il n'ouvrit pas la grille, sortit par la porte piétonne et s'approcha de la voiture en touchant sa casquette à visière. Ses bottes, son costume et son baudrier lui donnaient l'air d'un garde-chasse plutôt que d'un paisible concierge. Il demanda ce que l'on désirait.

Comme, naturellement, il s'était exprimé en italien et que l'Américain ne le comprenait pas, ce fut la passagère qui se chargea de la réponse :

— Je voudrais voir le propriétaire ou le directeur de cette maison, dit-elle.

— Pour quoi faire ?

Ce genre d'accueil rogue avait le don de mettre Plan-Crépin en boule. Toisant le malappris d'un face-à-main emprunté à Mme de Sommières pour paraître plus imposante elle déclara :

— Je ne crois pas que cela vous regarde !

— Tout ce qui entre me regarde ! Ordre du patron !

— Fort bien. En ce cas allez l'informer qu'il s'agit d'une inscription.

— Une inscription ? Sur quoi ?

— Vous êtes stupide ou vous faites semblant ? On raconte dans tout le pays que cette propriété est devenue une clinique pour malades à la fois dépressifs et fortunés. Or je souhaiterais lui confier une parente qui m'est chère ! C'est vrai ou pas cette affaire de clinique ?

— C'est vrai... mais tenez, voilà justement le patron qui vient ! Je vais le chercher !

Deux hommes, ayant sans doute aperçu la voiture, se dirigeaient en effet vers eux. Ce que voyant, Cornelius se tassa autant que possible sur son siège, bénissant son chapeau, ses lunettes noires et le rasoir qui avait supprimé depuis belle lurette les flocons de sa ravissante barbe en éventail. Il connaissait plus que parfaitement les deux hommes depuis son séjour au château de la Croix-Haute à l'époque, récente – à laquelle il ne pouvait s'empêcher de penser parfois avec du vague à l'âme ! –, où il vivait un rêve ébloui auprès d'une femme sublime. Le mirage s'était brisé quand il avait été confronté à une cruelle réalité. Non seulement c'était une criminelle mais elle avait tenté de l'immoler par le feu avec Morosini, sa femme et Pauline Belmont. En un mot, c'était l'homme à la Chimère, celui qui se voulait le dernier des Borgia. Quant à l'autre, c'était celui qu'on appelait Max, tout dévoué à la Torelli et dont Aldo n'avait jamais vu le visage... et qui cependant avait réussi à les sauver tous les quatre d'une mort horrible...

Percevant ce qu'il ressentait à la crispation de ses épaules, Marie-Angéline ouvrit la portière pour descendre mais, après avoir fait signe à son compagnon de s'éloigner, César l'en empêcha d'un geste de la main :

— Je vous en prie, madame, ne vous donnez pas la peine ! Je viens vers vous, dit-il courtoisement en anglais. On m'apprend que vous êtes américaine ?

— En effet ! répondit-elle, empruntant un nasillement yankee des plus convaincants. Je suis Miss Henrietta Santini de Philadelphie venue passer un mois auprès d'une tante qui m'est chère, Mrs. Albina Santini retirée dans ce beau pays...

— Veuillez m'excuser, mais votre nom ne m'est pas inconnu...

— Il se peut. Tante Albina est votre voisine. Depuis longtemps attachée à cette magnifique région, elle vient d'acheter la villa Hadriana. Or, elle souffre d'une dépression dont, à mon arrivée, j'ai pu constater qu'elle aurait tendance à s'aggraver. Aussi..

— Vous souhaiteriez nous la confier si j'ai bien compris ?

— C'est cela même ! Dans un mois environ, il me faudra rentrer chez moi où je me résignais à la ramener quand le bruit m'est parvenu...

— De notre installation ? Mon ami, le docteur Morgenthal de Zurich, m'en a donné l'idée et nous a déjà envoyé deux patients mais, dans l'état actuel de la maison, nous ne pouvons en accueillir davantage avant justement un mois ou deux... Nous sommes obligés de procéder à d'importants travaux. Aussi dois-je vous prier de prendre patience... et de revenir me voir disons... le mois prochain à pareille date ?

— On ne peut pas visiter ?

— Non, pardonnez-moi ! Ah, je suppose que vous souhaiteriez avoir une approche des tarifs... évidemment élevés que nous allons pratiquer ?

Plan-Crépin lui offrit un charmant sourire teinté de dédain accompagné d'un geste désinvolte :

— Ne vous donnez pas cette peine ! Cela m'indiffère ! Ce qui compte c'est qu'il me soit dès à présent possible d'envisager un avenir confortable et, surtout, selon ses goûts, d'une femme que j'aime infiniment ! Nous garderons d'ailleurs la villa Hadriana afin de pouvoir y séjourner de temps à autre mes frères et moi ! Eh bien, monsieur…?

— Comte César de Gandia-Catannei ! fit-il en s'inclinant… Qui sera toujours enchanté de vous revoir… quand les travaux seront terminés ! Jusque-là je dois m'absenter.

L'échange de politesse achevé, César s'éloigna tandis que Wishbone faisait demi-tour avec une certaine nervosité.

— Vous êtes sûre d'avoir eu raison en lui disant qu'on était voisins ?

— Tout à fait ! Vous pouvez être persuadé que, depuis que vous êtes là, ils ont dû faire quelques observations et comme vous avez pu leur paraître quelque peu étranges, ils ont au moins une explication valable…

— Si vous voulez ! Moi, en tout cas, je n'ai jamais été aussi heureux d'avoir sacrifié ma barbe et ma moustache ! Parce qu'ils me connaissent tous les deux.

— Expliquez-moi ça !

Ayant trop chaud, elle venait d'ôter son chapeau et s'en servait comme d'un éventail.

— Oh, c'est facile à comprendre et vous oubliez qu'après avoir escorté Lucrezia Torelli depuis sa fuite de Londres, j'ai séjourné au château de la Croix-Haute en tant qu'hôte privilégié ! J'ai même joué aux échecs avec le comte César. Quant à l'autre, Max, il était le majordome. Un curieux majordome qu'il m'est arrivé de voir affublé d'une cagoule de laine noire... et qui accessoirement m'a sauvé la vie ainsi que celles de leurs prisonniers dont je me suis retrouvé au même rang !

— Il fallait commencer par le début ! s'exclama Marie-Angéline ravie. C'est un homme de bien alors ?

— N'exagérons rien ! Il était disposé à nous abattre tous au revolver quand le château a été attaqué mais a « rué dans les brancards » quand Lucrezia est revenue en trimballant des bidons d'essence qu'elle a commencé à déverser autour de nous. Alors il l'a proprement assommée et chargée sur son épaule après avoir libéré Morosini et en lui procurant les moyens de secourir les otages... dont moi ! Moi, qu'elle couvrait de caresses une heure plus tôt !

Submergé sans doute par l'émotion, il donna un brusque coup de volant qui précipita sa passagère sur le dos du siège avant, afin d'éviter un cycliste qui dévalait la route et s'éloignait en le couvrant d'injures !

— Arrêtez-vous et reprenez vos esprits ! conseilla Plan-Crépin qui retrouvait son équilibre et recoiffait son chapeau. Sinon vous allez rentrer en larmes et moi en morceaux !

— Oh, ça va aller ! On est presque arrivés !

— Si vous le dites !... soupira-t-elle en se signant par précaution.

Le trajet s'acheva en effet sans histoires mais dès qu'il eut rentré la voiture au garage, Wishbone fila dans sa chambre, laissant à Marie-Angéline le soin du reportage... Qui fut diversement accueilli comme on pouvait s'y attendre. Le professeur cracha feu et flammes, s'opposant formellement à ce que sa belle-sœur soit enfermée chez des fous, assassins par-dessus le marché :

— Que ce soit dans huit jours ou dans un mois, elle n'ira pas ! Je m'y opposerai formellement !

— Ah ! Que voilà un spectacle qu'il me serait doux de contempler ! ironisa Mme de Sommières, mais il est inutile d'affûter votre lance, vous n'aurez pas à en rompre pour mes beaux yeux : dans un mois nous ne serons plus là !

— Comment le savez-vous ?

— Une intuition ! Et puis réfléchissez un peu ! Il n'a jamais été prévu que nous restions ici en attendant le Jugement dernier. Dans l'état actuel des choses nous n'attendons plus que des nouvelles d'Aldo et d'Adalbert quand ils connaîtront le lieu du rendez-vous entre Grindel et César. Ce qui ne devrait plus tarder, le délai accordé par l'Italien pour la livraison des joyaux Kledermann étant de quinze jours...

— À mon avis, reprit Wishbone, reparu entre-temps, le lieu en question devrait se situer quelque part de notre côté puisque César doit livrer Kledermann en échange de la moitié de sa collection. Or ça ne doit être ni facile ni réjouissant d'avaler des kilomètres en compagnie d'un cadavre tandis qu'une clinique – même en gestation ! – me paraît l'endroit idéal pour le garder caché ?

— Et pourquoi n'aurait-il pas été transporté ici dans la première des fameuses ambulances ? avança Plan-Crépin. Rien de plus simple que de le faire passer de vie à trépas au moment de la livraison ! Mais à mon avis, Grindel se méfiera si on le fait venir jusqu'à Malaspina... à moins qu'il n'ait une escorte solidement armée !

— Alors où ? fit Hubert. Notre voisin ne peut se rendre en France où il est recherché par la police pour prise d'otages et complicité d'incendie. Le plus lourd reposant sur sa sœur. En Suisse il est à peu près tranquille !

— C'est égal, soupira Plan-Crépin soudain rêveuse. J'aurais aimé aller mettre mon nez dans le contenu de cette sacrée Malaspina ! À mon avis, si Kledermann est encore vivant il ne peut être que là ! Et puis il y a autre chose qui me tourmente et dont on n'a pas dû se soucier beaucoup et que, moi, j'ai entendu de mes propres oreilles, c'est...

— ... l'allusion à la collection Morosini que ce truand prétend pouvoir s'approprier ? dit la marquise. Pas de fol orgueil, Plan-Crépin ! Moi aussi j'y pense ! Et je ne vois qu'un seul moyen : la prise d'otage, mais alors qui ? Lisa ? Les enfants ? Cela me paraît difficile : Valérie fait bonne garde et tous ses serviteurs aussi...

— Sans doute, mais pensez donc à celui qui, d'après César, devrait prendre la direction de la nouvelle clinique !

— Ce Morgenthal qui avait si adroitement manipulé l'esprit de Lisa ? Mon Dieu ! Vous pourriez avoir raison ! Allez appeler Paris, Plan-Crépin. Chez Adalbert on ne doit pas s'éloigner du téléphone de plus de quelques pas !

Elle s'exécuta sans se faire prier et revint en annonçant une attente de trois heures.

— En principe, conclut la marquise, vous devriez tomber sur le maître de céans. Sinon débrouillez-vous comme vous pourrez pour ne parler qu'à lui ! Avec ce qu'il subit depuis sa sortie de l'hôpital, Aldo nécessite encore des ménagements ! Et Adalbert saura parfaitement lui taper sur les doigts pour l'empêcher de prendre l'écouteur et lui faire ingurgiter une couleuvre à sa façon !

En attendant – et une fois le dîner expédié sans trop savoir ce que l'on mangeait – on opta pour un bridge... auquel les deux hommes apportèrent quelque attention, Mme de Sommières et Marie-Angéline jouant, pour leur part, en dépit du bon sens...

Les trois heures d'attente étant légèrement dépassées, Plan-Crépin voulut rappeler. Une voix anonyme lui apprit que suite à des perturbations atmosphériques, la ligne était en dérangement... Un incident plutôt fréquent dans les pays de montagnes.

Et ce fut seulement vers midi, le lendemain, que l'on réussit à obtenir la rue Jouffroy... et la voix courtoise de Théobald qui, très heureux d'entendre Mlle Marie-Angéline, lui apprit que « ces messieurs sont partis ce matin aux alentours de huit heures » après avoir tenté vainement d'appeler la villa Hadriana la veille au soir.

— Partis pour où ? Vous l'ont-ils dit ?
— Pour la Suisse, mademoiselle !
— C'est grand, la Suisse ! Sans préciser autrement ?
— Non. C'est tout ce que je devais dire à ces dames !... Et aussi qu'on les rappellerait une fois l'affaire réglée !

Il avait bien fallu s'en tenir là. Au point où l'on en était, il ne restait plus que le jeu des conjectures et, naturellement, ce fut Plan-Crépin qui l'inaugura :

— Je ne crois pas qu'ils soient en route pour venir nous rejoindre ! On nous aurait prévenues afin que tout soit prêt à les recevoir ! Mais en ce cas, où vont-ils ?... Ils ne retournent tout de même pas à Zurich ?

Et pourtant c'était bien là le rendez-vous !

En fait, les deux complices avaient eu du mal à s'entendre ainsi que l'inspecteur Sauvageol vint l'expliquer aux reclus de la rue Jouffroy en leur donnant le feu vert du départ :

— Lors de l'entretien que Mlle du Plan-Crépin a surpris – et qui n'était pas franchement chaleureux d'après la relation que j'ai pu lire –, Gandia-Catannei avait dit à Grindel qu'il le rappellerait pour lui indiquer leur prochaine rencontre. Or ce dernier quittait l'avenue de Messine pour n'y plus revenir en omettant – volontairement ou non ? – de donner le numéro de Nogent.

— Pourquoi pensez-vous qu'il l'ait fait volontairement ? demanda Morosini. Venant d'apprendre que l'autre avait gardé Kledermann en vie, il n'avait guère intérêt à couper les ponts ?

— Peut-être pour s'accorder le temps de réfléchir. De toute façon, il voulait appeler lui-même afin de prendre l'initiative du rendez-vous !

— Quoi qu'il en soit, il a décidé de téléphoner à Lugano d'où l'autre était absent. Ce qui n'a pas eu l'air de lui faire plaisir. Aussi a-t-il décidé de donner le numéro des Bruyères blanches... et comme par miracle, on s'est manifesté deux heures plus tard. Je vous prie de croire qu'alors la discussion a été houleuse ! Non sans logique, Grindel insistait pour se rendre chez Gandia, persuadé que Kledermann s'y trouvait et que le voyage lui donnerait le plaisir d'exécuter lui-même son cher oncle contre la moitié des joyaux...

— Pouah ! fit Adalbert. Le vilain bonhomme ! Il est décidément complet le cousin Gaspard ! La suite ?

— Gandia n'a rien voulu entendre. D'abord Kledermann n'était pas en sa possession. Ayant entrepris de gros travaux à la Malaspina dans le but d'en faire une maison de repos pour milliardaires névrosés, il aurait été trop dangereux, étant donné la présence de nombreux ouvriers, d'y garder un otage... et même deux ! Pardonnez-moi ce que vous allez entendre, monsieur Morosini ! Je ne voulais pas vous le dire mais le patron veut que vous soyez au courant de tout !

Aldo avait blêmi, tandis que sa gorge se serrait :
— Un otage ? Qui ?
— Votre fondé de pouvoir, M. Guy Buteau qui vient d'être enlevé de chez vous ! Souvenez-vous que Gandia s'est vanté...
— Vous ne m'apprenez rien, inspecteur ! Continuez !... Mais continuez vite ! Où ces deux misérables vont-ils se rencontrer ?
— À Zurich...
— À Zurich ? sursauta Adalbert. Et Grindel a accepté ça ? Il doit être devenu fou !
— De la façon dont l'autre l'a présenté, c'est défendable ! Il viendra en voiture avec Kledermann

drogué et gardé par un de ses hommes. Grindel lui-même peut se faire accompagner par quelqu'un s'il le souhaite afin que le jeu soit égal.

— Et où, la rencontre ?

— Là on est confronté à une énigme. Il n'est pas complètement piqué, ce pseudo-Borgia ! Il a dit : « Derrière l'église, dans cet endroit si agréable où vous m'aviez emmené déjeuner pour sceller notre accord en m'assurant qu'on y mangeait les meilleures truites au bleu et surtout les meilleurs gâteaux au chocolat de la terre ! Mmm !... Quand j'y pense je sens encore l'odeur. L'église étant au milieu d'une prairie... ! » Fin de citation ! Ça vous dit quelque chose ?

— Non ! fit Aldo. Des bonnes auberges, il y en a pléthore autour du lac et leurs pâtisseries sont de qualité équivalente.

— Bon ! soupira Sauvageol. Il n'y a pas cinquante solutions : il faut filer le train à Grindel ! Sur quelque six cents bornes, ça va pas être de la tarte !

— D'autant que c'est paraît-il un as du volant ! prévint Adalbert. Mais nous on ne se défend pas trop mal, même Morosini qui vit surtout sur l'eau ! Ne vous tourmentez pas, on sera derrière vous. Vous reprenez votre poste à Nogent à quelle heure ?

— Grindel a spécifié qu'il partirait de bonne heure pour faire la route dans la journée afin d'avoir le temps de se retourner. Le soleil se lève tôt en juin. J'y serai à quatre heures et demie... Ah ! J'allais oublier : le patron vous fait dire qu'on a envoyé aux frontières des photos du personnage avec ses coordonnées – voiture et tout ! – et la mention : « Transporte une partie des bijoux de la collection Klédermann ». Si les douaniers font bien leur boulot, je devrais le cueillir à Bâle ou aux environs ! Ce qui, évidemment, simplifierait les choses !

— Peut-être ! admit Aldo, mais tant que nous n'avons pas retrouvé mon beau-père, vivant si possible...

— Vous pensez que Gandia aurait menti ?

— C'est le prince du mensonge celui-là ! Aussi, je vous propose, inspecteur, de nous retrouver à l'hôtel Baur-au-Lac... où je vais retenir des chambres...

— Eh là ! Doucement ! Ça m'étonnerait que le patron soit d'accord pour que je fréquente les palaces ! Vous n'auriez pas la taille en dessous ?

— Justement ! Cela vous reposera... et vous serez notre invité. Que Grindel soit arrêté en route ne change rien. Il faut que nous soyons au rendez-vous ! À ce propos, j'ai peut-être une idée que j'aimerais avoir le temps de vérifier !

— Alors de toute façon, à demain soir ! conclut Adalbert avec son immuable bonne humeur. Et ne vous perdez pas en route !

Sauvageol reconduit à la porte, Adalbert revint dans la bibliothèque où il trouva son ami affalé dans un fauteuil, une cigarette d'une main et le verre qu'il venait de se resservir de l'autre.

— Qu'est-ce que c'est que cette idée que tu veux vérifier ?

— Les gâteaux au chocolat de César et l'odeur qu'il croyait encore sentir ! Ça ne te rappelle rien ? C'était il y a quelques années évidemment !... Mais il y a des moments que l'on n'oublie pas !

Toute jovialité éteinte, Adalbert pâlit et d'un geste automatique se prépara un cognac.

— La mort de Wong ! murmura-t-il d'une voix altérée.

Morosini réveillait en effet l'un des épisodes les plus tragiques de leur quête commune pour restituer ses pierres volées au pectoral du grand prêtre de Jérusalem. La dernière pièce manquant encore, la plus dangereuse sans doute parce qu'elle avait à son actif le plus de victimes : l'infernal rubis de Jeanne la Folle ! Dans un beau chalet ancien au bord du lac, ils avaient recueilli le dernier souffle du serviteur coréen de Simon Aronov torturé à mort. Les deux hommes savaient que ce souvenir-là ne s'effacerait jamais de leur mémoire parce qu'il préludait à la tragédie finale[1]...

— Elle s'appelait comment, cette bourgade?

— Kilchberg !... Elle est indissociable de la chocolaterie Lindt et Sprüngli, peut-être la meilleure du monde. Dans la famille on l'apprécie tellement !

Avalant le contenu de son verre d'un trait, Adalbert s'ébroua comme un chien qui sort de l'eau et retrouva sa bonne humeur.

— Une thèse que ne nous laisserait pas soutenir certaine dame de notre connaissance !

— La reine du chocolat belge[2]? Une reine dont tu aurais pu partager la couronne? ironisa Aldo. Tu ne l'as pas revue?

— L'occasion ne s'en est pas trouvée !... Si on revenait plutôt à la confiserie helvétique? Tu n'as pas une autre indication que le parfum?

— Si ! L'église au milieu d'une prairie ! C'est le cas de celle de Kilchberg !

---

1. Voir *Le Rubis de Jeanne la Folle.*
2. Voir *Le Collier sacré de Montezuma.*

— Si mes souvenirs sont exacts, c'est un peu la banlieue de Zurich ?

— Ne m'en demande pas trop ! Quatre ou cinq kilomètres...

— Vu ! Et comme nous aussi on démarre à l'aube, il est temps de se préparer ! Théobald ! Les valises !

On venait de les boucler quand le téléphone sonna. Adalbert alla répondre. Cette fois c'était Langlois :

— Sauvageol vient de me rendre compte ! J'aimerais mieux que vous le laissiez partir seul !

— Pourquoi ?

— Parce que si jeune qu'il soit il a une longue habitude de suivre sans se faire remarquer de son gibier. Ce qui ne serait peut-être pas le cas d'un départ en caravane ! De toute façon, il n'y a pas une foultitude de routes pour gagner Bâle rapidement. C'est par Troyes, Langres, Vesoul...

— ... Et Belfort !... On sait, figurez-vous ! Je vous rappelle que ce n'est pas la première fois qu'on la fait, cette fichue route ! brama-t-il. Vous nous prenez vraiment pour des débutants ?... Mais à vos ordres, mon adjudant !

Et il raccrocha sans attendre la suite, rouge d'indignation.

— Si la peau de ton beau-père n'était pas en jeu, je les laisserais joyeusement tomber, lui et ses bons conseils ! Pas toi ?

— Non. Tu oublies celle de mon vieux et cher Guy Buteau. J'aime bien Kledermann mais lui... j'avais douze ans quand il est devenu mon précepteur et je lui dois la majeure partie de ce que je sais ! Alors quelle que soit l'issue de l'entrevue de Zurich, on foncera après sur Lugano... que ça te plaise ou non parce que je suis sûr qu'il est là-bas !

— Pardon ! murmura Adalbert qui ajouta aussitôt : On ne va pas contrarier Langlois mais je serais content d'assister au départ ! Pas toi ?

Pour toute réponse, Aldo lui assena une tape sur l'épaule...

À quatre heures et demie – alors qu'on n'en avait pas tout à fait dormi cinq ! – Adalbert arrêtait la voiture sous les arbres du bois de Vincennes en vue des Bruyères blanches mais à distance suffisante pour ne pas être remarqués. La lumière incertaine de l'aube et un léger brouillard les y aidaient mais par surcroît de précautions, ils mirent pied à terre pour s'abriter derrière un buisson en compagnie d'une paire de jumelles :

— Pour un petit matin de juin, fait plutôt frisquet, ronchonna Aldo en remontant le col de son imperméable tous temps. Quelle fichue idée aussi de vouloir assister au départ de l'ennemi ! S'il ne se décide qu'à neuf ou dix heures on risque de prendre racine !

— Ça m'étonnerait ! Il veut être à destination ce soir et n'attendra pas si longtemps. Il lui faut lui aussi tenir compte des aléas de la route en conducteur averti ! Quant à nous on est sur notre chemin puisqu'on a au moins traversé Paris. Alors ne râle pas ! Écoute plutôt les petits oiseaux qui se réveillent ! Nous n'avons pas si souvent l'occasion de les entendre chanter... Tiens ! Qu'est-ce que je disais : le voilà, ton Grindel !

En effet, la grille s'ouvrait avec un faible crissement et la voiture grise immatriculée en Suisse la franchit et stoppa. L'homme qui avait manœuvré le portail le referma et s'installa auprès du conducteur. Lanternes allumées à cause de la brume, l'automobile s'éloigna.

— Vu ! commenta Adalbert. Ce type doit être Mathias et je sais tout ce que je voulais savoir ! Gaspard emmène son petit frère et l'on va assister à leur numéro de duettistes dont tu as payé pour savoir ce qu'il vaut !

— On s'arrangera avec ! On y va ? fit-il en reprenant sa place.

— Un instant ! Je cherche Sauvageol !

Mais, à ce moment précis, le jeune inspecteur s'inscrivait dans le champ de vision des jumelles. Tous feux éteints, des lunettes sur le nez et une casquette enfoncée jusqu'aux sourcils, il conduisait une Renault de taille inférieure à celle d'Adalbert et qu'Aldo considéra avec compassion :

— Il aurait été mieux avisé de prendre le train ! Le Suisse va lui mettre une centaine de bornes dans les gencives !

— En voilà un langage ! Tu parles comme les chauffeurs de taxi maintenant ? Mais passons ! Pour ta gouverne, ton Altesse, sache qu'avec mes 25 CV je ne m'alignerai pas avec ce modèle réduit. J'ai lu quelque part que le constructeur avait équipé spécialement les voitures destinées à la police ! Pas beaucoup d'apparence mais du cœur au ventre ! Cela dit, démarre !

— Et on va se retrouver à la suite ! Ce dont Langlois ne voulait pas.

— Ce que tu peux être assommant quand tu n'as pas assez dormi ! Non, monsieur, on ne va pas prendre la suite ! Je vais même te dire mieux : on sera à Zurich avant tout le monde !
— Oh ?
— J'explique ! Nos pèlerins vont suivre les routes nationales jusqu'au bout. Nous, seulement jusqu'à Nogent-sur-Seine. Puis je vais t'emmener visiter la France profonde. J'entends par là le réseau des routes départementales, nettement moins encombrées que les voies à grande circulation quelquefois mieux entretenues et si tu y ajoutes que nous éviterons Troyes et Chaumont où ils vont perdre pas mal de temps parce que nous sommes vendredi et que c'est jour de marché, c'est gagné ! On évitera même celui de Langres parce qu'on ne rejoindra la N19 qu'au-delà ! À Vesoul on s'offrira le luxe de les regarder passer en cassant une petite croûte !
— Et l'essence ?
— J'en ai un bidon dans le coffre. D'ailleurs rares sont les villages où il n'y a pas un garagiste ou une pompe... et je te rappelle qu'eux aussi en auront besoin ! Tu as compris ?
— Je crois ! Tu parais si sûr de toi !
— Tu sais, fit Adalbert redevenu sérieux en démarrant, la France, moi, je la connais par cœur parce que j'ai pris la peine de la découvrir dans toute sa beauté ! Il n'existe pas une route, si minime soit-elle, que je n'ai parcourue et je pourrais presque ajouter les chemins creux ! Alors on ne risque pas de se perdre !
— Autrement dit : je ne pourrai pas te relayer ? soupira Aldo déçu et triste.

— Si, à partir de la frontière ! En attendant tu peux consulter la carte qui est dans la boîte à gants... et quand le moment idoine viendra, nous servir du café que Romuald a mis dans la Thermos !

On quitta le bois de Vincennes pour aller traverser la Marne dans la douceur dorée d'une aurore qui s'annonçait glorieuse. La météo avait prévu qu'il ferait beau et que la température serait idéale. Vitres baissées, un bras sur la portière, Aldalbert conduisait tout en chantonnant... Moins détendu que lui, Aldo admirait sa décontraction. Apprendre que son vieux Guy était lui aussi aux mains de ces truands sans scrupules l'avait bouleversé en lui donnant des envies de meurtre. La guerre plus quatre années de quasi-misère avaient fragilisé cet homme charmant auquel toute la famille était attachée et en qui lui-même voyait un second père. Alors la pensée qu'on pût le maltraiter d'une façon ou d'une autre lui faisait voir rouge !

— Tu fumes trop ! reprocha Adalbert qui l'observait du coin de l'œil quand la route le lui permettait et en le voyant allumer une nouvelle cigarette après les quatre ou cinq précédentes. Si tu te démolis les poumons cela ne sera d'aucun secours pour Guy et ta main risque de trembler s'il faut en venir aux armes. De toute façon, il ne craint rien tant qu'on ne t'aura pas mis le marché en main. En revanche, je me demande depuis un moment ce qui se passerait si les douaniers arraisonnaient Grindel et son sac de joyaux ! Comment réagira Gandia s'il ne le voit pas venir ? Cette idée de la police te paraît-elle si bonne ?

— On le saura seulement demain soir ! Abondance de précautions n'est pas forcément la meilleure solution ! À ce propos d'ailleurs je m'interroge sur le bien-fondé de notre visite chez Lancel… en dehors du fait que tu te sois offert un petit cadeau ! Je ne vois guère d'occasions de procéder à l'échange.

— Ça, c'est l'avenir qui nous le dira ! Où Grindel va-t-il aller coucher la nuit prochaine ? Ni au Baur ni chez lui ! Étant donné qu'il a faussé compagnie à la police, son appartement doit être sous scellés, mais Zurich, c'est sa ville : il la connaît comme sa poche, elle et ses alentours ! Il doit bien y posséder au moins une position de repli ! Et pourquoi pas à l'auberge de Kilchberg ?

— Tu ne crois pas que ça fait suffisamment de points d'interrogation pour aujourd'hui ? Qui vivra verra ! Et jusqu'ici on ne s'est pas débrouillés si mal sur le plan de l'improvisation ! conclut Aldo en jetant son mégot par la fenêtre.

L'itinéraire d'Adalbert s'avéra efficace. Le réseau routier français était parfaitement entretenu et les départementales, moins larges que les nationales sans doute mais moins encombrées, permettaient souvent d'aller plus vite. Ce dont le brillant conducteur ne se priva pas… sauf quand le képi d'un gendarme se silhouettait à l'horizon. Toujours est-il qu'à treize heures on arrivait à Bâle, ville frontière, après ne s'être arrêtés qu'une fois pour faire le plein et avaler un sandwich jambon-beurre avec un verre de beaujolais à l'auberge voisine de la pompe…

La douane passée sans problèmes, on se gara dans le parc de stationnement pour finir le café de la Thermos tout en surveillant les voitures qui franchissaient les barrières.

— Je parierais qu'on a une heure d'avance ! Si ce n'est pas deux au cas où ils auraient jugé utile de déjeuner quelque part.

— Et s'ils nous ont devancés ? On fait quoi ?

— C'est impossible, assena Adalbert péremptoire.

Une heure plus tard exactement, la Citroën grise défilait devant eux, ce qui leur permit de constater que, si Mathias Schurr avait conservé son aspect initial, le visage de Gaspard s'ornait à présent d'une paire de moustaches et d'une courte barbe.

— On dirait qu'ils sont passés sans anicroches, remarqua Aldo.

— Je n'ai jamais eu grande confiance dans ces bélinos[1] qu'on expédie parfois sur de longues distances ! Ils sont le plus souvent d'un noir affligeant ! Tu veux conduire ?

— Avec plaisir ! Ça me réveillera !

Et on repartit, n'ayant pas jugé utile d'attendre le passage du jeune policier puisqu'il savait où les rejoindre. Mieux valait essayer de savoir quel allait être le point de chute de Grindel.

Les quatre-vingt-cinq kilomètres séparant la ville sur le Rhin de celle sur le lac furent sans histoire et Aldo connaissait suffisamment Zurich pour espérer découvrir la destination des deux frères. Mais, la chance estimant sans doute avoir droit à un peu de repos, en plein milieu de la ville deux camions trop pressés se rentrèrent dedans juste devant le nez de la Renault et sans le brutal coup de frein d'Aldo la voiture se joignait au fracas.

---

1. Abréviation de bélinogramme, photographie transmise par bélinographe.

— M... ! lâcha-t-il furieux tandis qu'Adalbert éclatait de rire.

— On dirait qu'ils fonctionnent les réflexes !

— Et ça te fait rigoler ? On en a pour un bout de temps à sortir de là ! Et on n'a aucune chance de retrouver les autres !

Ce fut, en effet, une belle pagaille en dépit de l'amour de l'ordre et du sens de l'organisation des Suisses. On ne pouvait plus avancer ni reculer et quand, enfin, on arriva devant le voiturier du Baur-au-Lac, près de trois heures s'étaient écoulées.

— Eh bien, voilà ! C'est cuit pour aujourd'hui ! commenta Adalbert en filant vers le bar. On ira en repérage demain matin ! Pour l'instant repos ! Sauvageol ne devrait plus tarder.

Malheureusement, le temps s'écoula sans amener le jeune inspecteur. Peu à peu l'inquiétude s'installa, effaçant toute la détente que les deux amis espéraient de cette veillée d'armes dans la grande maison au bord du lac vouée tout entière au confort et à l'agrément.

Un aussi long silence ne s'expliquait pas sinon par un accident peut-être grave. Sauvageol ayant les coordonnées de l'hôtel, en cas de pépin mécanique, il pouvait les prévenir.

— ... à moins d'être coincé en rase campagne, loin de tout, et que la voiture soit inutilisable ! soupira Adalbert. Mais, bon sang, il passe du monde sur une nationale même s'il n'y a pas un village tous les kilomètres ! Ou alors...

— Il faut qu'il soit blessé ? compléta Aldo, qui décida aussitôt : Je vais demander la P.J. au téléphone. Il a des papiers sur lui et, au cas où il serait hospitalisé, c'est elle que l'on préviendrait en priorité !

Mais quand, enfin, on eut Paris on n'en apprit pas davantage : il était minuit, Langlois n'était plus là et aucun message n'était arrivé. Il ne restait rien d'autre à faire qu'à aller se coucher.

Au matin, Aldo demanda un taxi pour qu'il les conduise à Kilchberg afin de repérer le chemin, de le retrouver aisément et, le soir venu, ne pas avoir à hésiter. Ils purent constater que l'endroit était en conformité avec leurs souvenirs et les instructions de Gandia. À six kilomètres exactement de Zurich, la bourgade en bordure de lac était des plus agréables avec sa longue rue où s'alignaient de belles demeures XVIIIe un brin austères, ses villas dans leurs jardins à flanc de coteau et son église médiévale Saint-Pierre, isolée au milieu d'un espace herbeux. Tout y respirait la prospérité et le chocolat ! Sans oublier le calme.

Afin d'asseoir leur conviction qu'ils ne se trompaient pas, Aldo invita le chauffeur à boire un café à l'auberge.

— Nous cherchons un lieu plaisant pour nous y établir, expliqua-t-il. On nous a vanté Kilchberg mais le lac est vaste : y a-t-il ailleurs un site qui ressemble à celui-là ?

L'homme ouvrit de grands yeux :

— Si on vous a vanté Kilchberg, pourquoi voulez-vous chercher ailleurs ?

— Excusez-moi, je me suis mal exprimé. Le nom de la localité nous n'en étions pas très sûrs. On nous a précisé que l'église était au milieu d'un grand espace herbeux.

— Alors cherchez pas plus loin ! Y a qu'ici. Et puis on ne vous a pas parlé de la fabrique de chocolats ?

— Oh si ! Nous avons l'intention de nous y arrêter avant de rentrer. Tout le monde les adore dans notre famille et nous aurions un drame si nous n'en apportions pas !

— Ça, c'est vrai qu'ils sont bons ! approuva l'homme touché dans son orgueil national que l'on n'hésita pas à encourager en lui en offrant une boîte lorsqu'au magasin de vente on en fit une ample provision.

Adalbert, pour sa part, ne résista pas à la tentation d'en acheter – pour la route ! – un ballotin qu'il caserait dans la boîte à gants de sa voiture. Après quoi on rentra à l'hôtel... où aucune nouvelle ne les attendait.

Jamais après-midi ne leur parut plus interminable ! Ils n'osaient guère se montrer de peur d'être reconnus par un importun. La même raison les empêcha d'aller s'asseoir au jardin. Seul contact avec l'extérieur, le coup de téléphone de Langlois aussi peu réconfortant que possible : il était lui aussi sans nouvelles de Sauvageol.

Ne sachant trop ce que l'avenir leur réservait, les deux hommes avaient prévenu l'hôtel de leur intention de partir après le dîner. Aussi bouclèrent-ils leurs valises avant de descendre au restaurant où – mais c'était la première fois de leur vie – ils ne trouvèrent pas d'appétit à ce qu'on leur servait. Enfin il réglèrent leur note et se réembarquèrent.

Il n'était que dix heures et demie mais ils avaient décidé de se rendre à Kilchberg bien avant le rendez-vous afin de s'assurer une position, sinon stratégique, du moins favorable. Ils avaient d'ailleurs repéré le mur peu élevé d'une maison aux volets clos, lequel mur abondamment couvert de lierre formait un angle au fond duquel il devait être possible de se dissimuler.

Ils laissèrent la voiture à environ cent mètres de l'église où ils arrivèrent peu après onze heures. Mais il aurait pu aussi bien être trois heures du matin tant l'endroit était calme et silencieux. Cela tenait sans doute à la pluie, fine, insistante qui s'était installée en début de soirée et faisait cette nuit de juin plus sombre qu'elle n'aurait dû l'être. Personne n'avait envie d'être dehors par ce temps-là. En revanche, il faisait tout à fait l'affaire des deux amis, dûment emballés dans leurs imperméables et armés comme des agents secrets sur le sentier de la guerre : un pistolet dans une poche, un petit browning coincé dans une chaussette et dans une gaine de cuir lacée à l'avant bras, un couteau dont une secousse faisait glisser la poignée dans la main. Aldo avait pensé que c'était peut-être un brin exagéré mais Adalbert avait répliqué :

— On ne sait pas où on va mettre les pieds alors mieux vaut trop que pas assez. Souviens-toi de notre joyeuse soirée au château d'Ungarrain !

Ils allèrent prendre la place qu'ils s'étaient choisie et qui permettait de ne rien perdre de ce qui se passerait derrière l'église puis, abrités par le renfoncement du mur et la retombée du lierre, ils attendirent...

Pas très longtemps. Juste avant que le clocher ne sonne avec vigueur la demie de onze heures, une voiture qu'ils ne connaissaient pas et venant du sud, qui devait donc être celle de César, vint stopper sur les arrières de l'église au ras de l'espace herbeux. Phares éteints, elle avait glissé sans bruit dans l'ombre plus dense de Saint-Pierre. Et ne bougea plus.

Personne ne descendit. Le silence retomba et l'obscurité empêchait de dénombrer les occupants à l'intérieur, même pour les yeux aigus d'Aldo. Si l'on se référait au dernier coup de téléphone Gandia-Grindel, le premier devait être accompagné d'un de ses sbires et de Kledermann sans doute ligoté et peut-être bâillonné...

— Je ne sais pas ce que tu en penses, chuchota Adalbert, mais je trouve ce rendez-vous plutôt délirant ! Pourquoi en plein village ?... Pourquoi auprès de cette église quand les alentours fourmillent de coins tranquilles et même près d'un lac tellement commode quand on veut se débarrasser d'un gêneur ?

— Pour ce qui est du lac, c'est impensable pour un Zurichois : ce lac est quasi sacré ! Il est le plus propre et donc le plus pur des cantons helvétiques ! Et puis Gandia doit avoir ses raisons.

— Mais s'il invite l'autre à trucider lui-même son oncle, ça va faire du bruit ? Un flingue...

— Pourquoi pas un couteau ? Le vacarme viendra de nous car je ne suis pas là pour le laisser rigoler, conclut Aldo en tirant de sa poche son pistolet dont il débloqua la sécurité et qu'il garda en main.

Adalbert en fit autant. À ce moment un ronronnement de moteur leur parvint et le double pinceau lumineux des phares balaya brièvement l'arrière de l'église.

— Tiens, commenta Adalbert, voilà les Frères de la Côte[1] !

En effet, la silhouette bien connue à présent de la Citroën grise venait se garer au bord du tapis vert à peu près en face de la précédente... Les passagers en descendirent au premier coup de minuit qui fit sursauter les guetteurs. Gaspard tenait le sac de bijoux de la main gauche, gardant la droite dans sa poche. Mathias venait derrière lui. Au deuxième coup, Gandia sortit à son tour et marcha à leur rencontre... et tout se déchaîna pendant que s'égrenaient les dix autres coups de minuit. Avant d'avoir prononcé la moindre parole Grindel sortit sa main de sa poche et tira. Avec un râle bref, César se plia en deux et s'écroula. Presque en même temps, Mathias courant en zigzag arrosait l'arrière de la voiture tandis que Grindel revenait à la sienne dont le moteur tournait, ramassait son frère en voltige et le pied au plancher fonçait vers la rue principale malgré les tirs désespérés d'Aldo et d'Adalbert qui dut effectuer un saut de côté, roulant sur lui-même pour éviter d'être renversé tandis qu'Aldo canardait la voiture dans l'espoir d'atteindre le réservoir d'essence... Mais non ! En dépit de son adresse, la maudite voiture avait déjà disparu !

— C'est pas possible ! Ils sont possédés du démon ! ragea-t-il.

— Tu as quand même dû en amocher un ! remarqua Adalbert en guise de consolation. Mathias doit avoir une balle dans l'épaule !

— Mais il est vivant, bon Dieu ! Vivant, cette ordure, alors que Moritz...

---

1. Nom donné à certains flibustiers au XVIIe siècle.

— L'est tout autant, fit Adalbert qui explorait la Fiat abandonnée. Viens voir !

Il y avait bien un cadavre sur la banquette arrière mais ce n'était rien d'autre qu'un mannequin habillé de vêtements élégants.

— On ferait mieux de filer, maintenant, conseilla Adalbert en allant ramasser le sac abandonné. Tout le village va nous arriver dessus et il va falloir s'expliquer avec la police !

Ils s'immobilisèrent pour écouter mais rien ne bougea :

— Ce n'est pas possible ! Ils sont tous frappés de surdité !

— L'horloge qui sonnait minuit sans doute ? Il faut avouer qu'elle fait pas mal de boucan et Grindel devait le savoir.

— Qu'est-ce qu'on décide maintenant ?

— Oh, on n'a pas le choix entre trente-six solutions : on prend la route de Lugano. Je jurerais que ce truand va vouloir faire le ménage à la Malaspina. Et il faut tâcher de lui brûler la politesse. Tu vois qu'on a eu raison de régler l'hôtel et de faire le plein ! Avec de la chance ils vont peut-être souffler un peu avant de passer à l'attaque ?

— Nous aussi… mais juste pour boire du café de notre Thermos… et jeter un coup d'œil à ce sac abandonné avec tant de désinvolture ! fit Adalbert en prenant ledit sac sur ses genoux. Ça m'étonnerait qu'il y ait le moindre bijou là-dedans ! Curieux comme les grands esprits se rencontrent ! ajouta-t-il en extirpant un morceau de coton et un paquet de haricots secs. On n'a tout de même pas le même épicier !

12

Une dette d'honneur

Obsédé par l'idée de voir ce qui se passait au juste à la villa Malaspina, Marie-Angéline consacrait la majeure partie de son temps à l'observer. Du haut de la tour dans la journée mais, le soir venu et le dîner expédié, elle donnait la préférence au mur mitoyen où, l'ayant suivi sur toute sa longueur, elle avait découvert une sorte de dépression à demi recouverte par les retombées d'une aristoloche accrochée au tronc d'un arbre voisin. L'ascension ne lui posant aucun problème, elle allait s'y installer armée de jumelles dès la dernière bouchée avalée et restait là jusqu'à minuit, laissant la fin de la nuit aux observateurs de la tour.

La connaissant, Mme de Sommières s'était bornée à lui demander si son point d'observation lui semblait meilleur que l'autre.

— Bien meilleur ! La villa est plus proche et, surtout, elle est moins de travers. Le soir, quand c'est éclairé et que les fenêtres sont fermées, je peux voir des silhouettes. Et quand c'est éteint j'entends plus distinctement les bruits.

— Et les chiens ne vous ont pas repérée ?

— Si, mais outre que mon odeur doit leur

convenir, Boleslas a dû vous dire que les achats de viande ont fortement augmenté ?

— Nous n'effleurons même pas le sujet. C'est Wishbone qui assume les frais de la maison et ce genre de détail ne l'intéresse pas ! En attendant prenez garde à vous et, je vous en prie, ne vous aventurez jamais toute seule dans les jardins de cette fichue clinique !

Cette histoire de clinique, justement, Plan-Crépin y croyait de moins en moins. Certes, une ambulance avait fait son apparition trois jours plus tôt et à la nuit close, mais s'il y avait un arrivage, cela ne changeait strictement rien à Malaspina. Les malades devaient être à peu près au nombre de quatre à présent et cependant quand venait la nuit aucune nouvelle fenêtre ne s'éclairait. On ne les logeait tout de même pas à la cave ?

Idem pour les travaux annoncés par Gandia. Aucune trace ! Pas la moindre brouette de gravats ! Pas le moindre écho de ces chansons que tous les ouvriers du monde, singulièrement les Italiens, fredonnaient ou sifflaient en travaillant ! Devaient-ils envelopper leurs marteaux de chiffons pour ne pas troubler le repos des malades ? Cela non plus l'observatrice n'arrivait pas y croire. Elle y crut encore moins quand, deux nuits auparavant et alors qu'elle s'apprêtait à rentrer se coucher, elle avait recueilli des échos – trop faibles hélas pour y comprendre quelque chose ! – d'une violente dispute opposant un homme à une femme ! Qu'est-ce que tout cela signifiait ?

À cette occasion, elle s'en ouvrit à Wishbone qui, après l'avoir écoutée attentivement, se déclara prêt à tenter d'élucider l'énigme que représentait la tanière de Gandia. Armés chacun de revolvers, de balles et de steaks premier choix, ils partirent se poster sous l'aristoloche et attendirent que, la ronde du maître-chien effectuée, la maison reprenne son visage nocturne : rez-de-chaussée éteint et seulement trois fenêtres allumées à l'étage. Encore un petit moment et les deux dobermans reparurent, filant droit sur Plan-Crépin à la quête de leurs gâteries quotidiennes. Mais ce soir, il s'agissait de viande hachée à laquelle on avait mêlé un somnifère... en espérant que leur flair ne le détecterait pas. Mais non ! Ils engloutirent le résultat obtenu sans état d'âme apparent et s'endormirent paisiblement...

— Parfait ! approuva Wishbone. On y va maintenant.

Étant donné l'espèce de familiarité qu'elle avait nouée avec les deux toutous et au cas où la dose de somnifère ne serait pas suffisante, Marie-Angéline voulut sauter la première mais Wishbone atterrit presque en même temps qu'elle. Cependant son attention était ailleurs :

— Regardez ! fit-il en désignant l'angle de la terrasse supportant la demeure où venait d'apparaître la silhouette d'un homme occupé à enjamber la balustrade puis, après avoir tenté de s'agripper aux moellons, se laisser tomber. Si celui-là n'est pas en train de s'enfuir je veux bien être changé en rat d'égout !

— Pouah ! Vous ne pourriez pas trouver une autre comparaison ? J'aurais préféré « changé en carton à chapeau », c'est moins répugnant.

— En attendant il n'a pas l'air de se relever ! Allons l'aider ! Ou plutôt je m'en occupe ! Inutile de s'exposer à deux ! Restez là !

Se glissant entre buissons fleuris et topiaires, il rejoignit l'homme qui tombé sur le dos ne s'était pas encore relevé, se contentant de se frotter le dos. Comme il ne l'avait pas entendu venir, il étouffa un cri quand Wishbone se pencha sur lui :

— Vous pensez vous être cassé un os en sautant ? demanda le Texan en anglais.

— Tiens ! Un Britannique… ou plutôt un Américain, dit l'autre pas particulièrement surpris. Pour répondre à votre question je suis seulement un peu étourdi. Étonnant qu'en tombant sur le derrière ça vous résonne dans la tête !

— Si vous êtes en train de vous sauver, il va falloir vous relever et escalader un mur… si toutefois et comme je l'imagine vous avez entrepris de vous enfuir !

— On ne peut rien vous cacher ! soupira l'homme en se remettant sur pied avec l'assistance du Texan. Mais vous-même, que faites-vous là ?

— Nous c'est le contraire. Je dis nous parce que je suis accompagné d'une amie. On serait heureux de visiter ce monument !

— Je ne vous le conseille pas ! D'où venez-vous ?

— D'à côté : la villa Hadriana !

— Ça me va ! Filons !

Tout en rejoignant les aristoloches, Cornelius ne put s'empêcher de faire remarquer à sa trouvaille que pour s'enfuir par une nuit d'été, des vêtements sombres eussent été plus adaptés qu'un chapeau et un pantalon clairs. Seule la veste était foncée.

— Quand on kidnappe les gens, grogna l'inconnu, il est rare qu'on leur laisse le temps de faire leurs malles !

Ils arrivèrent enfin dans l'ombre des arbres où Marie-Angéline trépignait.

— Vous en avez mis du temps ! Vous êtes blessé ? demanda-t-elle au rescapé.

— Non ! Mal au coccyx seulement mais...

Il s'approcha tout près d'elle afin de mieux la voir !

— Dieu me pardonne !... Vous êtes Mlle du Plan-Crépin ?

Elle aussi venait de le reconnaître :

— Le professeur Zehnder ? Vous ici ? Comment...

— Vous ne pensez pas qu'on serait plus à l'aise à la maison pour papoter ? intervint Wishbone impatienté. Et d'abord franchir le mur !

— On y va !

Marie-Angéline allait prendre son élan puis se ravisa :

— Un instant ! Il serait préférable de transporter les chiens plus loin ! Comme on ne sait pas combien de temps ils vont dormir, s'ils se réveillaient ne serait-ce qu'au jour, les gens de Gandia sauraient immédiatement où chercher quand ils s'apercevront de la disparition du professeur !

On les déposa presque au bas des jardins, là où l'enceinte n'était plus commune avec Hadriana mais avec une petite propriété inhabitée, sans oublier de laisser des traces de pieds. Ensuite on regagna le passage où au moyen de branches on s'efforça de tout effacer... Après quoi Plan-Crépin s'enleva la première, se mit à califourchon sur le faîte et se penchant aussi bas que possible tendit la main à Zehnder que le Texan poussa vigoureusement aux fesses sans se soucier de son arrière-train douloureux. En quelques instants, ils étaient de l'autre côté où ils trouvèrent Hubert et Boleslas pour les recevoir.

Aucune lumière n'était allumée. Seul le salon était éclairé, mais persiennes et doubles rideaux l'occultaient. Dans la villa Malaspina, le silence était total. L'évasion du célèbre chirurgien était parfaitement réussie...

Il en montra une joie de gamin qui vient de fausser compagnie à son école sans oublier de réclamer un morceau à manger... et surtout à boire ! Il y avait deux jours qu'on ne lui avait offert que de l'eau pour se sustenter en le prévenant qu'il serait privé de nourriture tant qu'il ne serait pas venu à composition...

— Mais enfin, observa Mme de Sommières tandis qu'il dévorait des œufs, du pain, du jambon et du fromage arrosé d'un capiteux Lambrusco. Vous nous avez dit qu'on vous avait enlevé ? Pourquoi ? Et d'abord comment ?

— En sortant de ma clinique dans une ambulance où m'attendait un tampon de chloroforme. Après un voyage dans ce véhicule où je ne voyais que la lumière du jour et où l'on m'a fait dormir plus souvent que veiller j'ai fini par reprendre pied sur terre dans une chambre somptueuse où se trouvait tout ce dont j'avais besoin mais dont les fenêtres grillées donnaient sur les pentes d'une montagne...

— Autrement dit, sur l'arrière de la Malaspina ! décréta Marie-Angéline. J'étais certaine que le plus intéressant devait se passer de ce côté-là ! Il y a...

— Et si vous vous taisiez pour une fois, Plan-Crépin ? trancha Mme de Sommières. Vous commenterez tout à votre aise quand le professeur Zehnder aura fini !

— Comme on avait préparé tout ce qu'il fallait dans ma « cellule », y compris un plateau agrémenté d'un dîner froid, qu'il faisait nuit et que je n'avais pas encore sommeil, j'avalai le contenu du plateau, me déshabillai, fis un peu de toilette et me couchai. Je n'avais pas d'autre occupation puisque avant de me laisser seul, on m'avait confié que je saurais le lendemain ce que l'on attendait de moi.

« Si j'avais craint un instant que l'on eût drogué la nourriture ou la boisson, je me trompais : tout était d'excellente qualité, bien préparé et sans le moindre piège et je m'éveillai aussi frais et dispos qu'à mon habitude. Je n'étais même pas de mauvaise humeur parce que cette espèce d'aventure que je vivais m'intriguait. C'était la première fois de ma vie que je m'entretenais avec un homme dont le visage disparaissait sous une cagoule noire ! »

— Comment était-il à part ce détail, demanda la marquise, devançant Plan-Crépin qui ouvrait déjà la bouche. Et la referma, un rien dépitée.

— Grand, bâti en athlète, dans la force de l'âge, une voix plutôt agréable, habillé même avec une certaine élégance dans le genre sport.

— Une sorte de gentleman, quoi ? ne put retenir Plan-Crépin narquoise.

— Si vous voulez... mais ce n'est pas lui qui est venu me chercher dans le milieu de la matinée.

C'était une femme vêtue comme une infirmière. Je l'ai donc suivie à travers couloirs et escaliers de cette maison qui m'a paru immense et où le soleil entrait comme chez lui. Jusqu'à ce qu'enfin on s'arrête devant une haute porte aux moulures rechampies d'or qu'après avoir frappée, l'infirmière ouvrit sur ce qui me parut d'abord un trou noir mais mes yeux s'accoutumèrent rapidement et je vis que les volets était fermés, les rideaux tirés et qu'un chandelier était allumé devant le miroir d'une coiffeuse. Le seul miroir d'ailleurs qui n'était pas recouvert d'un voile.

« Une femme aux cheveux gris, portant un superbe déshabillé de satin et de dentelles, se tenait devant la coiffeuse mais à demi détournée. Elle aussi portait un voile... qui lui cachait le visage.

« Un peu impressionné – moins par le décor que par le maintien fier de cette femme – je la saluai :

— Vous êtes bien le professeur Oscar Zehnder ? me demanda-t-elle.

— En effet, madame ! J'aurais volontiers ajouté « tout à votre service » si l'on ne m'avait amené ici de force ! Ce que je n'apprécie pas !

— Acceptez mes excuses, mais quand vous m'aurez entendue je pense que vous comprendrez ! assura-t-elle d'une voix enrouée où se mêlaient parfois, bizarrement, une ou deux notes claires. Puis elle ordonna que l'on laisse entrer le jour, se plaça face à la lumière et enleva son voile en fermant les yeux... Je découvris alors l'un des visages – et un cou ! – les plus dévastés qu'il m'ait été donné de voir ! Les cheveux gris avaient disparu mais ce n'était qu'une perruque recouvrant de beaux cheveux noirs dont une parcelle avait été... scalpée pour ainsi dire au-dessus d'un sourcil préservé par extraordinaire... Je lui demandai alors comment c'était arrivé.

— Un accident d'auto qui m'a éjectée au-travers d'un pare-brise avant de m'envoyer contre un rocher. Je n'ai échappé à la mort que par miracle... mais je l'ai souvent regretté. Jusqu'à ce que j'entende vanter votre talent ! « Le chirurgien aux mains fabuleuses » ! C'est pourquoi je vous ai fait chercher.

« J'ai répondu qu'elle aurait pu s'y prendre autrement et qu'il eût été préférable qu'elle vienne me voir à mon cabinet en toute discrétion, de nuit même mais qu'il m'était impossible de faire quoi que ce fût pour elle dans une demeure particulière. Elle m'apprit que l'on avait entrepris de transformer la villa en clinique et qu'une salle d'opération était déjà installée. À quoi je répondis que cela ne suffisait pas, que j'avais l'habitude de travailler avec une équipe exceptionnelle et rodée à la perfection dont je ne saurais me priver. D'autant moins dans son cas où il fallait prévoir plusieurs interventions afin de lui restituer un visage et un cou, disons... normaux ! Le mot l'a choquée.

— Normaux... Qu'entendez-vous par normaux ?

— Que l'on peut regarder sans s'apitoyer et sans déplaisir...

« J'ai vu ses yeux flamboyer, cependant elle a hésité avant de répondre, se contentant d'aller prendre dans le tiroir d'un précieux cabinet florentin une photographie encadrée d'or représentant une femme idéalement belle en robe Empire à taille haute, à demi étendue sur une méridienne, dans une pose pleine de grâce, style Mme Récamier, et portant des bijoux époustouflants. Elle me l'a tendue d'un geste impérieux :

— Voilà ce que j'étais et veux redevenir ! Vous entendez, professeur ? C'est ce visage-là que je veux revoir dans mon miroir… et que vous allez refaire pour moi ! Je ne saurais me contenter de votre "sans déplaisir" !

« Je ne vous cacherai pas que je l'ai regardée avec une stupeur horrifiée parce que je l'avais reconnue. C'était Lucrezia Torelli, la célèbre cantatrice dont vous avez sûrement entendu parler. Que vous avez peut-être même applaudie ? »

— Nous l'avons en effet applaudie une fois, à l'Opéra de Paris, dit Mme de Sommières. Une seule fois ! Aussitôt après, elle a entrepris de démolir ma famille en laissant derrière elle de lourds dégâts ! Ainsi c'est elle notre mystérieuse voisine ? Vous a-t-elle avoué aussi qu'elle est une meurtrière recherchée par les polices française et anglaise ? Elle devrait être à cette heure attendant au fond d'un cachot un verdict en cour d'assises et non dans une luxueuse résidence entourée de fleurs et d'un paysage enchanteur !

— Moi je n'ai rien contre le cachot, émit Marie-Angéline, mais je trouve que le châtiment qu'elle subit est bien plus subtil ! C'est le doigt de Dieu qui a reproduit sur son visage la noirceur de son âme !… Mais comment s'est terminé votre entretien avec la « divine » Torelli ?

— Pas vraiment à sa convenance puisque vous m'avez aidé à m'échapper mais, en fait, comme ce devait l'être. J'ai répondu qu'elle demandait l'impossible et que même à Zurich et dans ma propre salle d'opération, entouré de mon équipe au complet, je ne pouvais recréer une telle beauté ! J'ai ajouté – assez maladroitement sans doute mais j'étais moi aussi en colère – qu'en admettant qu'elle eût vingt ans de moins, donc présentant la peau élastique de la jeunesse, je n'y parviendrais pas ! Elle est entrée alors dans une fureur folle, me traitant de charlatan et autres noms d'oiseaux avant de prononcer ma sentence : je resterais enfermé dans ma chambre sans aucune nourriture jusqu'à ce que je sois disposé à lui donner satisfaction ! Encore devrais-je m'estimer heureux qu'il y ait de l'eau courante dans ma salle de bains ! Si cela ne suffisait pas, au bout de quelques jours, on me transporterait dans une cave où évidemment je ne pourrais plus me laver ! Voilà, je vous ai tout dit ! soupira-t-il en tendant son verre pour qu'Hubert le lui remplisse de nouveau.

— Au fond, fit celui-ci après s'être adjugé une rasade, vous aviez un moyen bien simple de vous éviter ces... désagréments. C'était d'accepter puis, une fois votre bonne femme sous anesthésie, de bricoler ici ou là afin de réparer le plus gros et en annonçant qu'il faudrait peaufiner une semaine plus tard sur le chantier et, entre-temps, faire ce que vous venez de réussir : prendre la poudre d'escampette, rentrer chez vous et...

Il n'alla pas plus loin. Le petit Zehnder qui avait une tête de moins que lui venait de se dresser sur ses pieds et lui aboyait à la figure :

— Mais vous me prenez pour qui, dites donc? Un charlatan comme prétendait la folle – car c'en est une ! –, un homme sans honneur capable de recourir au pire des subterfuges pour recouvrer sa liberté ? Susceptible de se servir de son art pour réduire une patiente à l'impuissance et faire ce qui m'arrange ? Et la déontologie ? Et le serment d'Hippocrate ? Qu'en faites-vous ?

— Ne vous fâchez pas ! Je disais cela... comme j'aurais dit n'importe quoi ! Ce genre de... patiente – drôle de mot d'ailleurs et que je n'ai jamais supporté ne l'étant absolument pas ! – ne mérite pas qu'on s'échine pour elle ! En outre, vous lui auriez malgré tout rendu service en améliorant sa physionomie !

— Vous n'oubliez que deux choses. Une : que pour « bricoler » comme vous dites, il me faut une installation *ad hoc* et des gens compétents autour de moi...

— Ça, je peux comprendre ! Et l'autre ?

— L'homme à la cagoule, présent dans un coin, qui n'a pas perdu une miette de notre conversation. En me raccompagnant à ma chambre il ne m'a pas caché son point de vue si je me livrais à quelque manigance dans le genre de votre suggestion : il ferait en sorte de changer en enfer le peu de temps qu'il me resterait à vivre !

— C'est insensé ! s'insurgea Plan-Crépin. Il est attaché à cette monstruosité à ce point ?

— Je vais même vous dire mieux, mademoiselle ! Il était son amant et il l'aime toujours ! Et, naturellement, c'est lui qu'elle a envoyé me chercher en profitant d'une absence de son frère !

— Et il fera quoi le frère quand il reviendra ? s'enquit machinalement Wishbone.

— C'est ce que je ne sais pas.

Marie-Angéline prit le relais :

— Nous si, parce qu'on commence à le connaître, l'illustre descendant des Borgia, ce César de carnaval qui n'a même pas la grandeur sinistre de son soi-disant ancêtre ! Que vous acceptiez d'opérer ou que vous refusiez, il vous tuera !

Le Texan s'était soudain assombri. Ainsi ce qu'il avait entendu durant la première nuit à Hadriana, cette voix qui tentait de se libérer de ses chaînes et qui s'était brisée après deux notes, c'était bien celle de Lucrezia, la femme qu'il avait adorée et ne réussissait pas à oublier ! La sentir si proche lui causait une bizarre émotion. Il avait beau la savoir criminelle, menteuse et impitoyable, il n'en oubliait pas moins la terrible punition dont le ciel l'avait accablée parce qu'elle était une véritable œuvre d'art et que l'on n'avait pas le droit de détruire une pure merveille !

Mme de Sommières qui l'observait du coin de l'œil lisait en lui aussi facilement que dans un livre. Elle devinait ce qu'il éprouvait et voulut l'aider. Elle se tourna vers le rescapé :

— J'aimerais vous poser une question, professeur.

— Mais je vous en prie...

— Si elle était venue vous consulter, dans votre service hospitalier, s'en remettant de façon normale entre vos mains et celles de vos assistants, auriez-vous pu réaliser ce miracle qu'elle attendait de vous ?

— Non. Et je l'en ai informée – rappelez-vous ! – en spécifiant que même sur une toute jeune femme il me serait impossible d'atteindre la perfection d'origine. C'est ce qui a déchaîné sa colère… et ma condamnation !

— Il faut qu'elle soit réellement folle à lier ! s'exclama Plan-Crépin. Et idiote par-dessus le marché ! Comment ne comprend-elle pas que vous représentez son unique chance de revivre au grand jour ? Vous pouviez lui rendre un visage au moins acceptable ?

— Un peu plus peut-être car les yeux sont intacts et fort beaux. Elle ne se serait évidemment pas reconnue dans une glace, mais en prenant patience et avec les soins appropriés, elle pourrait vivre comme tout un chacun, sans plus se cacher. Je ne connais pas son âge mais elle a dépassé les quarante ans ?

— Quarante et un et des poussières. Vous êtes lié, naturellement, par le secret professionnel. Ce serait donc le meilleur moyen d'échapper définitivement à la police judiciaire, à Scotland Yard et aux services internationaux qui la traquent. Elle est riche ; se procurer de faux papiers n'est certainement pas un obstacle pour elle. Et pourtant elle refuse cette chance inouïe ?

— Formellement !

— Pour elle c'est tout ou rien ? Alors c'est qu'elle est idiote !

— Pas complètement, rectifia la marquise. Pour ce genre de femmes habituées à vivre sous les feux de la rampe et avoir à leurs pieds des foules délirantes, se retrouver dans l'anonymat, passer inaperçue, devenir madame Unetelle doit être intolérable !

— Si on laissait de côté les états d'âme de cette femme ? ronchonna Hubert. Quand elle et sa clique vont s'apercevoir que le professeur Zehnder s'est envolé, que croyez-vous qu'ils vont faire ? Le chercher, évidemment. Et je redoute que leurs regards ne se tournent automatiquement du côté le plus proche : le nôtre. Il me semble que c'est ainsi que je réagirais, moi ?

— Grâce à Dieu, le commun des mortels n'a pas votre brillant cerveau, cousin ! ironisa Marie-Angéline. Notre proximité ne signifie rien puisque nous nous sommes arrangés pour que l'évasion paraisse s'être produite en empruntant le mur du bas de la Malaspina ! Dans l'immédiat on ne peut qu'attendre et offrir un lit à notre invité pour qu'il s'y repose et retrouve ses forces. En outre appeler Langlois afin de le mettre au courant et se tenir prêts à toute éventualité. Au cas où les gens d'à côté tenteraient une offensive contre nous... eh bien, on les recevra... et qui vivra verra ! J'avoue cependant que je me sentirais beaucoup plus tranquille si Aldo et Adalbert étaient parmi nous...

Un moment plus tard, Oscar Zehnder pouvait enfin prendre, en toute quiétude, un repos durement gagné, et la villa Hadriana ses portes et ses persiennes hermétiquement closes semblait étendre sa protection innocente sur ses habitants. De l'autre côté du mur, la Malaspina, ignorant que son prisonnier lui avait échappé, avait tout à fait l'air de jouir de la même paix profonde cependant qu'au bas de ses jardins les deux dobermans continuaient paisiblement leur nuit... Il était plus d'une heure du matin...

Les deux cent quinze kilomètres séparant Zurich de Lugano allaient paraître à Aldo et Adalbert beaucoup plus longs et surtout plus pénibles que les six cents et quelque parcourus depuis Paris. Traversant le cœur de la Suisse, ils étaient presque entièrement montagnards. En outre, la petite pluie qui était apparue au moment du drame de Kilchberg s'était changée en averses rageuses qui noyaient le paysage et mettaient les essuie-glaces à rude épreuve. Ainsi que leurs nerfs. Et d'autant plus qu'en arrivant à Altdorf, à environ un tiers du parcours, ils n'avaient pas encore aperçu les feux arrière de Grindel. Aldo qui conduisait s'arrêta sur la place du village pour boire une tasse de café.

— On n'était pas si loin derrière et je n'ai pourtant pas mal roulé...

— Aucun doute là-dessus ! Je me demandais justement s'ils ne s'étaient pas planqués à l'écart de la route pour nous laisser passer. Après la fusillade ils doivent se douter qu'on s'est lancés à leurs trousses ?

— Alors on fait quoi ? On se met en embuscade pendant un moment pour vérifier ou on continue ?

— À mon avis, il vaut mieux continuer : le risque est trop grand d'arriver à la fumée des cierges. Mais si tu es fatigué je te relaie ! On n'est plus très loin du col du Saint-Gothard et par ce temps idyllique ça ne va pas être une partie de plaisir puisque l'hôtel nous a prévenus que le tunnel routier est fermé pour travaux !

— Tu veilles vraiment sur moi mieux qu'une nounou, sourit Aldo. Mais rassure-toi, ça va. Dès que j'en sens le besoin, tu reprends le volant !

On repartit et le cauchemar continua pour traverser quelques-uns des plus beaux paysages de la

Suisse sans autre perspective que le ruban sinueux de la route éclairée par les phares sur laquelle la pluie ne cessait de tomber. Ce ne fut qu'en arrivant sur Airolo et au lever du jour qu'elle consentit enfin à lâcher prise et le soleil était bien présent quand, enfin, on aperçut Lugano...

Grâce à Dieu la rituelle – et heureusement l'unique – crevaison de pneu avait consenti à attendre que le jour soit venu et que l'on eût atteint la douceur du Tessin !

Il était neuf heures et Marie-Angéline en était à sa troisième tasse de café quand la cloche de la grille agitée par une main vigoureuse se fit entendre. Plan-Crépin se précipita mais Wishbone qui, pour s'occuper, maniait au jardin un râteau négligent l'avait devancée pour ouvrir les deux battants de fer forgé devant la voiture couverte de boue qu'Adalbert conduisit d'emblée au garage. À demi étranglée par la joie, elle sauta au cou d'Aldo avec une telle impétuosité qu'elle faillit le jeter à terre en criant :

— Merci, Seigneur ! Vous m'avez exaucée et les voilà !

Ce qui précipita tout le monde sur le perron. Ce fut un moment d'émotion intense, même de la part d'Hubert cependant peu porté aux effusions et même chez Oscar Zehnder qui se tint à quatre pour ne pas embrasser lui aussi les arrivants. Lesquels le reconnurent avec stupeur :

— Sacrebleu, professeur, qu'est-ce que vous faites là ?

— On va vous expliquer ! coupa Mme de Sommières. Mais d'abord rentrons dans la maison ! Nous allons finir par ameuter tout le quartier !

On se retrouva dans la vaste cuisine où Marie-Angéline et Boleslas s'affairèrent à réconforter les voyageurs et à nantir les autres d'un supplément de petit déjeuner, cependant que la joie des retrouvailles cédait peu à peu la place à l'inquiétude sur les heures à venir.

— Si je comprends bien, après l'arrivée du professeur Zehnder, vous avez cessé de surveiller la villa ? fit observer Aldo.

— Vous avez mal compris, cousin ! Boleslas et moi, on a fini la nuit dans la tour. À mon âge, on ne fréquente plus beaucoup le bon sommeil de la jeunesse. Ce que je compense par une petite sieste. En revanche, cela me permet de bouquiner, d'écrire... Mais passons ! Nous avons donc veillé, avec Boleslas qui, lui, possède le précieux privilège de s'endormir quand il veut et où il veut !

— Hubert ! gronda Mme de Sommières, quand perdrez-vous cette manie de répondre par une conférence quand on vous pose une question ! Vous n'avez rien vu d'inquiétant, sinon vous l'auriez déjà dit !

— En revanche, vers quatre heures du matin, on a entendu les chiens aboyer comme s'ils n'avaient jamais été drogués. Une voix d'homme leur a imposé silence... et point final ! Qu'est-ce qu'on fait maintenant ?

— Pourquoi pas ce que je me proposais si vous n'étiez pas arrivés, messieurs ? dit Zehnder. Aller à la police de Lugano et porter plainte pour enlèvement et mauvais traitements ? Je suis un compatriote, moi, et... quelqu'un d'un peu connu ! Je suppose que l'on prendrait mon histoire en considération ? Et d'ailleurs pourquoi ne le ferions-nous pas... hein ?

— Je ne crois pas qu'on en ait le temps ! dit Adalbert. Si nos deux assassins ne sont pas encore arrivés, ils ne vont pas tarder ! Si nous étions à Zurich ou à Berne ou à Genève, on se précipiterait chez les flics, mais ici on est plus italiens que suisses ! Et votre projet risque de déchaîner une série de palabres plus hasardeuses qu'efficaces ! Avec tout ça, vous êtes sûrs qu'aucune voiture ne s'est pointée à l'horizon depuis le lever du soleil ?

— Sûrs ! affirma Plan-Crépin. Le portier n'a pas bougé et il est improbable que Grindel ait les clefs !

— Bon ! Continuez à surveiller...

— Boleslas va retourner là-haut mais...

— Pas de mais ! On a assez perdu de temps ! Si les frères Grindel ne sont pas encore arrivés il faut en profiter ! Adalbert, donne-moi les clefs de ta voiture !

— Qu'est-ce que tu veux en faire ? Nous allons au-devant d'eux ?

— Non, pas toi ! Et je ne vais pas au-devant d'eux, je vais prévenir les gens de la Malaspina ! À y réfléchir, c'est la seule conduite intelligente à tenir...

— Si c'est tellement brillant, pourquoi n'en as-tu pas parlé plus tôt ? protesta Adalbert après un moment de silence suffoqué.

— Parce que je n'avais pas encore entendu le professeur Zehnder ! Vous avez dit que c'était un certain Max qui vous avait amené et qui dirige la maison ?

— En effet.

— Alors ça vaut la peine de tenter le coup ! C'est lui que je vais voir et prévenir de ce qui va leur tomber dessus ! Vous ne le savez peut-être pas tous, mais je lui dois la vie, ainsi que Wishbone d'ailleurs… et sans compter Lisa et Pauline Belmont. C'est lui qui nous a évité de griller dans l'incendie du château de la Croix-Haute ! Ce qui n'est pas ton cas, Adalbert ! C'est pourquoi je préfère que tu restes ici auprès de Tante Amélie et de Marie-Angéline…

— Et nous on ne compte pas ? protestèrent Hubert et Zehnder d'une seule voix.

— Bien sûr que si, mais vous ne serez pas de trop au cas où mon idée tournerait au fiasco ! Et vous pourrez même prévenir la police ! Adalbert, je t'en prie, n'insiste pas ! Tu n'as pas eu affaire à Max et je suis pleinement convaincu que ce n'est pas un mauvais type !…

— En revanche, moi je le connais ! intervint Wishbone ! Et encore mieux que vous, Morosini ! Alors si vous m'acceptez, je pense que ma place est auprès de vous ! D'ailleurs, afin d'éviter les paroles inutiles, je sors la voiture.

— Je vous rejoins ! dit Aldo. N'oubliez pas dans votre enthousiasme de prendre une arme ! Ça peut être utile !

Le Texan qui se dirigeait déjà vers la porte s'arrêta, tira un colt de sa poche de pantalon, le présenta à plat sur sa main et sourit.

— Qu'est-ce que vous croyez ? Depuis qu'on est dans ce patelin, je suis toujours couvert ! Il ne faut pas me prendre pour un enfant de chœur !

— Rassurez-vous ! Cela ne me serait même pas venu à l'esprit !

Aldo, alors, se tourna vers Adalbert dont le visage fermé révélait clairement la colère rentrée.

— On ne va pas encore se brouiller ? Essaie de me comprendre !

— Quoi ? Après avoir couru cette aventure ensemble, tu me débarques au dernier moment ? Non, ça je ne comprendrai jamais.

— Et il a raison ! assena Marie-Angéline ! D'autant plus qu'avec les deux professeurs, Boleslas et votre servante, on est très capables de se débrouiller !

— ... et que je me débrouille encore très bien avec un fusil de chasse et qu'il s'en trouve deux ou trois dans un placard, ajouta la marquise.

Aldo les regarda tous les trois avec une sorte de désespoir.

— C'est vous qui ne me comprenez pas. Si je demande à Adalbert de rester auprès de vous, c'est que... je ne suis pas certain de revenir et qu'alors il n'y a plus que lui, mon « plus que frère », à qui je puisse confier tout ce que j'aime, vous deux, Lisa qui se souviendrait peut-être qu'il fut un temps où elle m'aimait... et mes petits !

Et pour éviter de se ridiculiser à cause de cette envie de pleurer qui lui venait, il quitta la cuisine en courant pour aller rejoindre Wishbone installé au volant et qui, pour l'occasion, venait de recoiffer son feutre noir en auréole...

Ses dernières paroles avaient pétrifié ceux qu'il laissait derrière lui. Adalbert bougea enfin et vint prendre la main de la vieille dame qu'il garda fermement serrée dans la sienne.

— Comment se fait-il, murmura-t-il, que l'on s'entende si bien et que l'on se comprenne parfois si mal ?

Ce qui réveilla Plan-Crépin. Elle explosa littéralement :

— Si ce grand imbécile s'imagine qu'on va rester comme des cloches à se tourner les pouces, à marmotter des prières en reniflant dans nos mouchoirs, il se trompe lourdement ! Messieurs les professeurs, on vous confie notre marquise. Quant à nous, mon cher Adalbert, on va visiter le placard du vestibule, après quoi on ira camper sous les aristoloches afin de surveiller ce qui va se passer dans cette... foutue Malaspina... et voir quel accueil nos deux fous vont recevoir !

— Plan-Crépin ! Vous devenez vulgaire ! sermonna Mme de Sommières quasi machinalement. Quant à moi, ajouta-t-elle avec un rien de mélancolie, j'aimerais que l'on cesse de me prendre pour une espèce de patate trop chaude que l'on se renvoie en famille !

Et elle disparut dans sa chambre afin de s'y enfermer pour dissimuler son émotion.

Plan-Crépin et Adalbert couraient déjà dans le jardin en direction du mur sur lequel celui-ci hissa pratiquement sa compagne à bout de bras puis lui tendit les armes avant de la rejoindre avec une certaine aisance. Au moment où ils s'installaient sous les aristoloches, Wishbone stoppait sa voiture devant la grille de la Malaspina et donnait deux coups de klaxon pour appeler le gardien.

Celui-ci sortit, visiblement de mauvaise humeur. Du seuil de son pavillon, il lança :

— Qu'est-ce que vous voulez ?

— On vous le dira si vous acceptez de vous approcher ! répondit Aldo toujours courtois.

Le cerbère vint à la grille en traînant les pieds mais se garda de l'ouvrir.

— Voilà ! Alors ?

— Nous voulons voir Max… pour une affaire des plus urgentes ! Allez lui dire que Mr. Wishbone et le prince Morosini désirent lui parler ! Et remuez-vous, s'il vous plaît ! Je viens de vous dire que…

— Ça presse ? On a compris !

Sans se départir de son allure traînante, il rentra dans son logis et les deux autres l'entendirent parler au téléphone sur un ton nettement plus révérencieux. La réponse dut être favorable : il revint en hâte muni d'une énorme clef.

— Vous pouvez passer ! L'entrée est derrière la maison. Vous n'avez qu'à suivre l'allée latérale sous les arbres !

— On va enfin savoir à quoi ressemble la façade de cette fichue baraque de l'autre côté ! marmotta Wishbone.

Sans être aussi majestueuse que la façade, la face arrière, plus austère, ne manquait pas d'une certaine élégance. Les ouvertures y étaient moins nombreuses et si des jardinières fleuries s'épanouissaient devant toutes les fenêtres, quelques-unes étaient défendues par des barreaux… Un homme se tenait au seuil d'une haute porte armoriée encadrée de deux colonnes.

— C'est Max ? questionna Aldo qui ne l'avait vu que sous une cagoule noire.

— Tout à fait ! Ce n'est pas le plus mauvais de la bande…

— Je sais ! dit Aldo qui se souvenait sans véritable rancune du temps où, à la Croix-Haute, il était son geôlier. Mais là-bas je l'ai entendu évoquer ses frères. Il en a combien ?

— Deux plus jeunes que lui...

Pour l'instant, le dénommé Max les regardait approcher les bras croisés sur la poitrine tandis qu'Aldo détaillait ce visage qu'il ne connaissait pas. Il n'avait rien d'antipathique et n'était pas dépourvu de séduction en dépit des deux rides amères qui encadraient ses lèvres minces. Quand ses visiteurs furent devant lui, il eut un sourire narquois qui ne relevait qu'un seul côté de sa bouche.

— Il faut reconnaître que vous ne manquez pas d'audace de venir jusqu'à nous, Morosini ? Vous avez gardé un si bon souvenir de notre hospitalité ? Je n'en dirais pas autant de Wishbone qui lui avait droit au statut d'invité de marque. Mais entrez donc ! engagea-t-il en les précédant à travers un vestibule dallé de marbre noir à bouchons blancs orné d'une paire de statues grecques et d'une vasque, de marbre elle aussi, d'où débordaient d'énormes fleurs d'hortensias roses.

Un escalier à double révolution montait aux étages. Le silence y était complet. De même, aucun serviteur, aucune infirmière n'était en vue, rien qui puisse évoquer l'activité d'une clinique... sauf peut-être celle du docteur Morgenthal à Zurich si l'on s'en tenait aux récits de Tante Amélie et de Plan-Crépin.

Sous l'une des branches de l'escalier, Max ouvrit devant eux la porte d'un cabinet de travail tapissé de livres où le soleil entrait à flots, puis referma le vantail auquel il s'adossa sans leur offrir d'occuper les fauteuils Renaissance disposés devant l'imposant bureau d'ébène à deux lourds piétements sculptés.

— Alors ? ironisa-t-il. Qu'est-ce qui vous a poussés à vous aventurer dans la gueule du lion ? Vous êtes fatigués de la vie ?

— Ne dites donc pas n'importe quoi ! répliqua Aldo en s'asseyant dans l'un des fauteuils tandis que Wishbone arborant son air le plus digne investissait l'autre.

Ce qui fut relevé aussitôt.

— Je ne me souviens pas vous avoir invités à prendre place ?

— Cela n'a aucune importance et, si vous voulez un conseil d'ami, vous seriez mieux inspiré d'en faire autant ! Ce sera bref, clair et concis : il va vous falloir prendre des dispositions ! Mais d'abord une question : qui accompagnait Gandia la nuit dernière quand il s'est rendu à Kilchberg ?

— Mon frère Andrea ! Pourquoi ? Et… Comment pouvez-vous le savoir ?

— J'y viens et croyez que j'en suis navré pour vous. En bref, Gaspard Grindel a, la nuit dernière, derrière l'église, abattu Gandia qui prétendait obtenir de lui la moitié de la collection Kledermann, ainsi que votre frère, tandis que sonnaient à l'horloge les douze coups de minuit…

Max devint blême cependant que ses mâchoires se crispaient.

— Encore une fois. Comment le savez-vous ?

— Parce que nous y étions, mon ami Vidal-Pellicorne et moi ! Nous avons suivi Grindel et Mathias Schurr, son demi-frère, depuis Paris. Parce que le demi-frère c'est lui, figurez-vous, qui m'avait logé une balle dans le crâne à la Croix-Haute !

L'homme de César ne semblait pas vraiment convaincu.

— Quel aurait été son intérêt ?

— Je viens de vous le dire : pour garder la totalité de la collection. Il avait apporté l'un des sacs mais bourré de haricots secs et autres légumineuses, qu'il a balancé devant lui avant de tirer. Je tiens le sac à votre disposition… si vous vivez suffisamment longtemps pour le voir. Ce qui n'est pas certain !

— Vous en douteriez ?

— Tout à fait ! Nous avons surpris un échange téléphonique plutôt tendu entre eux – les écoutes cela fonctionne dans la police – et appris ainsi que Gandia n'avait pas tué Kledermann, qu'il le conservait par-devers lui, prêt à refaire surface au cas où Grindel refuserait le partage ! J'ai appris par la même occasion que mon fondé de pouvoir, M. Guy Buteau, avait été enlevé lui aussi à Venise et ramené ici afin de servir de monnaie d'échange pour assurer à ces messieurs ma propre collection ! Cela vous suffit ?

— Qu'est-ce qui me prouve que ce n'est pas vous qui les avez liquidés ?

— On aurait liquidé tout le monde alors ? Et dans ce cas, voulez-vous m'expliquer pour quelle raison ? Cessez de vous méfier, bon sang ! C'est un luxe que vous ne pouvez plus vous permettre : Grindel et son double ne devraient plus être loin. Alors arrangez-vous pour qu'ils ne parviennent pas jusqu'à vous !

— Autrement dit, fit Max goguenard, vous êtes venus pour me sauver ?

— Vous et cette malheureuse à laquelle vous vous êtes dévoué ! Oui.

— Ce que je cherche en vain dans votre conduite, c'est le profit que vous pourriez en tirer !

Que vous souhaitiez récupérer votre beau-père et... votre fondé de pouvoir, cela se conçoit aisément, mais nous ?...

— Ne connaissez-vous que le mot profit ? Je vous croyais d'une autre qualité. Aussi vais-je éclairer votre lanterne : si nous sommes devant vous, Mr. Wishbone et moi, c'est dans le but de payer notre dette envers vous ! À la Croix-Haute, alors que la Torelli nous avait condamnés, lui, moi, ma femme et Mrs. Belmont à périr par les flammes, vous nous avez permis d'échapper à cette mort abominable et de fuir ! Nous sommes là pour payer notre dette ! CQFD ! Êtes-vous incapable de le comprendre ?

Les yeux de Max plongèrent dans les siens avec une intensité à laquelle se mêlait une certaine surprise.

— Que vous fassiez cela pour moi, je peux en effet le comprendre : vous êtes un homme d'honneur. Mais elle, vous n'avez aucune raison de vouloir la préserver ?

— J'ai la conviction que de son châtiment, Dieu s'est chargé ! expliqua Aldo gravement. En outre, je sais que vous y tenez... que vous l'aimez en quelque sorte !

— C'est vrai : je l'aime et je suis son amant ! Je veillerai sur elle le reste de ma vie : c'est moi qui conduisais la voiture qui l'a défigurée...

— Alors préparez-vous à la défendre encore, à vous défendre tous les deux !... Et nous ne sommes ici que pour vous aider !

Le silence ! Pesant, lourd d'incertitudes... Morosini alors murmura :

— Sinon, pourquoi, Wishbone et moi, serions-nous venus nous jeter dans la gueule du lion, comme vous l'avez si bien dit tout à l'heure ?

— Et moi, je l'ai aimée passionnément ! murmura Cornelius, des larmes dans les yeux...

— Oh, je n'ai pas oublié ! Vous étiez prêt à toutes les folies pour elle, à commencer par cette Chimère fabuleuse que vous aviez fait recopier. Elle est toujours son joyau préféré et...

Le cri lui coupa la parole. Aigu, terrifié, c'était une femme qui l'avait poussé et il provenait d'un étage supérieur !

— Bon Dieu ! gronda Max en s'élançant. Ça vient de chez elle !

Suivi des deux autres, il grimpa l'escalier, armé d'un revolver pris à sa ceinture, mais le cri faisait du chemin et venait à présent du second étage. En contrepoint on entendit une voix d'homme :

— Allons, garce, avance ! Plus vite que ça ! C'est quelle chambre ?

— Celle... celle-là, sanglota la femme. Pitié, vous me faites mal !

— Vraiment ? Ça ne va pas durer !

Une détonation et la voix se tut.

— C'est Grindel ! Vous n'aviez que trop raison !

Le corps d'une femme en costume d'infirmière gisait en effet sur le marbre de la galerie devant une porte ornée de gracieux rinceaux dorés.

— C'est celle de Kledermann ? demanda Aldo.

— Oui...

— Alors à moi de jouer !...

— Non ! Restez en retrait... Tel que je le connais, il va vouloir jouir de son triomphe et me narguer...

Et Max entra sans refermer, ce qui permit à Aldo de reconnaître son beau-père couché sur un lit d'hôpital dans lequel le maintenaient des sangles. Il était pâle et amaigri mais ne semblait pas souffrir autrement. Il était même presque souriant.
— Gaspard ! Quelle joie !
— La ferme ! répondit l'autre gracieusement. Entre donc, Max ! Viens partager avec moi ce moment unique ! Et laisse tomber ton flingue ! Je ne suis pas seul et mon frère tient ta belle amie. S'il entend un coup de feu...
Aldo se tourna vers Wishbone, lequel lui fit signe qu'il avait compris et fila en direction de l'escalier tandis que Morosini élargissait légèrement son champ de vision en repoussant la porte du bout du pied. Près du lit, Grindel, planté les jambes écartées en une pose triomphante, le canon de son arme posé sur la tempe du père de Lisa, entamait le discours annoncé :
— Tu vois, Max, c'est mauvais d'être trop gourmand et surtout de me prendre pour un imbécile. Le dernier des Borgia vient d'en faire l'amère expérience. Je l'ai étendu dans l'herbe au bord d'un beau lac suisse, comme d'ailleurs ton frère Andrea. C'est que César n'avait pas été régulier, vois-tu ? Alors qu'il devait trucider mon bon oncle, il l'a mis de côté dans l'intention de l'utiliser pour me faire chanter ! La moitié de la collection de joyaux et son aide pour soulager ce m'as-tu-vu de Morosini de la sienne ! En outre, à notre rendez-vous derrière l'église, il avait installé dans la voiture un mannequin convenablement habillé censé représenter celui-là ! fit-il en s'esclaffant, ce qui agita le pistolet.

Comme s'il n'était pas inimitable ! N'est-ce pas, mon cher tonton ?

— Dire que je t'estimais un homme propre ! envoya Kledermann avec un dégoût auquel se mêlait une déception. Tu n'es qu'un monstre !

— C'est tout ? Vous n'avez guère d'imagination ! Alors, je vais lui donner du grain à moudre : votre belle collection, elle est à moi, dans son intégralité, et je vais vous apprendre mieux : je m'approprierai aussi toute votre fortune quand j'épouserai Lisa, quand je l'aurai définitivement débarrassée de son prince de pacotille...

— Elle ne t'épousera jamais ! Toi ? Laisse-moi en douter ! Fais la comparaison ! Regarde-toi dans une glace !

— Vous ne connaissez rien aux femmes ! Elle le hait... La moitié du chemin est accompli ! La suite viendra d'elle-même ! Voilà le programme ! conclut-il joyeusement. Il me reste maintenant à vous faire mes adieux ! On s'embrasse ou...

Nul ne saura jamais ce qu'il aurait encore proféré. Dressé au seuil, Aldo venait de tirer. Un seul coup mais en pleine tête ! Gaspard s'écroula sur le lit qu'il macula de sang tandis que Max récupérant vivement son arme tirait en l'air un second coup !

— Ne vous tourmentez pas ! rassura Morosini. Wishbone est allé régler ses comptes et il tire comme le cow-boy qu'il n'a pas cessé d'être : l'ennemi abattu sur un cheval au galop ! Puis revenant à son beau-père, avec un grand sourire :

— Je n'ai jamais été aussi heureux de vous voir, Moritz !

Celui-ci se mit à rire :

— Pas tant que moi, Aldo ! Pas tant que moi !... Mais je ne vous en aimerais que davantage si vous aviez l'amabilité de me débarrasser de ce harnachement.

Ce qu'Aldo se hâta de faire, tranchant les sangles à l'aide du couteau qui ne le quittait jamais lorsqu'il allait en expédition, après quoi il frictionna les membres de son beau-père pour leur rendre leur élasticité.

— Je vais me débrouiller seul ! fit Kledermann. Vous avez plus urgent à vous occuper ! Alors dépêchez-vous ! Il doit être dans la chambre à côté. J'ai tout entendu quand on l'a apporté et il lui arrive de gémir...

— Mon Dieu !

Tellement heureux de retrouver le père de Lisa vivant, Aldo en avait oublié son cher Guy ! Aussi s'élança-t-il, mais buta contre le corps de l'infirmière si froidement abattue un moment plus tôt, se retint de justesse au chambranle, l'enjamba puis, l'autre porte étant elle aussi fermée à clef, il l'enfonça d'un coup de pied furieux. Ce qu'il découvrit lui arracha un juron. La chambre était la même que celle de Moritz et l'aménagement du lit exactement identique mais celui qui l'occupait, pâle, les yeux clos et les joues creuses semblait avoir cessé de vivre :

— Guy ! s'écria-t-il. Non ! Ce n'est pas possible !

Se précipiter, trancher les sangles ne prirent qu'un instant après quoi il souleva dans ses bras le corps qui lui parut incroyablement fragile et léger ! Le cœur sur lequel il appuya son oreille battait encore, mais faiblement.

— Max ! hurla-t-il à pleins poumons. Rappliquez !

Il avait donné si fort de la voix qu'il sentit le corps tressaillir cependant que les yeux s'entrouvraient et qu'un souffle passait entre les lèvres décolorées :

— Al...do ?

— Oui, c'est moi, mon cher Guy !... Que vous ont-ils fait subir ?

Il allait appeler de nouveau quand Max se matérialisa enfin et reçut de plein fouet la colère de Morosini :

— Pourquoi est-il dans cet état-là ? Pourquoi cette barbarie ? Bande de charognards ! Vous le laissiez mourir de faim ?...

— Soif !... murmura Guy.

Aldo chercha autour de lui un verre... une carafe. Un gobelet à demi plein entra alors dans son champ de vision.

— Ce n'est pas moi qui m'occupais des captifs, dit tranquillement Max. C'était la chasse gardée de Gandia. Et je n'ai jamais entendu dire qu'on ne leur donnait rien ! Témoin : Kledermann ! Il n'est pas en piteux état !

— Alors pourquoi M. Buteau ? Un homme si fragile !... Pour l'obliger à révéler les secrets qui protègent la collection Morosini ? Je vois difficilement ce qu'on peut obtenir d'un mort ?... Parce que personne n'aurait pu le faire parler !

— On en reparlera plus tard ! Si vous le voulez bien, monsieur Max, allez donc me chercher du bon café, un peu de lait – à part ! –, quelques toasts et du beurre ?

Aldo n'en crut pas ses oreilles. C'était pourtant réellement Plan-Crépin qui venait de surgir entre lui et Max, encore armée d'une Winchester qu'elle déposa près de la table de nuit !

— Vous êtes-là, vous ? En dépit de…

— De vos ordres ? Non seulement moi, mais aussi Adalbert. Il est en train de s'occuper des deux valets commis au service de table. On surveillait les opérations depuis le faîte du mur où nous étions assis. On vous a vus arriver, vous et Wishbone, et quand on a entendu tirer on a décidé d'aller voir…

— Où est Wishbone pour l'instant ?

— Je l'ai laissé en conversation à cœur ouvert avec son ancien grand amour ! Je précise qu'il a auparavant abattu Mathias Schurr. En fait, nous sommes à cette heure maîtres de la place et ce qui m'étonne le plus c'est que nous ayons obtenu si vite un tel résultat ! En passant je dois avouer que votre idée, Aldo, d'aller prévenir les gens d'ici était simplement géniale et que j'avais tort sur toute la ligne !

— Ce qui m'étonne, moi, c'est que vous n'ayez pas compris quand je vous l'ai dit. Une dette d'honneur que l'on se refuse à payer devient une forfaiture…

— Cependant, reprit-elle, têtue… – et là j'en reviens à mon premier propos –, vous n'auriez pas eu raison si la villa avait été aussi pleine que nous le croyions. Vous, je ne sais pas quel est votre sentiment, mais moi je trouve étrange qu'elle n'héberge que si peu de monde…

— Nous étions plus nombreux, expliqua Max, mais ces derniers temps nous avons réduit les effectifs. César avait réellement l'intention de transformer la Malaspina en clinique spécialisée avec son ami Morgenthal qui ne vaut pas plus cher que lui…

— Pendant que j'y pense, je me souviens de ce que vous avez daigné me confier à la Croix-Haute au sujet de votre véritable chef qui, apparemment, n'était pas César ?

— Non. C'était celui qui était en train de mourir dans la grande chambre du rez-de-chaussée à la Croix-Haute, le vieux Luigi Catannei, le père de Lucrezia et de César. Un incontestable meneur d'hommes. Mais son fils voulait un maximum d'argent afin d'aller vivre au Brésil avec Lucrezia et moi. L'atmosphère changeait ici. Morgenthal rachetait assez cher ! En outre, là-bas, il existe paraît-il un chirurgien encore plus fantastique que le professeur Zehnder. À propos de ce dernier, Lucrezia avait exigé de moi que j'aille le chercher pendant une absence de César mais il lui a déplu et…

— Nous connaissons la suite, dit Aldo : il est chez nous où nous allons d'ailleurs ramener mon beau-père et M. Buteau… quoique je me demande s'il n'aurait pas besoin… d'une clinique qui ne soit pas de façade et de soins médicaux. Il va falloir dénicher ça !

La voix affaiblie s'éleva :

— Par pitié, mon cher Aldo, plus de clinique… si vous avez dans vos murs le professeur Zehnder, il saura bien me retaper !

— Il y a du nouveau, fit Plan-Crépin qui s'était absentée deux minutes, Zehnder a dû mettre son projet à exécution : il y a dehors trois voitures de police ! Cela va être vite réglé !

La réaction d'Aldo fut immédiate. Il se tourna vers Max :

— Foutez le camp ! intima-t-il. Prenez tout ce que

vous pourrez emporter et partez ! Ce serait injuste que vous payiez pour tous !

Mais l'homme secoua la tête avec un demi-sourire :

— Merci... mais pas sans elle ! Je vais la rejoindre...

Il partit en courant tandis qu'en bas des bruits de voix, des claquements de portières se faisaient entendre. Pris d'un pressentiment, Aldo s'élança sur les traces de Max. Il dégringolait l'escalier quand deux coups de feu retentirent...

Avant de tirer, Max avait dû étreindre Lucrezia : on les trouva à demi enlacés : elle atteinte au cœur, lui à la tête...

Au creux du décolleté de la femme, le soleil allumait des scintillements verts dans la Chimère d'or et d'émeraudes des Borgia...

Assommé d'un maître coup de poing, Wishbone gisait aux pieds du couple.

Au milieu de cette tuerie hors du temps, Morosini fut à peine surpris de voir surgir Langlois et le Wachtmeister Würmli arrivés avec la police.

Épilogue

Trois semaines plus tard, Aldo ramenait Guy à Venise...

« Le drame de Lugano », « La sanglante affaire de la villa Malaspina », « La fin des derniers Borgia », « La Chimère des Borgia a encore frappé » et pas mal d'autres de la même eau, quels que furent les titres de la presse qui s'en était donné à cœur joie en plusieurs langues, le bruit généré par ce qui prenait tournure de feuilleton du printemps avait été énorme... En rangs serrés, les journalistes prétendaient prendre d'assaut la villa Hadriana en dépit des barrières de police et même des renforts demandés par le commissaire Giuliano qui veillait à l'ordre du Tessin.

Soucieux de préserver le plus possible la marquise de Sommières, Mlle du Plan-Crépin – quoique celle-ci ne soit pas vraiment contre un brin de célébrité ! – mais surtout Guy Buteau, Langlois, une fois enregistrées leurs déclarations, s'était hâté de les embarquer dans le premier sleeping à destination de Paris sous la houlette d'Aldo Morosini. Celui-ci souhaitait vivement confier le plus rapidement possible son vieil ami aux soins du professeur Dieulafoy qui, à deux reprises, l'avait tiré lui-même d'un très mauvais pas. On le véhicula au train dans l'ambulance de la ville et non dans celle que l'on avait trouvée dans les garages de la Malaspina passée au rang de pièce à conviction et dans laquelle il avait voyagé à son corps défendant, ainsi que le professeur Zehnder et Moritz Kledermann.

Seuls demeurèrent donc à la disposition du commissaire Giuliano Cornelius Wishbone, le professeur de Combeau-Roquelaure, Boleslas bien entendu et Adalbert resté afin de surveiller les envolées parfois un peu trop lyriques des trois autres... et aussi, par un accord tacite avec le Texan, d'assurer des funérailles convenables à celle qui avait été l'éblouissante Torelli et qu'ils avaient passionnément aimée tous les deux. Elle serait même ensevelie parée de la Chimère que Wishbone lui avait offerte...

Quand, avant de partir, son gendre lui avait dit au revoir, Kledermann n'avait pas cherché à dissimuler sa déception.

— Bien que je comprenne parfaitement vos motivations, Aldo, je ne vous cache pas que j'espérais que vous reviendriez avec moi à Zurich.

— Il ne faut surtout pas que vous y voyiez un manque d'affection, Moritz, mais, outre que...

— Laissez-moi parler s'il vous plaît ! Vous pensez que Lisa va accourir vers moi et je sais à quel point elle vous a maltraité. Vidal-Pellicorne m'a tout raconté : le divorce et le changement de religion dans le but d'obtenir la séparation plus sûrement...

— Je n'avais à m'en prendre qu'à moi-même. Quelle femme digne de ce nom accepterait d'être trahie quasi publiquement? Je ne peux pas lui en vouloir. Je n'en ai pas le droit.

— Disons que vous avez eu des torts l'un et l'autre ! Et rappelez-vous qu'elle a été droguée par ce Morgenthal dont je compte m'occuper. Mais je suis là de nouveau et vous refuser votre solide participation à cette résurrection serait de la mauvaise foi ! Raccompagnez la chère marquise et venez me rejoindre !

— Non, Moritz ! Lisa vous aime de tout son cœur et ma présence ne pourrait que lui déplaire ! Elle devrait se contraindre et cela je ne le veux à aucun prix. Elle a le droit de savourer seule son bonheur. Je vous prie instamment de ne pas lui parler de moi !

— Vous demandez l'impossible ! Comment raconter mon sauvetage sans vous mentionner? Permettez-moi de vous dire que c'est idiot !

— Je ne crois pas ! Comprenez donc qu'au-delà de son bonheur de vous retrouver il y a maintenant le fait que j'ai tué Gaspard Grindel et qu'elle l'aimait beaucoup. Elle ne verra là qu'une vengeance déguisée !... Non, mon cher ami, ne me demandez pas d'être en tiers quand elle viendra se jeter dans vos bras en pleurant de joie. Ne lui abîmez pas cette minute et laissez les choses aller d'elles-mêmes !

— Mais, bon sang de bonsoir, il vous a fait tirer dessus, le cher cousin ! Et il s'en est fallu d'un cheveu si j'ai bien compris?

— D'un cheveu, oui, mais c'était sans doute la volonté de Dieu... Laissez-le donc faire !

— Sacré tête de mule !... Vous m'abandonnez aux mains de Zehnder? Il tient à me fourrer quelques jours dans sa clinique pour me faire subir une révision complète comme à un vieux tacot... alors que j'ai tellement envie de rentrer chez moi ! Je suis dans une forme voisine de la perfection !

— Ne ronchonnez pas ! Obéissez ! Vous ne vous en porterez que mieux !...

Rentrer chez lui, Aldo l'aurait plus qu'apprécié. Il y avait des mois qu'il n'avait revu Venise, sa ville tant aimée, et il en souffrait, mais à présent, une crainte se mêlait à son désir : il avait peur de ne retrouver là-bas que tristesse, abandon et solitude. Oh, son palais serait toujours debout dans sa beauté intacte et il ne doutait pas de ses vieux serviteurs pour y veiller, mais qu'en serait-il de l'âme ? En dehors de lui-même, l'enlèvement de Guy avait privé sa maison d'antiquités de son second patron. Il ne restait plus que le jeune Pisani. Un peu jeune justement pour assumer une affaire de cette envergure. En admettant que l'enlèvement de son fondé de pouvoir n'ait pas été assorti de dégâts et de vols plus ou moins importants ! Côté vie privée, c'était la catastrophe ! Plus d'épouse, plus d'enfants ! Le silence le plus oppressant qui soit, celui de l'absence devait régner en maître...

S'il n'y avait eu l'état préoccupant de son vieil ami, il serait rentré tout droit afin de chercher dans un travail acharné, sinon l'oubli – c'était impossible ! –, du moins le réveil de cette passion des pierres précieuses et des œuvres sublimes des anciens.... mais il se sentait fatigué, envahi par une lassitude telle qu'il n'en avait jamais connu et contre laquelle il n'avait même plus envie de lutter...

— Tu as surtout besoin de repos, d'un vrai ! diagnostiqua Tante Amélie qui l'observait.

— Le repos éternel peut-être ?

— Imbécile ! Je déteste ces plaisanteries de mauvais goût ! Tu oublies que tu n'en avais pas fini avec ta convalescence quand tu t'es retrouvé lancé dans cette aventure aussi épuisante pour le corps que pour le cœur ! C'est une bonne chose que tu aies voulu remettre le cher Buteau sur pied avant de regagner Venise et la vie quotidienne...

— C'est gentil de n'avoir pas dit : et ta maison vide !

— Encore une réflexion de ce genre et c'est un psychiatre que je ferai venir !

— Surtout pas ! Le calme du parc Monceau me remettra ! J'ai l'impression que je pourrais dormir pendant des heures !

C'est d'ailleurs ce qu'il avait fait durant les cinq premiers jours dans l'agréable chambre jaune donnant sur les jardins où il avait vécu d'autres convalescences. Une cure de sommeil ! Ainsi en avait décidé le professeur Dieulafoy après avoir hospitalisé Guy Buteau dans sa clinique en jurant de lui rendre du tonus !

— Alors pas de soucis de ce côté-là et vous dormez ! avait-il déclaré à un patient renâclant à la pensée de perdre en quelque sorte plusieurs jours de sa vie active.

— Je vais avoir l'impression d'être mort !

— Mais non ! Vous referez surface pour vous nourrir et, quand la cure sera terminée, vos nerfs surchauffés nous diront merci à tous les deux ! Même si vous ne vous en rendez pas compte, vous êtes au bord d'une sévère dépression nerveuse !

Aldo n'aimait pas le mot et moins encore l'idée, mais Tante Amélie arriva à la rescousse :

— On prendra de tes nouvelles tous les matins et on t'embrassera sur le front tous les soirs. Accorde-toi cette parenthèse ! Tu en as d'autant plus besoin que d'autres combats viendront…

Finalement il accepta et l'expérience fut infiniment plus agréable qu'il ne l'imaginait. Entre les brèves périodes de lucidité, il plongeait dans un sommeil paisible semblable à une eau douce et tiède où il évoluait sans le moindre effort…

Au jour convenu pour le laisser se réveiller tout à fait, il trouva Adalbert assis à son chevet entre une fenêtre ouverte sur un matin radieux et le plateau du petit déjeuner.

— Tu es là depuis longtemps ? demanda-t-il en bâillant largement.

— J'arrive juste à point pour t'apporter ton café ! Comment te sens-tu ?

— Bien ! je dirai même merveilleusement bien ! J'ai l'esprit aussi clair qu'après une bonne nuit… et j'ai faim.

— Parfait ! On va partager : j'ai demandé une tasse pour moi aussi. Tante Amélie et Plan-Crépin m'ont accordé le privilège de recueillir tes premières paroles mais on espère ta présence à midi ! À moins que tu ne te sentes encore trop faible ?

— Je ne me suis jamais senti faible ! On m'a fait dormir, je suis réveillé. Point, à la ligne ! Quand es-tu rentré ?

— Ce matin. Comme je n'avais pas envie de refaire la route seul, j'ai embarqué la voiture sur un train et j'ai pris le suivant. C'était aussitôt après les funérailles. Wishbone et mon cher professeur sont restés. Ne me demande pas pourquoi, je n'en sais rien ! De la part de ces deux-là, ce n'est pas surprenant et je ne suis pas certain qu'ils n'aient pas décidé de vivre plus ou moins ensemble !

— Ah bon ?

— Pourquoi pas ? Cornelius reverra Chinon qu'il adore et Hubert ira sûrement faire connaissance avec le Texas... mais rassure-toi, on les reverra ! Moritz Kledermann a quitté Lugano deux jours après toi en compagnie de Zehnder. Il va récupérer sa collection de joyaux que Langlois lui rapportera personnellement.

— Elle était aux Bruyères blanches, n'est-ce pas ?

— Exact ! Le vieux Schurr que la mort de ses deux fils a brisé n'a opposé paraît-il aucune résistance... et d'ailleurs ne sera pas poursuivi pour recel. Langlois a décidé de le laisser finir sa vie en tête à tête avec ses souvenirs...

— Sentimental, le grand chef ?

— Ça te surprend ? Pas moi ! Quant au jeune Sauvageol dont tu vas sans doute me demander des nouvelles, il est à l'hôpital de Langres nanti d'une jambe dans le plâtre. Voilà ! Tu es au courant des dernières nouvelles !

— Pas la principale ! Comment va Guy ?

— Aussi bien que possible ! Dieulafoy le garde en clinique encore quelques jours.

— S'il n'y a pas de soins particuliers à lui donner, il serait mieux inspiré de nous le renvoyer ! La cuisine d'Eulalie est cent fois plus roborative que la tambouille de n'importe quel hôpital et il s'ennuierait moins !

— Très judicieux ! Je vais aller le leur dire ! Au fait, et toi ? Quel est ton programme à présent que tu as retrouvé ta « *vis comica* » ?

— Rendre visite à Guy pour lui demander où il en est et s'il peut à nouveau supporter la moiteur de Venise en été, sinon je rentre sans lui. Il me rejoindra plus tard mais moi j'ai besoin de savoir si la maison d'antiquités Morosini existe toujours !

— Tu t'absentes assez souvent et elle ne s'en porte pas plus mal !

— C'est aimable, ça ? fit Aldo méfiant. Quoi qu'il en soit, il y avait Guy qui me valait largement. Il ne me reste plus que le jeune Pisani ! Plein de bonne volonté mais pas tout à fait au point ! Je redoute de le trouver assis sur un tas de ruines !

— Commence donc par téléphoner !

Aldo alluma une cigarette. La première depuis qu'on l'avait endormi. Elle lui parut délicieuse et il la savoura adossé à ses oreillers, les bras autour de ses genoux relevés et un cendrier dans une main. La mince fumée bleue présentait le double avantage de laisser venir les rêves tout en reprenant pied dans la réalité…

— C'est ce que je vais faire ! dit-il enfin… Mais d'abord prendre un bain !… Tu déjeunes ici, j'espère ?

— Naturellement ! On va fêter ton réveil !

Il allait sortir quand Aldo le retint :

— Un instant, s'il te plaît !… Avons-nous des nouvelles de Zurich ?

— Pas que je sache, mais ton beau-père doit avoir besoin, lui aussi, d'un certain temps pour retrouver ses marques…

C'était l'évidence même…

Ce l'était beaucoup moins quand, une dizaine de jours après, Guy Buteau et lui s'embarquaient dans le Simplon-Orient-Express qui allait les ramener à Venise. Aucune nouvelle, en effet, n'était venue de Suisse autre que celles apportées par les journaux. Encore étaient-elles fort maigres, Moritz Kledermann éprouvant envers la presse une méfiance qui le rendait fort peu communicatif. Même les plumes helvétiques, peu portées sur le sensationnel, n'avaient réussi à obtenir de lui qu'une dizaine de mots à peine : il allait bien et était heureux de rentrer chez lui. Le tout illustré d'une photo floue sur laquelle il montrait un visage impassible. Depuis il s'était assuré les services d'une poignée de gorilles chargés de surveiller sa demeure et ses déplacements. On savait aussi que sa fille était accourue au lendemain de son retour mais elle avait réussi à échapper au gros de la troupe en venant en voiture alors que l'on guettait en gare l'arrivée des trains en provenance de Vienne. Depuis, plus rien !

Bien qu'il se félicitât d'avoir refusé l'invitation de son beau-père, Aldo ne pouvait se défendre d'une vague tristesse sur sa vie intime définitivement brisée puisqu'en dépit du plaidoyer, chaleureux à n'en pas douter, de Kledermann, Lisa s'en tenait à sa décision de ne plus revoir son mari, sinon peut-être devant un tribunal... Aussi se demandait-il ce qu'il allait faire chez lui, dans l'immense coquille que représentait son palais. Reprendre le travail évidemment... encore que, selon le jeune Angelo Pisani, son secrétaire, il n'y eût pas de gros problèmes à régler avant deux mois. Le flot des touristes et des voyages de noces qui envahissait la cité des Doges n'incitait guère les clients importants à se manifester. Il y avait aussi l'approche de la grande fête du Rédempteur où Venise éclatait de joie sous ses plus beaux atours. Celle-là non plus ne serait pas facile à supporter !…

Par orgueil il avait refusé la proposition d'Adalbert de l'accompagner. Il avait même trouvé un sourire pour lui dire :

— Autrefois, Guy et moi vivions en garçons à la maison. Il va seulement falloir s'y réhabituer !

Tante Amélie et même Plan-Crépin l'avaient encouragé dans cette voie. Mieux valait prendre la situation à bras-le-corps. En retrouvant sa passion pour les pierres royales, les joyaux célèbres ou non et leurs histoires, il se retrouverait lui-même !

— Et puis, conforta la marquise, ta femme n'a pas le droit de confisquer tes enfants. Comme il faudra bien qu'elle te les ramène et qu'elle ne les laissera jamais voyager avec leurs seules gouvernantes, il ne lui sera pas difficile de se retrouver en face de toi. Et alors…

— Ne rêvez pas, Tante Amélie ! Nous n'en sommes plus aux beaux jours d'autrefois. Elle ne me regardera même pas ! Ma présence a le don de l'exaspérer !

— Qui vivra verra ! émit Marie-Angéline sentencieuse.

Ce qui lui valu d'être vertement rabrouée :

— Si c'est tout ce que vous avez trouvé comme remonte-moral, Plan-Crépin, vous devriez chercher l'inspiration ailleurs ! Au fait, qui faut-il invoquer pour adoucir les épouses acariâtres ?

— Ma foi… je l'ignore ! Mais en s'adressant à Notre-Dame, on ne risque pas de se tromper !

On s'était séparés sur ces fortes paroles mais elles trottaient encore dans la tête d'Aldo tandis que le train le rapprochait de Venise. Alors il levait les yeux du journal qu'il s'efforçait de lire – bien incapable d'ailleurs de dire s'il s'agissait d'une critique littéraire, des cours de la Bourse ou des propos d'un quelconque ministre ! –, rencontrait le regard souriant de son vieil ami et se sentait mieux. Pour cet amoureux passionné de la Sérénissime, elle détenait le secret, sinon de la joie de vivre, du moins de la paix du cœur...

Et, de fait, quand enfin il toucha le sol en gare de Santa Lucia, Aldo retrouva son assurance. C'était « sa » terre et il lui ressemblait : une île exposée à toutes les tempêtes mais rattachée au continent par un double fil d'acier et de pierre. Il serait toujours heureux d'y revenir...

— Je n'ai pas voulu que Zaccharia vienne nous chercher, confia-t-il à Guy en lui offrant un bras... (Qu'il refusa !) Seulement Zian avec *Le Riva*. J'ai hâte d'être à la maison !

Ils étaient là tous les deux au bord du quai, le gondolier-chauffeur et l'élégant canot automobile, avec le sourire éclatant du premier qui valait toutes les bienvenues du monde.

— Zaccharia voulait venir malgré vos ordres, expliqua-t-il en rangeant les bagages, mais je lui ai demandé de rester afin qu'il y ait quelqu'un pour accueillir ces Messieurs au palais...

— M. Pisani est déjà rentré chez lui ? Il n'est pas si tard ?

— Il n'est pas venu ! Il a pris froid et s'est excusé ce matin...

— Voilà autre chose ! Est-ce qu'au moins Livia est opérationnelle et nous a préparé à dîner ou faudra-t-il nous réfugier chez Montin ?

— Non, non ! Ces Messieurs peuvent être tranquilles : tout est prêt !

Comme à chaque arrivée de train, la foule affluait au bord du Grand Canal, une foule bruyante et agitée qui s'exprimait en diverses langues et que, après la chaleur du jour, l'approche de la nuit réveillait.

— Est-ce qu'il y a beaucoup de touristes en ce moment ? s'inquiéta Guy qui redoutait les bousculades.

— Oh oui ! M. Pisani et Zaccharia s'interrogeaient même hier s'il ne serait pas préférable de fermer la maison pour éviter les importuns... mais comme Monsieur le Prince et monsieur Buteau rentraient...

Le bateau démarra en douceur, se dégagea des autres embarcations, opéra une courbe gracieuse et se lança dans le Grand Canal, à vitesse réduite cependant, pour éviter les bateaux qui l'encombraient. On aurait dit que toutes les gondoles de Venise étaient dehors. De plus, on pouvait entendre de la musique venant de nombreuses fenêtres ouvertes.

— Je plains les jeunes couples en voyage de noces, soupira M. Buteau. Cela ne doit pas être évident de rêver aux étoiles au milieu de ce tintamarre !

— Oh, c'est encore pire au Lido ! dit Zian. Vous avez raison, c'est infernal. On a l'impression que Venise est prise d'assaut ! Dans notre coin, heureusement, c'est un peu plus calme.

Après avoir franchi la double courbe du Grand Canal, *Le Riva* infléchit sa course vers la droite quand le bassin de Saint-Marc et la Salute furent en vue, ne pénétra qu'à peine dans un large canal, coupa les gaz et vint doucement jusqu'aux longues marches de pierre blanche encadrées de deux « palli » rubanés de noir et blanc. On était arrivés !

Un bref regard à la haute façade de son palais, et Aldo sauta à terre, offrit sa main à Guy au cas où il aurait eu besoin d'aide.

— Nous voici chez nous, mon cher ami ! s'écria-t-il avec un sourire radieux. En ce qui me concerne, pas mécontent d'être de retour !

— C'est toujours bon de retrouver sa maison ! approuva celui-ci en acceptant la main tendue plus pour le contact avec son ancien élève que par besoin réel tandis qu'au seuil éclairé par les deux lanternes de bronze Zaccharia en tenue de réception, plus empereur romain que jamais, leur souhaitait la bienvenue avant de les précéder dans le vaste vestibule où le personnel attendait aligné : Livia qui avait repris non sans talent les casseroles de la géniale Cecina la défunte épouse de Zaccharia, Prisca et Gelsomina qui veillaient au reste du palais, plus les deux filles de cuisine et les deux valets chargés de diverses tâches. Tous lui souhaitèrent une tonitruante « Bienvenue ! » qui lui alla droit au cœur, tandis que s'éloignait l'impression de solitude éprouvée durant le voyage en dépit de la présence de Guy.

Il y avait même Angelo Pisani qu'on lui avait dit malade !

— Qu'est-ce que vous faites-là, Angelo ? Je vous croyais au fond de votre lit ?

— Je m'y ennuyais trop ! Alors je suis venu... et très heureux d'y être !

Morosini les remerciait tous, avec une chaleur pleine d'émotion, quand un bruit singulier parvint à ses oreilles : le cliquetis d'une machine à écrire lancée à vive allure !... Cela venait de la porte restée entrouverte du secrétariat...

— Vous avez besoin d'un coadjuteur ? demanda-t-il à Pisani qui devint rouge brique. Les affaires sont florissantes à ce point ?

— Je... oui ! Je veux dire non... mais peut-être bien que...

L'abandonnant à son bredouillement, Aldo se dirigea vers le clac-clac toujours aussi actif, poussa la porte, se figea un instant sur le seuil puis le franchit et referma en s'adossant au vantail...

En face de lui, sous la lumière d'une lampe bouillotte, il voyait au-dessus d'un sévère chemisier de piqué blanc, et d'une veste de tailleur gris, une tête rousse aux cheveux tirés en chignon strict, de grosses lunettes d'écaille aux verres teintés, un visage dépourvu de maquillage...

— Mina !... murmura-t-il au bout d'un moment, écartelé entre un fou rire et l'envie de pleurer. Mina revenue ?...

Elle arrêta son travail, leva les yeux sur lui, toujours collé à sa porte, puis toussota pour éclaircir sa voix soudain enrouée :

— J'ai pensé, murmura-t-elle, que si vous ne vouliez plus de moi pour femme... ce que je comprendrais, je pourrais redevenir votre secrétaire... comme autrefois ? Je m'ennuie tellement sans vous !

Alors, il éclata de rire, la fit lever, enleva les affreuses lunettes qui cachaient si bien d'immenses yeux violets, pleins de larmes, ôta peigne et épingles pour libérer la somptueuse chevelure fauve et regarda Lisa bien en face :

— Idiote ! déclara-t-il en la prenant dans ses bras… et hypocrite par-dessus le marché ! Comme si tu ne connaissais pas la réponse !

Saint-Mandé, novembre 2011.

Table

PREMIÈRE PARTIE
L'ORAGE MENACE...

1. Les rescapés de la Croix-Haute 9
2. Une nouvelle guerre des Deux-Roses ? 39
3. Les surprises du voyage à Zurich 73

DEUXIÈME PARTIE
LA TEMPÊTE

4. Une convalescence mouvementée 107
5. Une voix dans la nuit... 143
6. Funérailles... 175
7. Le testament.. 205
8. Le nez de Plan-Crépin.................................. 241

TROISIÈME PARTIE
LE BOUT DU TUNNEL ?

9. Aldo et la concierge 279
10. Une nuit de rêve 313
11. Les douze coups de minuit 349
12. Une dette d'honneur 383

Épilogue 419

Achevé d'imprimer par GGP Media GmbH, Pößneck
en avril 2013
pour le compte de France Loisirs,
Paris

N° d'éditeur : 72299
Dépôt légal : décembre 2012

Imprimé en Allemagne